JN106810

阪田寛夫

讃美歌で育った作家

河崎良二

編集工房ノア

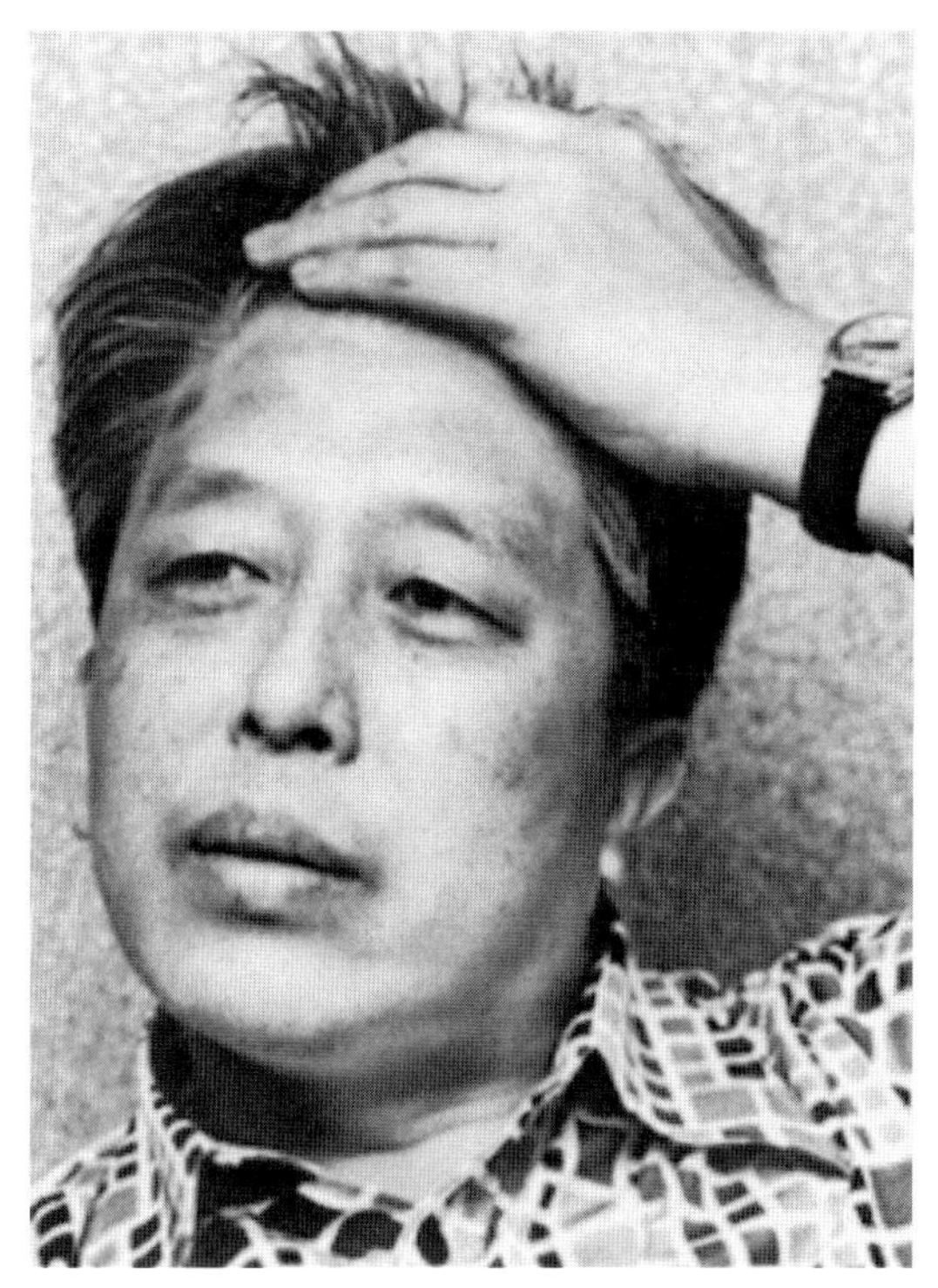

阪田寛夫　1976年　写真提供・内藤啓子氏

『阪田寛夫　讃美歌で育った作家』　目次

カバー装画　孫　雅由
装幀　森本良成

序

童謡「サッちゃん」の作詞者阪田寛夫は生まれる前から讃美歌を聞いていた。父は教会の聖歌隊の指揮者であり、母はオルガン奏者であった。二人は結婚以来、週に一度、夕方に家を開放して聖歌隊の練習場にしていた。こうして、阪田にとって音楽は生きて行く上で欠かせないものになった。しかし小学校四年の終わりに二・二六事件が起きてから敗戦までの約一〇年間、軍国主義が台頭し、天皇を唯一の神と崇める政策が取られ、キリスト教徒は非国民とされた。阪田は信仰を隠し、旧制高校二年で陸軍二等兵として大陸に赴いた。敗戦の一年後に復員して、叔父がオルガン奏者であった教会で聖歌隊に加わり、従兄のコーラスグループで歌を歌った。長く心の底に押し込めていた讃美歌を声に出して歌うことのできる喜びで阪田は生き返った。しかし心の底には戦争中の体験が残っていた。四二歳の時に書いた讃美歌「幾千万の母たちの」は戦地に息子を送り出さねばならない母たちの悲しみを歌った讃美歌である。

阪田が童謡「サッちゃん」を書いたのは朝日放送に勤めていた一九五九年、三四歳の時である。六〇年以上経った今でも童謡「サッちゃん」を知っている人は多い。それほど「サッちゃん」は有名なのに、阪田の他の童謡はほとんど知られていない。まして、阪田が詩、小説、エッセイ、ドラマ、ミュージカルと多方面の活躍をした作家であったことを知る人は少ない。愛らしい童謡「サッちゃん」だけで十分ということだろう。

しかし、「サッちゃん」はかわいいだけの童謡ではない。そこには死や寂しさが溶け込んでいる。まさか、と思う人がいるかもしれないが、本当である。一人静かに口ずさんでみると分かる。そこに、実は童謡から小説に至る幅の広い阪田文学の秘密が隠されている。

阪田寛夫は自分を笑う自虐的な傾向や、人を笑わせ、楽しませようとする性質があるために、本当の姿を理解することが非常に難しい作家である。かわいい童謡、元気な童謡の作者という表面と、寂しさに敏感に反応する内面との関係が複雑なのである。人は誰でもそういう面を持っているが、阪田の場合、それが異常なほど入り組んでいる。これは阪田を理解しようとする人の多くが感じることである。阪田の良き理解者である詩人で童話作家の工藤直子は、約二年に亘って阪田との対談を「はないちもんめ」として毎日新聞に連載した。それは四年後の一九九五年に著者阪田寛夫、聞き手工藤直子『どれみそら—書いて創って歌って聴いて—』（以下『どれみそら』と記す）として出版された。阪田が七〇歳の時である。工藤は序文「音につつまれて旅をした」で次のように述べている。

　阪田さんは「寡黙と含羞」という殻に包まれた美味な果実、のような方です。この殻は手強くて固い。ひとりじゃなかなか剥けませんので、阪田さんが、その人の前では思わずくつろがれるような友人二、三人と一緒に「それで？　それで？」とゆさぶって話をうかがいました。

　阪田は本当に寡黙な人だが、尊敬する詩人まど・みちおの前では素直に自分を語っている。若い頃、まどの童謡「ぞうさん」についての批評を書き、まどから、あれは間違っているとそれとなく指摘されて以来、まどを理解しようと何度も出会って話を聞く内に、まどに対する敬意と親しみが増し、固い殻がほぐれたのだろう。その出会いから、阪田の短編「遠心力」、小説『まどさん』や『まどさんとさかたさんのことばあそび』など多くの作品が生まれた。まどもまた阪田を深く理解するようになった。一九八二年九月の「児童文学・'82　秋季臨時増刊」に掲載された「対談　まど・みちお×阪田寛夫　童謡を語る」は、まどだけでなく阪田を理解するうえで欠かせない対談である。次の引用は、詩集『サッちゃん』の感想という形で、まどが阪田の人と文学の関係について語ったところである。

「サッちゃん」で私が感じたのは、「だけどちっちゃいから」という語句が三連ともに入ってますね。サッちゃんが可哀想で、おかしくって、そして寂しい。その理由が全部「だけどちっちゃいから」なのです。この「ちっちゃいから」というのはこの歌の主人公のサッちゃんを愛情こめて見守った結果、相棒のぼくが発見した絶対的でどうすることもできない理由です。この絶対的などうすることもできない理由、それが全篇をおおっておって、その寂しさがあの作品の基調になっていると思います。しかも一番終わりのしめくくりは「さびしいなサッちゃん」ですが、その寂しいのは、サッちゃんじゃなくて、ぼくが寂しいのですね。サッちゃん自身はちっちゃいから寂しさすらも知らないわけで、そのことがなおさら寂しい感じがするんですよ。

よく子どもの歌というのは明るくないといけないみたいにいわれますが、明るさでさえそれがリアリティーを持つためには、寂しさとか、何か反対色の裏づけがあるべきだと思います。(略)

この世には、光があれば必ず影がある。光だけの世界、影だけの世界はない。私たちはそのことを知っている。しかし、それが童謡「サッちゃん」と関わっていると思う人は少ない。作者である阪田さえ意識していなかった。そのためにこの対談の時に、阪田はまどの指摘に十分応えられなかった。しかし、まどの深い問いかけは阪田の中に残っていた。対談から一二、三年後、『どれみそら』において阪田は次のように答えている。

対談の時まどさんにきかれました。この「寂しさ」について、小さい時ぼくの中に、なにかそれに似た情感があったのではないか、と。その時にははっきりしなかったのですが、今になってみると思い浮かぶことがあります。自分の体験でね、初めて人が死ぬということを意識したことがあったんです。五歳くらいだったかな、ひでちゃんという親戚の人が亡くなった知らせを、母が電話で受けているのを傍で聞いていて。その人は、まだ未婚の若い方でした。

その時、初めて世の中を感じたというか、恐ろしい、というより不安とか暗さ……どこにも摑まるところのないような絶対的な寂しさ、みたいなものでしょうか、そんな世に自分もいるのだという。そういう感じだった気がします、その時の怖さはね。というわけで「サッちゃん」の背後には、この時の情感があるのではないかと。――私が初めから意識して、そんなふうに書いたわけじゃなく、まどさんに示唆されて、そう思ったわけですが(笑)。

「サッちゃん」の背景には、幼い頃に誰もが知ることになるこの世の寂しさがある。その寂しさは、この世に生まれた以上誰にも避けられない死という事実から来ている。だから「サッちゃん」を口ずさむ時、人はそこにこめられた寂しさに敏感に反応する。そのことを物語る興味深い投書がある。『童謡でてこい』の「文庫版へのあとがき」に筆者藤内永年氏の許可を得て「あとがき」に掲載された、「サッちゃん」ができてから三一年後の投書（朝日新聞大阪本社版声欄　一九九〇年七月二四日）である。

藤内夫妻が二人の子供がいる娘の家に滞在した二日目の夜、寝床に入っていた夫妻のところへ、二歳七カ月の男の子がやって来た。奥さんが「サッちゃん」を三番まで歌っていると孫の目から涙が流れた。驚いて、孫の顔を見ると、「知くん（とも）もう泣かないからもっと歌って」とせがんだ。夫妻も涙を流し、そして笑った。「三歳にならない小さい子どもでも歌詞の美しさがわかったのか、ひとりでに涙が出てきたものと思います。なにか小さい感動を受け、新しい発見をした感じがしました。日ごろ、なにげなく口ずさむ歌にも心が、歌詞の美しさがあることを改めて知りました」。

その子の心に響いたのは阪田の心の奥に潜んでいた別れの寂しさだろう。阪田にとって嬉しい投書であったに違いない。

このように、文学作品は古代から、人間が経験してきた恐れ、苦しみ、悲しみ、そして喜びを描いてきた。それは世界中の誰もが経験してきたことである。古代から人は住む環境が異なっても、同じように喜怒哀楽を経験しながら生きてきた。それゆえに、私たちは世界中の人々の喜びや悲しみを理解することができる。世界中の音楽や芸術を理解することができる。どんなに楽しい音楽も、どんなに明るい童話も、誰もが逃れられない死から自由であることはできない。世界中で愛されている童話『ピーターラビット』でも、父親は農夫マックレガーの畑で捕まり、シチューにされていた。いたずらでやんちゃなピーターの冒険には、母親や叔父、兄弟、そして他の動物たちの愛情や思いやりと、死や危険とが対置されている。

「サッちゃん」の作曲家である従兄大中恩(めぐみ)は『詩集　サッちゃん』の解説「音楽のわかる詩人」で、組曲「日曜学校の頃」(一九六一年)について「ある意味では極めて自然に、ある意味ではどうしようもなく着々とはぐくまれたキリスト教精神(信仰)の根源となった幼い頃のことを、独特のオカシサとカナシサで歌いあげているものだと思います」と述べている。先に述べたように阪田の青春時代は戦時中であった。その頃のキリスト教会は本来の信仰から逸脱して、国家を、天皇を神の上に置いた。キリスト教の本来の姿とは違うと感じていた阪田は、その頃から隠れキリシタンのように信仰について口を閉ざした。しかし、心の中には讃美歌に詠われているキリスト教の普遍的で、優しい教えが生きていた。阪田は詩や童謡を書く時、固く閉ざした心の中の怒りや失望や悲しみを明るく陽気な言葉やイメージに変えた。若い頃牧師になろうと決意し、後にキリスト教から離れて行った従兄の大中恩にはそのことがよく分かっていた。しかし、ほとんどの読者は「独特のオカシサ」が生み出す明るい世界に満足して、その下に「カナシサ」があるなどとは思いもしなかった。詩や童謡より複雑な阪田の小説に読者の関心が向かわなかった一因はそこにあったように思う。阪田の小説を読むとは、怒りや悲しみなどの苦味を含んだ果実がどのように美味な果実に育って行ったのかを知ることだろう。阪田の声にゆっくり耳を傾けてみたい。

第一章　幼年時代

1　打出（現・芦屋市打出町）の家

阪田は小説やエッセイに生まれる前の阪田家の様子をよく描いている。先ず阪田がどのような家庭に生まれたのかを見ておこう。

父・素夫（一八八九―一九六二）は、祖父・恒四郎が広島県忠海町（現・竹原市忠海）から大阪に出てきて大阪駅裏で始めた新聞インキ製造・販売の「阪田商会」を一九一七年に継いだ。父は仕事の傍ら、工場から二キロほど南にある中之島江戸堀の大阪組合基督教会（一九四一年に日本基督教団大阪教会となる。以下「大阪教会」と記す）で聖歌隊の指揮をしていた。父がその教会に通い始めたのは北野中学校二年生の時に友人に誘われて宮川経輝（つねてる）牧師の家を訪ね、そこで音楽と愛情に溢れた理想の家庭を見たからである。父は東京の専門学校に進み応用化学の勉強をしたが、教会での音楽活動にも力を入れた。大阪教会でオルガンを弾いていたのが後の妻・大中京（一八九二―一九七三）であった。

母、母の弟で「椰子の実」の作曲家として有名になる寅二（とらじ）、同居していた母方の祖母・大中幹もキリスト教徒で、大阪教会に通っていた。母方の祖父については、阪田が生まれる前に亡くなっていたこともあり、裕福な暮らしをしていたハイカラな人という記述があるだけである。

母は祖父の仕事のために大阪に来てウヰルミナ女学校（現・大阪女学院高校）で学んだ後、同志社女子専門学校（現・同志社女子大）の英文科に進んだ。弟の寅二は北野中学に通い、一九一五年に同志社専門学校（現・同志社大学）の政治経済部に進んだ。同志社でグリークラブに入った寅二は、親の反対にもかかわらず学校を辞めて山田耕筰の弟子になると言ってきかなかった。阪田の父も反対したが、寅二は、大学だけは卒業するという条件で作曲家の道に進むことを許された。父と母は一九一四年一一月に結婚し、工場近くの二間の長屋に住んだ。間もなく二人は木曜日の夜に、自宅を聖歌隊の合唱の練習場として開放した。結婚して四年目の一九一八年頃、最初の子供を連れて芦屋の打出に移り住んだ。二軒つながりの平屋は現在のＪＲ西日本の線路脇にあった。短編「打出」には、母が近くに住んで同じように幼い子供がいた同志社女学校の同窓生二人とお金を出し合って無許可の幼稚園を作ったこと、一九一六年生まれで当時三歳であった兄・一夫が打出の幼稚園に三年間通ったこと、当時芦屋に住んでいた坪田譲治の息子正太が通っていたことが書かれている。先生はウヰルミナ女学校の同級生岩井に頼んだ。短編「打出」に「正太さんの打出時代は、大正十二年三月に終った。その点は私の家でも、まったく同じだった」と書かれているので、阪田の両親が大阪に移ったのは一九二三年四月であったことが分かる。それは姉・温子が生まれた年である。

打出は家族の思い出としては別天地であったが、一九九五年に亡くなった兄の思い出を書いた短編「兄の帰還」と「くじらの骨」に、次男が一九二三年一一月末に亡くなった話が出ている。高橋虔（まさし）著『宮川経輝』には、一二月一日に大阪教会で葬儀が行われたと記されている。母はこの悲しい出来事をどのように乗り越えたのだろう。エッセイ「デントンさん」に「当時五十歳を過ぎたばかりの孤独で狷介な」デントン先生の影響で、母も同級生たちも、「もし、しかじかであったら」ということを決して言わないこと、そういうことはこの世には決してないのだと考えるようになっていた、と書かれている。「母の言葉によれば、それ以来、怪我も病気も、すべてを『神備え給う道』と受けとめて来たというのである」。母が熱心なキリスト教徒であったことが分かる。しかし母の我慢は体の弱い、気の優しい阪田には重荷であった。

もう一つ打出で忘れてならないのは「ノイマン爺さん」と呼ばれるノイマン社の燭台つきのピアノである。講演「ノイマン爺さんにご挨拶」（以下「ノイマン爺さん」と記す）に、父が新婚生活を始めるにあたり当時の敵国ドイツに注文した燭台つきのピアノは注文して六年後の一九二〇年に届いたとある。一家はその三年後の一九二三年に大阪の桃谷に移り、それから阿倍野に移った。桃谷にいる頃に生まれたと思われる姉温子を、ばあや北田カルが世話をした。『南大阪教会に生きた人びと』に北田カルの長女奥田初枝氏は、「大中幹（阪田夫人の母）さんの知人の世話で桃谷の阪田素夫さんのお宅で働くようになり、その後天王寺村苗代田の新築の洋館宅へ移り」と書いている。ばあやは娘を連れて住み込みで働いた。阪田が生まれるのは、その二年後のことである。山田耕筰に師事していた叔父は阿倍野の家にやってくると、師匠のピアノ曲集「子供とおったん」を始めとする様々なピアノ曲を弾いた。それが阪田の家に西欧風の良家の雰囲気をもたらした。

2　阿倍野の家と南大阪教会

一九二四年に阿倍野に移った一家の暮らしの中心は父素夫であった。阪田が通うことになる南大阪教会、日曜学校、幼稚園の中心に父と、後に阪田の義父となる吉田長祥がいた。今では阿倍野は天王寺から歩いて南へ一〇分ほどの繁華な街だが、阪田家の洋館が建ち始めた一九二三年にはまだ家が少なく、辺りは葱と菊の畑、松林、野原であった。翌年、父は江戸堀にある大阪教会の同志と共に阿倍野からさらに南の田んぼの中に南大阪支教会を建てた。それから三五年後の一九五八年に、父は南大阪教会の同志と共に新しい伝道地を求めて阿倍野の家を売り、奈良市学園前に移って大和教会を建てる。次々に支教会を作って伝道していくのはプロテスタントの特徴である。

阿倍野の阪田家について、高知高校で知り合った作家の三浦朱門は「阪田の家に泊めてもらった。とにかく敷地六百坪のお屋敷である。客用の寝室はなまじっかなホテルよりは上等だった」と著書『朱に交われば……——私の青春交友録——』（以下『交遊録』と記す）に書いている。従兄の大中恩は「阪田はテニスコートが2面もあるような豪邸に住んでいて、ピアノがあっちの棟にもこっちの棟にも置いてあり、家に足踏みオルガンしかなかった僕からすると相当羨ましかったですね（笑）」と「作家で聴く音楽」に書いている。

阪田の両親が通っていた大阪教会の宮川経輝牧師は一八五七年（安政四年）生まれで、明治の初めにできた日本プロテスタント初代教会の一つ熊本バンドの中心人物であり、海老名弾正、小崎弘道と共に日本組合基督教会の三元老と言われている。宮川は同志社で新島襄の教えを受け、卒業後は同志社女学校の主幹となったが、一八八二年に請われて大阪教会の牧師となり、以後四〇年余りにわたって大阪教会の基礎を築いた。宮川が教えていた同志社女学校は母の母校であり、阪田の両親が宮川牧師に特別な繋がりを感じたのも自然なことである。『南大阪教会五十年史』によると、一九二三年四月、宮川牧師は「老齢をもって引退された」とある。翌年は大阪教会創立五〇周年にあたり、記念事業として祝賀式典や、記念講演などの他に、開拓伝道、宮川牧師邸宅の贈呈が計画された。この開拓伝道が南大阪教会設立であった。阪田は小説『花陵』で、「私が生まれる前年、教会員が牧師に邸宅を寄贈した時に、父はわざわざ隣に土地を買って同じような家を建てた」と書いている。なお、南大阪教会の最初の牧師はアメリカ留学を終えて京城にいた山本忠美である。

父と共に日曜学校の創設に尽力した吉田長祥についても少し触れておきたい。後に兄は吉田の長女と、阪田は末娘と結婚する。阪田が吉田長祥をモデルに書いた小説『背教』によると、天王寺村の吉田の家には母・幾美が住んでいた。それは吉田家の別荘であって、本宅は大阪市西区北堀江の店に隣接していた。この頃の大阪の実業家は船場を中心とした旧大阪市内に仕事場を持っていたが、工場の煤煙を避けて郊外に別荘を建てていた。ところで、母・幾美と書いたが、長祥は養子である。養母は亡くなる前に長祥に、日曜学校を開いて小さい子たちに聖書の話を教えてあげたいという夢を打ち明けていた。養母の告別式が終わると、長祥は妻と六人の子供（その後に二人が生まれ、子供は八人となる）を引き連れて天王寺に移り、以後、その家を本宅とした。養母の死の一月後に近所にあった幼稚園を日曜日の朝だけ借りて私設の日曜学校を開設した。『背教』に日曜学校が軌道に乗った頃に南大阪教会を建てる話が出たとあるので、長祥が日曜学校を作ったのは一九二三年頃だろう。

これで阪田寛夫の誕生を心待ちにしていた人たちが揃ったことになる。

3　幼年時代の阪田寛夫

阪田寛夫は一九二五年一〇月一八日、大阪市住吉区天王寺町二二七九番地（現・大阪市阿倍野区松崎町三丁目一六の八）で生まれた。父は商用で外国を廻っていたので、命名を宮川牧師に頼んでいた。寛夫と名付けられた。アメリカから春洋丸という船で帰国する途中、父は電報で息子の誕生を知った。ところが電報では、「ユロオノユロハ、クワンヨウノクワン」とあった。父は「クワンヨウ」（寛容）というところから「ユロオ」ではなく「ヒロオ」だと理解した。電報の間違いを家族の皆が知った。兄はひやかすのに、よくその名前を使った。人を笑わせるのが好きな阪田は「子どもの頃から体も精神も何もかもゆるんでいた私は、命名者には悪いのですが、ユロオの方が自分には似合ってるんだと諦めていました」と言う（「汝らは地の塩なり」『受けたもの　伝えたいもの』）。

誕生祝いに大阪教会の婦人会から古い皮張りの小型聖書を貰った。聖書の表紙に宮川牧師が筆で「阪田寛夫君」と書いた。奥付には大正八年（一九一九年）神戸市の英国聖書協会発行とあった。

幼児の頃の注目すべきことは、阪田は離れでばあや北田カルのお守りで寝かされていたことである。ばあやは阪田が中学校三年生の時に中国の天津にいる長男のところへ行くまで阪田の世話をした。「兄に言わせると、『小坊（こぼん）さん』がでれでれした弱虫になったのは、ばあやが甘やかしたせいであった」と短編「富士山」に書いている。短編「河内」には、ばあやが喋る河内弁の影響について、「人間の性格の基礎は三歳ごろの環境によって決定される。だから私は我が家の第三文化圏に属する人間と言うべきである」と書いている。父は広島訛りの大阪弁を話し、母と母方の祖母は東京弁で通した。ばあやは、淀川が「よろがわ」になってしまう河内弁を話した。ばあやは毎日弘法大師に祈り、月に一度日蓮宗の能勢の妙見さんにお参りをしていた。熱心なキリスト教徒の家で、阪田は河内弁を話し、弘法大師に祈るばあやに溺愛された。阪田が小学校へ行くようになると、ばあやは毎日送り迎えをした。同級生の前でも阪田を「小坊さん」と呼んだ。そんな呼び方をするな、と何度言っても、ばあやは止めなかった。阪田は中学校時代に洗礼を受けた。すると、「小坊さん」びいきのばあやは牧師による口頭試問まで受けて、「小坊さん」と同時にキリスト教徒になった。その一途さは心を打つが、どこかおかしくて寂しい。

このばあやの存在が阪田に影響を与えたことは十分に考えられる。例えば、「小坊さん」をあやす時にばあやがよく歌ったのは「高野の弘法大師」という歌だった。阪田が注を付けているように、その歌は大阪弁なので「こ」と「め」は「こー」「めー」と長音になる。また「もう一度と」は「もう二度と」の意味である。

♪こうやのこうぼうだいし　こ（こー）の子だいて粉（こー）ひいて
この子の目（めー）に　粉（こー）がはいった
もう一度（どー）と　こ（こー）の子だいて　粉（こー）ひこまい　（『どれみそら』）

東京弁や、広島訛りの大阪弁と違った、のんびりとして、どこか可笑しみのあるリズムが阪田の体に滲み込んで行った。次の、よく知られた詩「マサシゲ」は、河内弁が醸し出すおかしさに溢れていて、いつ読んでも声を出して笑ってしまう。

マサシゲ／／
千早の城でな／正成さんは／真桑瓜（まくわうり）かぶりもて／ぼちぼち行こか／
と言やはりましてん／／
奥さん薙刀（なぎなた）せたろうて／紀州ネルの腰巻しめて／連れもて行こら／
と言やはりましてん／／
葛城山（かつらぎさん）に雲が出て／寄せ手の兵隊傘さした／正成さんは／びっちゃりこ

楠木正成が幕府の大軍にわずかな手兵で戦おうとする瞬間を詠った詩にしては、のんびりした、おとぎ話の感じがする。擬声語「びっちゃりこ」が何を表しているのか定かでないが、正史を斜交いに見たこの詩には「びっちゃりこ」がぴったり収まっている。阪田の詩の中でも人気の高い「熊にまたがり」も同じで、ばあや的な視点がふと顔を出した一瞬に出きた詩だろう。

阪田は講演「はじめの讃美歌」に、「二、三歳頃の私はまだ真面目な幼児でしたが、もう少し大きくなると教会や牧師さんや讃美歌を遊びの種にするようになりました」と書いているので、物を斜交いに見て笑う性格が現われ始めたのは四歳以降だろう。その頃から小学校低学年までの阪田の生活は身近にいた姉とばあやが中心だった。その講演では讃美歌「主われを愛す」の第三節、「みくにの門（かど）を　ひらきてわれを／招きたまえり　いさみて昇らん」をミュージカル風にして、それを「牧師さんごっこ」と名付け、姉とばあやを相手に遊んでいたと述べている。もちろん真面目なキリスト教徒である両親の目につかないところでの遊びである。

「みくにのかど」というものがよく分りませんが、阪急電車の三国駅あたりを思い浮かべながら（笑）、階段の前の板戸を、重々しく私があけます。これが牧師さんの役です。あけるとすでに、階段の途中に待っている姉が、おいでおいでと手招きをします。姉はたぶん神さまになったのでしょう（笑）。それが招きたまえりで、あとは姉に続いて、足音高く二階まで昇るのです。ひとには見せたくない、宗教的な秘儀のようなふしぎな気分の

「ごっこ」でした。

子供の頃からこのような遊びをしていた阪田が、後に宝塚歌劇に熱中するのも、「私のキリスト」などのミュージカルやラジオドラマを作るようになるのも自然なことに思える。それに、週に一度聖歌隊の練習が行われていた阪田家には音楽がいつも鳴り響いていた。母はよくノイマン社のピアノを弾いた。父は弾かなかったが、独習でハモニカバンド、トランペット、クラリネット、コントラバスの演奏ができた兄は時にいたずらにピアノを弾いた。兄は「母に代って教会のオルガン奏者になると、讃美歌の伴奏をジャズ風に即興にアレンジして弾いた」(「燭台つきのピアノ」)。姉はピアノをミッションスクールの宣教師について正式に習っていた。ピアノを習ったことのない弟に、兄は一つの旋律を教えて、三人で連弾をした。

こうして阪田はピアノに触れ始めるのだが、幼稚園に入ったばかりの阪田にとってピアノは楽器というより、大きな遊び道具であった。現在のピアノの一・五倍ほど重く、重量感があったピアノを「当時の市電の運転台に見立てて、踏み台の上に立ち、蝶番を中心に水平に動く燭台を握りながら『阿倍野橋、阿倍野橋終点』などと呼称」して遊んでいた(「ノイマン爺さん」)。それでも母が弾く曲で感動するものがあった。一九〇九年に「中等唱歌」に発表された、ナポレオンの敗走を描いた土井晩翠作詞、山田源一郎作曲の「ウォーターローの戦い」である。土井晩翠は「運命いかにああ仏蘭西」と、ウェリントンが指揮する英蘭連合軍とプロイセン軍に敗れた一二万余りのナポレオン軍を憐れんで詠った。母はこの曲を演奏する時阪田を傍に立たせて、情景を説明しながら弾いてくれた。阪田は何度もその曲を弾いてくれるようにせがみ、ついには大砲のところだけ弾かせてもらえるようになった。

この曲が幼い私の心に快くひびいた理由の一つは、前哨戦でいったんは敗走したプロシャ軍の、逆転ホームランのような大手柄にあります。その点、ドイツ生まれの楽器ノイマンさんと、英文科出の弾き手の母とが、この戦いの帰趨の評価に関して全く一致したというわけです。だから、勝利のラッパが鳴りわたると、（略）譜面には「歓喜」と注の入った、なだらかな音楽に入りますが、私にはそれが神様への感謝のうたのように聞こえました。そして終曲は哀しく荘重な戦死者追悼の讃美歌でした。（「ノイマン爺さん」）

これが後に阪田が信時潔の「海道東征」や「海ゆかば」を好きになる理由かもしれない。ところが、阪田は幼児期から青年期まで「ピアノのひびきを聞いて育って幸せだとか、家にピアノがあってよかったと思った記憶」がないと言う。「とりわけ戦争中には家の宗教がキリスト教であることと同様に、家にピアノがあるのを人に知られるのは恥かしかった」（「ノイマいた。

ン爺さん」）。小学校六年生にもなると、「ウォーターローの戦い」も馬鹿にするようになって

　これは母親と一緒に「ウォーターローの戦い」を楽しんだという記述と明らかに矛盾するのだが、阪田は成長するにつれて近所の子供とあまりにも違った裕福な家庭の子供であることに違和感を持ち、コンプレックスを抱くようになる。阪田が自分のことを過小に評価するのも、大学時代に裕福な家庭に育った破滅型の作家太宰治を読みふけるのも、「信仰のない私」（「運命と摂理」）と口癖のように言うのも、この頃に心に刻まれたコンプレックスのためだろう。幼い頃から敏感な阪田は家庭においても、おどけたり、ふざけたりして自分を隠すようになる。

　エッセイ集『燭台つきのピアノ』の一篇「おいのり」を見ると、阪田家でのおいのりは日曜日の朝、食事の前に行われていたようである。昭和の初め頃だが、食卓には紅茶が置かれ、パンが焼ける匂いがした。父が定位置であるテーブルの端で両手を組み合わせ、これからいただく食事についてお礼を言った。「お礼を言う相手は、目を閉じて食卓をかこんでいる家族たちの頭のまんなか上の、電燈のあたりにいる感じがした」。「それらは充足したおだやかな気分であって」、「外の風にも当らないで、親しいものだけがなるべくこのままの居心地のよさを続けて行きたい、という心持なのであった」。ところが阪田はお祈りを遊びにした。

「お祈り」も僕には印象が強かった。小さい頃ねる時にふざけてお祈りするんです。「かみさま、あしたはいいお天気ですから川へはまってください。どんぶりっこ、アーメン」って（笑）。これを毎日やってたように思います。その場には、姉やばあやさんもいたかなあ。聞き手がいないと、言っててもつまらないですよね。わざとふざけて、おこられて、とか、そんなのが面白いからやってたわけで。——このお祈りをするたびにね、かみさまのイメージが浮かぶんです。ひげが白く、長い衣をまとっていて、なぜか裸足のかみさまでね、その足を直角に投げだしたかっこうのまま、空からドボンと川にはまりに飛びおりてくる……。（『どれみそら』）

ばあやは叱ったりしなかったが、母は違っていた。「プロテスタントの教会には、道徳的な完全を求めて他人を裁く伝統がある」（「世界一周」）。それは大阪教会の最初の牧師澤山保羅がアメリカから持ち帰ったピューリタンの倫理であった。阪田家では、母が「日常の禁忌を司る裁き人」だった（「煙草の匂い」）。母は子供のしつけに厳しかった。「とりわけ信仰と品行上の罪について、母は一歩も妥協しなかった」（「父の雅歌」）。子供は親の顔色を敏感に読み取るので、阪田は両親の前では決して神についてふざけたりしなかった。阪田が自分のことを嫌味な子供だったというのはそのことを指しているのだろう。それなら家の外へ出て同じ年頃の子供と遊べばいいのだが、煉瓦造りの塀のある敷地六百坪のお屋敷で育った阪田はほとんど外に出ることがなかった。「私はこまの綱渡りもブリ投げもできないまま、露悪的な小学生となった。つまり、自分のひよわなところをごまかすために、わざとおどけて人を笑わせたり、すけべえなことを言ったりしたりするいやみな子供になった」（「わが心の鞍馬天狗」）。

これから見るように、この性質が詩や童謡だけでなく、小説を書く際にも現われる。

第二章　帝塚山学院小学校時代

阪田が入学した帝塚山学院小学校は一九一七年に大阪市の南東の郊外住宅地帝塚山にできた学校で、市内から移り住んだ裕福な大阪商人たちが子弟の教育のために建てた私立の学校である。帝塚山学院は現在幼稚園から大学院までを併設する総合学園になっている。阪田が通っていた頃はまだ小学校だけだったが、阪田が入学する前年の一九三一年に、理事の一人芝川又四郎氏の好意で西宮市の関西学院大学の近くに校外学舎仁川コロニーを造っていた。それは小学校校長で初代学院長であった庄野貞一が一九二七年に欧米教育視察を行った時に、ドイツのベルリン郊外シャーロッテンブルグの「森の学校」で見た校外学舎教育を取り入れたものだった。庄野貞一の三男で小説家の庄野潤三が短編「伯林(ベルリン)日記」にそのことを書いている。校外学舎で教育を始めた一九三一年には週末に一学級約三〇名を教師が引率して、一時間かけて阪急電鉄今津線仁川駅近くの仁川コロニーに連れて行った。阪田が入学した一九三二年からは週日もコロニーを利用するようになった。大阪市の郊外にできた学校になぜ郊外学舎が必要だったのか。その理由を庄野校長は学院の雑誌『兒童生活』五五号（一九三二年八月刊）の「コロニー　土に親しむ教育」という文に書いている。学校ができてから一〇年ほどの間に、帝塚山の環境が変わってしまって、子供たちが土に触れる機会が少なくなっていたのだ。

一人木立の中に分け入つて、虫と話をする事が出来る。一疋の蟻が、一枚の落葉の下でいかに生活してゐるかゞ分かる。一もとのスミレの花の下で小さい虫が一つの社会を造つている事に気がづく（ママ）。一滴の露が、一疋の蟻が、一くれの土がいかに自然の法則に従つて存在してゐるかゞ分かる。（中略）コロニーは、現在の学院教育の徹底を期する為に、必要なものであつて、贅沢（ぜいたく）でもなければ、不急の事業や、なくもがなの施設では勿論ない。現在大都市の学校としてコロニーの必要に直面してゐる。（「帝塚山学院100年史」）

仁川コロニーは山林一六六八坪と、一八九坪の元銀星女学院附属小学校校舎から成る。木造瓦葺平屋校舎には教室が三つ、バスケットボール受、滑り台、高跳台などのある運動場があった。非常に充実した林間学校であった。すぐ近くを仁川が流れ、また芝川氏が校地を提供した関西学院からもプールの使用が許されていた。生徒たちは庄野校長が理想とする自然の中での学びを実践することができた。そこで毎年数日を過ごした思い出は多くの生徒の心に刻まれ、卒業時の作文に書かれた。阪田は「私が小学部に入ったのは昭和七年ですから、コロニーが使われだした翌年でした。農園での芋掘りをしたから九月の初め頃でしょう」、と六四年後の講演「帝塚山の文化」で述べている。その続きに、次のように言うのはいかにも自分を笑いものにする阪田らしいところである。

「その日は『コロニー祭り』で、一年生だけは父兄同伴でした。頭も体も虚弱な一年生の私は、昼食のあと便所が分からなくて我慢しきれず、ズボンの中に小便を洩らしてしまったので、忘れようにも忘れられません。こういう駄目な子供を教育するためのコロニーでしたのに(笑)」。

その後には、「桃太郎おどり」を太鼓の伴奏でやりました、と続く。

仁川コロニー以外で、小学校一年生の時の様子が分かるのはエッセイ「子供の冥さ――子供の文体と作文――」である。小学校一年生の頃のノートを見つけた話である。ノートに三つの詩が載っている。最初の詩を引用する。

1　ヘビがニョロリニョリ（筆者註・これが題）
ヘビカオシロノ石ガキニチョトニョロリニョロリ。

2　マタスツコンデ石ガキニチトノゾイテニョロリニョロリ。
3　ヲシロノヘイタイガテツポーデウツトワケナクニョロリニョロリトシンダ。
（オハリ）

阪田は大学時代に同人誌「新思潮」に詩を発表するが、その資質は既に小学校一年生の時に現われていたことになる。

ところで、先のエッセイに書かれた三つの詩についての阪田の説明を読むと、当時の阪田の様子が分かる。

「今から五十年昔の自分の家の、祖母が住んでいた部屋の縁側の外の景色が、この書きつけから見えてくる。山野を跋渉して蛇やイモリを見つけたのではなく、日の当る、こまごまと調度を置き並べた六畳の祖母の部屋から寒そうに外を見ている私が、こんな訳のよくわからない未分化の冥いものを自分のなかに見ていたのだ」。

自分でもなぜ三つの詩に「死」が出てくるのか分からない。「幼児は『死』からまだそれほど隔たっていない世界に棲んでいるためであろうか」と書いているが、「序」で述べた、まど・みちおが指摘した寂しさが既にこの時期に現われているのは興味深い。

一九三三年・昭和八年　小学二年生

伊藤英治編『阪田寛夫全詩集』（以下『全詩集』と記す）の「年譜」には「幼稚園からこの頃まで、隣近所の子どもや大人たちに入場料を貰って劇を見せていた。笑い話や本の中の会話の部分を台詞にして、十分くらいのものを上演。役者とプロデューサーを兼ねていた」とある。

一年生の時から詩を書いていたのも驚きだが、本から面白いところを抜き出して劇にし、上演してお金をもらっていた、というのも驚きである。幼稚園の頃から雑誌「赤い鳥」や坪田譲治の童話をよく読んでいた証拠だが、誰にでもできることではない。才能と言ってしまえばそれまでだが、何らかのモデルがあったのではないか。そう思って阪田の作品を探してみると、それらしきものが見つかった。お話の名人であった日曜学校の校長で、後に義父となる吉田長祥のことを書いたエッセイ「美しい献げもの」である。

日曜学校の創立者でもある熱心な校長先生は、お話の名人であった。もっと前はトルストイの民話を連続講談式にやったりもしたそうだが、私が小学生の頃は、先生自作の少年と継母の物語が多かった。いつも何かと継母に誤解される少年は、神様だけがご存じなのだと、一言の弁解もせず、ひたすら耐えている。やがて疑いがとけて和解の日がくる。そこで校長先生は聴き手の私たちよりも先に感動して泣きだすのであった。

校長が泣き出すのは、自分が養子で物語の中の少年と同じような環境で育てられたからである。お話は校長が翻案したものだと誰かが教えてくれたのだろう、阪田も本から面白いところを抜き出してお話を作った。後に朝日放送でラジオドラマの制作をする基礎はこの時代に作られていたことになる。

一九三四年・昭和九年　小学三年生

「年譜」には記入が無いが、この年のことを書いた作品が一つある。短編「いじめる」である。自称弱虫の阪田が、大きなハイカラな家にハイカラなお母さんのいるマコト君を友だち三、四人でいじめているのを見て、「いっしょになってつついてみたくなったのだ」。「いっしょになって」というところから、集団の中での子供時代の阪田の姿が想像できる。もう一人、赤胴君もいじめた。その子の父親が労働組合に関わっていたのだろう、「争議団」とは何かも分からずに、「争議団かたれ／争議団かたれ／わっしょい、わっしょい」と皆で囃し立てた。赤胴君は皆を笑わせようと「わっしょい、わっしょい」と踊った。阪田がやめろと言うと、赤胴君は「『君んとこは、アーメンソーメンやないか！』／と、ぼくがいちばん言ってほしくないことを口にした」。

小学校三年生にはキリスト教とは何かが分からない。同級生にとっては「アーメンソーメン」なのである。ところが、それが阪田にとって「いちばん言ってほしくないこと」だった。なぜならそれは、友だちと自分とを区別するものだったからだ。仲間の間で孤立することにまだ耐えられない年齢なのである。だから、みんなと「いっしょになって」ふざけたり、いじめたりする。ところが自分の家、吉田長祥の家、教会、日曜学校、幼稚園では、キリスト教徒であることで仲間外れになることはない。だから、阪田は安心して自分の好きなことをすることができた。阪田は後に童謡の作詞をするようになるが、「僕が欲しい童謡は小学校二年生と三年生との境目の、『二年生半』というような、薄皮一枚あたりのところに、あやうく存在するのかしら」(『どれみそら』)と述べている。阪田の小学校二年生と三年生の大きな違いは、三年生の時に友だちから「君んとこは、アーメンソーメンやないか!」と言われ、それが心に刺さったことである。周りの人の視線が気になりだした時期と言えるだろう。つまり阪田にとっての「二年生半」とは、家庭や日曜学校のように自由に、楽しく遊べていた時と、その後すぐに社会の目を気にし始める時の、「薄皮一枚あたりのところ」、辛うじて社会的に未分化でいられる時期のことである。

一九三五年・昭和一〇年　小学四年生

後の作品を考えると、この年の最も重要な出来事は日曜学校の夏のキャンプに行った姉から、桃太郎にツノのはえた鬼が島生まれの弟「桃次郎」がいたという話を聞いたことである。阪田は後にその話を発展させてミュージカル、エッセイ、小説を書く。それらの作品では、阪田は意気地なしの桃次郎に自分を重ねている。阪田は小学校四年生の時に、既に自分とはどういう人間かを意識し、話に聞いた桃次郎のイメージの周りに様々なエピソードを巻き付けて、自分というものの姿を作っていた。

年譜には雑誌「赤い鳥」に連載された岡愛子の「私のピーター・パン」を読んだことが書かれているが、これも後々まで阪田の心に残ったものの一つである。阪田は六八歳の時に、戦後に再読した『ピーター・パン』の感想、五〇歳代でピーター・パンの像のあるロンドンのケンジントン公園や作者バリの故郷を訪ねた旅の話、バリの伝記、岩手県に岡愛子を訪ねていく話を重層的に語った小説「ピーター・パン探し」を書く。そこには小学校四年生の阪田のこともたくさん書かれている。

岡愛子の『私のピーター・パン』は当時の阪田には、ウェンディとピーターの恋のかけひきや東京山手のお嬢さん言葉がまぶしく、魅惑的だった。東京に住む一つ年上の従兄大中恩が数年前から学校が休みになると伯母、つまり阪田の母の家に来ていた。従兄の話す東京のはやり言葉や、従兄の複数の恋人の噂に魅せられて、阪田はウェンディとピーターの恋のかけひきに夢中になった。「四年生は端境期だと思う」と書いているように、阪田の異性への関心がこの頃に芽生えた。『私のピーター・パン』では、ピーターがいきなり白い寝間着姿の「ウェンディのベッドをのぞきこむのがうらやましく、けしからんのであった」。

ところが、阪田は四年生になったとたんにピーター・パン以外のことに興味を失くした。授業に付いて行けなくなった。家でもボーっとしていたので、真面目な兄から「がしんたれ！」と言われた。大阪弁で「愚図で弱虫」のことである。「ただ一つ僕が積極的に好んでやったのは、階段の下の大きな押入れに入ることで、扉をしめきると暗闇の中に心がしびれるような匂いが立ちこめているのが分った」。それをゆっくり吸い込むと「世のわずらいをしばらく忘れてしまうことができた」。母に見つかると、「乳癌と子宮癌の手術のあと一層体調を崩して」いたが、「姿勢！」と怒鳴られ、厳しく咎められた。

阪田が永遠の少年の物語に夢中になったり、押入れの中に隠れたりしたのは、無意識の内に現実から逃げていたからである。翌年、つまり一九三六年二月に、天皇親政による国家改造を説いた若手将校らによる二・二六事件が起きる。時代の空気は一九三一年の満州事変以後、一九三七年の日中戦争へ、さらには一九四一年の太平洋戦争へと向かっていた。短編「ピーター・パン探し」にも「『尚武』の気風の」大阪、「倫理的なキリスト教徒」の両親、「非国民」、「御真影」という言葉が出てくる。阪田少年にとって『私のピーター・パン』は「二重にも三重にも、自分の心の逃げ場になった」。

　阪田が、童話『ピーター・パン』が小学校四年生の時の暗い気分を晴らす「助け舟」であったことを素直に語ることができるようになったのは六八歳になってからだった。少年の頃に味わった重苦しい気分が長く阪田を苦しめた。短編集『わが町』の一編「瓢箪山」に描かれているのは小学校四年生の頃のことである。一家で生駒山の西側にある瓢箪山という小丘に登って食事前に讃美歌を歌った時、阪田は地元の子どもたちの視線が気になって歌えなかった。その気弱さを母親から厳しく叱責され、枯れ枝で叩かれた。信仰と品行上の罪について、母は一切妥協しなかった。

　翌年、二・二六事件の直前に、両親の心の支えであり、阪田の名付け親である宮川牧師が亡くなったことも阪田の心を暗くした出来事だった。

一九三六年・昭和一一年　小学五年生

　この年は前年の暗い気持ちを払拭する明るいことが多かった。『赤い鳥』一月号から連載が始まったケストナー『南洋へ』、山本有三編『日本少国民文庫　世界名作選（一）』に収録されていたケストナーの『点子ちゃんとアントン』の面白さと新しさに魅了された。宮沢賢治や坪田譲治『風の中の子供』を愛読した。秋には劇団東童の大阪公演で坪田譲治作『お化けの世界』を見た。七月には、叔父大中寅二が作曲した島崎藤村の詩「椰子の実」が国民歌謡としてNHKで放送された。これまでふざけて遊んでいた叔父を、尊敬の目で見るようになった。八月には仁川コロニーから先生に引率されて宝塚少女歌劇を見に行った。「ラ・ロマンス」に熱狂し、真似をするのが流行った。

しかし阪田は二・二六事件がもたらした時代の影にも敏感であった。阪田はそれを明るい観劇の話の裏に隠して書いた。同じクラスのイトー君を主人公にして書いた短編「宝塚」である。その当時、クラスの三分の二が宝塚歌劇のファンだったが、実際に見た者は少なく、雑誌から得た知識を得意げに披露しあっていた。地味な家庭で育ったイトー君は、その頃、宝塚ファンになったばかりだった。仁川コロニーは宝塚の近くだったので、「私」たちは宝塚歌劇が見たかった。しかし、五年生にとってのコロニーでの生活は、中学入試に備えての補習授業だった。夕方に解放されると、「私」たちは仁川の川原で遊んだ。近くに歌劇のスターが何人か住んでいた。その日の夕方、「私」たちはヨッちゃん（春日野八千代）の家を見に行った。その時、イトー君が歌劇を見に行けるように「ヨッちゃんに直訴しよう」と言った。イトー君と「私」ともう一人が頼みに行くことになった。門柱のベルを押すのが「私」の役目、春日野さんに頼むのはイトー君の役目、もう一人は見張りだった。「私」はベルを押した。しかし何の反応もなかった。もっと強く押せと言われて押していると、扉が開く音がした。「来たあっー！」と叫んで、イトー君が逃げた。「私」ともう一人は反対方向に逃げた。川原で待っていたみんなに報告すると、みんなは気抜けしてしまって、他の遊びを始めた。しばらくしてイトー君が「私」のところにやってきた。あれからヨッちゃんのところに戻ってお願いをした。願いを聞いてあげられなくてごめんなさいと言ってくれた、とちり紙を「私」の鼻に押し当てた。かすかに甘い匂いがした。三学期に二・二六事件があった。翌年、日中戦争が始まった。中学校一年生の冬に、イトー君は結核で死んだ。死ぬ前に、「お父さんお母さん、ぼくは天皇陛下に何にも忠義をつくせなかったのが申訳ありません」と言い、天皇陛下がいる東の方を向かせてもらい、万歳を三唱して亡くなった。

読後、ザラザラとしたものが心に残る短編である。地味な家庭で育ったイトー君は宝塚少女歌劇について玄人筋のクラスの者に追いつこうと背伸びをしていた。春日野さんからちり紙をもらったと小さな嘘までついた。健気な少年だったので、亡くなる前に天皇陛下に詫びを言い、「天皇陛下万歳」を三唱して死んだ。同じように何の疑問もなく天皇を賛美する普通の人々に対する阪田の複雑な思いが現われている。

一九三七年・昭和一二年　小学六年生

「年譜」には記入は無いが、阪田の長女・内藤啓子氏から帝塚山学院に寄贈された約二万点の資料（以後「阪田資料」と記す）に卒業時の『帝塚山文集』があり、そこに掲載された「燈臺集（小學部六年）」の中に阪田の作文「教室校舎…（外一篇）」があった。「外一篇」とは「仁川コロニー」で、前半にはコロニーの場所、教室、周囲、飼われている動物、それを世話する小父さんのことを、後半には苺採りや、関学のプールでの対抗リレーなどを書いている。ここでは最後の部分を紹介する。

又一年の時から學院の年中行事の一つとして行はれたコロニー祭も樂しかつた。一年の時のコロニー祭の日記には「モモタラウノユウギヲシマシタ。スルトミンナノヒトガワラフノデボクハワザトオカシイヨウナカッコヲシテヤリマシタ。」と書いてある。けれどもこの樂しいコロニー祭も四年の時からなくなつてしまつた。

「ワザトオカシイヨウナカツコウヲシテヤリマシタ」というのは阪田らしい反応である。しかもそれは一年生の時のことである。六年生になっても、その性格は変わらなかった。

このように小学校時代は楽しい思い出に満ちているが、仁川コロニーや宝塚歌劇の楽しさでは癒せない重い空気が阪田を包み始めていた。そのことを阪田は短編集『わが町』の一編「帝塚山」に書いている。阪田が通った帝塚山学院のモットーは庄野貞一初代校長が作った「第一に力ある人／第二に力ある人／第三に力ある人」だった。それは「かつてこの町のキラキラかがやいて実在した精神の象徴」だった。「しかし、私がこの小学校へ入ったのは少し遅すぎた。それは新教育の残照が、ゆらいで消えようとする瞬間であった」。六年間に起こった時代の変化は、『帝塚山学院１００年史』の「第Ⅱ部　昭和戦前・戦中編」に次のように記されている。

一九三三年から三四年にかけて国際連盟脱退や滝川事件など、国家主義的傾向がますます強化された。一九三六年五月、同窓会主催の学院祭で、「最初に皇大神宮をはじめ官幣社・国弊社すべての祭神と歴代天皇の聖霊、尽忠報国の士の英霊を奉斎する式典を小学部校舎の中央に祭壇を設けて行った」。一九三七年七月七日の盧溝橋事件後、「七月二十七日には大阪府下全域において大量の召集令状が届き、応召者の出征の門出に小学校児童も動員され、旗幟を押し立て駅まで見送る行列がみられた」。八月二四日に国民精神総動員計画実施要綱が発表された。学院は「毎日神仏に皇軍の武運長久を祈りませう」、「ぜいたく物や、いらない物は一切買はぬ様に致しませう」など「時局心得十則」を発表した。始業時間前には時局生活の日、国歌・遙拝、出動将兵への感謝の日、慰問文作成、戦地へ発送などを実施した。一九三八年には「肇国精神強調週間などが設定され、神社・皇陵への参拝、勅語奉読式、戦没者慰霊祭、軍人遺家族の慰問、出征兵士の歓送」などが全国的に繰り広げられていった。

阪田は一九三八年の三月に帝塚山学院小学校を卒業し、四月に大阪府立住吉中学校に進学する。一九三七年から一九三九年についての『帝塚山学院１００年史』の次の記述は、この時期の阪田を苦しめていたものの正体をはっきり描いている。

「この結果、『ぜいたくは敵だ』というスローガンにみられるように、国民一人ひとりの私生活の監視、干渉がすすみ、日常生活全般にわたる形式的な画一化が極端に推し進められた。この画一化に同調しなければ、周囲から『非国民』『国賊』と非難される社会的雰囲気がつくられていった」。

このことを知った上で短編「帝塚山」を読んでみよう。

「私」たちのクラスは男ばかり三〇人余りの小さなクラスで、担任は一年生の時から六年間カメダ先生であった。高い理想を持った、真面目で責任感の強い、若い先生であった。戦争が始まると、大阪府は中学校の入学試験科目を皇国史観の国史だけにした。自由な教育を理想としていた帝塚山の小学校も、存続のために学校に祭壇を設け、ヤオヨロズの神を迎える式典を行うようになった。先生たちも変わった。責任感の強いカメダ先生はクラスの全員を中学校の入学試験に合格させることだけを目標にして、五年生の二学期からの授業は国史一本になった。日曜日には大阪、奈良の歴代天皇の皇陵を参拝した。カメダ先生が変わったのは、母親たちのせいだった。母親たちはよく教室の後ろに現われるようになった。日曜日の皇陵参拝の帰りには、母親たちは電車の中で酒の飲めない先生にビールを飲ませた。間もなくカメダ先生は授業中に発作を起こすようになった。何も言わず、天井を見つめたまま立つようになった。保護者から休職してはどうかという声が出たが、先生は休まなかった。

ところが、先生にとって恐ろしいことが起こった。先生が模擬試験として週に一度作っていた試験問題の置き場所を、クラスの一人が見つけて、カンニングを始めたのだ。それは次第にクラス全体に広がった。三学期になって、真面目な生徒が先生に告げ口をした。驚いた先生は、カンニングをしていた者は手を挙げよ、と言った。「私」も含めて全員が手を挙げた。先生は愕然として、「みんな、もう外へ出なさい」と言った。「私」たちは皆校庭に出た。しばらくして教室に入ると、先生は泣いていた。「六年間、きみたちに何を教えてきたのかわからなくなった、と先生は声をあげて泣いた」。生徒の一人がワーと声を上げて泣き出し、続いて皆も泣き出した。皆は先生に謝った。「私」たちが全員中学校に合格するのを待ちかねたように、先生は亡くなった。「かつてのフロンティア・スピリットの町も、カメダ先生にとってはおそろしい蟻地獄であった」。

戦争という非日常的な事態が起こった時、人は精神の平衡を失っていく。それは大人だけでなく、子供をも巻き込んだある種の熱病となる。「どうして、この私たちと先生と、三十数人のなかまが、六年のあいだにあんなぐあいに歪んでしまったのだろう」。

もちろん短編「帝塚山」はフィクションである。小説ではカメダ先生は亡くなるが、実際に六年間阪田の担任であった羽場尚夫先生は亡くなっていない。しかし、学校に押し寄せた時代の抑圧、それに敏感に反応し、同調する人たちの無言の圧力が、いかに恐ろしいかを描くにはカメダ先生の死が必要であった。阪田の作品にしては珍しく、一人の人間を死に追いやったものに対する批判が、静かであるがはっきり描かれている。非国民の家庭に育った阪田はこの頃の苦しみを死の間際まで忘れることができなかった。

第三章　住吉中学校時代

阪田は阪堺電車で阿倍野から帝塚山学院小学校へ通ったが、大阪府立住吉中学校は二駅手前の北畠停留所のすぐ西にある。住吉中学校は九歳年長の兄一夫の母校でもあり、阪田にとって親しみのある学校であった。しかし阪田は中学校時代のことをほとんど書いていない。中学校では自分を隠していたからである。中学校時代の五年間で阪田にとって最も大きな出来事は中学校二年生の時に洗礼を受けたことである。そのことは「年譜」に次のように記されている。（「年譜」は阪田自筆の年譜を基に作られているので、ほとんど自筆年譜と言っていい。）抄録する。

一九三九年・昭和一四年　一四歳

（中学二年生。六月一八日、南大阪教会で洗礼を受ける。兄も姉もそのくらいの年に洗礼を受けたから、頃を見はからって、半ば義務として申し出た。昭和六年の満州事変以来、大陸での戦争の拡大と共に国家主義の風潮が強まり、キリスト教徒は非国民扱いされたので、外に向ってはキリスト教徒たることをひたかくしにかくし、内に向っては好色であることをかくした。居心地が悪かった。）

前章で見たように、阪田は「君んとこは、アーメンソーメンやないか！」と言われるのを最も嫌っていた。それにもかかわらず阪田は洗礼を受けた。「半ば義務として」というのは熱心なキリスト教徒であった両親を喜ばすためということだろう。一九三五年、一二歳でカトリックの洗礼を受けた遠藤周作も母を喜ばすために洗礼を受けた、と書いている。阪田の選択は、子供にとって自然な選択であった。しかし、外の世界は違っていた。それゆえ、阪田は年譜にあるように「外に向ってはキリスト教徒たることをひたかくしにかく」し、中学校では普通の生徒として振舞った。

小説にもエッセイ集にも住吉中学校について書いた作品はないが、同窓会誌に寄稿した「芥川賞を受けて」という文に、当時の中学校のことが書かれている。一九七五年七月二五日発行の「住高同窓会報」第二四号である。

私は昭和十三年に住吉中学に入学しました。前の年に「日支事変」が始まり、四年生の冬にそれが「大東亜戦争」になり、敗色が濃く感ぜられた十八年に卒業しました。そこで私にとっては、受験勉強と軍事教練が中学生活の印象の一番外側を掩っています。実際には一生の友人がそこで出来たし、むづかしい時代でしたから担任の数学の後藤（泉）先生、国語の水野（捨次郎）先生、英語の新井（利雄）先生に色々ご心配をかけ、お世話になりっぱなしなのですが――

阪田の中学校時代は日中戦争から太平洋戦争へ突入した時期だった。大阪府立住吉高等学校『創立50周年記念誌』（一九七二年）の「略年譜」には次の事項が記されている。


一九三八年三月、国家総動員法案成立。一一月、東亜新秩序建設声明。

一九三九年五月、ノモンハン事件。七月、国民徴用令公布。

一九四〇年七月、贅沢品禁止令。九月、日独伊三国同盟成立。一〇月、大政翼賛会。

一九四一年四月、国民学校発足。一二月、太平洋戦争起る。

一九四二年二月、衣料切符制はじまる。四月、米空軍日本本土初空襲。六月、ミッドウェー海戦。日本海軍次第に制海権失う。


時代の影響を受けて、「略年譜」には次のような学校行事が記されている。一九三八年、勤労奉仕始まる。一九四一年、ご真影奉安殿完成、北運動場に防空部隊兵舎建設駐屯。一九四二年、松井部隊駐屯、同窓会館を本部とし、屋上に陣地、北運動場にトーチカ、兵舎を建設。阪田が五年生であった一九四二年一二月の「校務記事　日記抄」には、五日に教練査閲、八日に大東亞戦争一周年記念大詔奉戴日式典、阿部野神社、護国神社參拜、九日に本校卒業生ハワイ空襲勇士平野晴一郎氏講話、一〇日　黒田教諭帰還挨拶とある。他の月には、紀元節拝賀式、天長節拝賀式、神社参拝鍛錬行軍、実弾射撃、防火訓練、植林作業などがあり、その間に模擬試験や期末考査がある。阪田が「受験勉強と軍事教練が中学生活の印象の一番外側を掩っています」と書いているのがよく分かる。しかし、軍事教練と受験勉強の間には一〇代の若者なりの楽しみがあったはずである。入学の年の「年譜」から見てみよう。

一九三八年・昭和一三年　一三歳

（四月、大阪府立住吉中学校入学。詩人の伊東静雄が国語科の教師であった。／この頃、坪田譲治の『子供の四季』（新潮社）を読み、童話を書きたいと思う。十代前半は「書く」ことに憧れる日々であった。／中学一年と三年の夏休み、山中湖畔で過ごし、富士山に三度登る。）

「年譜」では分からない中学校に進んだ頃の不安を語った興味深い講演がある。帝塚山学院小学校の「力の教育」を語った講演「帝塚山の文化」である。

力ということで臆病な私はよく思うんですが、女の人はいざ知らず、帝塚山の男の子は、ボンボン学校と他の小学校の子からさげすまれ、ちょっとこづかれたりして、世の中の厳しさを知るわけです。とりわけ身のほどを思い知るのは、旧制中学へ進学した時。ほかの小学校の子供たちから、威圧されるような気がする。ともかく腕力は弱いし、坊ちゃん坊ちゃんしているから、男の世界では全然アカンわけですね。私は本当に弱虫でしたから、いつも怯えていました（笑）。

自分を貶めて人を笑わせようとする阪田らしい文章である。ところで「坊ちゃん坊ちゃんして」いたのは住吉中学校の生徒の特徴でもあったのではないか、と思わせる記述が『創立50周年記念誌』にある。「過去10年間たえず高橋校長の口からでた言葉は、『住中生には体の弱いものが少なくない。凡ての生徒がみんな運動をするように』（略）でありました」。阪田が陸上競技部に入っていたのも、この校長の方針に従ったためだろう。と言っても、阪田はいやいや練習をしていたのではない。熱心に練習をしていた。そのことは小学校時代からの友人である大島五雄氏の書簡から分かる。「どうも住中の陸上は此の頃ちとつもやらんらしい。君からも一つ相當ひどく言ってやってくれ」。（一九四三年六月一〇日）

阪田は中学校時代のことをほとんど書かなかった理由を先に引用した「芥川賞を受けて」の続きに書いている。

その中学生活を私は小説には殆ど書いていませんが、一見索漠とした時代にも、ちゃんと見るべきものを見ている人はいるもので、たとえば同窓生の庄野潤三さんは小説「勝負」や「ザボンの花」（これは回想の一部としてですが）などに、清水幸義さんは「豺狼などの如く思ひなむ」などに、同じ住中時代の生活の内側のかなしみやおかしさを描いておられます。これらは住中・住高を知らなくても、誰が読んでも大変面白い小説で、――つまり、一見味のないあわただしい日常を、落ち着いてみつめる目が、小説を書く上に如何に大切かという証明になっています。（略）

「住中時代の生活の内側」を自分は何も見ていなかったとは、阪田らしい謙虚な文章である。阪田が挙げている庄野の「勝負」は、中学校四年生の時に差しの喧嘩で負けた話で、中学校のことを直接書いたものではない。それに対して清水幸義の作品は中学校時代の教練の担当者であった配属将校のことを描いたものである。「豺狼などの如く思ひなむ」の「豺狼」は「やまいぬとオオカミの意で、転じてむごいことをする人」という意味だが、題名は明治天皇が一八八二年に陸海軍の軍人に与えた軍人勅諭の武勇に関するところから取られている。清水幸義は優れた作家だが、広く知られている作家ではないのでプロフィールを紹介しておきたい。

清水は阪田と同じ住吉中学校一七期生で、一九四二年に住吉中学校から大阪高校へ進み、四四年一〇月に京都大学法学部に入り、四七年に卒業した後、大阪府立高校の社会科の教諭となった。一九七四年から八〇年まで母校住吉高校で教えて退職した。清水は教職に就きながら同人誌「ＶＩＫＩＮＧ」の同人となり、一九五九年七月刊行の第一〇七号から二〇一四年一〇月刊の第七六六号までに多くの小説を書いている。一九六五年には短編「十津川」が第五三回芥川賞候補作となり、一九七三年には『紀行西南の役』が第二七回毎日出版文化賞の候補作となった。（ちなみに、阪田の短編「音楽入門」は一九六六年第五六回芥川賞候補作になっている。）単行本には『紀行西南の役』、『戊辰戦争を歩く』、『大山巌』がある。二〇一五年一〇月六日に死去。二〇一六年二月一五日刊行の「ＶＩＫＩＮＧ」第七八二号に小説家宇江敏勝による追悼文「清水幸義と『十津川』」が掲載された。そこには「清水さんは秀れた身辺的な記録を数多く書いている。つくりばなしの小説はひとつもない。ひたすら事実をつみ重ねた描写に終始するのである。（略）すごいというか不思議な記憶力なのである」と書かれている。

清水が住吉中学校時代について書いた小説、エッセイには次のものがある。小説「豺狼などの如く思ひなむ」、エッセイ「住中のアホ達」、「阪田寛夫のこと」、「上町線沿線―悪童記―」、「ああ住中一年生」。大阪高校時代のことを書いたものは小説「学徒出陣」とエッセイ「学徒出陣」である。清水の「ああ住中一年生」を読むと、時代や状況について阪田と全く違った印象を持っていたことが分かる。

「私の入学したのは、昭和十三年、当時は支那事変と呼ばれた日中戦争の始つた翌年の春である。今から見れば、泥沼戦争の入口、地獄の一丁目ということになるが、軍国主義の中で育ったその頃の子供としてみれば、意識は高揚し、物質的にはまだ大した不自由もなく、いい時代であると思っていた」。

ほとんどの中学生にとって「いい時代」であったと考えていいだろう。教練については小説「豺狼などの如く思ひなむ」に詳しく書かれている。それによると、「一年生の教練は、その頃、週に二時間、土旺日に五つのクラスが合同で一時間と、別の日に一クラスだけ一時間あった」。配属将校吉田喜徳中佐が訓話を、軍人を辞めているダルマとヒョットコというあだ名の二人の准尉が訓練を行った。「教練というと、絶え間なしにビンタがとび、罵声が続いて、教官は鬼のような人物だったような固定観念ができてしまっている。しかし昭和十三年当時は、まだそうではなかった。ダルマ准尉も、ヒョットコ准尉も、決して生徒の顔面を殴打しなかった」。それが変化したのは二年生の五月のノモンハン事件の後である、と言う。朝礼での校長の挨拶が変わった。「これからの時代は、強健な身体と強健な精神をもたねばならない。身体の強健でないものは、どれほど頭がよくても、これからのお国の役には立たない」。そういう校長の背後には配属将校武藤大尉がいた。大尉は言った。「教練の合否は、配属将校ドクダンでこれを決める。（略）教練が合格せなんだら、幹部候補生にも、デッタイなれんぞオ」。今や大尉が「校長をとび越して君臨していた」。

一九三九年・昭和一四年　一四歳　中学二年生

「年譜」には既に見たように六月一八日に洗礼を受けたことが書かれていた。キリスト教徒が非国民扱いされている中で、洗礼を受けるのは相当な覚悟があったに違いない。と言っても、家の中ではそうするのが当然と思われていただろう。阪田家では毎朝、聖書の朗読が行われていた。

「むかし家の中や日曜学校で聖書を輪読している時に、自分の番に当って読みだしたところで、とつぜん笑いの発作に襲われて難儀したことがある。中学生の頃の話だ。家では朝食前に一日に一章、食卓をとりまいた家族が一節（一行か二行ていど）ずつ読み廻した（略）」。（「ルカ伝」）

阪田は小説『花陵』に、洗礼を受けると「少しは様子が変るかと思っていたが、やはり私は以前と同じようにキリスト教徒であることを恥じ、隠し、教会や家の外では何くわぬ顔で他の者に調子を合わせて過ごしていた」と書いている。しかし「年譜」に「居心地が悪かった」と書いているように、心の中には不安や葛藤があった。それが阪田を悩ませ、急に成績を悪くさせたのだろう。エッセイ「煙草の匂い」に、その時の様子が書かれている。

両親は熱心なプロテスタントで、家の中では理由なしにいけないことがたくさんあった。酒・煙草に限らず中学生時代の私が内心思っているような事柄は、すべて理由なしに、いけないのであった。その禁忌はすべて両親の、もしくは彼らの通ったプロテスタント教会の信仰に発していた。（略）家の中で日常の禁忌を司る裁き人は母親だった。彼女は私の通信簿の成績が中学二年になって突然一挙に悪くなった時、学校帰りにアイスキャンデー屋に立ち寄ったのが発覚した時（それは学校で禁じられていた）、その他私の犯すあらゆるけちな悪事を、キリスト教の名に於て叱責した。

（略）ただ家の宗教がキリスト教でなければどんなに心のどかだろうと、はかない思いをめぐらすばかりであった。

この文から読み取れるのは母の期待の大きさと厳しい躾に圧し潰されそうな阪田の姿である。それは英語の成績に現われた。「英語とマザー・グース」というエッセイには英語が嫌いだったと書いている。帝塚山学院小学校にはネイティブの先生の英語の授業があった。それに、阪田家には戦前からアメリカ人宣教師が来ていた。「私が中学に入ると、母は私にその人たちと英語で話をするように命じた。向うもわざと私に挨拶の常套句のようなことを話しかけてくる。それがいやで、なるべく近よらないようにした」。「その為だとは言えないけれど、中学の英語の成績は数学と同じ位悪くて落第点に近かった」。

阪田は成績が二年生の一学期で「突然一挙に悪くなった」ことを「毎日中学生新聞」の「こんにちはインタビュー」で面白おかしく語っている。「2年の2学期には250人中237番になりまして、通信簿を改ざんしたんです。100番台はやりすぎだと思って「207」に書き換えた。でもその成績では母親は顔色変えてしまって」。

成績が落ちた原因は母の存在だけではなかった。中学校二年生の阪田の心は内向していた。中学校時代を扱った短編「阪南町」に「憂鬱」という言葉が頻出するのはその表われである。「私」は「東亜共同体」についての大学生の議論や、旧約聖書の唯一神エホバが日本の神であるという解釈に憂鬱になった。週刊誌で女性の太股を見て、頭に血が上るという生理的な憂鬱とは違って、ここでの「憂鬱」は大人や社会への不信から生まれたものである。家においては、全てを「キリスト教の名に於て叱責する」母親に違和感を持ち、教会においては信者である大学生たちに強い疎外感を持っていた。阪田は内向する以外になかった。さらに悪いことに、阪田は母と同じ倫理観が、自分の中に沁み込んでいることに気づいていた。先に引用したエッセイ「煙草の匂い」の続きに、自分が「裁き人の側に立っている光景」として二つの経験を書いている。その一つは、阪田の家に下宿しながら夜間の商業学校に通っている真面目な青年に煙草の匂いをかぎ取った時で、他は、普段好色だという阪田が教会に入ると、仲間の中学生の卑猥な話が不快であったことである。

倫理を強調するプロテスタント教会の影響は強かった。阪田がそれから解放されるのは、それから四〇年ほど後のことだった。そのことは一九八〇年代のところで書くことにして、ここでは中学生の阪田が信仰についても、教会のあり方についてもラディカルな考えを持っていたことに触れておきたい。

短編「新川」には、「私は『クリスチャン』とはこの世で一度死に、キリストにあって生まれ変わるという、てんかん持ちがひっくり返るような激しい精神生活者でなければなり得ないものだと思いこんで、尊敬し、かつ恐れていた」と書いている。中学時代に南大阪教会で三度聞いた著名なキリスト教伝道者賀川豊彦の講演について、「神こそ宇宙の根源だ」と言うために「宇宙の秩序だの、原子番号だのを利用する所は、一切の所行をあるがままにとらえて衆生を済度する仏教の教えに似ているようであった。これならラクダが針の穴を通るのではなくて針の方がラクダの脚の下をくぐり抜けるようなものである」と厳しく批判している。このような講演者をありがたがる教会も阪田の批判の対象であった。では、阪田はどうなのかと言えば、自分を棚に上げるしかなかった。

このように、洗礼を受けた阪田は中学校時代から大きな問題に直面して思索的になっていた。しかも、それを学校でも家でも見せないようにしていた。しかし、同級生の清水幸義は感づいていた。

「阪田寛夫を始めて見たのは、住中二年の、富士登山旅行の時だから、昭和十四年の夏ということになる。皆がうきうきして、騒いでいる中で、彼はひとり憂うつそうな顔をして、バスの窓際の席に坐って、外を見ていた」(「住高同窓会報」第二四号)

清水が洗礼を受けて一、二カ月後の阪田の変化を鋭い観察眼で捉え、記憶していたことに驚く。

では洗礼を受けた阪田には悩みしかなかったのか、と言うとそうではない。『南大阪教会70年誌』に寄稿したエッセイ「昔のオルガン」に書いているように、音楽が当時の阪田にとって喜びであり救いであった。

中学二年の秋、週日の午後に教会へ赴いた時、今まで誰も鳴らしたことのない本格的なオルガン曲が響いていて、息を呑んだことがあります。「ト短調の小フーガ」という曲名は後で知りましたが、当時の私が知っていた唯一のバッハのオルガン曲でした。恐る恐るオルガンの据えられた小部屋をのぞくと、ひき手は栗原陽一先生という同志社を出たばかりの伝道師です。私はこの若い伝道師がオルガンを弾くことも知りませんでした。多分教会員の大部分もそうだったと思います。

音の弱い駄目オルガンと軽蔑していた楽器が、此の日ばかりは実に重厚でしかも絢爛たるフーガで、誰もいない会堂を豪華に飾っている感じでした。ペダルの低音もここを先途と、縦横に活躍しています。私に気付いた栗原先生は、弾き終えると恥かしそうに立上って階上の自室へ帰って行かれました。

私はその事を何故か誰にも言いませんでした。その一、二カ月後、栗原先生は入営の為に郷里に帰られました。年譜は昭和一九（一九四四）年に戦死なさったと伝えています。聴き手は誰もいない、と言いましたが、それはあの会堂で捧げられた一番美しい音楽だった、と今の私には思われます。

一九八一年に書かれたエッセイ「聖書」からも中学校時代の阪田の内面が垣間見える。怒られた日の深夜に、「幸福（さいはひ）なるかな、心の貧しき者。天国はその人のものなり」といった箇所を読むと、「かわいそうで心正しき自分を投影して涙を流すのであった」。

一九四〇年・昭和一五年　一五歳　中学三年生

「年譜」には何の記載もない。前年に洗礼を受けた後も、学校ではいつも通りにやっていただろう。清水幸義は短編「豺狼などの如く思ひなむ」に、この年は「重苦しい行き詰りの気分が払いのけられて、久しぶりに前途に青空のひらけたような気のした年だった」と書いている。それは九月二七日に日独伊三国同盟が成立したからで、その日は禁じられていた映画を授業時間中に見せてもらえた。映画はヒットラーが敵を倒す「民族の祭典」「美の祭典」などだったが、「ぼく達はスクリーンに向って、惜しみなく拍手した」。

清水はエッセイ「住中のアホ達」、「上町線沿線—悪童記—」にも、三年生の時の生活を面白おかしく描いている。国語のY先生に授業中、トンマとノロマとマヌケばっかっしやなあ、とよく叱られた話。Tがひっぱりだされて出席簿でどつかれた話。三年生の時にやってきたIという教練の教官は砲兵准尉であったが、非常な好人物だったので、最初の授業の冒頭から生徒たちは大笑いし、分隊教練では「前へ進め」でどんどん進み、「回れ右前へ」をしてみるとI先生がはるか彼方にいた話。

阪田も三年生の生活を楽しんだはずだが、年譜には記入がない。印象的なことがなかったからではなく、身近にいる兄と日曜学校の校長吉田長祥の家に大きな問題が起こっていたからである。長祥の次女は一九三五年夏に教会の日曜学校の簑島でのキャンプに参加して喀血し、半年ほど家で療養した後、一九三六年に琵琶湖畔の結核療養所に入った。その後、四女が肋膜炎に罹り、学校を休むようになった。阪田の兄は長祥の長女と交際していたが、兄は大学を卒業した一九三九年秋に入隊した。一九四〇年の年末に兄と長祥の長女は結婚するが、そこに至るまでの不安な状況、長祥の次女の死、長祥が新興宗教を信じ始めたために起こった教会内の混乱や子供たちとの対立、一九四二年の四女の死と長祥の棄教へと繋がる動きは中学校三年生の阪田にとっては、戦争にも劣らず重いものであっただろう。鬱屈した思いを阪田は音楽に熱中することで晴らしていた。

一九四〇年は神武天皇が橿原で即位して以来二千六百年目に当り、記念の行事が各地で行われた。中間考査の成績が悪くて学校に呼び出された母親に勉強するように言われたが、紀元二千六百年を奉祝する音楽会だからと一一月三〇日、中之島の大阪朝日会館へ行き、信時潔の交声曲「海道東征」を初めて聞いて圧倒された。

「第一章『高千穂』の越天楽(えてんらく)のような連続音の中から、いきなり心ひろびろと歌いだすバリトン独唱がすばらしかった。言葉がよく聞えて、しかも輝かにひびきわたり、ふしはいい気持でなぞりたくなるほど明るく楽しげだから、『神坐(ま)しき』とか『み身坐(みま)しき』といった耳なれぬ言葉ごと、いきなりそっくり覚えてしまった」。(「海道東征」)

阪田は「海道東征」の「八枚一組総譜付きで十何円かのレコード(SP)」を手に入れた。「私はその頃オーケストラの指揮者にあこがれていた。音楽好きの兄の持っている『新世界』

や『悲愴』の小型の総譜を引っぱり出して、レコードに合わせて割り箸を振る趣味があった。その遊びをするのに、『海道東征』ほど都合のいい曲はなかった」。これには後日談がある。戦後二年目に阪田が復員した時、嫂がそのレコードを「これだけは、あなたの命から二番目に大事なものだと思ったから」と納戸から出して来てくれた。レコードを聞きながら箸を振るのは単なる遊びではなく、鬱屈した思いを振り払おうとする必死の行いだったと思われる。

一九四一年・昭和一六年　一六歳

（中学四年生。一二月八日、日本軍、ハワイ真珠湾を空襲。太平洋戦争がはじまる。）

「年譜」の記載はこれだけである。太平洋戦争の勃発によって、時代の要請は阪田が通っていた南大阪教会に更に大きな圧力を加え、犠牲を強いた。多くの若い信者が出征し、多くの戦死の報が届いた。しかし、普通の中学生は戦争にそれほど疑問を感じていなかった。それどころか、ある種の喜びを感じていたと清水幸義は小説「学徒出陣」に書いている。

　われわれ日本人は天皇陛下のもちものなのだから、天皇陛下のために命をすてるのは光栄の至りだという考え方は、現実に死ぬ必要のない中学生の心には悲壮感をともなったよろこびみたいな感激をあたえた。思想問題ということばもあって、思想といえば危険という風潮が中学にはあった。そのなかで天皇崇拝だけが唯一の公認された「思想」だった。ぼくたちは天皇絶対論を口にするとき、ちょっと大人の仲間入りした気持ちになることができた。それに右翼は大臣を殺したり、反乱をおこしたり、子供の破壊本能にうったえる魅力があった。中学では天皇崇拝が新鮮であり、自由主義は古ぼけていた。

ぼくの中学四年生のとき、日本は米英に宣戦した。先生も生徒もこの戦争に疑問を提出する者はなかった。「緒戦の大戦果」には涙ぐんで拍手し、休憩時間にラジオが「宣戦の大詔」を読みあげると、ぼくたちは誰から命令されたわけでもないのに、その場に立って最敬礼した。

清水は高等学校に入ると様子が違っていたと書いているが、「豺狼などの如く思ひなむ」に書いているように「中学生には、まだそれだけの自我も成長していなかった」。むしろ中学校四年生の関心は受験にあった、と清水は言う。住吉中学は一学年五クラス、一クラス五〇人の計二五〇名であった。四年生の担任は何人官立の高等学校に進学させるかを競っていた。清水の担任は毎日五名ずつと面談し発破を掛けた。清水は翌年春、大阪高校に合格した。しかし、洗礼を受けた阪田は受験勉強に集中することが出来なかっただろう。

阪田が中学校四年生頃のことを素直に書いているのは「日本的キリスト教」という文である。

それは一九六五年一月二五日、二六日に「発見の会　シアター２５」でロベール＝フィリウー作〈ポイポイ〉とフェルナンド＝アラバール作〈戦場のピクニック〉と共に阪田の「いしきり」が上演された時のパンフレットに書いた短い文章である。

「すべてを『天皇に帰一し奉る』という国家主義の教義からすれば、『神』を絶対者とするキリスト教徒は非国民であり、不忠であった。右翼や警察や憲兵のみならず、いわゆるブルジョワ大新聞までが筆をそろえてキリスト教徒を攻撃した。私の家の塀にも『非国民』という落書があとを絶たなかった」。

これは次の年のことになるが、一九四二年から四三年暮れまで南大阪教会の伝道師であった吉岡適子は『南大阪教会五十年史』の「未熟児伝道師」という文に、「戦争中でしたから礼拝も皇居遙拝から始めなければならず、教会に満州国の留学生を招いての交歓会も、お祈り、讃美歌、一切相ならぬと特高からのきついお達し、電話の前で足が震えたことを思いだします」と書いている。一九四五年の終戦間際には、「日曜日の礼拝は、大下先生夫妻と、阪田素夫氏夫妻と、信原氏の、最小限度五人で守り続けた」とある。

中学四年生での官立高校受験に戻る。実は、阪田も四年生で官立の山形高校を受験していた。阪田はそのことを書いていないが、童謡の仕事を一緒にした作曲家服部公一が連載エッセイ「話のソラシド　第十九回―『サッちゃん』を書いた詩人」に書いている。高校まで山形で過ごした服部公一は、友人の父で旧制山形高校、新制山形大学の数学者であった柳原吉次先生から「広島女学院付属幼稚園で阪田さんのお父さんと同級園児だった」と聞いた。阪田に報告すると、山形高等学校を受験した時、柳原邸を訪問した、と言う。阪田が山形高校を受験したのは父素夫の勧めだったと思われる。阪田は非国民という落書きが絶えない大阪の家を離れたかったのだろう。次の年に高知高校を受験したのも父親の勧めだっただろう。阪田は両親から牧師に連絡があるので高知の教会の日曜礼拝に参加しなければならないのだ、と三浦朱門が著書『交友録』に書いている。残念ながら、四年修了での山形高校受験は失敗した。四年修了で官立高校に合格したのは一割ほどの生徒なので、落ちたことで落胆はしなかっただろう。

一九四二年・昭和一七年　一七歳

（中学五年生。母方の従兄・大中恩が東京音楽学校作曲科に入学して刺激を受ける。早熟で一人っ子の従兄には、小さな時から何かと教えを受けた。夏、思い切って一人で宝塚歌劇団を見に行く。出し物は「新かぐや姫」。二回目の観劇となった。戦時中にもかかわらず、ダイナミックなミュージカルだった。自分もこういうものを書きたいと思う。）

既に書いたように、時代は戦争一色で、阪田の家でも隣組の活動に積極的に協力していた。それでも特高が父を見張り、家の壁には非国民と書かれた。阪田は家や教会という壁で外界から身を隔て、その内部では母の叱正や東亜共同体を説く大学生信徒から距離を置いて自分を守っていた。学校では内面を隠すためにわざと滑稽な言動をしていた。それが分かるのが、卒業した年の秋に五年生の時のクラスの仲間が呼びかけて作った文集「淡交」第一号に寄せた文である。

高知高等學校文科甲類
阪田寛夫

拝啓、永らく御無沙汰致し誠に申訳無之候、如何に秋風そゞろ涼しき候なりとは申せ別段葉書代に事欠き居りたる訳にも無之右誤解無き様老婆心より呉々も御注意申上候、一別以来早や五ケ月と半分皆々様さぞかし大きくおなりの事と御推察申上げ且はリリシキ皆々様の御姿を今一度拝見致し度き思に駆られ居候。全く鬼をも泣ぐ(ママ)が如くおどろおどろしき皆々様にお会ひ致し度き心境に陥るとは一年前の今月今夜などにはテンデ思ひも掛け申さざりし所にして之全く環境の作りなせるひが事と思ひ居候。いとも奇怪なる現象に御座候。
さて小生高高入學以来（大阪高校は大高である故に高知高校は高高である「タカダカ」と讀むべからず）百七十三日一日の如く孜々として勉學にいそしみ、教場に於ても、もつて生れたる天才児の名を恣にし『北の方住中あり』の声を発せしめ居候。之全く當然の事とは申せ何卒御心安らけく瞑目被下度候。端的に申さば髙知とは夏暑く冬寒く食物少くうすぼんやりした所に候決して決して美はしき南の國でもなければ馨しきオレンヂの花の國にも無之く候。黒潮なんか何処に流れ居るか全然分り申さず候。全く南のはてに御座候へどもこれでも矢張り内地の一部との由にて秘かに安心致し居候。されど一たび桂浜辺に立ちて東の方を見遥(ママ)かす時我が胸に血潮の滾るを覚え、日本男子たる自覺の更に髙めらる、を感じ申候。もはや書く場所も盡き申候へば、海の南より遥か雪と山の彼方なる諸兄諸弟の御健康を祈りつ、擱筆致候。

草々頓首

笑いを取ろうとする大袈裟な書きぶりから、阪田は住吉中学校においても同じように剽軽な振る舞いをしていたと思われる。しかし中学校の五年生で注目すべきことは、詩人としての才能が既に現われていたことである。清水は先に見た「阪田寛夫のこと」で阪田の文才について書いている。

彼に文学の才能があることを知ったのは、昭和十七年、住中の創立二十周年の時だった。

二十周年記念歌が募集され、彼の詞は佳作に入った。ぼくの印象では、阪田の作が、とび抜けていいように思ったが、入賞したのは、阪根亮(ママ)の万葉調の歌だった。当時、詩人伊東静雄先生、健在だったはずだが伊東日記には、何も出ていない。今、全国で歌われている童謡「さっ(ママ)ちゃん」の作詞者の才能は、半分しか評価されなかったわけである。ぼくとは、同じ頃に、芥川賞の候補になり、それから著書を貰ったり、あげたりした。

清水が言及している二〇周年記念歌が佳作も含めて住吉中学校報告団発行の「鵬雛」第四七号、「創立二十周年記念号」に載っている。清水が称賛したように阪田の詩のイメージは鮮烈であり、リズムは力強く、生き生きしている。

五年　阪田　寛夫

一、陽は映えぬ　都の南／松蒼し　住吉の里／二十年(はたとせ)の　歴史は高く／菊の香と　今朝は薫れり

二、雲湧けり　金剛の峰／神さびぬ　御社(みやしろ)の杜／校風は　此所に育ちて／星章の　光は添ひぬ

三、仰ぎ見む　四條の教へ／影追はむ　文武一道／興隆の　誓新たに／歌はばや　秋空高

く

この年、海軍がミッドウェー海戦で敗れ、戦局が一挙に怪しくなった。そんな中で、生徒としては高校受験のプレッシャーを感じる時期であった。しかし、「年譜」にあるように阪田の関心は音楽と宝塚歌劇に向けられていた。阪田は毎日一、二時間ピアノを弾いていた。それを刺激したのが従兄の大中恩であった。講演「ノイマン爺さんにご挨拶」の一九四二年夏の記述にその時のことが書かれている。

一つ年上の、叔父の一人息子が、東京音楽学校（芸大）の作曲科に入り、背広型の制服を着て大阪へ遊びに来ました。もうアメリカとの戦争が始まっていました。私の父親が、彼に自作の曲を所望したら、はじめは何のかのと渋っていたのが、急に「では弾き語りで、うたいます」と断って、ノイマンさんの蓋をあけ、もちろん楽譜なしで、こんな歌をかなしげにうたい出しました。（引用者註：詩は北原白秋）

渡り鳥／／
あの影は渡り鳥／あの輝(かがや)きは雪／遠ければ遠いほど空は青うて／高ければ高いほど脈

立つ山よ／ああ、乗鞍嶽、／あの影は渡り鳥

彼はのち死亡率の高い海軍予備学生に応募しますが、たとい戦死したとしても、この夏の夕方、ノイマンさんの鍵盤に触れてともどもに地上にしるしとどめた曲の美しさは、その生涯の短さにも十分引き合うとさえ思われました。

一歳違いの二人はこの頃、戦争のこと、出征のことを話していたにちがいない。敗色は濃厚で、既に高校、専門学校、大学の修業年限が短縮され、卒業生は徴兵検査を受けて、入隊していた。翌一九四三年六月に、東条内閣は学徒戦時動員体制確立要綱を閣議決定した。海軍にも、志願すれば一般大学・高専在学中の学生も予備学生として採用されるようになった。大中は海軍予備学生として入隊した。大中は「コール・メグだより7」の「対談　阪田寛夫・大中恩〈その人と作品を語る〉」で、「俺は兵隊へ行かなけゃならないと思って、予備学生に志願して行っちゃったけど、阪田はその頃から戦争はいかんと思ってたらしいな。立派なもんだよな」と述べている。「渡り鳥」を弾いた一九四二年夏、阪田は大中の気持ちを聞いていたにちがいない。「たとい戦死したとしても」という言葉は、従兄に死が迫っていると感じた阪田の切迫した心境から出た言葉だろう。大中の曲は「その生涯の短さにも十分引き合う」と感じさ

せるほど素晴らしいものだった。この時、いずれ自分も動員されると思った阪田は、自分も同じように何か美しいものを残したいと決心したのではないか。中学生は劇場に行ってはいけないという決まりを破って、「夏、思い切って一人で宝塚歌劇団を見に行」ったのは、そんな思いに突き動かされたためだろう。そこではダイナミックなミュージカルに感動して、自分もこういうものを書きたいと思った。

音楽の他にもう一つ、小学校時代からの友人石濱裕次郎の年長の従兄藤澤桓夫が小説『新雪』を「朝日新聞」に一九四一年一一月二四日から一九四二年四月二八日まで一五四回連載したことも阪田にとって大きな出来事であった。『新雪』はすぐに五所平之助監督によって映画化され、一九四二年一〇月に上演された。主題歌「新雪」も同時に発売され、大ヒットした。阪田は一九四四年秋に出征する前に、この世の名残に一目その小説の舞台となった阪神間の住宅地を見ておこうと出かけた、と小説「五十嵐日記・解題」に書いている。小学生の時から坪田譲治の作品に夢中になっていた阪田は、戦時下の若い人々の恋愛を描いた小説『新雪』に心を奪われたのだった。

信時潔の「海道東征」、大中恩の「渡り鳥」、宝塚歌劇、藤澤桓夫の『新雪』の影響から阪田の住吉中学校時代を振返ってみると、中学校二年生の時に洗礼を機に内攻した精神が向かったのが音楽と小説であったことが分かる。

第四章　高知高校時代

一九四三年四月、阪田は高知高等学校に入学した。翌年夏に徴兵検査を受け、九月一五日に大阪の歩兵部隊に入隊し、一週間後に大陸へ送られる。阪田の高知高校時代はわずか一年半であったが、寮で同室となって以来の友人で作家の三浦朱門が『交遊録』などに高校時代の阪田について多くの記述を残しているので、当時の阪田の様子を知ることができる。

（阪田は）高校の寄宿舎にいた時から、日曜の朝になると教会に行っていたが、それは熱心な信者である両親から教会の牧師に連絡があって、サボることができなかったこともあっただろうが、それ以上に教会にはオルガンがあったからであった。

寄宿舎でも食堂からガラスのコップを二十ばかり持ってきて、それに水を入れて、その量によって、たたくと違う高さの音が出るようにして、それをたたいて、マリンバか木琴のようにメロディを作っていた。そうかと思うと机の引き出しを裏返して、屑籠の上に載せ、それを箸でたたいて、小太鼓、スネアドラムの代わりにして楽しんでいた。

三浦朱門が『交遊録』で描いている阪田のエピソードは、どこかとぼけた感じがあって面白い。阪田が高知高校を舞台に描いたNHKテレビドラマ「ケンチとすみれ」にも、それに通じるものがある。建築家志望のケンチこと立浪健一を主人公に、寮での生活や、構内で営業している床屋の娘すみれとの淡い恋、高校生の憧れのマドンナなどが登場する青春ドラマである。一九六七年一〇月から六八年九月まで一年間、作家の土井行夫と交代で脚本を書き、計四七回放送された。出演者は藤岡琢也、林美智子などだが、筆者は残念ながら見ていない。後に阪田の友人の柊和典によって小説化された『ケンチとすみれ』を読んだが、阪田の高校時代はあんなに楽しかったのかと思わせるほど魅力的である。そのドラマの構想を立て始めた頃の様子を、阪田は旧制高知高等学校同窓会南溟会編『自由の空に　旧制高知高等学校外史』（以下『外史』と記す）のエッセイ「『ケンチとすみれ』の余話」に書いている。

さてケンチのひととなりだが、大阪生れで珊瑚職人の一人息子、人間くさいが、物事についてはあっさりしていて、馬鹿ではないかと思うほど立身出世の欲がない。心は暖く、しかも抜けている。手先は器用、事をなすに既成概念にとらわれない。こういう項目をメモしながら、私は高知時代の仲間のだれかれのことを考えていた。逆に、友人たちの性格が好もしい主人公の像を形作ったと言える。大野は熱血漢でけれんの無い大阪の商家の息子だ。立石は正義派でしかも飄々乎とした風のような男だし、三浦は押入れの上段をベッドに転用し、その天井板を一枚ずらして首だけつき出す極秘の喫煙所を工夫するような、創意とふてぶてしさと初々しさを兼ね併せた妙な男である。――

この辺まで（NHK企画部の）藤村氏と一緒に考えてから、二人で高知・足摺へ旅立った。私は心の中で、この上、高知で八波先生にお目にかかりさえすれば、もうあとの人物も筋立ても自然の結晶作用のように出来上って行くに違いないと楽観していた。

楽しいドラマであったが、それは阪田が過ごした高校時代ではなかった。ドラマは阪田が高校に入学する九年前の一九三四年に設定されている。では、実際の阪田の高校時代はどうだったのか。先のエッセイの続きに次のように書かれている。

大阪の住吉中学を卒業して、戦争末期の昭和十八年四月に私は高知高校に入学した。（略）平日の門限は七時。九時点呼、十時消燈というような日課である。もちろん禁酒禁

煙、黒い白線帽とマントは着用禁止。（略）

（略）反抗的な人間は続々退学、停学処分を食ったから、私のように軟弱でしかも臆病な人間は、もうがっかりしてひどい時代に高校へ入ったものだと愚痴ばかりこぼしていた。善いにつけ悪いにつけ、絵に描いたような高校生活は、私たちの時代にはもう無かったのである。

この章では当時の阪田の姿をできるかぎり客観的な資料を通して捉えてみたい。

1　時代状況

阪田が入学した一九四三年には、日本は前年のミッドウェー海戦での敗北以来、確実に敗戦へと向かっていた。厳しい戦局と展望のない施策が学生生活に大きな影響を与えていた。以下は『年表昭和史1926―2003増補版』、旧制高知高等学校同窓会編『高知、高知あゝ我母校』（以下『我母校』と記す）と『外史』の記述をまとめたものである。

阪田が高知高校に入学した一九四三年四月一八日、連合艦隊司令長官山本五十六が戦死した。五月には米軍がアッツ島に上陸し、日本軍守備隊二千五百人が全滅した。六月に東条内閣は学徒戦時動員体制確立要綱を決定し、一〇月には在学徴集延期臨時特例を公布した。阪田も文科の学生だったが、これにより大学、高校などの文化系学生の徴兵延期措置が撤廃された。一〇月二一日には明治神宮外苑競技場で文部省主催の出陣学徒壮行会が行われた。東京帝国大学他、東京都、神奈川県、千葉県、埼玉県の七七校の約七万の学生が行進し、徴兵を猶予された学生や女子学生など約五万人が見守った。その模様はNHKで二時間半にわたって実況放送された。戦後生まれの筆者も何度かその映像を特集番組などで見たことがある。戦意高揚が目的であったが、ひ弱な学生たちが悲壮な表情で、銃を担いで行進する姿は痛々しいものだ。彼らはその後すぐに臨時の徴兵検査を受け、合格者は一二月に入隊した。

一九四四年二月、文部省は軍事教育強化方針を発表し、食糧増産に学徒五百万人の動員を決定した。さらに五月には学校工場化実施要綱を発表し、八月には竹槍訓練など国民総武装を決定し、学童集団疎開も始まり、学徒勤労令、女子挺身勤労令が公布された。阪田は七月頃に徴兵検査を受け、九月に入営した。

『我母校』には阪田が入学した一九四三年の高知高校の様子が描かれている。

昭和十六年に南溟報国会が発足してから、学友会誌も「報国団報」と衣替えして年々発行されてきたが、今年（昭和十九年）二月その第四号が出されている。それを見ると、昨年暮に応召した前記の諸君の出陣を激励する記念特集号として、佐野校長以下多数の先生、級友の切々たる壮行の辞が満載されており、なお且つ、多数の落ちついた研究発表や詩歌が載っているタブロイド判四六ページのものである。あの戦時苛烈のときに、これだけのものを出していた当時の諸君の「熱意」に、全く頭のさがる思いがする。全部をここに再録したいほど胸打たれる文に満ちている。しかし紙数の関係でそれは許されないので、(壮行会での) 八波先生の歌一首と、塩尻先生の激励の辞の一部を載せさせてもらおう。

●かへりみなく征きにし子らの夢にかよへ土佐の山川学び舎の歌 (八波)

塩尻公明:(略) 然し、卑怯な振舞をして貰いたくない。立派な死に方をしたと聞いたならば、若き命を惜んで泣くであろうが、同時に、大切に育てた甲斐があったと喜びにむせぶであろう。玉の如くに育った子供に対して親として熱望する望みこそ、恐らく人間として最も正しい望みであろうと思う。これと同じことを、自分は諸君に向っても言う他はないのである。諸君が武運めでたく生きて帰らんことを神かけて祈ろう。然し散らねばならぬ時には美しく花の如く散って貰いたい。これが自分の結論である。

ここでは『外史』「第五編　文化の花や何処に咲く」に掲載された第一九回生から二二回生までの八人による「勤労の譜をかかぐなり」（昭19・記念祭歌）と題した座談会から、第二一回文科の学生であった阪田の生活を想像してみる。座談会で目を引くのは徴集延期であった理科の学生と、戦地に行くことが決定的であった文科の学生の意識の違いである。阪田の同級生で同じ文科の学生であった千頭輝夫氏は次のように述べている。

千頭　食糧事情は悪かったが、働くことは特に理科の人はよく働いた。文科はどうせ死ぬんだ、ということが頭にあるので適当に短い生存を大切にした。（略）午前中作業をして、午後から遊びに行って、六時、七時頃黙って帰ったというような調子で、あらゆる知恵をしぼって自由を少しでも楽しんでいた。文科の人は毎日がどうせ死ぬんだという生活の延長だったように思うんです。

千頭や阪田の一年後輩になる第二二回文科の田岡一郎氏は少し違う印象を持っている。

田岡　私たちの入った時は、昭和十九年四月ですから、考えてみれば、今の諸先輩に比して、もっともっと戦時色の強い状態の中だったことは確かですが、われわれは既に中学校時代に本チャンの極めて苦しい軍国主義方式で叩かれてきておりましたから、高等学校も全寮制で、確かにある程度軍国調だったことには違いないのですが、特に軍国主義的にしごかれたという印象はなく、矢張り高知という開放的な天然条件の中におかれ、その上に寮で共同生活をした諸先輩が非常に良識のあるいい意味での旧制高等学校的な方だったこともあって、私達は私達なりに、やはり、あこがれの高等学校だなあという印象が強かったです。

住吉中学時代の清水幸義もそうだったが、ほとんどの学生は戦時中ではあったが、「あこがれの高等学校」生活を送っていたと言っていいだろう。では阪田の場合はどうだったのか。そこに進む前に、阪田はなぜ高知高校を選んだのかを考えてみたい。三浦朱門は父が高知の出身だったが、阪田の場合、両親も祖父母も高知とは関係がない。長女で作家の内藤啓子氏に尋ねたところ、成績が悪かったからでしょうと言われたが、調べてみると、阪田が入学した年の高知高校の文科は理科と同様、入試志願者は十倍を突破していた。翌年、理科は増員となったが文科は一クラス削減され、倍率は一一倍になった。先の座談会の記録にも、「あの当時、文科に入ったのは大秀才クラスなんです」という発言がなされている。阪田は「大秀才クラス」の一年前の入学だが、やはり秀才だったと言っていいだろう。なお一九四三年度から高校は二カ年修了制度となった。高知高校では入試科目のうち「外国語は試験科目より削除され」ていた。阪田は住吉中学時代に英語の成績が悪かったと書いているので、外国語の試験がなかったことと、高知市に両親の親しい牧師がいたことが大きな理由だったと思われる。阪田が親の勧めに従ったのは、非国民と落書きされる家から離れたかったこと、高知は大阪に近いとはいえ海の向こうの離れた土地だったからではないか。青年にとって親から離れて暮らすことは自立するための必要な過程である。三浦が阪田の葬儀で読んだ弔辞の高校時代の逸話は、当時の阪田の、自立しようとしながら親に依存している姿を面白おかしく描いている。内藤啓子著『枕詞はサッちゃん　照れやな詩人、父・阪田寛夫の人生』(以下『枕詞はサッちゃん』と記す)からの引用である。

いや、あのころの君は家庭から自立しようとする男の子なら、誰でもがそうするであろうように、家庭の雰囲気を拒否しようとしていた。それはキリスト教的生活から離れることを意味していた。少なくとも当時の君は、非キリスト者のポーズをとっていた。旧制高校の寄宿舎というところは、君の夜具の羽根布団が軟弱でハイカラにすぎるというので、嘲りの対象になるようなところだった。木綿布団なら布団を破って綿をとりだして、朴歯の高下駄の太い鼻緒を作るのに使えるのに、羽根布団では、そんな役にも立たないではないか、という訳だった。

三浦は『我母校』掲載のエッセイ「秋」に、阪田が授業を抜け出して市内の劇場で歌謡曲と踊りを楽しんでいたと書いている。阪田は時代の圧力を音楽によって癒そうとしていたのだ。三浦の『交友録』には、阪田を含めて反抗心と好奇心が強い反面、ひ弱で、真面目な高校生の姿が描かれている。後に小説家となる阪田にとっての大きな出来事は、九月、寮の相部屋で一緒になった三浦が行李の底から取り出してサローヤンの短編「空中ブランコに乗る勇敢な若者」を見せてくれたことであった。阪田は厳しい人生をユーモアと優しさで包んだサローヤンの作品に魅せられ、生涯サローヤンを自分に最も合った作家として尊敬する。

3 「文科の連中はどうせ近く死ぬんだ」

阪田は一九四四年九月一五日に入隊するのだが、徴兵検査の後と入隊通知が来た時の阪田を描いた文がある。三浦が『外史』に書いたエッセイ「勤労動員のころ」である。剽軽に振舞って内面を隠す阪田の姿をよく捉えている。

阪田寛夫は検査を終えて大阪から帰ってくると教室に――ということは、その日授業が

あったことになる——入ってくるなり、パンツ一枚になって机の上に立ち上るなり、

「甲種合格、阪田寛夫。蘭印はバリ島、剣の舞」

と言うたら、でたらめのモダン・ダンスをやりはじめた。そして肩で息をつきながら
「こりゃ、立石、貴様、乙種か。不忠者め、そんなことでお国の役に立つと思うのか」

と言って、立石を苦笑させた。

つまり、世情は大分ときびしくなってはいたが、私たちだけの世界では、まだ笑ったり、ふざけたりするゆとりがあった。


（略）明日からいよいよ本格的な仕事がはじまるという日に、私が松山市に遊びに行って、道後の湯につかり、うどんを食って帰ってきたら、阪田は宿舎の庭で飯盒で飯を炊いていた。しょんぼりしていた。彼に入隊通知が来たのだと、誰かが教えてくれた。

彼を多喜浜の駅に送りに行った日はもう九月になっていただろうか。小さな駅前広場でストームをしながら、駅構内に植えられた葉鶏頭の暗赤色を私は目のすみでとらえ、不吉なものを感じた。それが戦死者の胸で固まりかけている血の色に似ていると思ったのだ。

数日後、差出人のない葉書がクラス宛に舞いこんだが、その汚ならしい字（ママ）で阪田のだとわかった。禁を犯して、彼は家族にこの投函を頼んだのだろう。「いよいよ鹿島立つ、思

いや切、啼くや哀れ。しかれども我が魂の碧空を翔り、赤血球の胸にドキつくを如何せん。呵呵哈哈」とあった。

4　「最後の勉強だと心に決めて」

三浦は『交友録』に「私たちの仲間は怠け放題に学校をさぼっていた」と書いていた。しかし、阪田は東京大学に進むつもりだったので、遊ぶ時は遊び、勉強する時は勉強をしていたのではないか。阪田はそれについては何も書いていないが、阪田資料に保管されている、動員先や入営地からの友人たちの私信に書かれている。ここでは掲載を許可していただいた大島五雄氏の手紙と葉書からその部分を引用する。

十九年二月十四日　山口市山口高校鴻南寮　大島五雄

君の手紙を今日拝見した。試験準備に多忙の所済まなかつた。此の間はたゞの葉書で実に失礼した。（略）自分も勉強の方になると言ふに堪へないが、語学だけはみつちりやつて置こうと今でも考へてゐる。讀書の方も友より刺戟されてかなり難解のものにくつついてゐる。四月からは日本の古典とでもとつ組んでみようと遠大な志をたててゐる。

十九年八月二十三日　三重海軍航空隊生徒隊第三分隊三班　大島五雄
俺は今や海軍の生徒になり切らんと努力し一日たりとも早く軍人精神の体得に力めてゐる。
貴様の入営は多分来年だらう。入營前はやはり高校生としての責務を遺憾なく発揮されよ。
東大突破を祈つてやまぬ。（略）

これが学生としての阪田の姿だろう。阪田と大島氏は小学校以来の友人であり、中学校時代には共に陸上競技部で熱心に練習した仲間であった。阪田は高校でも陸上競技部に入っていた。戦後、同人誌「新思潮」を作る荒本孝一とは陸上競技部で出会った。東大を目指して勉強する阪田の前に、先に書いた学徒出陣という現実が待っていた。そしてもう一つ、隠しに隠していたとは言え、阪田はキリスト教徒であった。信仰を隠しながら、学徒動員に駆り出されていく当時の阪田はどんな心境だったのか。阪田はそういうことを自ら書く人ではないので、彼の周りにいた人の例から推し量る以外にない。その人とは高知高等学校第一回出陣学徒壮行会で、出陣する学生を代表して決意を述べた池田浩平である。池田浩平は『運命と摂理∶一戦没キリスト者学徒の手記』（以下『運命と摂理』と記す）の著者として筆者にも親しい名前であった。二万点近くある阪田資料を読んでいて、高校時代に阪田と池田との間に交流があったことを知った時は驚いた。しかも、二人の交流は単に高校時代の阪田の心境を推測する手掛かりであるだけでなく、阪田が作家として自立する契機となるほど大きな影響を与えたものだった。

5　八波直則と池田浩平

一九四三年一一月の第一回出陣学徒壮行会は『我母校』に、「壮行会の歌声が学園にこだまして、送られる者の心も、送る者の心も、大きく波立っていくのである」と書かれている。壮行会に出席していた阪田の心もまた、激しく波立っていただろう。阪田は同窓会南溟会の会報第四五号（一九九一年）の文「八波先生のこと―ゆめにかよへ―」の中で、「私も文科生だから、あと一年で同じ運命がめぐってくる、という思いで講堂の式に列した」と書いている。八波直則の短歌「かへりみなく／征きにし子らの夢にかよへ／土佐の山川学び舎の歌」は「記録によれば五首あったそうだが、私は右の一首しか覚えていない。この控え目で、淋しい三十一文字だけが、ふしぎに五十年近く経った今も、私の中に光芒を曳いている」と書いている。

この短歌は高知高校生の間では有名であった。作者八波は英文学者で、学生たちから敬意と信頼を寄せられていた。そのことは阪田が「ケンチとすみれ」を書く時、八波先生に会えば全ては解決すると会いに行ったことから分かる。

八波先生を敬愛していた学生は多いが、特に結びつきが強かったのが池田浩平であった。八波は高知新聞に連載したエッセイ『私の慕南歌』の第一三回目「夢にかよへ〈4〉」で、「彼は文乙の生徒でしたがズバ抜けて成績がよかった。あだ名は文乙のカント。クリスチャンで学友の信望も厚く、生徒会代表として報告団総務部幹事にも選ばれていた。私は報告団報の編集責任者（編集班長）をしていたので、特に付き合いが深かったわけです」と書いている。

八波が「ズバ抜けて成績がよかった」という池田は幼い頃から詩を書いていた。それらは彼の死後、一九七六年に両親の手によって『浩平詩集』として出版された。その略年譜によると、池田は壮行会の翌月の一九四三年一二月に学徒兵として中部第八七部隊に入隊する。翌年五月、甲種幹部候補生として中部第一三一部隊に転属となる。八月、出動命令により待機中に部隊にパラチフスが発生し、その看護にあたった池田は感染し、九月九日に小倉陸軍病院で病死した。哲学を志していた池田は応召前後に多くの思索を残していた。それは戦後まもなく『運命と攝理：一戦没學徒の手記』（信教出版社、一九四七）として出版され、大きな反響を呼んだ。

八波は『浩平詩集』に池田の両親から依頼されて「序にかえて」を書いている。そこには戦時中の池田の様子や壮行会の様子が描かれている。

集中の最長編「出陣のうた」は十一月二十二日、高知高校の第一次出陣者壮行式で、池田君が他の出陣者の出陣のことばとともに在校生の前で朗読したものであるが、その前に、校長と在校生代表（前掲ハガキの春田誠郎君）との壮行の辞に答えて、「出陣者代表　池田浩平」（ああ、気魄をこめてこう結んだときの声が今もわたしの耳にひびく）が壇上で読み上げた「決意並びに感謝」の辞の全文をここに掲げる。

大君の赤子　奮然挙り起ち　宿敵撃滅の剣を握る決戦の秋　我らまたペンを抛げ　本を閉ぢ　召に応ずるに随順の捨身　身を第一線に進め　以て祖国の急に殉ぜんとす　この秋に当り　我ら双肩の負荷を光栄と観ずること更に深し

征かん哉　南溟の空は我らが朗々の心なり　感激の児らは尽きせぬ血潮を　今凄愴たる南北流血の地に乱舞せしめん

善い哉　これ高知高等学校が豪気を誇る朴訥の頑張精神にして　将た怨敵悉退散を念ずる我らの利剣にあらずや

我らが短き二十年の生は今日　今　大義に生くる醇乎たる刹那　美に変じて永遠の命と化す　喜ばしきこの日　而も盛んなるこの壮行式

ただ謝すは敦き師の恩　友の情

ただ誓ふは　善戦敢闘　以て母校の栄を決戦場裡にさへ輝かさんことのみ

（昭和十九年二月発行の報国団報第四号〝南溟学徒第一次出陣記念号〞から右を筆写しつつ流涕を禁じえない。わたしは次号の中に四ページの〝故池田浩平君追悼特集〞を企画編集し、霊前に供えることになったのである。）

八波は「序にかえて」で、報国団総務部幹事に選ばれた池田、報国団の研修部の哲学科に属していた池田の思い出を書いた。確かに池田は模範的な学生であった。しかし、池田は大きな矛盾を抱えていた。なぜなら彼は熱心なキリスト教徒だったからである。それでも池田は壮行会の答辞で「我らが短き二十年の生は今日　今　大義に生くる醇乎たる刹那　美に変じて永遠の命と化す」と詠った。もちろん池田はそれが彼の信仰と矛盾することを知っていた。池田は『運命と摂理』で、「私は一体、何であるのか。また何であればよいのか。答えは、キリスト者であり、同時に日本人である、という一事を措いてほかにない」と書いている。この「キリスト者であり、同時に日本人である」という順序は彼にとって重要だった。しかし、時代は池田に「日本人である」ことを優先することを強いた。池田はキリスト者であることを押し殺さねばならなかった。それは、阪田も同じだった。阪田は池田の答辞を聞き、心を揺さぶられながら、同時に池田の苦しみを共有していたに違いない。

6　『運命と摂理』と当時のキリスト教会

一二月一日に入営との決定が発表された一九四三年一〇月一日から一一月末までの二カ月足

らずの間に、池田は文字通り寝食を忘れて本を読み、思索し、『運命と摂理』の第三部、書名と同じ「運命と摂理」を書いた。目次を見ると、キルケゴール、ドストエフスキー、『ヨブ記』などを通して、つまりキリスト者として、人生の意味を模索していたことが分かる。次の第一の引用ではキリスト教徒としての意識が明らかだが、二つ目の引用では、それはほとんど消えている。

一〇月一日

今や設定せられた民族の運命の一翼を担って、死への跳躍板の上に立たされてしまった。ここに死の将来的必然性に対する先駆的決意は、エラン・ヴィタールとして輝き出でなければならない。だが、兵として召されるまでの私の生活は、はげしき現実否定の戦いでなければならない。それは宗教の世界に根を下ろした否定の論理の渦中に潜入して、この私が、個としての私を限りなく否定することを学び来たり、完膚なきまでに死の洗礼を受けなければならないということである。

一〇月三日

ああ、矛盾は大きく悩みは深い。しかし祖国、日本への愛の中に死ぬることのできる人は幸福である。もちろんそれは立派な死である。しかし、世界史の行く末を考えると、のんきな顔はしておられない。身に憂いをまとうて、真に日本を天壌無窮たらしめんとの悲願に、刻々胸をいためている者こそ真の愛国者でなかろうか。（略）

このように哲学の徒であった池田はキリスト教徒としての悩みを、時代が求める八紘一宇の精神へ捻じ曲げ、昇華させる力を持っていた。『運命と摂理』と『浩平詩集』を通して、苦しさを素直に表現しているのは詩「出陣のうた」の第三節だけである。そこでも池田は感情を抑え、大東亜の理念の中に生きる道を見出そうとする。

三

「死にたくない！」／悲しいかな　けれども　これが私の絶叫／いやもっとくだいて言はうか／「死にきれないのだ！」／やがて我らが君命に奔走するその日を想ふと／新しい道義の国が大東亜の天地に／我らの協力で打樹てられるその日を想ふと／我らはあまりに大きい使命観を担って居る／大東亜十億の民をこの両の腕に救ひ起し／先駆する祖国の前途を見とゞけるのでなくては／天地が逆転するほどかなはないと思ふのだ／然り　この使命観に生かされる日の限り／我らは死ぬことが出来ない／また　死ぬこともないと信ずる／

うむ　我らは不死身にちがひない

なぜ池田はキリスト教信仰とは相いれない大東亜の理念に命を懸けようとしたのか、と問うのは平和な時代に生きているからである。しかし、戦後も八〇年近く経てば、戦争のことを知らない人が多くても不思議ではない。当時の池田の苦悩を最もよく理解していたのは、熱心なキリスト教徒であった父・猛猪だろう。猛猪氏は一九六八年に増補改訂版として出版された池田浩平『運命と摂理　一戦没キリスト者学徒の手記』に「父のことば」を書いている。

現代の読者は、この「運命と摂理」を読んで、著者が戦争に対して一片の懐疑も批判も述べていないことを、いぶかしく思われるでしょう。しかし、彼は決して国家や戦争に対して無関心ではなかったのです。にもかかわらず、この「運命と摂理」は、彼の死が将来した際、戦時中においても出版してほしいという意図の下において執筆したものでありますから、意識的に、国家や戦争の問題にふれることを避けたのではないかと思います。彼は、国家原理と日本の国家観および戦争と倫理との矛盾について、鋭い批判をもっていました。とりわけ、天皇ゴット（天皇が神であるという説）の思想は、明らかに瀆神の大罪であり、したがって、それが亡国の因となるというキリスト教的歴史観をもっていました。

しかし、彼は、それに抵抗するいとまもなく、兵に召されたのであります。

彼がなぜ兵役拒否の行動に出でなかったかと言いますと、彼は日本の国土を愛し、同胞に対して運命の共同性を自覚していたので、無告の民が、死の戦場にかり出されてゆくことを傍観しておれなかったからです。彼は、友（同胞を含めて）のために、命を棄てる覚悟をしたのであります。そこで、ただ忠実なる一兵としての義務を果たすことだけが、神のみ旨である、という信念に立ったのであります。「人その友のために已れ（ママ）の生命を棄つる、これより大いなる愛はなし」（ヨハネ伝一五・一三）とは彼の愛唱の聖句でありました。

戦時下のキリスト教会は天皇が神であるという説が「明らかに冒瀆の大罪」であるという立場を取っていなかった。日本基督教団がその過ちを公式に認めたのは戦後も二〇年以上経った一九六六年だった。例えばそれは、『時の徴』同人編『日本基督教団戦争責任告白から50年その神学的・教会的考察と資料』に詳しい。

戦時中の教団の資料を読むと、まるで十字軍の時代に返ったかのような印象を与えるものがある。例えば、『日本基督教団史資料集：第2巻：第2篇　戦時下の日本基督教団：（1941

〜1945年)』にある東京支教区青年部が主催した基督教出陣学徒激励大会の案内である。それは銀座教会で一九四三年一一月一四日(日)一四時より行われた。

愈々征く。若き学徒達は征く。肉飛び血しぶく決戦場を指して僕達の仲間は征く。そこにて如何なることの身に及ぶとも敢然と彼らは飛出して征く。祖国の危急に身を挺する為に、学業を抛ち、家を捨て、教友を残して雄々しくも出で立つて征くのだ。涙も感傷も隠してひたむきに立向ふ彼ら。噫、何と悲にして壮！

だが二重の使命を持つ彼ら基督者武人の光栄よ。日頃十字架を凝視して来たその光を輝かしその味を示すべき栄誉の日は来たのだ。大東亜を神の義の光の下に打ち建て、十億魂の解放の先駆をなすの日は到来したのだ。新しき世界救拯史の為に、弟よ、兄よ、その若き信仰の血を献げ、その純潔の血を流して呉れ。

もうこれ以上の引用はいらないだろう。全国のキリスト教会が同じような状況だった。高知高校時代に阪田が通っていた教会も変わりはなかっただろう。高知教会百年史編纂委員会編『高知教会百年史』の森岡和子「清和幼稚園」がそのことを素直に記述している。

当時の教会には、キルケゴールやドストエフスキーを読んで思索を深めていた池田を受け止める力がなかった。それは阪田の場合も同じだろう。三浦が、阪田が日曜の朝に教会に行っていた理由は教会にオルガンがあったからだと書いていたのは、案外当たっているかもしれない。

ところで、この章を書き始めた時、筆者は高校時代の阪田のキリスト教信仰がどのようなものか分からなかった。いや、この段階でも確信はない。理由は既に書いたように、阪田が素直に自己の信仰について語るタイプではないからだ。阪田の信仰の本当の姿をつかむのは非常に難しい。例えば『燭台つきのピアノ』のエッセイを読めば分かるように、阪田は自分のことを熱心でない信者とか、不信者と書いている。そんな阪田を熱心なキリスト教徒であった池田と同列に扱おうとするのは、やはり無謀なことと言われるだろう。しかし、二人の間には思わぬつながりがあった。今回、高知高校時代の阪田について調べて最も驚いたのはそのことだった。

7 池田浩平と阪田寛夫

池田浩平は一九四三年一一月三〇日、入隊のために家を出発する間際まで「征く日」と題する詩を書いていた。後日それを印刷し、出陣の挨拶として友人、知人に送った。壮行会の答辞や詩「出陣のうた」とほぼ同じ決意をうたった詩「征く日」は『浩平詩集』に入っている。筆者が驚いたのは、池田が自分で宛名書きをしたと思われるその挨拶状の受取人の一人が阪田寛夫であったことだ。帝塚山学院に寄贈された阪田資料の中に薄鼠色の葉書を見つけた時、筆者は大きな歴史の一端に触れている感じがして、身震いした。

ほとんど言及されることがないが、阪田と池田との間にはキリスト者としての繋がりがあった。池田は一年後輩の阪田を友人として遇し、阪田は秀才の池田に尊敬の気持ちを持って接していた。次のエピソードは、信仰厚い人なら、神の計らいと思うに違いない。一九七五年文芸誌「海」五月号に掲載され、後に『燭台つきのピアノ』に収録されたエッセイ「運命と摂理」である。

一九七四年の九月の初め頃、阪田のところにある日、突然、高知高校時代の一年先輩から亡き友の旧著を送ると言って、池田浩平の『運命と摂理』が送られてきた。その頃、阪田はとっくに締め切りが過ぎた小説が書けず、苦しんでいた。それは、前年に亡くなった母親のことを書いた「土の器」だった。その時阪田は、本を送ってくれた先輩に礼状を書いた。その礼状に、私たちは高知高校時代の阪田の、キリスト者としての姿を知って驚くことになる。なぜなら、阪田はほとんどそのことを書いてこなかったからだ。

「知らないどころか、忘れられない顔の上級生です。入学匆々に、学校のキリスト教青年会にいやいやながら引っぱり出されて、その時お目にかかった人ですから。――一級上の人が亡くなって学生時代の手記が出版されているという噂はかねて聞いていましたが、その人の名前と顔が一致せず、扉の写真を見てびっくりしました」

池田さんのこの文を読んだ時、思い浮んだことが二つあった。一つは、この人の前で、私が口先だけの「感話」を述べたことだ。大阪の同じ旧制中学を出た先輩に引っぱられて、高知帯屋町のキリスト教会の小さな和室で開かれた「新入生歓迎会」に連れて行かれ、一番恐れていたことをさせられた。一人ずつ自分の信仰について話すことになったのである。

私は先ず自分がキリスト教徒の家に生まれついた宿命を述べた。(略)

その辺までは、みんなうんうん、とうなずいて聞いてくれた。そこで止めればまだよかったのに、そのままでは悪いと思って、しかし今は前途に明るい見通しがある旨を私は最後につけ加えた。それはあたかも「こうなるのが神の摂理であったと今は感謝しております」という慣用句を使ったのと同じことなのであった。私にとって「摂理」とは、そのように一種の雰囲気であり、それを唱えれば万事あるがままにおさまる、お経のようなものであった。

池田の本が届いた時、阪田は、病床にあった母が広告の裏などに書いたメモを判読していた。癌の痛みがまだ耐えられる時期、母は「老も、病も、死も、すべて神備えたもう道ですから、恐れず受けいれねばなりません」と書いていた。しかし、母が耐えがたい痛みに襲われるようになった時、介護していた阪田は見かねて「母の神様」に、何とかいい目に合わせてやってほしいと頼んだのだった。

そんな時に阪田は池田の著書を読んだ。池田は入営を「死への跳躍板」と捉え、苦悩した。その中で、新約聖書マタイ伝二〇章の農園主の話に興味を持った。この農園主は朝早くから働いている者にも午後遅くから働き始めた者にも同じ賃金を支払うのだ。常識では測れない農園主の扱いについて考えを詰めていった池田は、「神の意志を知った人間は、常に、決して、已れ（ママ）に賃銀の支給を受ける資格があるなぞと、ただの一度だって考えたことのないものではないだろうか」という結論に達する。こうしてキリスト教信者であった池田は入営という現実を乗り越えたのだ。

母の苦しみを見るのに耐えかねて神に祈った阪田は、池田の深い思索に触れて、苦しんでいた母を理解したのではないか。熱心なキリスト教徒であった母は「神の意志を知った人間」だった。それゆえ母は、池田が言うように、決して安らかな死を受ける資格があるなどとは考えなかったのだ。そう思った時、阪田は信仰の世界を受け入れたのではないか。そこから自然に、『土の器』の最も感動的な言葉、「私はもう神を否定するようなことを喋ったり書いたりしません」という言葉が出てきたのではないか。

その意味で池田の著書『運命と摂理』は阪田にとって大きな意味を持っていたように思う。さらに、小説「土の器」で阪田は翌一七七五年二月、芥川賞を受賞し、念願の作家への道を歩くことができた。池田の著書は阪田に大きな幸運をもたらしたと言えるだろう。阪田自身も、「この本がとつぜん送られて来たということが、もしかしたら『摂理』なのかとも思った」とエッセイを結んでいる。

芥川賞を受賞した年の一〇月、阪田は、戦時中にキリスト教を棄てて神道に基礎を置く宗団へと変わった義理の父を小説『背教』に描いた。二年後の一九七七年には熊本バンド出身の著名な牧師で、阪田自身が幼い頃からよく知っている宮川経輝を小説『花陵』に書いた。『背教』に描いた義理の父も阪田の両親と同様に宮川経輝牧師から洗礼を受け、阪田の両親と共に南大阪教会を建てた熱心なキリスト教徒であった。一体なぜ阪田は『背教』から『花陵』へと日本的なキリスト教の在り方を問うたのか。その答えは阪田資料に保管されている一通の手紙から推測することができる。『花陵』を書いた一九七七年の一〇月一日に阪田が池田浩平の父猛猪氏宛てに書いた手紙である。

「運命と摂理」「浩平詩集」が御両親様のお志によって刊行されましたおかげで、著者が亡くなられた三十年もあとになって、私のごとき愚かで臆病な後輩が、昔の通りに教えられ励まされるわけでございます。高校時代に浩平氏にお目にかかれたことの意味を、今ごろになって自分の中に重く考えだした不思議を「花陵」の中でさぐってみました。

『土の器』を書きあぐねていた時に、たまたま送られてきた池田浩平の『運命と摂理』はこうして、その後の阪田の進む道を開いた。三浦朱門と池田浩平、この二人に出会うことができた高知高校時代は、作家阪田寛夫にとって大きな意味を持った時代であった。

第五章　陸軍病院時代

阪田は一九四四年九月に学業半ばで陸軍二等兵として大陸へ送られた。（ただし書類上では、翌年三月高知高校卒業となっている。卒業後については東京大学への進学を希望する旨の書類を提出していた。）大陸に着いて間もなく病気になり、敗戦までは患者として、敗戦後は炊事兵として病院で過ごし、一九四六年六月に復員した。戦場の経験はない。住吉中学時代から戦争に反対であった阪田だが、駄目な兵隊であったという思いが残った。この章では、阪田が戦地で何を考え、どのような生活を送ったのかを主に短編「五十嵐日記・解題」（以下「五十嵐日記」と記す）を通して明らかにしたい。

1　入営から陸軍病院への入院まで

阪田は一九四四年九月一五日、一九歳で大阪の歩兵第三七連隊に入隊した。「五十嵐日記」には「入営前日は弁当持ちで阪神間の山手にある住宅街を、この世の名残りに美女の姿を求めながらさまよっていたのである。軍人勅諭の言葉を使えば『国家の蠹毒』だった」と書いている。物資が不足していた一九四四年九月には、軍隊はもはや十分な装備も訓練もする余裕がなかった。「ほとんど初年兵ばかりの部隊が組まれて、地下足袋に青竹の筒を切って穴をあけたまさに『水筒』を肩にかけ、ズック製の雑嚢だけは行きわたったが、銃も帯剣も五人に一つの割当だから、私物入りの袋を一つ持っただけ」だった。入営一週間後に大阪駅から列車に乗って福岡へ行き、「船と貨車で釜山・奉天（瀋陽）・天津・浦口経由南京に送られ、兵站に入って訓練を受けながら暫時滞在後、船で揚子江をさかのぼって漢口まで運ばれた」。朝鮮海峡を渡る際にも敵の航空機と潜水艦から攻撃を受けたが、大陸はもっとひどい状況だった。「日本軍が占領しているのは鉄道線路と港と主な町だけ」で、しかも「日本軍の駐留地はどこも火事跡の難民街のようで、かけ廻る無数の子供たちは全員が疥癬もちで白癬あたまの跣足の乞食だった」。

阪田は漢口（現在の武漢市）に着いてすぐにアメーバ性赤痢と胸膜炎で入院した。症状は腹痛、下痢、呼吸困難、咳、発熱などである。翌一九四五年の「年譜」には、漢口の後、「内地に送還すると言われて、北京・奉天などを転々とするが、内地へはなかなか帰れないうちに、八月一五日、満州（現在の中国東北地区）の遼陽第二陸軍病院で終戦の放送を聞く」。敗戦後は「ソ連軍、中京軍、国民政府軍の占領下の病院で炊事兵として勤務」とある。しかし、後に見るように、「内地に送還すると言われ」たのは北京へ向かう前ではなく、北京から奉天に向かう時である。

阪田は従軍時代の体験をいくつかの小説に書いている。しかし、それらは遼陽陸軍病院の体験であって、それ以外について書いたものはほとんどない。阪田がこの時代の体験を書いた最初の作品は、一九四六年六月に復員して数カ月後に書いた習作「博多結婚」である。「年譜」には七月に東京大学に復学届を出し、同じ文学部にいた三浦朱門と大学で「毎日のように会って話をした。詩や小説の習作を書いて、三浦にだけは見せていた。一作目が『博多結婚』（二〇枚くらい）」とある。小説は、阪田と思われる主人公が相思相愛と思っていた看護婦（以下も当時の呼称を使う）が、博多へ向かう復員船の中で禿げの戦友と毛布にくるまって寝ていたという話である。阪田は同じ話を五年後の一九五一年に同人誌「新思潮」第二号に短編「アプレゲール」として書き、一九六九年にはそれに加筆して短編「アンズの花盛り」を書いた。一九七六年六月に「群像」に書いた短編「記念撮影」も遼陽陸軍病院で一緒だった患者や看護婦たちが定期的に開いていた同窓会の話である。その小説では敗戦後、要請に応じて八路軍の病院部隊に同行した赤十字社の救護看護婦の一人八島運子（かずこ）が主人公である。一九八四年六月の「文學界」に発表した短編「戦友」も、初冬の箱根の宿での同窓会の話である。一九七〇年一月に「三田文学」に発表した短編「八月十五日」は阪田が初めて加害者であったことを意識して描いた作品だが、やはり遼陽陸軍病院での出来事を描いたものである。漢口に着いてから遼陽陸軍病院に着くまでの体験を描いた作品はない。なぜか。あまりにも辛い体験だったために、記憶から消えていたのだ。阪田はそのことを一九八四年二月に「群像」に発表した小説「五十嵐日記」に書いている。遼陽に着いてから四〇年目の同窓会で、漢口の病院から一緒だった二等兵の村瀬誠男と二人で記憶を補い合って当時の日程表を作った。村瀬は当時鉄道部隊の運転手で、復員後は私鉄の課長をしていたので、時間や場所の記憶は確かなはずだった。

「二月十日　漢口発／二月十四、五日　北京清華園着／三月九日頃　北京発（略）／三月十一日　奉天着／三月二十日頃　奉天発／同日　遼陽着」

ところが、五十嵐日記を見ると、漢口発は四月二日で、遼陽着は五月四日であった。つまり漢口にいたはずの二カ月近くが二人の記憶から消えていたのだ。

日記を付けていた五十嵐とは旧制大阪高校の哲学教授五十嵐達六郎である。阪田は漢口の病院から奉天の病院を出発するまで五十嵐教授と一緒であった。五十嵐教授が手帳を持っていたことは病院で見て知っていたが、毎日欠かさず日記をつけていたことは知らなかった。阪田が実際にその手帳を見たのは一九八三年、戦後三八年経ってからである。その日のことを阪田は『五十嵐達六郎　人と業績』に収録されている野田又夫京都大学名誉教授との「対談　柳樹屯のアカシア」で語っている。

「陣中日記は奥様にお目に掛った時にお嬢様がコピーして下さったものをいただきました。それをまあ、穴の開くほど眺めて。でも私には自分が通ってきた季節や日取りはもう記憶が殆どなく、大きく思い違いもしていたのです。ですから失くなった時間があの文字の深みから甦ってくる感じで読ませていただきました」。

こうして阪田の陸軍病院での日々、つまり陸軍二等兵として従軍した日々が甦ったのである。

2　五十嵐達六郎との出会い

「五十嵐日記」から阪田が五十嵐達六郎の日記を手にするまでの経緯をまとめておきたい。日記の存在が分かり始めるのは一九八二年の暮れ、住吉中学の同級生の弟で大阪高校の卒業生柊（ひいらぎ）和典氏から「旧制大阪高等学校六十回記念祭」の記念誌が届いてからである。（柊氏はテレビドラマ「ケンチとすみれ」を小説化した作家である。）その記念誌の桑原武夫と犬養孝の対談「大高教官として過した日々」に「五十嵐達六郎君――大哲学者になるべき人だったけど」という言葉と、大阪高校の同僚で京都大学教授となっていた哲学者野田又夫が、五十嵐教授を「最も親しい同僚」と述べた言葉があった。その後に柊氏から届いた資料の中に一九四七年四月発行の雑誌「帝陵」（大阪高等学校文化部発行）復刊第一号があり、そこに野田教授の「五十嵐君を憶ふ」が掲載されていた。五十嵐教授の生い立ちや学問上の業績の他に、「五十嵐さんが一日も怠らず『病床日記』をつけており、しかもその日記が遺品として夫人の許に送られている」と書いてあった。その後、「柊君の世話で五十嵐さんの実兄熊野啓五郎氏に逢い、大阪高等学校の第一回生というその熊野氏の紹介を得て芦屋の家に五十嵐夫人を訪ねた時、思いがけず貴重な日記のコピーを頂くことができた」のである。一九八三年の初夏のことであった。柊氏のお蔭で集まった資料を読み、戦中の日々を思い出し、阪田が「五十嵐日記」を発表したのは一九八四年の「群像」二月号においてである。

「五十嵐日記」が発表されたことが刺激となって旧制大阪高等学校同窓生有志の間で五十嵐先生を偲ぼうという企画が生まれ、二年後の一九八六年一二月に、四七一頁という大部な『五十嵐達六郎　人と業績』が出版された。阪田も小説「五十嵐日記」を転載したりして、この本の出版に大きく関わった。『五十嵐達六郎　人と業績』によれば、五十嵐教授とは次のような人物であった。

一九〇八年（明治四一年）生まれ、旧姓は熊野。堺中学、旧制大阪高校を経て一九三二年（昭和七年）京都帝国大学文学部哲学科に学び、田辺元、波多野精一、山内得立らの指導を受けた。一九三三年から一一年間母校大阪高校で哲学概論などを講じた。桑原武夫、野田又夫と共に若手三羽烏と言われ、学生から尊敬されていた。一九三五年に親戚であった五十嵐家を継ぎ、その後結婚。子供は一男一女。この間に大阪市住吉区から芦屋市に居を移した。一九四四年一〇月に出征したが、体は万全ではなかった。結核の疑いがあったのだ。

五十嵐教授は阪田が入隊した一月後の一九四四年一〇月一三日に、三六歳で、同じ大阪の歩兵第三七連隊に「最下級の新兵として」入隊した。当時の陸軍における「最下級の新兵」がどのようなものか、後に体験者の証言を見るが、今ではその部隊での日課と訓練の厳しさを理解できる人はほとんどいないだろう。阪田、五十嵐の二人の陸軍二等兵が中国の漢口第二陸軍病院で患者として出会ったのは、一九四五年三月二二日（木）であった。阪田がいた病室に五十嵐教授が入ってきたのだ。高知高校二年生の秋に召集された阪田は、教授を「さん」付けで呼ぶ当時の高校生の慣行に従って「五十嵐さん」と呼んだ。おそらくその日のことだろう、阪田は病室の隅の床に座り、病衣の縫目の虱をつぶしながら、五十嵐さんから馬を一頭戦地へ連れて来た話を聞いた。それから数日後、何度か話をして信頼できると思った五十嵐教授は周りに人がいない時に、「貴重品袋をあけて、黒い表紙の手帳から取り出して」家族の写真を見せてくれた。

その一一日後の四月二日、「私たちは漢口―揚子江中流の大都会で、現在は対岸の武昌、漢陽と合わせて武漢市――の病院から京漢線の病院列車で一緒に後送されて、北京の陸軍病院に移り、更に奉天――現在の瀋陽――の病院へ送られるまで行を共にした」。奉天の病棟でしばらく治療を受けた後、五月四日、「奉天から私が遼陽の陸軍病院に送られるために出発した時、五十嵐さんはまだあとに残っていた」。その後の消息は阪田には知りようがなかった。

「五十嵐日記」の別の箇所では、次のように記されている。「私が五十嵐さんと此の世で同行したのは、時間においては敗戦の年の三月二十二日から五月四日まで。行程は中国中部の漢口から北京経由、東北部の奉天（瀋陽）まで鉄道で二千キロ足らず。そのうち記憶に鮮やかなのは、漢口の病院での日々の他に、漢口—北京間の病院列車内と、奉天で別れる前の会話だ」。

それは五十嵐教授にとっても同じだったようで、五十嵐日記に阪田は三度登場するが、それが阪田の「記憶に鮮やかな」時と重なっている。最初は二人が漢口の病院で初めて出会った一九四五年三月二二日である。

3月22日（木）雨後晴　廿二　161（筆者注：漢数字は武昌到着後の日数、アラビア数字は入営以来の日数を示している。）

診断。その結果栄養失調がひどいので担送二度（床上の起居のみ許可）となる。午后11号室より19号室に転室（重症病□なり）。11号は畳敷でぎつしり二十五、六名だが、19号室は木の寝台で十五、六名。活気をいれて本でも読まう。点呼も清掃もあるが、若い元気なのがやつて呉れる。高知高校生もゐる。

二つ目は漢口から北京へ向かう日である。

4月2日（月）晴　卌三　172
14時過ぎ、自動車で病院出発。江岸駅から乗車。空襲。病院列車は寝台車。坂田（ママ）寛夫君と同じ編成。暑い。パン支給。

三つ目は奉天の病院に二週間いた後、二人が別れる五月四日の日記である。

4日。また竹内伍長殿に借りた「道元禅師清規」を昨日午後から読耽つた。面白かつた。漢口の病院以来行を共にしてゐた坂田（ママ）寛夫（高知高校生）が遼陽の病院に行くので今朝出発。

阪田が出発する二、三日前の夜、点呼解散の後に五十嵐教授が「満州に配属されるらしいですよ」と声を掛けてきた。それは阪田が密かに願っていた内地還送を打ち砕くものだった。阪田は何の根拠もなかったが、「いや、そんな筈はないです」と言い返した。五十嵐教授は「そうですか」と、申訳ないことを言ってしまったというように丁寧に言うと自分の部屋に戻って行った。しかし、五十嵐教授の情報は当たっていた。阪田は謝りに行ったが、それ以上のことは思い出せなかった。この会話の後、「僅か一カ月余りで五十嵐さんは亡くなった」。

五十嵐教授にとって阪田は病棟で心を許せる数少ない人物の一人であった。阪田にとっても、五十嵐教授は戦地で出会った尊敬できる数少ない人物の一人であった。五月四日の日記で明らかなように、五十嵐教授は戦地においても学者としての生き方を貫いていた。しかし、本を読みふけることも日記をつけることも軍隊では許されないことだった。阪田は五十嵐教授の身を案じていたが、やはり上官から暴力を振るわれていた。五十嵐教授は次のように書いている。

2月20日（火）曇　十五　131

午後既当番に下給品を持つて行つたら、獣医見習士官殿が当番を集めて気合を入れてゐる最中で、自分も「ソんな当番に下給品を持つてくるのは自由思想だ」とて帯革で打つ、蹴る、撓(いため)る。

軍隊の帯革は、幅が五センチ以上、厚さも五ミリはあって、重い銃剣を吊ってもしなわないほど固い。これで力まかせに打たれると、元気な若者でもたまらない。（中略）しかし、五十嵐さんの方も、殴った見習士官の言動を日記に明記していた。これは、もし見つかれば、もう一度半殺しの目に逢う覚悟のいる大胆な振舞である。

五十嵐教授は六月五日に転送された柳樹屯の陸軍病院で六月八日に亡くなる。既に述べたように、亡くなる六日前まで数学の勉強をしていた。

(6月) 2日。発熱 (39度) こんなことではいけぬ。きつと生き抜き再起奉公するぞ。看護婦さんはよくしてくれる。洗濯も頼む。越智治成『高等平面三角法』了。

元気になって「奉公するぞ」と書いているように、五十嵐教授は反戦思想の持主ではない。むしろ自分が課された役割を果たそうとするタイプの人であった。しかし旧制高校というアカデミックな場で、ギリシア哲学を研究していた三〇代後半の五十嵐教授は、軍隊という組織の習わしに容易に溶け込めなかった。阪田はそのことが心配だった。

3 「五十嵐日記」から見える阪田寛夫

五十嵐教授は日本を出る時既に病気の疑いがあった。それにもかかわらず、長い距離を馬を連れて行軍し、しかもその間、一日も欠かさず日記を書いた。そのことが阪田には驚きだった。『五十嵐達六郎 人と業績』の「同窓生よりの寄稿」の「五十嵐教授を悼む」で、服部光史氏

(後に出てくる大阪高校の卒業生と同様見習士官だったと思われる)は、漢口で五十嵐教授がいることを聞いたが、会えば後で先生が古兵からひどい仕打ちを受けると考えて会いに行かなかったと書いている。

そもそも日本の陸軍なんて云う処は、お化け屋敷か、地獄の一丁目みたいな処で、戦争のない時でもすでに陰惨な集団だ。その内部に入った者でないと実情はわからない。教授の新兵なら、特に補充兵なら、尚更虐待されて人間扱いもされない。戦場に近いと、更にヒドい。ロクに食うものもなく栄養失調か過労か、或いは古兵の軍靴の下でのたれ死ぬのが落ちだ。まだ敵の弾に当ってひと思いに死んだ方が、余程運のいい方だ。

ここで初めて五十嵐教授が補充兵であったことを知ったわけだが、後に阪田や五十嵐教授が入隊する大阪の歩兵第三七連隊に一九四一年に入隊した徳津準一氏の著書『私の戦記』に初年兵と補充兵についての記述があるので引用する。兵営の日課は起床が夏期は五時、冬期は六時で、初年兵はそれから舎外清掃や食事受領(飯上げ)を行い、その後一六時まで訓練か演習、一八時までに兵器の手入れや馬の手入れをして入浴と食事。それから二〇時まで床を磨く班内清掃。点呼の後二一時の就寝時間まで古年兵によるビンタ、と徳津氏は書き、次のように続けている。

「さすがに現役兵はよく耐えたものである。／ところが補充兵はそうはいかなかった。体力的にも精神的にも、現役兵より遥かに劣っていたから、とても耐えきれなくなって、不名誉な逃亡の重罪を犯す者が増え」た。「華々しい戦死を遂げるよりも、体力消耗の極限に達して病に斃れた者が圧倒的に多かったのもその為であった」。

遼陽陸軍病院で一緒だった人たちとの同窓会を描いた短編「記念撮影」で、肺浸潤で入院していた武石は、病院での二等兵の生活の厳しさを語っている。

入院してみてわかったのは、われわれ二等兵にとっては陸軍病院は病気を直す場所ではないということです。その点では病院の大きい小さいは全く関係なしです。掃除、洗濯、飯上げ、食器洗い、自分のことは勿論、偉いさんの分まで代りにするから結構忙しい。ビンタをとられるのは内務班なみで、その上に私的制裁が内務班より行き当りばったりで筋が通っていないからよけい応える。一日働き通しで、大きな顔してベッドへ入れるのは午前、午後一時間ずつの安静時間だけです。（略）

体力のない補充兵にとって、これは二等兵以上に厳しいものだった。そんな苛酷な中でも五十嵐教授は日記を付けていた。入営から大晦日までの八〇日間の日記は武昌で出会った大阪高校の卒業生高村正雄氏に託した。高村見習士官は「将校行李に納めて武昌の野戦倉庫に預け」た。しかし敗戦で、行李は行方不明となり、二冊の日記は分からなくなってしまう。阪田が見たのは三冊目の日記だった。それは武漢三鎮（漢口・武昌・漢陽）から七、八〇キロ揚子江を下った鄂城で一九四五年一月一日から始まっていた。縦一二センチ、横六センチの日記は「虫眼鏡で拡大しないと、私には読めない」小さな文字で綴られていた。五十嵐教授は移動中の、電燈もないバラックで、一日も欠かさず、軍隊では禁じられていた日記を付けていた。「高知高校生もゐる」と書いた三月二二日の日記について、阪田は、「あの病室でいつのまに書いたのか」と驚いている。

徳津氏が著書『私の戦記』で補充兵の多くが体力を消耗して病気になったと書いていたように、五十嵐教授の一月一〇日の日記には、「昼前、腹と胸の工合悪く、遂に臥床」とある。以来一〇日間、「終日臥床」を続ける。この間に渡辺輸送部隊長が二度見舞いに来た。阪田は「異例のことと言える。ある程度の特別扱いはされていたようだ」と書いている。一〇日目に無理をして起きるが、その夜からまた下痢が始まる。翌日診断に行くと、「衛生兵長から、『気合が足らぬからだ』と」叱られる。しかし、五十嵐教授の体は「自分で自分の身体をあらためて骨と皮だけなのに驚いた」というほど衰弱していた。『五十嵐達六郎　人と業績』の「同窓生よりの寄稿」に「五十嵐さんを偲ぶ」という文を書いた村山高氏は、「満六年間中国大陸を転戦し、歩兵の小隊長、中隊長も」した経験から、五十嵐教授は「訓練不足の補充兵のこと故、恐らく南京から此処（鄂城）まで四十日以上もかかったのではなかろうか」と書いている。

この状態で、五十嵐教授が属していた部隊は二カ月駐屯した鄂城を二月四日に出た。馬の世話をしながら、その日は一二里の強行軍、翌五日は五里、六日も六、七里行軍して夕方、「揚子江岸の都会武昌（漢口の対岸で、現在は武漢市の一部）の兵站に着いた」。二月一一日の日記には食事は「朝は生味噌、昼は生味噌か干魚か醤油飯」とある。一二日には「夕方診断あり、内痔核、入院らし」とある。先に述べた高村見習士官に出会うのはこの頃である。その後、高村見習士官の紹介で同じく大阪高校卒業生の溝口三郎見習士官に会ってごちそうになっている。しかし、五十嵐二等兵はそれからほとんど床についていた。二月末に漢口第二陸軍病院への入院が決まり、三月一日に入院となった。「衰弱、下痢、胸膜 etc のため」であった。病院の食事は「おかずは大概蓮根、人参の味噌汁、時々粕汁、上記野菜の煮つけ、一二度魚」であったが、五十嵐教授は徐々に気力を回復していった。しかし「入院時の四七・六キロが、逆に三月十日に四二・八キロ、三月二十日に三九・九キロと減るばかりで、三月二十二日には重症病室に移された」。そこに高知高校生の阪田がいたのだ。五十嵐教授の日記を読み進めて初めて、私たちは阪田が五十嵐教授と同じ重症患者だったことを知ることができた。それほど阪田は自分のことを語らない作家なのである。
では、阪田がいた重症病室での暮らしはどのようなものだったのか。五十嵐教授の言葉を拾ってみよう。

「病院内の桜の芽が出、蕾もふくらんだ」／「夜、蛙が鳴くのに驚く」／「この室では、室内で便ができるから、夜は助かる」／「夜空襲。この室では退避せず」／「兵隊が芹、三つ葉や、よもぎを摘んで居た」

「五十嵐日記」から知ることのできる漢口病院の様子はこれだけである。
四月二日に漢口病院から豪華な寝台列車で北京に向かい、四月七日に北京第二病院に入る。そこは偉い人の巡視や回診が多く、その度に二、三日前から病舎内外の大掃除をさせられた。「巡視や院長回診当日になると、二時間前から寝台にじっと寝かされて、小便に立っただけでひどく叱られた」と書いている。しかし、実際はもっと過酷なところだった。

北京第二陸軍病院は、しかし、重症患者にとっては殊更辛いところだった。あとから考えると、ここは治療が目的ではなく、前線から後送されてくる夥しい患者を、いわばふるいに掛けて、死ぬべき者は葬り、生きる者は仕分けて後送する合理的な通過選別所であった。二等兵の束の間の天国は終った。漢口から同じ病院列車で北上した村瀬誠男氏（当時二等兵）の記憶によると、彼は五階建校舎の最上階に最初は入れられたが、熱があるのに使役に引き出され、調子が悪くなるとだんだん階下へ降ろされて最後は地下に十室ある「死部屋」に来た。そこは十人部屋だが毎朝起きると二、三人ずつ死んでいる。軍医が脈を取って衛生兵に目で合図すると忽ち担架で同じ階にあるらしい霊安室へ運び去られたという。

幸い阪田は生き抜くことができた。しかし、そのことは「五十嵐日記」以外にはほとんど書かれていないし、そこでも阪田は自身のことをほとんど書いていない。阪田が「殊更辛いところ」と書いた状況がどのようなものだったかを知るには、他の患者の記録を見なければならない。幸い、当時の従軍看護婦の記録がたくさん残っている。その中で五十嵐教授の状態に近い患者の様子が描かれているのは、山崎近衛著『火筒のひびき　ある従軍看護婦の記録』である。興城の病院の重症患者の記述を引用する。

この特別病棟の患者は、骨と皮の栄養失調で、当時の病名には、〝いわゆる戦争栄養失調症〟という長い病名がつけられていた。骸骨に堅い皮膚がくっついているように痩せていたが、腹部だけは異様にふくれていた。こんな姿を国元の母、肉親が見たら、どんなに泣き悲しむことであろう。食べても全部下痢してしまうし、便器を当てるにも骨ばっかりで、いたいたしく、ほとんどおむつにしていた。

しかし、彼等は次々と死んで行った。次々と告別式に行っては、毎回、心から詫びた。

次々と患者は死んで行ったが、また次々と入ってくる。（略）

広田和子著『証言記録従軍慰安婦・看護婦‥戦場に生きた女の慟哭』には阪田が戦地にいたのと同じ頃に黒龍省虎林陸軍病院にいた森藤相子氏の話が載っている。

とくに終戦まぎわに送られてきた兵隊たちは、体力のない補充兵や現地召集の高齢者が多かったから、寒さに耐えきれず、肺炎から肋膜炎を起こしたり、発疹チフス、天然痘、流行性脳せき髄膜炎などで、つぎつぎに斃れていった。なかでも虎林熱の症状はひどかった。原因不明の高熱で脳症を起こし、狂ったように暴れたあげく、心臓衰弱で、多くの人たちが死んでいった。

阪田はこのような患者を多く見たはずだが、何も書いていない。それは過酷な病院生活においても人間らしく生きようとした五十嵐教授がいたからではないだろうか。五十嵐教授の日記のコピーをもらって「穴の開くほど眺めて」、阪田は五十嵐教授が何冊もの本を読み通していたことに驚いた。「この先、重態に陥ってからの読書の量と質だけでも、元気な私が数年かけても到底及ばない」。そこに阪田は、人間としての救いを見出していたように思う。

漢口病院を出発した四月二日から北京第二病院を出る四月二二日までに五十嵐教授が読んだ本は次のようなものだ。「浄土文類聚鈔」(四月三日)、「末燈鈔」「御消息鈔ママ」(四月六日)、「一念多念証文」(四月八日)、「浄土三経往生文類」(四月一〇日)、「陸軍礼式令」(四月一五日)、「作戦要務令第三部」(四月一六日)「陸軍懲罰令」「諸兵射撃教範総則第一部・第二部」(四月一七日)、「射撃教範第三部」(四月一八日)。

野田又夫教授は「対談　柳樹屯のアカシア」で、ギリシア哲学が専門の五十嵐教授が仏書をやすやすと読んでいた理由として次の三つを挙げている。早くに亡くなったが、曹洞宗の僧侶であった友人清徳保男氏から道元の説を聞いていた。一九四四年に田辺元教授は非常に宗教的な講義をしており、五十嵐教授が入営前に野田教授と一緒に聞いた講義では、懺悔道を講じていた。五十嵐教授が京大を出て最初に就職したのが、浄土真宗系の大谷女子専門学校だった。「五十嵐君にすれば教行信証でも何でも英語を読むような調子でその頃に読んでいる。ですから、つまり病院では復習しているようなものです」。

五十嵐教授の病状は四月一九日に、軍医から「衰弱がひどいから内地にて養生せよ」と言われるほどだった。それでも、「栄養失調の体をおして、使役の暇を盗んで兵書の勉強をしている。驚くほかない」。

興味深いことに、五十嵐教授の驚異的な読書量に誘発されて阪田は高知高校時代に哲学を勉強していたことを告白している。「告白」という言葉を使ったのは、阪田が自分のことを素直に書くのは珍しいからである。

戦争末期に学生だった私や周囲の人間は、大てい自分を哲学者だと思うか、もしくは哲学者たるべき人間だと思っていた。(略)私のように、まるでその器でない者も、「哲学」を尊敬する点では人後に落ちなかった。(略)少くも我々の周囲においては「絶対矛盾的自己同一」がこの世の最高原理であって、それを理解できる次元に到達するために、先ず「哲学入門」や「哲学以前」といった岩波書店の書物を読めるようになることを、誰もが尊い「行」のように自分に課した。入手しがたいそれらの本を僥倖にも人を拝み倒して何日間か借りうけることができたとすると、畏敬のあまり、目の前に置いただけで落着けなくなり、何日もかけて舐めるように十ページを読み進むと心身が疲れはて、それでもう満足するのだった。

これが私の全哲学体験だが、それでもなお「哲学的」でありたいと憧れる気持を、私は、戦地にまで持ち越していたから、（略）人目が無い時にくだんの「アミエルの日記」を取り出し、開いた箇所を、あてずっぽうにこわごわ読むようになった。（略）驚いたのは岩波文庫の大思想家の文章が私にも読めたこと、もう一つは哲学者たる人が、寒がったり、さびしがったりすると判った点だった。

加えて言えば、入院以来の手足の冷えて行く感じと、生来の自分は駄目な人間ではなかろうかと思う気分、この二つが私と、遥かなるアミエルとを結ぶ親和力となった。

ここで初めて触れることになるが、阪田は漢口の陸軍病院で、大事に隠し持っていた最後の一〇円紙幣と交換して同室の患者が持っていた岩波文庫の『アミエルの日記』を手に入れていた。『アミエルの日記』は一九世紀後半に生きたスイスの哲学者アンリ・フレデリック・アミエルの思索の書であり、日本でも戦前から翻訳が出ていた。阪田がその書を最後のお金と交換してまで手に入れたかったのは、旧制高校時代の哲学への思い入れがあったからである。哲学では、現実の問題を睨みながら現実を超えた普遍的な問題を考察する。そこに、過酷な状況に置かれても動じない精神を養う力がある。大阪高校卒業生阪上行雄氏が『五十嵐達六郎　人と業績』への寄稿「一枚の写真」で描いた五十嵐教授は正にその例である。真珠湾攻撃があった一二月八日の朝の哲学の授業で、昂奮している学生に対して、「先生は黒板に大きく『平常心』と書かれ、『平常を非常化することは容易い、真に大事なのは非常を平常化することだ』といった趣旨の話をされ、淡々と哲学の講義を続けられた」。

阪田も陸軍病院で、六〇年前に書かれた『アミエルの日記』を読むことで平静を取り戻していたに違いない。『アミエルの日記』を引用しながら書いた次の文には、阪田の病状や心境が読み取れる。

「一八七九年四月十四日　復活の月曜日

病気は人を依存的にする。私は人の世話になることを恐れる。人に厄介を掛けること、骨の折れる、不愉快な、煩さい奴と思はれるのが厭だ。私の推察する唯一つの愉快な場合は、外科的な障害もしくは戦傷を受けて愛情のある女の人に看護してもらふだけだ」（河野與一訳「アミエルの日記」以下同前）

実際に、熱があるのに手や足の先が冷えて眠れない夜が続くような日々に、こういう文章は驚くばかりしっくりと読み取れたのであった。

「深淵がこんな近くにある。（略）私の小舟は胡桃の殻のやうに、恐らく卵の殻のやうに薄い。損傷が少しでも増せば、この航海者はもう駄目だと私は感じてゐる」

恐らくこんな文章を、空襲警報で全員が退避している間など、ひとり病室に残って、人目がないのを幸いに、二、三ページずつ読んでいたと思う。放たれた爆弾が頭の上に落ちてきそうな音を立てている間は、それが「卵の殻のやうに薄い」、無防禦の腹の上にじかに落ちるのを少しでも避けるために身をよじって、しばらく本を閉じたに違いない。（略）

爆撃の最中に哲学書を読む阪田は既に行者の域に達しているように見える。しかし五十嵐教授と比べると、阪田にとって「非常を平常化すること」は容易ではなかった。四月二二日、北京郊外清華園駅から病院列車に乗った時、阪田は軍司令官代理が、「君たちは、これから内地へ還って療養し」と確かに言ったと思った。ところが三日目に奉天で降ろされた。内地還送なら、そこから大連か釜山に向かうはずだった。「満州の病院に留められるのではないかという、これも口には絶対出せない危惧を兵隊は腹の奥にかかえていた。私もその一人であった。南京虫にしっかり食われたが、それどころではなかった」。他方、同じ列車の中で五十嵐教授は悠々と通り過ぎる風景を眺め、奉天の病院では曹洞宗の学僧（駒沢大学）であるとわかった患者長の竹内伍長と、ゆっくり話し合い、「仏書を借り出し、まだその上に小説本まで盛に読んでいた」。五月四日、阪田たちが奉天の病院を出た日の五十嵐日記には、「奉天にゐる間寒かつた。しかし竹内伍長殿との対談、禅書の講読は是かつた」と書いている。

五十嵐教授は五月五日朝に関東州の金州に向けて出発した。金州の病院に入ってからは夫人や友人宛に五〇枚近い葉書を書いている。五月九日には大阪高校から旅順工科大学へ移っていた永井種次郎教授に葉書を出し、数学の教科書を送ってほしいと依頼している。「これしきの病に負けてなるものと／心雄々しく定めをるかな」と短歌を書いた五月一七日には、Virginia Woolf の『波』を読み、永井教授から届いた「三角と解析幾何の本」も読み始めている。五月一八日は「朝から三角を勉強（越智治成高等平面三角法）」、二三日は「三角法を小説のやうに読む」、二六日は「二三日は三角の勉強に専らだ」。数学への関心は数学教師であった父親の影響と考えられるが、直接的には一九四三年にプロクロス（五世紀の哲学者）の『形而上学』を訳した後、大阪高等学校の神田力教授とユークリッドの「幾何学原論」の翻訳に取り掛かっていたためだろう。二九日には「夕、蛔虫を口からはき出す」、六月二日は三九度の発熱と書きながら、「こんなことではいけぬ。きつと生き抜き再起奉公するぞ」と書き、越智治成「高等平面三角法」を読了した。六月三日、四日と熱が下がらず、五日に柳樹屯の陸軍病院へ転送された。六日には「アカシアの花美しい」と書き、七日には「よくなるぞ!!」と書いたが、八日に亡くなった。

五十嵐教授は入営前の一九四四年一〇月八日に自らの著作表を作っていた。それが『五十嵐達六郎　人と業績』に掲載されている。それによると、一九三三年から一九四四年三月までの間に、「観想的生活」に始まり、「アリストテレスの時間論」、「ギリシア哲学の理解」、「アリストテレスの無限論」など一三本の論文を書き、一九三九年のベルグソン『アリストテレスの場所論』からシンチンゲル『文化の省察』、プロクロス『形而上学』、エウクレイデス『幾何学原本』までの九つの翻訳をしている。間違いなく優れた学者になっていた人物を補充兵の二等兵として死なせてしまったのである。

4　敗戦後の遼陽病院と短編「記念撮影」

五十嵐教授と別れて、五月四日に奉天の病院を出た阪田は当時の南満州・遼陽の陸軍病院に入った。そこで「敗戦の日を迎え、翌年六月復員船で内地へ還った」。そのほぼ一年間のことは「五十嵐日記」には次のように書かれている。

戦後の一年間に、旧満州ではソ連軍、中共軍、国民軍と三度も統治者が変り、病院も軍医と衛生兵は全員ソ連軍の引揚げと一緒にシベリヤや南ロシアへ捕虜として連れ去られ、跡を襲った抗戦中の二つの軍隊がそれぞれの野戦病院に使ったから、残された患者、とりわけ重症者にはきびしい環境になった。外部の援けは殆どなく、病院ごとに、崩壊寸前の状況で辛うじて自活して来たわけだ（略）。

これだけの記述では敗戦後の混乱の時期に阪田がどうしていたのか理解できないのだが、幸いなことに、この遼陽陸軍病院時代を描いた小説がいくつかある。その中でも短篇「五十嵐日記」の八年前、一九七六年「群像」六月号に掲載された短編「記念撮影」が当時の生活をよく描いている。遼陽陸軍病院で敗戦を迎えた人々はほぼ三年に一度の割合で「同窓会」を開いていた。それは阪田資料の中の案内状から分かったことである。小説「記念撮影」の取材のために当時病院で世話になった数人の看護婦や患者仲間とやり取りした手紙も残っている。

小説に描かれているのは敗戦後三〇年目の同窓会であり、小説の中心に置かれているのは、既に述べたように、赤十字教護看護婦であった八島運子である。最初に遼陽病院を支配したソ連軍が一一月三日に軍医と衛生兵を連れ去った後、その日のうちに八路軍（中共軍）が病院に入って来た。その八路軍も、三カ月後に国民軍に追われて病院を去った。その時に八島たち五名の看護婦が要請されて八路軍に同行した。阪田を含む炊事兵たちは感謝を込めて混ぜ寿司を作り、激励の寄せ書きや手紙を送った。それから三日目に五名の返事の寄せ書きが来た。八島に恋心を抱いていた炊事兵の武石がそれを大事に保管していて、同窓会に持って来た。小説は八島と武石が語る遼陽陸軍病院での生活、八島と同窓会に出席したもう一人の看護婦北加恵が経験した一〇年近くにわたる八路軍での生活が中心で、それに病院に残った人々の生活や思いが付加される形を取っている。

阪田はこの小説でも自分のことをほとんど書いていないが、病院でどのような日々を送っていたのか、どのような心境であったのかは、同じ炊事兵であった武石や柴崎元衛生中尉の言葉から推測できる。武石は「焼物で有名な市にある私鉄の駅長さん」とあるので、「五十嵐日記」で村瀬誠男と書かれた患者だろう。武石は次のように述べている。

炊事場への「飯上げ」も、食器洗いもこの病院ではしなくてよい。そういうことは皆「満人」の苦力がやった。本来二等兵のぼくらがやるべき雑用をみな引き受けて働く苦力が、あの小さな病院に十人はいたんじゃないですか。いわば豊かな現地日本人の富の蓄積と下働きの苦力のおかげで、ぼくらは一日病気を直してさえおればよかった。

これは五月初旬に遼陽の病院に着いてから八月九日にソ連対日参戦が始まるまでのことである。この間は阪田もゆっくり療養に専念できただろう。しかし、ソ連軍の侵攻、その退却後の八路軍、そして国民軍の侵攻に伴い、病院はそれぞれの軍の野戦病院として使われたため、日本人の患者は治療どころではなかった。それに、患者たちには八路軍に同行した五名の看護婦のことが心配であった。五名は自分たちの犠牲となったのだと思わずにはいられなかった。寄せ書きを送った時、手紙と一編の詩を送った柴崎元衛生中尉は、八島たちが帰還したことを知ってから三〇年近く経って、ようやく八島に手紙を書いた。ずっと負い目を感じていたのだ。

五人の心境を歌った柴崎中尉の詩は「恋も希望も乙女の春も、私はすべてを捨てました……／昨日も今日も涙雨／涙をほしたそのあとに、赤い十字のある事を」というものだった。五人が同行した八路軍には移動の度に他の病院で働いていた日本人の軍医や衛生兵、看護婦が加わった。しかし移動の度に逃亡したり、病気のために送り還されたりして、結局日本人で残ったのは八島と三人の同期生だけだった。彼らは三〇年経っても柴崎中尉の詩を暗唱することができた。彼らは「なつかしい病院の人たちとの切っても切れない絆をこの詩に強く感じて、明日からのあてのない生活へとびこむことができた」と言った。

八路軍は国民軍に追い詰められて徐々に雪深い山奥に入り、そこの農家に野戦病院を作った。武石に問われて、八島と北はその時の食べ物や治療や寝る時の苦労、互いにかけがえのない友人なのに相手に対して憎しみを持たずにいられなかったことなどを細々と語った。その具体的な事実が小説を支え、魅力を与えていることは確かだが、阪田が最も描きたかったのは、長く苦しい日々を乗り越えた八島たちのことだろう。柴崎中尉が同窓会に出席すると聞いた時から、八島は手紙をもらった柴崎中尉に次のように話しかけようと考えて、心の中で繰り返していた。

「私はいい経験をしたし、却って、残って気遣ってくれていた人が、どんなに辛かったかと思います」。「いま日本で無事に暮らしているからそう言えるんじゃなくて、部隊を離れた夜以来、どんな苦しい時にも、誰かに責任があるとか、恨めしいとか、私たちは一度も思ったことはありません。それだけは誓って言えます」。

結局は言えなかったが、八島が考えていたことは真珠湾攻撃の日の五十嵐教授の講義に通じている。八島たちは哲学を勉強していたわけではない。看護という仕事に専念することで、五十嵐教授がいう平常心を身に着けていた。二等兵で、重症患者であった阪田は柴崎中尉ほど罪悪感に悩まされなかっただろう。しかし、八島たちのように犠牲的行動を平常のこととして行う人たちに敬意と引け目を感じたに違いない。阪田の気持ちを代弁しているのは一九歳という同じ年齢で入営した武石の言葉だろう。武石は引揚船で博多に着いた時、下甲板に病衣を着た死体を見た。それは中支の病院の時からずっと同じ病院に転送された三条二等兵だった。「軍隊に入るとすぐに入院し、原隊を離れて病院を廻っている間に、もう還る先も昇進のあてもなくなってしまった駄目な仲間の一人だ」。幼い頃からコンプレックスを抱いていた阪田は、二年間の戦地での療養生活で駄目な人間という意識をさらに強く持ったのではないか。と言っても、阪田はそう感じれば感じるほど、幼い頃からひょうきんな言動や振舞いに出ていた。遼陽の病院で一緒だった人たちもそのことを知っていた。八路軍に同行した五人の看護婦が送った寄せ書きが阪田資料の中にあった。紙は変色して薄い鼠色になっているが、文字は七〇年前とは思えないほどはっきりと読めた。そこに阪田の名前が出てきた。「読書ずきの阪田さん」と書かれてあった。小説「記念撮影」に描かれた同窓会の後にやり取りされたと思われる手紙にも、同じような言葉が詩の形で書かれていた。

同窓会の人の中には阪田さんのことを阪田寛夫先生と言う人がいる。自分たちの誇りだし、自分も畏敬の念を持っているのだけれど、そう呼ぶと、「阪田さんが／遠くへ　行つて／しまいそうな気がしてならない／私の知つているのは／炊事二等兵の阪田さん／学生そのま、の／読書ずきの阪田さん／蛙のなき声の阪田さんのことは／寄せ書をみて始て知つたが（略）」

阪田は遼陽陸軍病院で時間を見つけては読書をしていたのだ。おそらく漢口の病院で手に入れた『アミエルの日記』だろう。それだけでなく、その手紙には「蛙のなき声の阪田さん」と書かれていた。戦時下、そして敗戦後の病院で患者であった阪田は非常の時にもひょうきんさを失わず、読書し、思索することのできる人間になっていた。これが戦時中に陸軍病院で過ごした阪田の姿である。

第六章　東京大学時代

一九四六年・昭和二一年　二一歳

一九四六年六月一〇日、敗戦の一〇カ月後、阪田は信濃丸で復員する。船上で阪田は詩「遣唐船は還る」を書いた。

遣唐船は還る／／
雨もよひ　波ある海を／遣唐船は還る／船長は麦藁帽子／厨なる魚焼く香り／東の雲間望みつ／遣唐船は還る／／盲ひたる男　脚なき兵士／かれし唄声　戦く悪夢／数々の夜の噺を／黄風に今孕みつつ／梅雨含む雲いざなひて／遣唐船は還る／／雲寒くおどろおどろと／海鳴りの鳴りどよもひて／いひげらく／邪馬台国は滄桑の変／又曰く／前は鵺の夜後は骸／／船脚は漁油に沈みて／三千の誦文と震へ／水無月は史とりあへず／雨もよひ　波

ある海を／あはれはや／遺唐船は還る　（『全詩集』）

阪田の童謡に慣れている読者は、和語と漢語の混ざり合った高揚した気分の詩に驚かれたことだろう。出征から一年九カ月後に母国に帰る状況を想像すれば、阪田の昂ぶった気持ちが理解できる。しかし、詩は帰国できる喜びを表現したものではない。失明した兵士、足を失った兵士、悪夢に悩まされる兵士。遼陽陸軍病院で回復したとは言え、阪田にとっても「前は鴎の夜後は骸」であった。詩の背景は小説「五十嵐日記」に描かれている。

「私の乗った復員船には、主に旧南満洲地方の陸軍病院の患者と看護婦が集められて、錦県に近い胡盧島から乗船した」。「この復員船の中だけでも航海中に死んだ者は十人を下らなかったと思う。博多につく日の早朝、後甲板に出て死体につまずいた。じかに担架で並べてあった。しかし私たちは上陸して頭からＤＤＴの粉末をかけられると、手続きに待たされるのももどかしく、我勝ちに復員列車に乗って家に帰った」。

『日本史大事典』の「太平洋戦争」の項目には日本人の死者は軍人・軍属、民間人合わせて三一〇万人であり、中国の犠牲者は軍人の死傷者約四〇〇万人、民間人の死傷者約二〇〇〇万人とある。

膨大な数の死傷者を出した戦争が終わって一年後に阪田は母国に向った。しかし阪田は復員船を「遣唐船」と呼び、日本を「邪馬台国」と呼んだ。遣唐船は唐の優れた制度や文化を学ぶために派遣された船であり、「邪馬台国」は三世紀頃の日本にあった国である。すると、阪田は日本を優れた文化を学ばねばならない古代の国と考えていたことになる。では、傷ついた遣唐使阪田は何を学んできたのか。阪田が戦争中に見たのは死体であり、日本軍が破壊した町を歩き廻る貧しい子供たちであり、軍隊の冷酷さ、人間的なものの欠如がもたらした悲劇である。阪田の詩にしては珍しく漢語が多く使われ、格調高い響きがあるのは、人間的なもの、文化的なものの重要性を伝えねばならないという使命を意識したためだろう。そんなことは気恥ずかしくて自分では言わない作家だが、阪田はこの詩を自分の文学の原点と考えていた。『阪田寛夫全詩集』の編集者伊藤英治氏による「あとがき」には、「『遣唐船は還る』は、著者の詩作活動の本格的なスタートの意味もあるので生前の著者の要望から「1・詩」の巻頭に置くことにしました」とある。

阪田の詩にはおかしさ、愛らしさの下に、鶺のようなものが隠れている。従兄の作曲家大中恩はそのことを知っていた。大中は『詩集　サッちゃん』の解説「音楽のわかる詩人」に、初めて阪田から詩を見せられた時、「とにかく彼の青春の日のウラミツラミが真赤に血を吹いている作品に見えたものです」と書いている。アンソロジー『日本の詩101年』の選者の谷川俊太郎も阪田の戦争体験がもたらした傷に気づいていた、と伊藤氏は先の「あとがき」に書いている。谷川は阪田の詩「葉月」を評して、「女に待ちぼうけを食らわせられたという体裁をとりながら、初めから『おれ』の心に巣くっている空洞を適確に表現している」と述べ、さらに「ここにあるユーモアは、戦争を通過した青春の屈折と切り離すことが出来ない」と述べている。

阪田は博多から爆撃で壊滅した大阪に戻った。幸い阪田の家は焼けていなかった。阪田に気づいた嫂から人造皮のノート一冊と『海道東征』のアルバムを渡されたのはこの時である。兄は無事帰還していたが、嫂の実家では長男が病死、次男は戦死、三男の生死が不明で、戦死の報が届くのは一九四八年である。阪田が最も驚いたのは、キリスト教を取り巻く状況が大きく変わっていたことだった。

戦争に負けて、病兵だった私が満洲（中国の東北）から復員船で還って来たのは昭和二十一年夏だが、その間に日本の政治制度や法律は、よく勉強したアメリカの秀才たちの理論通りに近代化されていた。私にとってはあまり都合が良すぎて嘘のようだった。天皇は神でなくなり、恐ろしい陸軍は潰滅し、天皇の神性と戦争目的を支えた国家神道は、明治維新以前の自然な信仰の対象にもどされた。（略）戦争中米英撃滅を力説した牧師に限って、昔のアメリカ留学の体験をひけらかしたり、得々としてアメリカを讃美した。そういう人物が地方や中央政府の何かの委員に登用されたりした。私の父も、戦争中最後まで教会を守った一人ではあったが、戦後は戦勝国の宗教の信者である故に、社会的な格が上がって相撲番付でいうと十両か幕下何枚目ていどの地方名士になった。（略）少くとも戦後の何年間か、日本中どこでもキリスト教が英会話と共に大流行であったことだけは間違いない。（略）（『花陵』）

小学校時代からキリスト教徒であることで感じていた重い気分は消えた。阪田はひと月近く大阪で過ごした後、七月に東京大学に復学の手続きをするために上京する。書類の上では阪田は一九四五年四月に入学したことになっていた。ここで前章で一部を見た一九四六年の「年譜」を見よう。

（上京の日、従兄の大中恩が始めたばかりの合唱団「P・F・コール」の練習を見に行って、すぐに入れてもらう。以後三年間、「P・F・コール」と叔父・大中寅二の率いる赤坂・霊南坂教会聖歌隊で歌った。／大学では三浦朱門が同じ文学部言語学科にいて、毎日のように会って話をした。詩や小説の習作を書いて、三浦にだけは見せていた。一作目が「博多結婚」（二〇枚くらい）。）

大中恩が始めた合唱団を訪ねた時のことを阪田はエッセイ「青春」に書いている。七月の

「恐らく土曜日の午後」、場所は興業銀行本店の屋上であった。

エレベーターを降りて屋上に通じる階段の方へと廊下を歩きだした時、とつぜん天井から声がきこえた。それは私がこれまでに聞いたことのない種類の輝きを帯びた、ほとばしりであった。いちど立止ってから、軍靴の足音をひそめて、私は階段の昇り口から爪先立って昇った。上の出口の扉があけ放されていたらしく、夏の午後の陽光と合唱のきらめきが一緒になって頭上から私を襲った。美しいだけではなく、甘い切ない弾む息吹きと言ってもよい。二年間の兵隊生活の間でも、またその前の戦争中の暗い日々にも、私はこういう輝きにめぐり逢いたく願いながら、同時に諦めてきたのであった。

私が美しいかなしい声のほとばしりをさかのぼって、まぶしい屋上に出たら、白いブラウスの女たち、軍隊の半袖シャツを着た男たち40名ほどが、日陰に立って歌っていた。21歳の大中がその人たちを文字通り掌握して、まるめた手のひらをひるがえしながら指揮していた。

一九四六年にはもう一つ、うれしい出来事があった。三浦朱門との再会である。三浦は著書『交遊録』に、七月に突然阪田が家にやってきたと書いている。前年春に東大文学部言語学科に入学した三浦が、始めたばかりの婦人画報の翻訳の原稿料を貰った頃だった。三浦は阪田を大学に連れて行き、その後銀座へ出て昼ご飯を御馳走した。「昭和二十一年の秋から彼との学生生活がはじまった。彼は音楽の素養がある、というよりも、音楽なしにはいられない体質だった」。「今の東京芸大、当時の音楽学校の別科のようなものがお茶の水の駅の近くにあって、阪田はどういう名目か、そこで大学の帰りにピアノを弾いていた」。三浦は、阪田と別れてから神保町の古書店に行くのだった。そこで見つけた米軍兵士が売ったサローヤンなど英米の小説を買って読み、高知高校の寮でのように阪田にその面白さを語った。

こうして阪田にとっての東京での生活が始まった。年譜にあった「詩や小説の習作」の一つが合唱組曲「わたしの動物園」の第一曲「てんとうむし」の原型である。「私は二十一歳で、下総中山に下宿していた。ちょうど競馬のある日で、道ばたで開帳しているデンスケ賭博の胴元たちが、ピストルを射った私服刑事を逆につかまえ、派出所に連れこんでつるし上げているのを見たあと、これを書いた。なぜその光景がこんな詩になったのか、いまだによく判らない」(「処女作について」)

てんとうむし／／

ごらんなさい／この通り／パンがひとかけ／ふる靴が片いっぽう／でもここは／てんとう

むしも通る／春の道です

阪田は父方の叔父の家に下宿していた。普段は閑散とした街だったと思われるが、競馬が開かれる日の下総中山は競馬新聞を握り、煙草をくわえた群衆が集まり、異様な雰囲気を醸し出していたに違いない。しかしそんな通りにも、春になると丸い斑点を付けた小さなてんとう虫が飛んでくる。何の役にも立たないてんとう虫だが、可愛い。そう思うことで世界が少し変わる。そんな詩を書く人間になりたい。控えめだが、阪田なりに青年の気概を詠った詩である。

しかし、三浦にだけ見せた小説第一作「博多結婚」は前章で見たように、相思相愛と思っていた看護婦が別の兵隊と船の中で寝ていたことを知るという愚かな自分を笑う小説で、詩「遣唐船は還る」に繋がるものではない。しかも、阪田は間もなく太宰治を愛読するようになり、太宰の書く絶望に魅せられて自分を見失ってしまう。

一九四七年・昭和二二年（「年譜」に記述なし）

前年の年譜に「P・F・コール」と霊南坂教会聖歌隊で三年間歌っていたと書かれているが、エッセイ「丘の上の教会」には、「戦争直後5年間通った」、「若い頃は週に2度も通い」とある。短編「音楽入門」には音楽学の勉強のことが書かれている。「私の音楽修業が始まった。

先ずドイツ語の講習会に通い、次にお茶の水にある音楽学校の選科に入ってハーモニーを習った。音楽に内容があるかないかというハンスリックとアムブロースの論争を読み、西洋音楽史の講義に皆勤し、音楽会にはスコアを持って出席するという有様であった。二年後の一九四九年に、阪田は卒業論文に「メルスマンの音楽様式論」というテーマを選んだ。東大に復学してから三年間、阪田はドイツ語の文献を熱心に読んでいた。

聖歌隊の話に戻るが、一九四七年のクリスマスの朝、NHKの第一スタジオで霊南坂教会聖歌隊は「斎藤秀雄氏の指揮、東フィルの伴奏でクリスマス・キャロルを歌った」。そのことはエッセイ「東唱の思い出」に書かれている。その後、生放送で、キリスト教徒の片山哲総理大臣がクリスマスに当ってのメッセージを読み上げた。敗戦から立ち直ろうとしている国民への激励のメッセージである。阪田は小説『花陵』に次のように書いている。

声はほころびからこぼれ落ちたひびきのようで迫力も色気もなかったが、少し関西訛りが入っているせいか、平和を希求するという言葉の中に、喋っている本人の個人的な希望もたしかに含まれている感じはあった。飾らぬ声を聞きながらうす暗い天井を見上げると、誰もがまさしくただの弱い人間に過ぎず、その弱い人間がいまは等しく飢えながら頑張っているという点で、ほんのしばらく青空が透いて見えるような気分になった。（略）

澄んだ「青空」は一九四七年末まで続いた。首相でさえキリスト教徒であった。阪田は合唱と音楽学の勉強に励んだ。しかし、空はすぐに曇ってしまう。阪田には曇らせたものの正体が分かっていた。そのことは翌年の小説「のれん」に書かれている。

一九四八年・昭和二三年　二三歳

（この頃、小説「のれん」や「ポーリイパイプル」を書き三浦朱門に見せる。）

「年譜」にはこの一行だけである。阪田資料を調べると、「のれん」はB四の原稿用紙に小さい文字で、きれいに清書してあった。四〇〇字詰め原稿用紙に直すと五〇枚近い作品で、最後に二三・五・一九と日付が書かれている。後に見るように阪田は副題があったと言うが、副題はない。「ポーリイパイプル」はA三のノート一七枚の両面に書かれているが、加筆や削除が多く、第一稿と思われる。二三・五・二二という日付が入っている。大学の授業に慣れてきて小説を書く余裕ができたので、五月一九日に「のれん」を書き終え、五月二二日に「ポーリイパイプル」を書き始めたのだろう。先ず、「のれん」を読んでみよう。

小説は「田之本君がコーラスを辞めた理由に就て書かうと思ふ」という文で始まる。田之本の父は地方の由緒ある天道教の神官だった。母が産褥熱で亡くなって、田之本は庶子とされた。東京の大学に進み、入営して一年ほど沿岸防備の部隊でいじめられた。そこで妥協という技術を学び、「のれん」になった。故郷に帰ると、父の天道教も終戦後に世の中の変化を受けて「のれん」になっていた。翌日の夜、東京に戻って都電の停留所で電車を待っていた時に若い女性からコーラスの会の誘いを受けた。それが淑恵だった。彼女は終戦後に入団し、北岡と付き合っていた。田之本は自分を「半ばすりきれたのれん」と思っていたので、練習に行っても人に話しかけることはなかった。

二カ月ほど学年末試験の勉強のためにコーラスを休み、四月になって久しぶりに出た帰りに、淑恵と一緒になった。北岡はこのところ淑恵によそよそしいという話を聞いたところだった。黙って歩いていると、淑恵がジイドの『狭き門』をお読みになりましたか、と言った。読んだかどうか分からなかったが、「はあ」と答えた。すると、アリサの態度をどうお考えになりますか、と聞いてきた。聖書に、天国への門は力を尽くして入らねばならない、と書いてあったことを思い出したが、主人公だからねと適当に答えた。すると、「タモチャンはいつもそんな風にはぐらかすんですもの、ずるいわ」と執拗に迫って来た。淑恵はアリサの決断を批判してほしいようだった。それで田之本は「君はアリサが結局狭き門をくぐったんだと思ふかい」と切り返した。するとしばらくして淑恵が、「タモチャンがアリサそっくりなの」と言った。田之本はうろたえて、一目散に逃げた。田之本は故郷に帰り、父の側で銅鑼を叩いている。淑恵が北岡と結婚したと聞いても、失望することはなかった。

淑恵が言った「アリサ」とは、ジェロームなしでは生きて行けないほど愛しながら、彼が自分への愛よりもっと立派なことをする人であってほしいと考えて彼を捨て、神が備えてくれた優れたものを選んだアリサ、簡単に言えば「地上の愛より天上の愛を選ぶ人」という意味だが、田之本は愛を打ち明けられたと感じ、逃げたのだった。田之本も父の天道教も、そして戦時中のキリスト教会も時代の流れに逆らえず「のれん」となった。戦後、アメリカ軍の占領下で、キリスト教は英語会話と共に流行したが、再び「のれん」になるかもしれない。小説「のれん」は確固たる「心のささえ」がない自分、大きく言えば戦中戦後の日本人に対する批判から生まれたものである。

ところが、阪田は一九六九年刊行の短編集『我等のブルース』の「あとがき」で、小説「のれん」を「のれんに腕押し」の「暖簾のことで、『失恋しないですむ方法』という副題がついていました。つまり、女を好きになりさえしなければ、ぜったい失恋の憂き目を見ることはないという風なことを、さも大発見のように一所けんめい書いていたようです」と述べている。真面目なことが気恥ずかしくて言えない阪田は、元々付いていなかった副題まで考えてはぐらかす。阪田流の韜晦に惑わされないこと、それが阪田の小説を読む時に留意しなければならないことである。

「ルミコ傳」という副題が付いている「ポーリイパイプル」はルミコが語り手で、小学校三年生から女学部へ進んだ四、五年の間の日曜学校と家庭での出来事を語った短編である。エピグラフとして次の詩が置かれている。「はじめに罪ありき／罪は退屈と共にあり／罪は退屈なりき／或日罪、ふと神を考へてみんとしぬ。／すなはち罪神となりし日なり／空白く雲うつろへる日なりき」（ポーリイパイプル　すゐこ伝第一章）

「はじめに罪ありり」は「ヨハネ福音書」の冒頭の言葉のもじりであり、表題「ポーリイパイプル」も「聖書」のもじりである。しかし内容はパロディではない。主な登場人物はルミコ、祖母、牧師の多羅川先生、その息子三郎、ルミコや三郎と同年代の新ちゃん、酒井伝道士である。物語は、ルミコとさぶちゃんが放課後に教会へ行って二人で教会ごっこをしたこと、日曜学校のクリスマスの劇で「徴税人ザアカイの物語」をしたこと、三郎が少年たちに呼び止められて地面に書いた十字を「踏んでみろ」と言われたことなど、小学校時代に阪田が経験したことである。

「ポーリイパイプル」が書かれたノートには裏側からもう一つの短編が書き始められている。「ボッカチオが齢五十になんなんとした頃、或日インチキ陰陽師ピエトロ・ペトローニから〝お前ももうゆくさき長くはあるまいから悪業をザンゲしてしまへ〟と言はれた」という書き出しで始まる。ただし、ノートに残っていたのは一ページだけである。問題は、ここでも懺悔という言葉が使われていることである。この三編が全て、罪、懺悔、キリスト教を扱っている。

その理由は一九四八年の片山哲内閣の退陣に象徴される戦後の理想主義の崩壊だろう。阪田はそのことを小説『花陵』に書いている。

あとで考えると、近代を絵に描いたような理想主義の短い天下の、実はこれが崩壊寸前の姿なのであった。人間を人類の一員と考えることを優先して、日の丸や「君が代」の呪力から解き放つ。この原則を崩したものは、支配者であるアメリカの事情の変化と、一時は漂白されたかに見えた民族・国家の「根源的」とも言える復原力であった。私のような辛抱の足りない人間は、「絶望」するのもまた早かった。

一九四七年五月に誕生した片山内閣は国家公務員法の制定、警察制度の改革、改正民法の制定、刑法改正など多くの法案を成立させたが、連立内閣内部での対立が激化し、八カ月で政権は終わった。阪田が夢のような方向へ進んでいると思っていた敗戦後の日本は、三年目にして逆戻りの、国家主義の復活へ動いた。少なくとも阪田にはそう見えた。東大の学生にも、巷の人々にも阪田はその兆候を見た。それが阪田に、小学校時代に始まったキリスト教徒に対する批判や特高による監視を思い出させた。教会はあの時、時代の流れに翻弄されて「のれん」になった。一体キリスト教とは自分にとって何だったのか。短編「のれん」と「ポーリイパイプル」はその切実な問題を考えようとした最初の試みである。

ところで、「ポーリイパイプル」のノートの裏表紙に当時の阪田を知る貴重なメモがあった。一九四八年に受講していた授業である。


M。明治演劇史、近代美学、美学演習／T。日本音楽史、アメリカ文学史／W　／T。近世哲学史、十九世紀フランス美術、英語／F。風土・歴史、東洋芸術／S。近代精神史

音楽学に必要なドイツ語の授業は引き続き大学外の機関で勉強していたのだろう。

阪田資料には上記のノートの他に、原稿用紙に書かれた「煙草と三人」、「レニングラードの秋」の草稿、それに「近況報告」の原稿がある。「近況報告」には「上京入学以来ヘーゲルの精神現象学をやってゐたがその方の研究もこの七月で一段落ついたから主任教授にレポートを呈出したところ、それぢや君、今度はディルタイの世界観をやつてみませんか、あれはなかなか面白いんだと言ふ」と書かれている。大学三年目の阪田は理論的で思弁的な学問の世界に浸っていたのだ。

一九四八年には阪田にとってもう一つ重要な出来事があった。夏にアメリカのメソジスト教団から派遣された〝J３〟（日本に三年派遣という意味）の神学生フレッド・カプチノが阪田家に下宿したことである。

一九四九年・昭和二四年　二四歳

（四月、卒論直前で国史学科へ転科。／この頃、世話になっていた父方の叔父の家を出て、進駐軍のガードなどいろいろな職業についた。勤めながら日本の社会の歴史と仕組みを勉強するつもりだったが、勉強の方はおろそかになった。／八月一日、NHKラジオが「うたのおばさん」の放送を開始。歌手は松田トシ、安西愛子。團伊玖磨、芥川也寸志、中田喜直ら新進作曲家が登場してきた時代で、その感性に共鳴する。／年末、工学部の岡部侠児らが結成した「ライトブルータンゴアンサンブル」に参加。ダンスパーティーや五月祭でピアノを弾く。）

耳を悪くして音楽美学を諦め、国史学科に移った阪田は、自由な時間が増えたのか、色々なアルバイトをするようになった。「日本の社会の歴史と仕組みを勉強するつもり」というのは前年夏に日本の復興を助けるために来日した〝J3〟のカプチノの影響だと思われる。南大阪教会が受け入れたカプチノは、空襲による破壊をまぬがれた阪田家に宿泊した。カプチノを戸惑わせたのは、復興を手伝うために来日したはずなのに、南大阪教会は彼を教会の手助けにきた宣教師と考えていたことだった。この理解の違いはすぐに表面化した、と阪田は短編「釜ケ崎」に書いている。「キリスト教が教会の中にとじこもる時代は過ぎた」、「社会に向かって組織的に働きかけなければ、死せる宗教にひとしい」と考えていたカプチノは、土曜日の英語礼拝後のディスカッションで民族問題や部落問題を取り上げた。教会はそれを宣教師の任務を超えたものと考えた。

　一九四九年の秋、阪田が大学へ戻った頃、カプチノは理想としているガンジーと賀川豊彦に近づこうと阪田の家を出て、釜ケ崎の貧民街に入った。大阪市やアメリカの教会本部、米軍と交渉をして、払い下げを受けた市有地に小さな兵舎を二つ建てた。日本へ来て二年目の一九五〇年夏であった。この「西成社会館」という奉仕キャンプこそ、カプチノが来日前に考えていた生活だった。しかし社会館を前科のある人の宿泊所にしようというカプチノの理想は、釜ケ崎の人たちに受け入れられなかった。三年の滞在期間が過ぎて日本を離れる時、カプチノの部屋はスラムと化し、着るものもない状態だった。

　カプチノは帰国後、シカゴの貧民街の教会の牧師になり、二人の実子の他に日本人と黒人米兵の間の子供二人を養子にした。阪田は一九六五年、四〇歳の時にカプチノを主人公に短編「釜ケ崎」を書く。一九六七年と九二年にも、カナダにカプチノを訪ね、一九六八年には短編「一九二五年生まれ」を書いている。一九六七年にモントリオールにカプチノを訪ねた時には、カプチノは六人目の養子を迎えたところだった。その後も養子は増えて、結局二〇人になった。その後はインドとネパールに出かけ、孤児院を作った。日本に来た時に抱いていた貧民と暮らすという理想をカプチノは実現していた。阪田でなくても圧倒される実行力を持った理想家である。大学時代に阪田が下宿を出て、社会を知らねばならない、と思った背景にカプチノの存在があったことは間違いないだろう。
従軍して苦汁をなめたとは言え、裕福な家庭で育った阪田には社会を知らないというコムプレックスがあった。叔父の家を出た阪田は、たちまち住む家に困った。三浦は『交遊録』に阪田が見つけた下宿のことを書いている。

阪田が最初に見つけた下宿は、東京駅からまっすぐ隅田川のほうに歩いて行った焼け跡のバラックの屋根裏であった。床は六畳ほどの広さがあったが、中央の棟（むね）をめがけて左右からトタンの屋根が斜めにたちあがっていて、背を伸ばして歩けるのは、棟の下の幅数十センチのところだけ、という部屋だった。
丁度真夏で、そこにいると料理用の天火の中にいるのと同じだった。阪田と私は話し合っているうちにシャツを脱ぎ、ズボンを脱ぎ、パンツ一枚になり、汗は流れなかったが、激しい発汗があったのだろう、喉がからからになった。

「さすがに彼もこの家にはいられなかったと見えて、すぐに引っ越した」とあるが、エッセイ「信仰の試験」に、寮費の安いキリスト教青年会寄宿舎の入舎試験を受けたと書いているのはこの頃のことだろう。「もし詮衡試験に通って、キリスト教徒として生活せねばならなくなれば、それはそれで気が重かったが、下宿には困っていたから、思い切って応募した」。年下の学生から口頭試問で「どんな信仰を持っていますか」と尋ねられ、小さい時から日曜日は日曜学校へ行っていた、というような話をして試験に落ちた。この入舎試験のことを茶化して書いたのが一九六六年に雑誌「風景」に書いた短編「悪い習性」である。運よく寄宿舎に入った「私」は、小学校時代にキリストを売った話をする。

一九五〇年・昭和二五年　二五歳

（一二月二五日、高知高校時代に陸上競技部で一緒だった友人荒本孝一と出会い、三浦朱門をリーダーにして、小説同人誌「新思潮」（文京書院）を創刊。／第一号に「フェアリイ・テイル」という五〇枚の短編を載せる。友だちとの交流から宝塚ファンになっていく小学校五年生の男の子が主人公であった。自分の少年時代の思い出を取り込んで書いたもので、初めて活字になって嬉しかった。発行所である文京書院社主の萩原光太郎には物心両面の世話になる。／「新思潮」は年二回ペースで昭和三三年まで続く。三浦朱門は第二号に掲載した「画鬼」が評価され、早くも雑誌「展望」に転載される。／この頃、三浦朱門に「小説家である前に人間であれ」と教えられ、己を知って小説をやめ、サラリーマンになる決心をする。）

同人誌「新思潮」創刊の経緯は「座談会　第十五次新思潮」に詳しく語られている。東北大学の学生だった荒本は友人を見舞いに東京に来て、そのままその下宿に居ついて、時々東京大学の講義を聞きに行っていた。一九五〇年の秋、東大の第二食堂で偶然阪田に出会い、飲み屋に入った。優秀な陸上競技部の走者であった荒本が言った。「何かおもしろいことあらへんか」。「そうやな」「同人雑誌でも出すか」「出すんやったら、三浦呼ぼうや」となった。最初の会合は荒本の行きつけの千草という飲み屋だったが、三浦が来ただけで、結局三人だけで出すことになった。荒本が千草によく飲みに来る都立大学の中国文学の教授に出版のことを話すと、武田麟太郎の門下でよく酒を飲んでいた友人がいると紹介された。それが四号までの発行者の萩原光太郎であった。雑誌の出版費用は各自が二千円ずつ出し、足らないところは萩原が全部出した。こうして一二月二五日に「新思潮」創刊号が出た。

創刊号に掲載した「フェアリイ・テイル」は短編「宝塚」と同じ、小学校五年生で、宝塚歌劇熱が盛んだった頃の話である。友人の家で「橘かおる」を知らないのかと言われた啓四郎は知っていると嘘をついた。その日、ばあやから娘の葉子が少女歌劇に入り、芸名が「橘しげる」だと聞いた啓四郎は「橘かおる」だと思い込み、友だちに自満した。しかしそれは路地裏のキャバレーの「日の出少女歌劇」で、しかも葉子はやくざなボーイと駆け落ちしていた。軽い話で、年譜にあるように、三浦が批評したことが頷ける。

半年後に出た「新思潮」第二号には高知高校陸上部の後輩で東大独文科の野島良治（二、三号は野島良治、四号から能島廉）、野島の同級生の林玉樹（後に読売新聞に入り、阪田に宝塚歌劇の劇評を書かせる）、そして阪田の住吉中学・高知高校陸上競技部の仲間立石啓四郎（京都大学農学部）が執筆している。三浦に言わせれば「二号に至って俄然高知高校陸上競技部が四人という、まことに憂うべき状態になったわけだ」。

阪田のエッセイ「勇敢なブランコ乗り」には「駒込蓬莱町の墓地の奥の荒本の下宿に、我々は勝手に上りこんで、雑魚寝（ざこね）したり、酒を飲んだり、壁に落書きをしたり、まるで南溟寮の延長のようなつもりだった」とある。（南溟寮とは高知高校で阪田と三浦が入っていた寮である。）この頃、荒本は葛西善蔵風の私小説家を志して家出娘を養いながら、酒と女と貧乏生活を小説に書いていた。先の座談会でも、荒本は仙台の高校の先生だった頃、宿直中に学校が火事で焼けて留置所に入れられたり、その間に同棲していた女性が逃げたりと、無頼な生活をしていたことが語られている。

阪田が荒本の誘いに乗って同人誌を始めたのは、鬱屈した思いがあったからである。一九七六年、五一歳で書いたエッセイ「連載　夢のかげ　9」の「家庭の幸福」に次のように書いている。戦後、東京の町を歩いていると「闇屋（やみや）、暴力団、アメリカ軍、パンパンガール、浮浪児、物乞いの傷痍軍人たちが、街や駅や電車の中に満ち満ちていたから、世相を嘆くなり、あるいは赤裸々な人間の姿の中に自分を見るなり、その人次第で浮かぬ顔になる下地は十分にあったというべきだろう」。「そういう時代に太宰治が書いていた小説は、たちまち私の心をとらえ、心だけではなく顔までが小説の中の男に似てしまったのである。私の浮かぬ顔は、そこに源泉があるというべきであろう」。

阪田を虜にした太宰文学を最も的確に捉えていると思われるのは阪田と同年代の文芸評論家奥野健男である。

太宰治の文学を貫くものは、強烈な下降への指向である。たえず自己を破壊し、自己の欠如感覚を決してごまかさず、かえって深化させて行く。そうすることにより既成の社会に、文学に、一切の現実に、反逆をしようとした。（略）太宰治は一生涯、下降への道を貫くことにより、昭和十年代から戦争期にかけての、悪質な時代に妥協することなく、独自な文学を産み続けた。その闘いは、支配階級の偽りの倫理をあばき、既成秩序を内部から崩壊させる要因を含んでいる。そしてその作品はぼくらを共感させ、烈しく感動させずにはおかない。

太宰はどこから下降しようとしたか。それは金持ちの旧家の出身という環境からであり、自分は特別に「撰ばれた者」だというナルシシズムと分裂性性格のまじり合った自己意識からである。

阪田は一九七七年にエッセイ「太宰時代」を書いた。太宰と同様に裕福な家庭に育ち、東京大学に通う「撰ばれた者」であった阪田には、ナルシシズムに陥る素地があった。酒を飲み、家出娘を下宿に泊めて、破滅的な生活を送っていた荒本を、阪田は「悲愴感に浸っている」だけだ、と見ていた。阪田自身は、太宰に傾倒し、「自殺」や「絶望」を「高潔な言葉」として語っていた。「要するに私は、荒本などに較べて遥かに高等な悩みを悩む人間なのであった」。他方阪田には、戦地において駄目な兵士であったというコンプレックスと、社会を知らないというコンプレックスがあった。ナルシシズムとコンプレックスが混ざり合った自己意識を脱したいと願った時、阪田の前に「自己を破壊」することによって「一切の現実に、反逆をしようとした」太宰の文学があった。エッセイ「太宰時代」はそのような阪田にとって危険な時代を扱ったものである。

阪田と三浦にはHという共通の友人がいた。太宰を尊敬していたHは太宰が自殺した年の終わりに自殺を謀った。その何カ月か前、Hは阪田に太宰の『右大臣実朝』を読むようにと貸してくれた。Hは学者の息子であった。「名門の出で、人と世界から傷つけられやすい弱い心のために亡びて行く主人公に、Hが自分をなぞらえて読んだことが私にはよくわかった」。阪田もまた太宰を読んで、「自己愛につながる同化の快さを感じた」。そんな阪田を見て三浦は、太宰の真似を止めろ、と忠告した。三浦は感情に流されない理知的なタイプであった。Hは自殺すると打ち明けた後、阪田を映画「うたかたの恋」に誘った。孤独な皇太子が恋をした庶民の娘と心中する映画であった。その後駅のプラットフォームで、阪田はHに「ではしっかり」と言って、握手して別れた。阪田は「絶望の結果として死を選んだHが尊く美しく思われ」た。三日後、三浦が阪田の留守中に下宿にHの自殺未遂を伝え、阪田も自殺の恐れがあるから見張って置いてほしいと言って帰った。それを後で聞いた阪田は、「あいつは自殺しそうな人間だと言われたことが自尊心を満足させた。私は少女歌劇の舞台を見る気持で、自分が死んだあとのことを美しく空想した」。

以上の他に阪田には「もう一つ太宰治へ近づき易い通路が開けていた。それは家族のエゴイズムというものについての審美的な嫌悪感だ」った。当時の阪田は、家族の幸福をエゴイズムとして嫌悪していた。「強烈な下降への指向」を持った太宰の言葉は、「幸いなるかな、心の貧しき者。天国はその人のものなり」(マタイ五章三節)、「命を得る者は、これを失い、わがために生命を失う者は、これを得べし」(マタイ一〇章三九節)といったキリストの教えが持つアイロニーに近いものを持っていた。『『クリスチャン』とはこの世で一度死に、キリストにあって生まれ変わる(略)激しい精神生活者」だと中学生の頃に考えていた阪田の心の底には、真実に触れたいという激しい願望があった。自殺未遂や女性関係のもつれを繰り返しながら、既成社会の偽りの倫理とは違う「義」を本気で摑もうとする太宰は当時の阪田には「たまらないほどの魅力とおいしさがあった」。もちろん、太宰の逆説にはキリストの逆説を支える神の世界は存在しない。しかし、世の中に「支配階級の偽りの倫理」が蔓延した時、「家庭の幸福は諸悪の本」と言うことはその倫理を問い直す力を持っていた。

阪田はエッセイ「太宰時代」に、「太宰時代」は就職する前に終わっていたと書いている。しかし、太宰の影響は、結婚後も続いていた。阪田が「偽りの倫理」に敏感だったからである。翌年、卒業論文に熊本バンドを取り上げ、南大阪教会の信仰とは何かを突き止めようとしたのも既成のものへの懐疑の現われであった。

一九五一年・昭和二六年　二六歳

（四月、短編「アプレゲール」を「新思潮」第二号に発表。八月、「新思潮」第三号発行。小説が書けず、詩「まんもす」「牽牛」を発表。／九月下旬、東京大学卒業。卒論は熊本バンドについて論じた「明治初期プロテスタントの思想的立場」であった。／九月二七日、兄嫁の妹吉田豊と結婚する。／九月三〇日、音楽の仕事ができることを期待して朝日放送の大阪本社に入社。）

「新思潮」第二号に発表された短編「アプレゲール」は敗戦後の陸軍病院で阪田と思われる炊事兵が恋した看護婦が、最後に別の男と駆け落ちする話で、太宰の影響はない。年譜に「新思潮」第三号には小説が書けなかったとあるが、それは卒業論文を書くのに忙しかったからである。テーマは熊本バンドから始まった会衆派（組合派）のキリスト教についてであった。卒論のことを阪田は『花陵』に書いている。

国史学科に移った阪田は史料編纂所のセミナーや中世古文書学で、反故類を注意深く検討することによって、「長い暗い手付かずの時間の満ち引きが透視解析できる」ことを学んだ。「その歪みやごく小さな疵跡から日々の営みと自然の変化を推理し、時代と地軸の軋みを測る」方法である。小学生の頃からキリスト教徒であることで時代との軋みを感じていた阪田は、解析的方法で「キリスト教や近代を受けつけようとしない日本の歴史の構造を人生の入口で一度しっかり調べておこう」と考えた。

阪田が、「熊本バンド」と呼ばれる宮川経輝ら熊本洋学校生徒三〇余名が一八七六年一月三〇日、熊本市の花岡山でキリスト教を信じる誓いを立てた「奉教趣意書」を読んだのは一九五〇年の春である。冒頭の「此ノ教ヲ　皇国ニ布キ大ニ人民ノ蒙昧ヲ開ント欲ス」を読んだ時、「しめた」と思った、と『花陵』に書いている。皇国とか人民の蒙昧と言った言葉を批判的に読んで行けば論文になると思ったのだ。卒論に本格的に取り組んだのは一年後の一九五一年四月からで、阪田は毎日図書館に通い、明治初期のキリスト教定期刊行物である「七一雑報」と「六合雑誌」を書庫から借り出して、夕方まで写した。論文の題目は「明治初期プロテスタントの思想的立場」とし、熊本バンドの思想を中心に研究しようと考えた。幸い、阪田資料の中に卒論が保管してあった。四百字詰め原稿用紙で一七五枚にわたる大部な論文で、次のような構成で書かれている。

序言
第一章　その国民主義　第一節　入信の契機／第二節　信仰と国家主義との結合／第三節　その国民主義の特質／第四節　対外的態度
第二章　政治論に対する態度　第一節　自由民権論／第二節　国権論
第三章　儒教的傳統に対する態度／第一節　否定面と肯定面（1）／第二節　否定面と肯定面（2）

阪田は「その国民主義」の特質を、一、士族としての優越した立場からの啓蒙主義／二、神の前には平等であるべき個人を契機とする市民的宗教／三、全くの在野的立場／四、目的は当然国家の開明であり国権の充実であった、とした。「蒙昧な人民を啓蒙することによって国家の開明を図らんとする立場」という点では自由民権運動と軌を一にした。安井息軒など当時の儒学者はプロテスタンティズムの本質は個人主義、自由主義であると批判したが、「問題を

『忠』の倫理に帰した為その批判は徹底しなかった」。それに対して福沢諭吉など啓蒙思想家や学者は、「一視同仁四海兄弟の大義と報国盡忠建国独立の大義とは互に相戻て相容れざるを覚るなり、故に宗教を拡て政治上に及ぼし以て一国独立の基を立てんとするの説は考の條理を誤るものと云ふ可し」と批判した。確かに福沢の批判通り両者は論理的には矛盾するのだが、「国家を先ず第一義に考え」た当時のプロテスタントの「国家に奉仕する信仰」という「信仰上の功利主義的態度」が、「徐々にプロテスタンティズム自体を変形させる力となって働いた」。その結果、「以上諸例の如き日本の『開明』を名分としての『信仰と国家意識との結合』は、初期のプロテスタント達の思想的立場の基本的な性格をかたちづくっていると考えられる」と阪田は結論付けた。

阪田にとってキリスト教信仰の根本にあるのは「個人に於ける罪の自覚―キリストによる救い」であった。その信仰は阪田の中学校時代、高校時代に批判され、弾圧され、歪められた。阪田は卒業論文で「キリスト教や近代を受けつけようとしない日本の歴史の構造」を摑もうとした。ところが「熊本バンド」の人たちは「おのれを正しとする」人たちだった。彼らは「新政府の高級官僚に出世して郷土と国に尽すつもりだった」。阪田が卒業論文で明らかにしたかった「個人に於ける罪の自覚」から生じる時代との軋轢、「キリスト教や近代を受けつけようとしない日本の歴史の構造」は彼らには見られなかった。熊本バンドの信仰とは何だったのかという問題は阪田の中で宿題として残り、後にラジオドラマ「花岡山旗挙げ」と小説『花陵』で問うことになる。ただし、卒業論文で「自分のちゃらんぽらんをさておいて、熊本バンドに属する人々の信仰の国家主義的傾向を、状況が一変した敗戦後の安全な地点から批判して以来、逆に『信仰』を初め、手で示せないような事柄は、できるだけ書かないことが自分を謬(あやま)らない行き方だとおもうようになって来ました」、と一九九八年刊行の『讃美歌　こころの詩(うた)』に書いている。この言葉は、この後の阪田の作品を考察する際に忘れてはならないことである。

　阪田は一九五一年四月から八月まで卒論に没頭した。卒論提出期限に間に合わせようと苦労していたことを示すのが、筆跡の違いである。おそらく友人に清書してもらったのだろう、明らかに途中で筆跡が違っている。しかし、努力のお蔭で阪田は九月下旬に卒業し、九月二七日、嫂の妹吉田豊と結婚し、九月三〇日に朝日放送に入社した。

第七章　朝日放送時代

阪田は一九五一年九月三〇日、一カ月後に放送開始を控えた朝日放送大阪本社に入社した。以後一九六三年二月に退社するまで一一年四カ月余り、プロデューサーとして多くの番組を制作した。庄野潤三を始めとする同僚や、仕事を依頼し番組を共に制作した作家、詩人、作曲家、劇作家、俳優、歌手から多くの刺激を受けた。二五歳から三七歳までの朝日放送時代は非常に多忙で、そのために十二指腸潰瘍を患ったが、ラジオドラマでは何度も芸術祭や民放祭で大賞を獲得した。阪田が大阪に戻った後、同人誌「新思潮」には曽野綾子、有吉佐和子、梶山季之ら後に活躍する新しい作家たちが加入した。阪田は多忙であったが庄野らに刺激されて再び文学の世界に戻り、短編や詩を書き、「新思潮」に載せた。大阪では雑誌「文芸大阪」の編集に加わり、短編とエッセイを書いた。従兄の作曲家大中恩に依頼されて童謡「サッちゃん」を書いたのは東京支社に移って三年目の一九五九年である。朝日放送退社後の大きな仕事、例えば

『全詩集』に記された大中恩、湯山昭、中田喜直などとの五〇を超える子ども歌・童謡曲集、合唱曲集・歌曲集を含む一〇八七編（校歌、社歌や未完を含めると約一四〇〇作）の詩、『背教』、『花陵』、『漕げや海尊』などの小説、『わが小林一三』や『おお　宝塚！』などの評伝や宝塚歌劇に関するエッセイ、これらは全て朝日放送時代に手掛けたものが基になっている。ラジオドラマで多くの賞を受賞した経験は、退社後の音楽詩劇「イシキリ」や、ミュージカル「世界が滅びる」、「さよならＴＹＯ！」、「鬼のいる二つの長い夕方」、「桃次郎の冒険」、「吉四六昇天」や、ＮＨＫテレビの一年間にわたる一時間の連続ドラマ『太陽の丘』、『ケンチとすみれ』、『あひるの学校』（いずれも共同執筆）として結実する。

このように多方面で活躍した阪田だが、生涯の仕事を大きく二つに分けると、詩、戯曲（ミュージカルの台本）、小説、エッセイなどの文学の仕事と、童謡、絵本など子供を対象とした仕事に分けることができる。興味深いことに、それらは多くの場合、仕事を通して知り合った詩人や作家、音楽家から求められて始まったものである。このように、阪田の朝日放送時代は、才能豊かな人たちと仕事をし、生涯の仕事となる文学活動の基盤を作った時期であった。「年譜」を適宜引用しながら、退職後の作家としての活動と関わることを中心に見ていきたい。

一九五一年・昭和二六年　二六歳

阪田と同期入社の鬼内仙次は阪田の短編集『わが町』の解説「いさかい―『平城山』から『わが町』まで」に、「学芸課教養係」は総員六名で、「企画会議などで集まれば、きっと最後は文学の話になる。庄野さんの話は、いままで聞いたどんな話よりもたのしく意義深いものであった」と書いている。阪田も会社での庄野の様子を一九五七年刊行の雑誌「文芸大阪」第二集のエッセイ「庄野潤三氏について」と『庄野潤三ノート』に書いている。『庄野潤三ノート』には「しばしば庄野さんの率いる文芸教養係は、同人雑誌の仲間のような観を呈することがあった」。さらに「庄野さんを訪ねて、若い作家が会社へ現われることも私たちを快く刺戟した。先ず富士正晴氏、当時神戸にいた島尾敏雄氏、東京から阿川弘之氏らが来社した。そのうち、のちに第三の新人と言われることになった人々とも庄野さんは親しくなった」。その上、阪田と庄野は大阪市の南に住んでいたので、会社からの帰りに、阪田は庄野から執筆中の小説の話を何度か聞いた。大学を卒業する時に文学を辞めようと決めた阪田だが、庄野たちに刺激されてもう一度文学をやろうと考えた。

朝日放送社員で庄野潤三の研究者である佐々木安博氏から頂いた一九五一年一一月一一日の開局時の番組表を見ると、音楽番組が非常に多い。録音やレコードを使っての番組である。入社二年後の「朝日放送社報」第四号（一九五三年九月三〇日）掲載の坂田（ママ）寛夫「ラジオ語」に、

「婦人、子供、療養者を対象とする時間を受持って来た」と書いているので、「やさしい英語」、「聴取者文芸」（年譜の「視聴者文芸」は誤り）の他に「婦人講座・奥様手帳」「こども音楽会」「こどもクイズ〝ちえくらべ〟」「明るいベッド」「レコード」などの内いくつかを担当したと思われる。慣れない仕事である上に、責任も重く、阪田は体を壊してしまう。三浦朱門は当時の阪田の様子を前章で見た「座談会　第十五次新思潮」で、「関西に帰って、朝日放送のプロデューサーでつらくてね。十二指腸潰瘍になったり……。いまこんなふとっているけれども、あのころ青ちょびれて三角形の顔してね、すし食ってもさび抜きなんていっていた時代でしょう」と語っている。

「年譜」には「この頃から会社の忙しさにかまけて、日に日に教会から遠ざかる」と書かれている。

一九五二年・昭和二七年　二七歳

一九五二年は長女が生まれた年だが、結婚生活についてはこの章の最後に書くことにして、先ず一一月に「新思潮」に発表した短編「平城山」を読んでみよう。短編「平城山」の「私」は馬鹿な役割を演じる狂言回しである。助手である「私」は放送テープの時間を計ったり、字引を引いたりと、雑用ばかりしていた。ある日、プロデューサーの横田さんから放送寸前に

「平城山」の著作権について調べてくれと言われた。北見志保子の作品だとすぐに分かって気分が良かったので、「私」は向かいの席の一つ年下の女性プロデューサー、本庄さんをお茶に誘った。「私」は本庄さんに気があるのだが、彼女の気持ちは分からなかった。愚痴ばかり言っていると、青垣山で星の声を録音するから連れて行ってあげようと言われた。星の光を電流に変え、それを音に変える公開実験をするという話が新聞に出ていたのだ。「私」は重い録音機を持つ役を引き受けて、夕方に本庄さんとケーブルで大阪と奈良の間にある青垣山に登った。ところが、天文台へ行くと、所長が、公開すると書かれて困っていると言う。実験はケーブルの利用を勧める宣伝だったのだ。それでも本庄さんは星の録音をすると言い張り、ナレーションの原稿を書き上げて「私」に手直しさせた。彼女をやっつけなければ気が収まらなくなった。建物の裏口で立ちションをしているところに本庄さんが出てきたので、「私」は彼女に近づいて抱きしめた。

ここまで書いて、プロデューサーの横田さんに読んでもらった。本庄さんを襲う必然性がないと言われた。仕方なく結末を書き直した。天文台から出てきた本庄さんに、奈良が見えると言った。本庄さんが町の光を指さした時、「私」はその腕を叩き落とすと、いきなり彼女のスカートをめくった。「バカ！」と言う本庄さんを、大内刈りでひっくり返し、馬乗りになり、顔を張り飛ばし、蹴たぐり、跳ね腰、逆手車輪で投げ飛ばして、最後には崖下へ蹴落とした。

短編「平城山」を読んだ同僚たちは大笑いしたことだろう。先の鬼内の解説には、阿川弘之が「新潮」の文芸批評に、「肩をいからせない柔軟な、都会的な神経で書かれたこの作品は、軽くてユーモラスで、をかしい」と書いた、とある。阪田は満更でもなかっただろう。しかし、これは自分を戯画化して書いたユーモア小説であった。

阪田は朝日放送で多くの優れた放送劇を制作するが、短編「平城山」に出て来た同期入社の横田雄作から多くを学んだだけでなく、横田の死後、横田を主人公に小説『漕げや海尊』や「旅程」などを書くので、ここで横田に触れておきたい。阪田は一九七七年四月七日に横田が亡くなった後、横田と交流のあった劇作家木下順二と協力して横田雄作著『夢現論への試み―日本的リアリティを求めて―』を出版した。それに「著者紹介（生きることへの願い）」を書いた。それによると、横田は一九二五年一二月一三日、東京の生まれで、阪田と同い年である。小学生の時に新聞記者であった父が亡くなり、父の郷里岡山市で伯父の保護を受けて育った。一九四五年に岡山の第六高等学校文科を卒業すると、徴兵を引き延ばすために京都帝国大学農学部林学科に進んだ。敗戦後、叔父の会社の仕事を手伝っていたが、一九四八年に京都大学文学部美学科に再入学した。在学中、岡山で小さな劇団の主宰者兼演出家となり、岡山放送劇団でも演出・作劇を担当した。劇作家で演出家の田中千禾夫の劇を上演したことから田中の知遇を得、田中の紹介で朝日放送に入った。後に阪田の短編「平城山」に出ている本荘と結婚する。
演出の経験があった横田は、週一回二〇分の単発ドラマ「影絵劇場」で、山本安英、毛利菊枝などによる朗読を担当した。狂言の茂山一門に傾倒し、ABC放送劇団の指導に朗読や狂言を取り入れた。一九五四年には長島愛生園のハンセン病患者を取材し、茂木草介作『小島に生きる』を芸術祭参加作品として企画演出した。一九五五年には木下順二の『彦市ばなし』を狂言形式で、『山の背くらべ』を山本安英の朗読で制作した。阪田が東京支社へ移った一九五六年の秋、横田も東京支社の制作部員となり、連続ドラマや「夜の劇場」、「ABC劇場」で芸術祭参加作品を制作した。横田が東京支社にいた一九五六年から六四年までの間に最も深いつながりを持った作家は、木下順二と秋元松代である。横田のことは第九章の小説『漕げや海尊』のところで再度取り上げる。

一九五三年・昭和二八年　二八歳

この年のP・F・コール演奏会で初演された詩を中心に一九六五年四月、第一詩集『わたしの動物園』が牧羊社から出版される。そこには、一九五一年「新思潮」第三号に発表された「マンモス」、「牽牛」や一九五三年の「ひよこ」(原詩は一九四七年作の「イースター」)、一九五四年「新思潮」第一一号に発表される「てんとうむし」、「熊にまたがり」、「河童」などが、また一九七七年の新装版『詩集　わたしの動物園』には「マサシゲ」などが収載されている。

阪田の詩の特徴を考える時、短編「平城山」を「肩をいからせない柔軟な、都会的な神経で書かれ」ており、「軽くてユーモラスで、をかしい」と言う阿川弘之の指摘が重要になる。簡単に言えば、大阪弁、河内弁、広島弁が混ざり合って、都会的でありながら泥臭く、独特の情緒と脂気を含んだ言葉で作られている、ということである。一読して忘れられない詩「熊にまたがり」はそうした濃い味の言葉が作り出したものである。

「熊にまたがり屁をこけば／りんどうの花散りゆけり／／熊にまたがり空見れば／おれはアホかと思わるる」

詩「マンモス」では「ライオン王さん／どえらい声でいいました／ものろもつるけえー」と大阪弁に河内弁が混じって、ライオンらしい感じが出ている。詩「マサシゲ」は「幼年時代の阪田寛夫」で既に見たが、河内弁の詩の極致と言ってもいいほど面白くて、読む度に笑わずにはいられない。

キリスト教に関わる詩「ひよこ」は標準語で書かれている。キリスト教のこととなると、阪田は無意識に襟を正してしまうのだろう。復活祭を祝う卵が花のようにきれいで、イエスがその卵から生まれたというのはユニークだが、キリスト教についての思いを前面に出すことを控えている感じがする。

「イースター　イースター／　日のひかり／エス様は卵のなかから生れました／／ガリラヤのなぎさに／青い貝殻いっぱい咲いて／／イースター　イースター／　日のひかり／ひよこが空へかけのぼる」

阪田が無意識に襟を正し、自分の感性を前面に出すことを控えるのは小説においても同じで、阪田の場合、童謡や詩を書く時と小説を書く時とでは明らかに意識が異なっている。既に見たことだが、「僕が欲しい童謡は小学校二年生と三年生の境目の、「二年生半」というような、薄皮一枚あたりのところに、あやうく存在するのかしら」と言っているように、それが小説を書く時との違いを生む理由だろう。

この年の九月、庄野潤三が朝日放送東京支社に転勤した。

一九五四年・昭和二九年　二九歳

七月に「新思潮」第一〇号に発表した短編「酸模（すかんぽ）」は二年後の一九五六年に加筆されて「文芸大阪」第一集に「フェアリイテイル」として掲載され、後に『我等のブルース』に元の題名で収録される。短編「酸模」は早熟であった作者の、子供の頃の異性への関心を描いた作品である。主人公の啓四郎は牧師の子供で、四月から六年生になる。父は教会の裏にある幼稚園の園長でもある。その幼稚園の先生の右近さんを、啓四郎は昨年秋頃から好きになり、それ以来毎日、幼稚園へ右近さんの顔を見に行っていた。右近さんは二〇歳ちょっと、つまり九歳上の女性である。

話は啓四郎が六年生になる前の春休みのことである。一歳上で、大阪の府立中学に入る従兄のタクちゃんが東京から遊びにきた。今年のタクちゃんは少し変わっていて、一緒に風呂に入らない。思春期で、顎だけでなく陰部にも毛が生えてきたのだ。タクちゃんが来て三日目の朝、二人で教会堂の南側の窓の下に一面に生えている鬼芝に寝そべっていた時、タクちゃんが盲腸炎ごっこをしようと言い出した。「盲腸の手術に毛がはえていると危ない。だからあそこの毛をみんなソるんだそうだ。入院患者はみんな宮様の妃殿下に決まっている」。

「ハ？　伊原（啓四郎の姓）は下手でありますか？　ハイ、それでは岡部侍医が代ってお剃り致します」。「ハ？　痛い？　どうも失礼申し上げました。伊原、もっとシャボンをおつけしないと駄目じゃないか！」

読んでいるだけで、笑いがこみ上げてくる。思春期に入り始めた子供の密かな楽しみが誇張して描かれている。軽さと自嘲がこの時期の阪田の小説の特徴である。しかし、それでは戦後一年目に復員船で考えたことは描けない。阪田が小説家になるには時間が必要だった。

一九五五年・昭和三〇年　三〇歳

（一月、庄野潤三が「プールサイド小景」で第三二回芥川賞を受賞。／七月、作曲家グループ「ろばの会」が結成される。メンバーは磯部俶、宇賀神光利、大中恩、中田一次、中田喜直の諸氏。九月六日、子どものための創作童謡を放送するラジオ番組「ＡＢＣこどもの歌」の企画が認められ放送を開始。月に二曲の創作曲を作り、毎日放送した。この番組は朝日放送退社後の一九六六年の終了まで一一年にわたって続き、約三〇〇の歌ができた。）

阪田は音楽の仕事ができることを期待して朝日放送に入社した。放送が始まった時の番組には音楽の番組がたくさんあった。しかし阪田は、それらの番組に満足していなかった。「こどものための創作童謡」を望んでいた。その背景は大学時代の一九四九年に始まったＮＨＫラジオ「うたのおばさん」である。産経新聞一九九五年五月一二日（金）七面の「戦後史開封３２３」「童謡４」によると、「歌のおばさん」はＧＨＱ（連合国軍総司令部）の指導で一九四九年八月に始まった番組で、アメリカで人気があった「シンギング・レディー」を焼き直したものである。毎朝八時四五分から一五分間、「一回の放送で歌う童謡は五曲。戦前の童謡や外国曲も歌ったが、『歌のおばさん』は新しい子どもの歌を送り出すことも狙いのひとつだった。サトウハチロー、小林純一、佐藤義美、まど・みちおといった一流の童謡詩人に依頼し、作曲は團伊玖磨、芥川也寸志ら当時の新進気鋭を起用した」。

阪田が始めた「ＡＢＣこどもの歌」は「歌のおばさん」より少し上の子供を対象にしたもの

だった。先の「戦後史開封323」には阪田のインタビュー記事が載っている。「夕方十分間の番組だったが、初めはスポンサーがつかずによく時間を変えられたものです。〝ろばの会〟の人たちのほか、まだ学生だった冨田勲さんや服部公一さんらを発掘して作曲してもらった。歌手も多様で、冨田さんの『白いボール』という歌は入団したばかりの王(貞治)選手に歌ってもらった」。

作詞を依頼した詩人の中で阪田が最も尊敬の念を抱いていたのは佐藤義美とまど・みちおであった。一九六九年に佐藤のことを短編「日本の童謡」に書き、まど・みちおについては一九八二年に短編「遠近法」、八五年に小説『まどさん』を書き、対談も多い。「ABCこどもの歌」は大学時代に耳が悪くなったために音楽学を諦めた阪田に、優れた作曲家や作詞家との交流の機会を提供し、後に阪田が詩人として、また小説家として活躍する大きな可能性を開いた。

一九五六年・昭和三一年　三一歳

(五月、朝日放送東京支社に転勤。会社が銀座にあったので宝塚通いがはじまる。東京都中野区野方に住む。引き続き「ABCこどもの歌」の制作。作詞作曲の依頼、写譜、スタジオ・歌手・オーケストラの手配、配車、録音、楽譜の校正、放送テープの制作から伝票切りまで一人でこなす。三〇分のラジオドラマも制作しており、かなり忙しかった。/「新思潮」は、初期の同人三浦朱門、村上兵衛、曽野綾子が文筆業で忙しくなったが、そのあと有吉佐和子、梶山季之らが加わって、同人会は意気壮大であった。／八月二九日、次女なつめが生まれる。）

この年の最も大きな出来事は東京文社への転勤である。年譜にあるように忙しかったが、「新思潮」の仲間や作家生活に入った庄野に会うことができたのは大きな喜びだった。「年譜」に「三〇分のラジオドラマも制作しており」とあるが、その一つが「怪獣ラドン」であったことが「放送朝日」第三〇号の阪田の文「ラジオのラドン」から分かる。ラジオの放送と東宝映画「空の大怪獣ラドン」の公開が同じ時期であったために、両社の担当者が集まって啼き声をあまり違わないように工夫した、と書いている。東宝で作られた Gwaou・Gwaouou! に少し加工して、ラジオでは Que! Quiii! という大鷲の啼き声を連想するような音をヤカンの蓋で作り、付け加えた。もちろんそれで終わりではなかった。炭坑の奥で孵化した「中世代の大飛竜プテラノドンの亜種」ラドンは、九州で大暴れすることになっていた。

「大怪獣とても、ロケット砲で撃たれたら悲鳴をあげるでしょうし、貨車に積んだ馬を一呑みにする時にはウマイウマイと舌鼓を打つことでしょう。台本を追って一つ一つ表情の違う声を作ってゆくのは相当な仕事で、まさにラドンの恐怖です」。

東京文社に転勤した後、宝塚歌劇場通いや「新思潮」の仲間との交流など優雅な生活を送っているように見えるが、実は阪田は患っていた十二指腸潰瘍が悪化し、三、四年後に入院する。

身体の不調は一九六三年二月の退社まで続いた、と鬼内仙次が『わが町』の解説に書いている。東京支社に移って六カ月後の一一月に「新思潮」第一五号に発表した短編「怖い話」には当時の阪田の精神状態が現われている。

主人公大森は家にいると臆病になった。夜道を歩くのは平気なのに、家に帰ると、死んだ叔母や従姉が夜に枕元に現われる。お化けが怖くて、夜中にトイレに行けない。一度、便所の戸を開けると、自分がそこにしゃがんでいてこちらを見ていた。足に重いものを落として腫れた時には、肉腫だと思い込んで大騒ぎをした。もうすぐ三歳になる娘のアヅサは、彼の血を引いたのか神経質である。妻にとって大森は頼りにならない夫で、「胸にすがりたいという気持になれないのだ」。

自分をこのように弱くて、妻から見て頼りにならない夫として自虐的に描くのが、この頃の阪田の特徴である。

一九五七年・昭和三二年　三二歳

東京に転勤した阪田は「文芸大阪」第二集にエッセイ「庄野潤三氏について」を掲載した。阪田が生涯敬愛し続けた庄野について書いた最初のエッセイである。五月にエッセイ「チェックツク節」を発表した「文学雑誌」は藤澤桓夫と長沖一が中心となって発刊した大阪の文芸雑誌で、阪田は復員した年の暮れにその創刊号に帝塚山学院の先輩庄野英二、庄野潤三、石濱恒夫の名前を見つけ、自分も書きたいと思ったのだった。「チェックツク節」は同期入社の鬼内仙次についてのエッセイである。鬼内は放送局に勤めながら、『大阪動物誌』や『ある少年兵の帰還』などを書いた小説家である。「チェックツク節」とはキナイが創めた歌、「花のキナイさんに惚れないやつは／チャカ　ホイ」という戯れ歌である。翌年に「新思潮」に発表する小説「英雄時代」も播州加古川出身の男キナを主人公にしたものである。

この年の三つ目の作品、「新思潮」第一六号に発表した短編「赤い花」は母の日にしぶしぶ妻と娘と一緒に教会に出かけた話である。軽いタッチで描かれた小説だが、背後には「私」と妻の感情的な行き違いや、夫婦の友だちであるミチコと彼女の会社の男性との複雑な関係が伺える。いわば母の日についての大人向けの話である。

この年の一二月に「文学雑誌」第二六号に発表したエッセイ「サロイヤンについて」は、阪田が「一番自分と関わりの深い作家であるような気がする」と認めている作家について書いたものである。阪田は高知高校の寮で三浦朱門から本を借りて、サローヤン（引用文以外は一般的な表記を使う）のブランコ乗りの青年の話の梗概を読んだ。それから戦地に行き、復員して東大に行くと三浦がいた。進駐軍のポケットブックの一冊サローヤンの『ヒューマン・コメディ』を三浦から借りた。それは人生について語る心温まる本だった。「こんな話を書ける人間とは、実はセンチで、心弱く、ひとから傷つけられ易く、従つて己れを守るてだてとしてユーモアと逆説を武器にせざるを得ない人である」と思った。これは阪田自身のことを述べた言葉と言っていいだろう。阪田も「私はサロイヤンが自分の分身である様な気になつていた」と書いている。

阪田がサローヤンも文学も忘れて会社員になろうと大阪に帰り、朝日放送に勤めて驚いたのは、机を並べた庄野潤三が、サローヤンが一番好きな作家だと言ったことだった。しかも、庄野はサローヤンを「男らしい作家だ、だから好きなのだ」と言ったので、「心弱い」作家と考えていた阪田は驚いてしまう。

サローヤンはその後も阪田にとって気になる作家であった。そのことは阪田がサローヤンについて次の六つの作品を書いていることから分かる。短編「サロイアンの町」、エッセイ「サローヤンと庄野さん」、「長いつきあい」、「V・ウルフとサローヤン」、「サローヤンの死」、「サローヤンのレコード」。なぜ阪田はサローヤンについて多くの短編とエッセイを書いたのだろう。サローヤンが「自分の分身である様な気」がしたからだが、「分身である」とは「センチで、心弱く、ひとから傷つけられ易」いということだけを示しているのだろうか。エッセイ「サローヤンと庄野さん」に、阪田はサローヤンの短編集『我が名はアラム』を読み返した時に最後に置かれた短編「神を嘲るものに与える言葉」の結末部が気になった、と書いている。

それは、カリフォルニアの小さな町に満足しないでニューヨークへ行けと叔父に言われてバスに乗ったアラムが、ソルトレークシティのホテルで泊まった翌朝、バス停で伝道師から「君は救われているかね?」と声を掛けられる話である。あれこれ考えるのをやめて、信じるんです」と言う。バスに乗ったアラムは窓の外から「信じるんですよ」と言う伝道師に、「信じます」と適当に応えた。問題の結末部はその後の文である。「また広大な学識の世界と反宗教的な態度へ帰るつもりだったのに、残念ながらそれは間違いだった。知らず知らずのうちに僕は救われていたからだ。ソルトレークシティを出て十分しないうちに、僕は宗教家の言った通り、右も左も総てのものを信じていた。そして、以来、今に至るまでそうなのだ」。しかし現実のサローヤンはそうではなかった。阪田がサローヤンを「自分の分身」と感じたのは信仰についてのあやふやな態度に自分と近いものを感じたからだろう。

ちなみに敗戦前後に青春を迎えたいわゆる「第三の新人たち」、阪田が親しかった吉行淳之介、庄野潤三、三浦朱門、小島信夫らもサローヤンを愛した。彼らも阪田や庄野のように、それぞれがサローヤンの中に自分と同質のものを見出していた。

一九五八年・昭和三三年　三三歳

(八月、東京都中野区鷺宮に転居。二〇軒の小さな団地に阿川弘之がいた。(父素夫、奈良学園前へ転居。大和教会創立。）

二月に「新思潮」第一七号に発表した短編「英雄時代」は播磨風土記に登場する気弱な男キナがある日突然英雄になった伝説を基に作った小説であるが、伝説自体がホラ話である。阪田は『古事記』や風土記の英雄を卑俗なものに落とすことを楽しんでいる。阪田が後にミュージカルに取り上げる大分県の民話「吉四六」も同じ系統の作品である。

三月に放送した梶山季之作放送劇「ヒロシマの霧」は「英雄時代」とは全く趣の違ったシリアスな劇で、第七回民放祭銅賞を受賞した。阪田のエッセイ「新思潮営業部長」によると、梶山が「新思潮」に入ったのは阪田が大阪にいた一九五五年の暮れ頃で、以来二人は「新思潮」の同人として付き合っていた。阪田はエッセイ「梶山さんのラジオドラマ」に「ヒロシマの霧」について「幻想的で、しかもこの世に訴える所のある、ラジオにふさわしい内容のものだった。しかも推理劇風な面白さも忘れていなかった」と書いている。梶山はエッセイ「五人の恩人」で、文筆稼業に入るのに世話になった五人の恩人の三番目に、「仕事を下さった」として阪田を挙げている。さらに、「文壇で、第三の新人と呼ばれた人々の大半が、この阪田氏と庄野潤三さんのお世話になっているといわれている」と書いている。梶山や第三の新人たちとの交流は阪田にとって大きな刺激だっただろう。

一九五九年・昭和三四年　三四歳

この年に大中恩から依頼されて初めて作った童謡「サッちゃん」が阪田の全作品中で最も愛される作品になった。「サッちゃん」は朝日放送で始めた「ＡＢＣこどもの歌」での多くの詩人、作曲家、歌手との交流がなければ生まれなかっただろうし、その詩は「センチで、心弱く、ひとから傷つけられ易く、従つて己れを守るてだてとしてユーモアと逆説を武器にせざるを得ない人である」阪田にしか書けない世界である、と言っていいだろう。

この年のもう一つの大きな出来事は、卒業論文以来関心を持っていた熊本バンドを取り上げて、同僚のプロデューサー横田と放送劇「花岡山旗挙げ」を制作し、一一月一二日に放送したことである。教会へ通わなくなったとは言え、阪田の意識の中ではキリスト教への関心が大きな位置を占めていた。「花岡山旗挙げ」とは、熊本藩の洋化政策に反対する神風連を含む保守派と、熊本藩士横井小楠の進歩的な教えを継ぐ実学党が対立する中、熊本洋学校で学んでいた宮川経輝（ドラマでは宮森嘉蔵）たちが花岡山でキリスト教を信じることを誓った事件である。放送劇は明治二年、キリスト教を広めたとして横井小楠が十津川郷士によって暗殺されるという劇的な場面から始まる。ドラマには熊本で取材する阪田も「私」として登場する。劇の前半の一部を紹介すると、明治二年、横井小楠暗殺／昭和三四年七月、列車「はやぶさ」で熊本駅に到着する直前／昭和一四年、「私」は宮森おじいさんの文房具屋に行く。おじいさんが歌う讃美歌／昭和二〇年代半ば、おじいさんが熊本バンドの中心人物だったと知る。熊本バンドの説明／熊本駅で乗ったタクシーの運転手に花岡山と言う。しかし熊本バンドのことを知らないので説明する／明治九年、宮森が花岡山で奉教趣意書を読み上げる。詳しくは『花陵』について書く時に述べることにして、ここでは「朝日放送社報」第七五号の「今と昔を交互に表現『花岡山旗挙げ』の苦心」と題した阪田の文を紹介したい。

この作品はカット数32、時間の都合で8を取り去ったが、それでも24、1カットの平均は1分半強ということになる。明治初年のカット群（四、五年にわたる）がそのうちの五分の三、昭和三十四年夏のカット群が五分の二、その間に昭和十年頃のカットが一つ入るこの短い時代的に隔りのあるカット群をどう繋いで一貫したドラマの流れを作るか、が演出上の問題点だった。初めから約四分の三までは昔と今が交互に出て来て、聞きようによっては、お互いに流れを殺す役割をしていることになるが、この流れを殺す味、即ち交互に現れる時代の落差の表現にかなり重要な意味があるので、この繋ぎ目はおろそかに出来ない。最も苦心を要した点である。

録音の途中で、元々後半にあったカットを前に移したり、配列の順序をかなり変えたが、これは作劇術が破格であり、云わば散文的手法で、この作品ができていたことを示している。我々は一カットを一つの色、一つの音譜のように考えて、それに符号をつけ、Aの13番をBの10番の前にやってみよう、というような相談を屡々した。このやり方なら、放送劇はもっと自由にその題材を拡げることが出来そうな気がする。

右の引用で興味深いのは、阪田が初めて創作技法について語っていることである。この頃の阪田は忙しすぎて小説を書く時間がなかったのだが、九年後の一九六八年、『国際コンプレックス旅行』の一編「ロンパリ」を書いていた時に、夏目漱石の短編「倫敦塔」がドキュメンタリー・ドラマの方法を使って書かれていることを発見した。その発見は評論『庄野潤三ノート』での考察を経て、阪田独自の小説技法となる。

この年のもう一つの重要な出来事は童謡詩人まど・みちおに初めて会って仕事を依頼したことである。ただ、まど・みちおが阪田にとって重要な詩人になるのは、一八年後の一九七七年、月刊「自動車労連」に「童謡のまわり」と題した連載を始めてからである。

一九五九年の最後に、阪田が中学生向けに書いた物語のことを書いておきたい。この年の一月から小学館の雑誌『中学生の友』の「連載読切実話」を担当し、坂口貫一というペンネームで「心に太陽を」と「みんなに光を」を連載した。阪田資料にあるのは、「心に太陽を　密輸船と少年」（一月号）と「みんなに光を　第四話　のびゆく一粒の麦」（四月号）である。前者は対馬を良くしていくためには島から密輸団を追放しなければならないと決心して対馬の小学校教師を辞め、海上保安士となった国分と、国分に勇敢な先祖に負けない勇気のある人間になれと言われた阿比留少年が何年か後に密輸団を発見し、国分に知らせて逮捕する話である。後者は高知県須崎市の中学校を卒業して、画家と役者を志して上京し、製本工場で見習工として働いている少年の話である。工場の火事で一度は仕事を失うが、周囲の人々の援助で仕事を見つけ、劇団の入団テストに合格し、その上、映画監督に見出されて映画「のびゆく麦」に出演する話である。少年向けの善意、勇気、無私の行為、心温まる話は、阪田が教会や日曜学校で聞いた話に近いのかもしれない。二つともうまく書かれている。小学館の「中学一年生」の編集長は「新思潮」第二号からの同人野島良治であった。

一九六〇年・昭和三五年　三五歳

（一二月一〇日、第三回コールＭｅｇ演奏会で男声合唱組曲「鳥獣虫魚」（大中恩曲）、混声合唱組曲「熊の上の天使」（大中恩曲）を初演。）

この年は体調が悪く、男声合唱組曲「鳥獣虫魚」、混声合唱曲「熊の上の天使」を書いただけである。十二指腸潰瘍による不調は一九六三年の朝日放送退社まで続いた。鬼内仙次が『わが町』の解説に、癌研に入院し、結局手術は危険だからとしないまま退院し、奈良学園町に新築した父の家で静養した、と書いているのは一九五九年から六〇年にかけてのことと思われる。

「年譜」にはないが、一一月二四日に放送された横田雄作演出の放送劇「常陸坊海尊」（脚本・秋元松代）について触れておきたい。主演山本安英、音楽武満徹で、第一五回芸術祭奨励賞を受賞した「常陸坊海尊」は秋元松代の代表作として知られている。しかし横田も柳田国男の著作に惹かれて東北地方を精力的に取材し、資料を集めた。横田は一九七七年四月に癌で亡くなる。阪田は横田の遺稿集『夢現論への試み　日本的リアリティを求めて』を出し、その二年後に、海尊、補陀落信仰など日本人の心の根源に迫ろうとした横田を主人公とする小説『漕げや海尊』を執筆する。それはキリスト教徒ではない日本人の精神を探求する糸口を与える作品となる。

一九六一年・昭和三六年　三六歳

一九六一年は小説もエッセイも一編も書いていない。阪田は父の家で静養し、五月に出版する父阪田素夫訳『ビル・ジョーンズという男』を一年以上かけて訳していた。父は本が出て四カ月後の九月に亡くなる。阪田は父の最期を一九六六年に短編「奈良市学園町」と「音楽入門」に、熱心なキリスト教徒であった父とビル・ジョーンズの関係を「奈良市学園町」と「あづまの鑑」（後に「父の雅歌」と改題）に書いている。その書き方は父への尊敬の気持ちと冗談と気恥ずかしさが混ざり合った阪田独特のものである。

父にはW・H・グードウィン著『職域傳道論』、編訳『黄金律のペニー』、『ビル・ジョーンズという男』の三冊の翻訳がある。多忙な実務の間に翻訳書を出すのは難しく、下訳者がいたと思われる。阪田は短編「奈良市学園町」に、「父がビル・ジョーンズというクリスチャン実業家の伝記の翻訳を思い立って、いま代訳者を捜しているらしいと」母が教えてくれて、翻訳を引受けたと書いている。「一年かかって、漸く二百枚訳したが、まだ原文の半分に達していない。そこへ父からあべこべに催促がきた」。「大急ぎで翻訳を進めて強引に二百五十枚にまとめた原稿を私は父に送った」。自虐、自嘲がこの頃の阪田の小説の特徴だが、不思議なことに十二指腸潰瘍を患っていたこと、癌研に入院していたこと、父の家で静養していたことはどこにも書いていない。三浦や鬼内の文を読まなければ分からないことである。

短編「あづまの鑑」によると、父がビル・ジョーンズに出会ったのは一九五二年にアメリカに渡った時である。「父の属した宗派は昔メイフラワー号に乗ってアメリカに上陸した清教徒の流れを汲んでいると言われ」、「父は日々の仕事に精を出すのが即ち神の召命であると思うようになったらしい」。マックス・ヴェーバーの『プロテスタンティズムの倫理と資本主義の精神』に描かれたプロテスタントそのままの生き方である。一九三三年六月、店を株式会社に改組した時、定款に、「当社ハ売上収益金ノ十分ノ一ヲ社会、教育、宗教事業ニ寄附スルコトニヨッテ、社会ニ奉仕ス」という一項を入れようとしたのはその精神の表われであった。戦後、父は会社の仕事を弟と長男に任せて、宮川牧師に言われた通り教会の仕事に没頭した。キリスト教の施設や学校の理事会、常務委員会に出席し、お金の工面に奔走した。国内だけでは寄付金が少ないので、海外にも出かけた。一九五二年にアメリカに渡った時に出会ったのが黄金律のペニーとビル・ジョーンズであった。

ペニーは当時千七百店のチェーンストア・ペニー商会の社長だった。店の小僧の時代から「ゴールデン・ルールと呼ばれている「他人からしてもらいたいと思うような行為を人に対してしなさい」という聖書の言葉を商売に生かしていた。ビルはカリフォルニアの実直な印刷屋であったが、酒と競馬に溺れて破産に瀕した。それでも母の名前で神への献金を続けた。ある日、母から頼まれた伝道者がビルを教会に誘った。そこでビルは初めて神を知った。それから仕事が順調に進むようになった。阪田は、「私はこういう話を馬鹿げていると思う人間の一人であるが」と書いている。しかしそんな阪田でも、ビルが収入の八五パーセントを宗教事業に献金していたことには驚いただろう。父はビルに会い、兄弟の誓いを結んだ。その後、父はキリスト教関係者の間で「大阪の阿保」と呼ばれるほど、「損得なしに『神のご用』にただ全力疾走」するようになった。一九六〇年には、父はビル・ジョーンズの大阪伝道のためにフェスティバルホールを一カ月借り切り、連日ホールの定員三千人の二倍の人を集めた。その翌年七月に声が出なくなり、二カ月後に亡くなった。食道の腫瘍が肥大していたのだが、レントゲンに写りにくい場所だったために発見が遅れたのだ。

阪田は一九六六年の短編「奈良市学園町」の最後に、食道癌が肥大して呼吸困難に陥り、苦しみのあまりベッドから立ち上がり、周りを歩き廻る父の姿を描いた。阪田は母と嫂と一緒に父を抑え込んだ。「できることなら、ノドを切破いても空気を入れてやりたいと私は思った」。その時、「私」は思ってもみなかったことを父に向って言った。


「神さまは、寝とれと言ってなさるよ！」

神さまなどを引き合いに出して、私は恥ずかしくてよけい声をはげました。

「神さまが下さった病気でしょう。これは！　だから我慢しなきゃ。がまんして、神さまの意志に応えるのが、おじいちゃんの義務や」

父は妙な顔をして私の眼を見た。そんな無茶があるかと言いたげであった。今まで彼が何度口をすっぱくして私に教会へ行けと勧めたことか、そして何度私が馬耳東風と聞き流したことか。――その背信者がとつぜん神さまの名前を利用して、父に説教をし始めたのである。

「おじいちゃん、神さまに祈ろう。この苦しみを我々に与えて下さってありがとうございます、言うて。そしてがんばろう。ぼくらがついてるから」

阪田の祈りは困った時の神頼みに近いが、父が兄弟の契りを結んだビル・ジョーンズの伝記を訳しながら、阪田もやはり何らかの影響を受けたのではないか。「今や人生の晩秋に達した父は、自分より若い異国の同志ビル・ジョーンズに負けてはならじと、大いに自ら鞭うったのである。私はやや感傷的になり、原稿料の請求権を自ら放棄した。これは生前の父に私がしてやれた唯一の孝行である」。

一九六二年・昭和三七年　三七歳

（一月、朝日放送大阪本社へ戻る。／年末、文芸教養デスクとして安部公房作「吼えろ！」（一一月一八日放送）と土井行夫作「おばあさんと七千匹の仏たち」（一一月二三日放送）の制作を手伝い、これを最後に退職を決心する。）

阪田は二年連続して小説を書いていない。療養後で気力、体力が十分回復していなかったのと、朝日放送での最後の仕事となる二つの放送劇を責任者としてまとめる仕事に全力をつぎ込まねばならなかったからだろう。安部公房作「吼えろ！」は「放送ライブラリー」に保存され、『安部公房全集17』にも収録されている。

朝日放送社報「あんてな」に阪田の「ラジオドラマ『吼えろ！』――大臣賞を受賞して――」と題した文がある。制作の様子が分かって興味深い。

六月のある日、（略）六名がリハーサル室に集まって、核爆発が起って世界でたったひとり生き残ったら、という架空の物語を始めた。これがライオン、トラ一騎討物語のはじまりである。安部公房氏が他局の仕事をおりてまで執筆を引受けて下さった。素材の変更、その諒解のための慌ただしい動きのうちに、一方ライオンの取材が始まった。七月と八月だけでも五夜――すべて徹夜――動物園をまわってライオンの声を集めた。

十月中旬にせりふを録音。宇野重吉氏は多忙なスケジュールから四日間も割いて下さった。杉の大木をきり倒したようなスケールの大きな脚本を、宇野さんは大きくかつ緻密に肉体化した。民芸の佐野（浅夫）氏、俳優座の井川（比佐志）・市原（悦子）両氏の気力ある演技も、われわれを鼓舞した。これと平行（ママ）して、芥川也寸志・山本諭両氏が参加して、音についての最初の青写真が描かれた。

ダビングが始まってからは、決して和気靄々（ママ）と仕事が進んだとは申せない。（略）しかし、安部さんによって敷かれた路線―あるいは内面のリズム―は妥協的な立場を鋭く排斥する潔癖性があった。

もう一つの放送劇「おばあさんと七千匹の仏たち」は、後に短編「臨南寺」となる。内容は放送劇制作のために編成された「私」を含む五名のチームが泥田の中におびただしい数の墓標と卒塔婆がある墓地に出かけ、三〇年の間に七千匹の犬猫を埋葬し、お布施で生活してきたお婆さんを取材する過程を描いたものである。「私」たちは「もう一枚、もう一枚と、食人種のようにお婆さんの上ッ皮をはぎとりにかかった」。しかし、人間は上っ面を剥ぎ取られるとなんとも哀れなものだった。「一カ月後、都合で私は放送局をやめた。／翌年『オバアサン、キンショウ（金賞）カクトクス』という電報が届いた」で、短編は終わっている。

一九六三年・昭和三八年　三八歳

二月に朝日放送を退社した。長女内藤啓子氏の『枕詞はサッちゃん』に、この退職時のことや家庭のことが描かれている。阪田が庄野潤三に退職の相談をしたところ、「まるでボールを投げ返すように『何と軽はずみなことを考えるものか』という速達の厚い封書が届いた。第一に、文学をやっていく苦しさは想像を絶するものがある。第二に、家族をかかえてどうやって生活して行くつもりか」と言われた。吉行淳之介や三浦朱門はプロデューサーとしての才能を惜しんでもったいないと考えていた。ただ一人大中恩だけはこれから二人でどんどん歌が作れると喜んでいたようだ。『枕詞はサッちゃん』には退職を決めたことで、「毎日派手な夫婦喧嘩を繰り返していた両親は、ついに『別れる』『別れない』の瀬戸際まできたらしい」と書かれている。二人の娘は父から、「『今日から俺のことを『オジサン』と呼べ』と言われた。その理由がふるっている。いずれ離婚して、自分は別の女性と結婚するだろう。新しい子どもも生れるだろう。その時、お前たちが俺のことを『とうちゃん』と呼んだら、新しい家族に悪いからと言うのだ」。

阪田は一九九九年に書いた詩「父について」の中で、「自分のなかに父親を探す／いる筈ないよ／育児ニゲル　躾マカセル　指針モタズ／あったかいよい思い出の一つも残せず」と書いている。阪田が「育児ニゲル　躾マカセル」態度を取ったのは当時の小説家のイメージが作用していたように思う。前章で引用した、一九七六年、五一歳で書く「連載　夢のかげ　8」の「夕鶴」の次の文にそのことが書かれている。

> 妻は自分の姉たちの主人が家庭的であることをくやしがって、家庭的であろうとしない私を非難した。一方私は頭の中で、市民的な幸福というものを大いに軽蔑（けいべつ）していた。戦後の

太宰治の小説の影響もあって、私はむしろ家庭の幸福を恥じ恐れ、自分が困らぬ範囲内でこれをぶちこわすことに努めていた。もっとも無理に努めなくても、他の女の人を好きになったり、深酒をしたり、つっかかる妻を殴ったり、そのままで十分にいやな男であった。

『枕詞はサッちゃん』を読むと、浮気や深酒が原因の夫婦喧嘩は本当らしい。その意味では家庭の日常生活、「市民的な幸福」を描く庄野潤三が先輩であったことは幸運であった。しかし、阪田が庄野の小説から本当の意味で学ぶのは一九七三年に「庄野潤三ノート」を書いてからである。それまでは太宰に影響されて、「市民的な幸福というものを大いに軽蔑していた」のである。

第八章　小説家修業時代

この章では一九六三年に朝日放送を退社してから七四年に小説「土の器」を書くまでの一二年間を扱う。多くの童謡や歌曲を書き、多くの賞を獲得した時期だが、小説家として見れば修業時代であった。小説「土の器」で一九七五年に芥川賞を受賞するまでの阪田の軌跡を辿ってみたい。

一九六三年・昭和三八年　三八歳

阪田は二月に退職の挨拶状に、「このたび文学の勉強に専心するため、朝日放送を退社いたしました」と書いた。「文学の勉強」とは小説の勉強である。しかし、それは最終的な目的であって、すぐに小説家として生活していけるとは考えていなかった。退職後の五月に、一九六一年結成の「骨の会」の四人のメンバーに新たに二人を加えて、子供のための歌う歌を書く

「6の会」（鶴見正夫、関根榮一、荘司武、小和瀬玉三、生地靖幸）を結成したことを考えると、「子どものための歌」を創作しながら、朝日放送時代に培った人脈を生かしてミュージカルやテレビドラマへと活動範囲を広げ、やがて小説を中心に置こうと考えていたと思われる。阪田の小説を取り上げる前に、詩人としての仕事を見ておきたい。

『全詩集』によれば一九六三年から七三年までの一一年間に書いた子供のための詩・童謡は三四七作である。一年平均約三〇作である。合唱曲集、歌曲集と『全詩集』に含まれていない校歌、社歌、歌謡曲、CMソングを含めると、月に四、五作作ったことになる。退社した一九六三年はNHK「うたのえほん」、NHK「みんなのうた」、朝日放送「ABCこどもの歌」、朝日放送ラジオ「クレハホームソング」、NHKテレビ「たのしいうた」、朝日放送テレビ「お母さん教室」、学習研究社「よいこのがくしゅう」、音楽之友社「教育音楽」、チャイルド本社「チャイルドブック」、「小学館の絵本　童謡画集」が発表の場であった。『全詩集』末尾の「索引」で発表年、作曲家名を調べると、六三年に阪田の詩を作曲したのは「ろばの会」の作曲家である大中恩、中田喜直の他に、いずみたく、越部信義、佐藤真、湯山昭であった。六四年には稲田修一郎、宇野誠一郎、清水脩、野口源次郎、萩原英彦、服部公一、山本直純が新たに加わっている。合唱組曲などの芸術祭参加作品、労音といった地味な活動の場から華やかな場へ引き出したのは人気作曲家であった服部公一、山本直純、いずみたくである。六四年三月に「ＮＨＫテレビ『たのしいうた』」で歌われた服部公一作曲「マーチング・マーチ」は翌年一〇月にレコードで発売され、四〇万枚を売り上げ、第七回日本レコード大賞童謡賞を受賞した。

受賞したのは童謡だけではない。六三年の女性合唱組曲「美しい訣れの朝」（中田喜直曲）が芸術祭奨励賞、六四年の朝日放送・ラジオミュージカル「わたしのキリスト」（大中恩曲）が民放大会最優秀賞、朝日放送・放送劇「狐に穴あり」が芸術祭奨励賞、六五年のＴＢＳラジオ・混声合唱曲「煉瓦色の街」（大中恩曲）と放送劇「さよならアンクル・トム」、六七年のＴＢＳラジオ・放送劇「花子の旅行」、ＮＨＫテレビ・合唱組曲「イソップ物語」（小倉朗曲）が芸術祭奨励賞、放送劇「花子の旅行」は六八年に久保田万太郎賞、六九年の東海ラジオでの井上靖の諸作品による朗読のための構成「天山北路」が芸術祭文部大臣賞、七三年のＮＨＫラジオ・合唱組曲「笑いの嬉遊曲」（山本直純曲）が芸術祭優秀賞を受賞した。

これほどの才能を持った阪田をエンターテインメント業界が放っておくはずがなかった。元気で、華やかなことが好きな作曲家山本直純との仕事は一九六六年一〇月、映画「クレージーだ　天下無敵」で植木等が歌う歌「空を仰いで」、「ブンカ節」、「みんな世のため」の作詩、六七年一月から三月までモーニングショーの草分けであるＮＥＴテレビ「木島則夫モーニングショー」での青山和子、天地総子、田辺靖雄、マイク真木、五十嵐喜芳、立川澄人などが歌う歌の作詩、七〇年三月には「万国博唱歌」の作詞がある。「見上げてごらん夜の星を」など数々の名曲で知られる作曲家いずみたくとの仕事には、六七年一〇月から六八年一〇月まで放送されたNHKテレビ・連続ドラマ「ケンチとすみれ」作中歌「まっしろいこころ」の作詞、七〇年六月からの演出浅利慶太、出演佐良直美、ピンキー（今陽子）とキラーズによるオールスタッフ・プロダクション＋劇団四季提携公演「ロックイン・ミュージカル『さよならTYO！』」、七三年六月からの監修浅利慶太、演出劇団四季による日生名作劇場一〇周年記念公演・子供のためのミュージカル「桃次郎の冒険」の作詩がある。他には七三年の「ボニー・ジャックス一五周年記念リサイタル」での男声合唱のための『カルテット』（磯部俶曲）がある。

もちろん「子どものための歌う歌」の作詞も精力的に行っていた。全日本合唱コンクール課題曲、NHK全国学校音楽コンクール中学校課題曲など、出版では「キンダーブック1情操」、6の会編「実用こどものうた」1、2、ろばの会編『音楽カリキュラムのための新しい幼児の歌』1～3などがある。さらに一九六五年〈おさの会第1回発表会〉ミュージカル「イシキリ」に始まり、阪田が亡くなった二〇〇五年以降も「阪田寛夫を憶う」と題して二〇〇七年まで続いた大中恩との「おさの会」公演がある。

大中は『詩集　サッちゃん』の「あとがき」に、「ただ新しい語感をもった彼のコトバの突然の出現に胸をとどろかせながら、次々と出来る詩に期待を寄せて対決した」と述べている。作曲家の中田喜直は「音楽を理解している数少ない詩人の一人」と評価し、湯山昭は、「都会的なセンス、大阪人らしいバイタリティー等々、たくさんの魅力がある。華麗な日本語の語感をさりげなく駆使して、平易だけれど、サンゼンと輝く瞬間を創りだす人」と評価した。彼ら作曲家たちは阪田に対して「小説より詩のほうに彼の魅力がある」と断定して、阪田に芥川賞を取らせない会を作ろうとした。

　詩と音楽の才能に恵まれた阪田にとって「子どものための歌う歌」からミュージカルまで広がった一九六三年から七三年までの仕事が非常に充実したものであったことが分かる。ただ、阪田はそれに満足していたのではなかった。大中の「あとがき」の次の文は当時の阪田の気持ちをよく捉えている。

> 最後に、詩人阪田寛夫のこれからのことですが、「音楽」ではこの世の仕組みや自分のくやしさ等を自由に表現出来ないと悟って「詩」に転向した彼は、現在「詩」でも表現しにくいと、ややあきらめにかかって、それらの仕組みを小説によって書きつくそうとけんめいの精進をしているようです。いわゆる「現代詩」のようなものはとても書けないから、小説に逃げたのだとも言っています。（略）

華やかな詩人としての活動の裏で、阪田は復員船の船内で書いた詩「遣唐船は還る」以来、心の底に沈めたままの澱を表現したい、いや表現しなければならないという思いを抱いていた。その時期に阪田は小説でしか表現できない悔しい思いを経験した。高知高校の後輩で「新思潮」の同人野島良治（筆名能島廉）の死である。野島が一九六四年一〇月に再入院した時から阪田は妻と共に独身であった野島の看護をした。しかし、野島は一二月に亡くなった。翌六五年一二月に集英社から刊行された能島廉遺作集『駒込蓬莱町』に阪田は「能島廉年譜」を編んだ。

阪田は「座談会　名門『新思潮』最後の同人品定め」で、野島の「家庭の幸福は諸悪の本」を地で行く生活を語っている。同棲していた小学生の娘がいる人妻が一九五五年に野島の下宿で急死したこと、五七年に瀬戸内晴美の知り合いで作家志望の女性と同棲し、四年後に別れたこと、その後腎臓炎で入院したが競輪は止められず、六四年一〇月に再入院した時にはもうダメだったことを語っている。

野島の小説「辞職願」（「新思潮」第八号、一九五三）を読んでみよう。出版社にいやいや勤めている私はいつも最悪のことを考えて、泣くことも怒鳴ることもできない。その日も残業で疲れて、同棲している二間の家に帰る。房子は机を持ってきて、二人の食事の用意をしている。

私の月給が安いので、房子も昼間は働きに出ている。食事を終えると、飯台を別の部屋に持っていって内職の筆耕を始めたが、気が乗らない。「房子さえいなければ、會社さえやめれば、自由になれる」。そう思って辞職願を書いた。その時、お茶を持ってきた房子がそれを見た。ふと、「お前さえいなければ、叩きつけてやるのだが」と言ったが、すぐに「冗談だよ」と取り消した。房子は涙を流しながら、四畳半に走っていって泣き伏した。しばらくして、房子は私のいる机にやって来て、紙を拡げ、「辞職願　岡田房子」と書いた。「何から辞職するんだ?」と言った後、「私は、ハッとした。彼女だって同じなのだ。房子も亦悲しくとも泣けず、腹が立っても吸鳴れないのだ」。

若い二人は生活がどんなに危ういバランスの上に築かれていたのかを、基盤が崩れる瞬間に知った。ここには人間の心の底に触れたと感じさせるものがある。小さな世界に生きる貧しい「私」を突き放し、抑制した言葉によって表現することによって一編の小説となっている。

小説「競輪必勝法」は野島が文字通り血を流しながら書いた作品だが、ドロドロしたものを抜き去って淡々と描いているところに小説家としての力量を感じる。野島の最高作だろう。従兄弟の橋本良雄は同い年で、子供の頃から一緒に遊んだ仲だが、予科練から帰ると競輪選手になった。そんな良雄に東京大学へ進み、児童雑誌の出版社に就職した「私」は優越感を感じ、良雄はそれを鬱陶しく感じていた。小説は良雄が競輪選手になってから死ぬまでの一二年間の変化と、その間に次第に競輪にはまっていった「私」を描いた小説である。最後は同棲していた夏子が出て行って何もなくなった「私」の部屋に良雄がやってきて、借金して買った安いウィスキーを飲む。良雄は妻が子供を連れて出て行ったと言う。「あかんなあ」。「うん。お互いに、あかんかったなあ」。その年の秋、良雄は高知競輪で転倒し、頭蓋底骨骨折で亡くなった。「お互いに、あかんかったなあ」という二人の最後の言葉が印象的である。

阪田は野島をモデルにした小説「男は馬垣」を一九六六年一一月に「文學界」に発表し、一九七六年五月と六月に連載エッセイ「夢のかげ」で野島の「辞職願」と「競輪必勝法」を取り上げ、一九九二年五月に、再度野島をモデルとした短編「よしわる伝」を「文學界」に発表している。阪田にとって野島が気になる存在であったのは、互いに自虐という資質を持っていたからである。しかし、一見同じように見える自虐だが、表現方法は違っていた。野島は自虐的な資質の自分が競輪を通して自滅していく姿を、同棲している女や競輪選手の従兄弟が落ちて行く姿を含めて、内面に踏み込んで描いている。阪田は一九七五年四月に刊行した『我等のブルース』の「あとがき」に書いているように「自分を安全な立場に於いておいて、その自分を嗤う」。ダメな自分が抜き差しならない状況に陥っていくことはない。それゆえ内面に入り込むことがほとんどない。それが阪田が小説家になるために越えねばならない課題であり、それを達成したのが「土の器」であった、と言えるだろう。

「年譜」を見ると、小説を書くのは退社三年目で、それまではミュージカルが大きな関心事であったことが分かる。

一九六四年・昭和三九年　三九歳
（二月二六日、朝日放送でラジオミュージカル「世界が滅びる」（日下部吉彦演出、大中恩曲）が放送される。／七月三日、朝日放送で「わたしのキリスト」（三神ミネ演出、大中恩曲、独唱＝市原悦子、コーラス＝コールＭｅｇ）を放送。）

一九六五年・昭和四〇年　四〇歳
（一月一一日・一二日、音楽詩劇「イシキリ」（「わたしのキリスト」改題）、ミュージカル「世界が滅びる」（いずれも大中恩曲）を草月会館ホールで自主上演。（大中恩との「おさの会」第一回公演）／／四月より、雑誌「放送朝日」（朝日放送）に連作小説「わが町」を発表。六六年六月まで全一五回。）

阪田資料にミュージカル「世界が滅びる」と音楽詩劇「イシキリ」のプログラムがある。阪田はその「かいせつ」で、「世界が滅びる」は「全面的核戦争が起って、たった一人生き残ったら、という映画を作ることになったピカリシネマの企画会議が此の作品の舞台で」あると書いている。前章で扱ったラジオドラマ「吼えろ！」の企画室を舞台にしていることが分かる。音楽詩劇「イシキリ」は戦時中、巷ではイエス・キリストは実は「伊勢キリストの転訛」、つまり「イシキリ」であるという説が続出した状況を扱っている。阪田は「かいせつ」に、「どうしてもそんな風になしくずしてしまう力が、われわれの血の中にあるように思われます」と書いている。徐々に明らかになるが、これが、阪田が終生考え続けた問題である。

「イシキリ」は「おさの会」第一回公演から二週間後の一月二五日、二六日に「発見の会シアター25」でも上演された。阪田はその時のパンフレットに「日本的キリスト教」という文を書き、親がキリスト教徒で、兄姉が中学生の時に洗礼を受けていたので同じ頃に自動的に洗礼を受けた自分は「門外漢」である、と述べている。そのように言いながら四年後の六九年に、「世界が滅びる」と「イシキリ」の続編と言えるミュージカル「さよならＴＹＯ！」を書いている。ミュージカル「さよならＴＹＯ！」は七〇年六月に上演されるのだが、内容上繋がるところがあるので、ここで取り上げたい。

「さよならＴＹＯ！」は雑誌「話の特集」一九七〇年八月号の「カーテンコール２」で取り上げられた。そこに転載された六月一五日付読売新聞夕刊によると、舞台は「東京の夜ふけの地下鉄。地震のためにとざされた状況の中におかれた十四人の男女の心情と行動をテーマにしたミュージカルである」。この設定は演出家浅利慶太の考えである。阪田を起用した理由を問われて、浅利慶太は、「音楽性の豊かな作家だということ。ミュージカル作りには必要な人だろう」と述べ、作者に注文したのは「断絶している人間の連帯を摑み出してみること」だと述べている。阪田が考えた舞台は、地震によって閉ざされた状況で年齢の異なる男女がどのように生きるかであった。しかし、六月一五日付サンケイ新聞夕刊の批評は厳しかった。

「主題は、どうやらキリスト教的〝犠牲の精神〟にあるようだ。しかし、その主題をふくめて、台本がいかにも荒っぽい。／主題と思われる犠牲の精神が、キリスト教的なものによって、日本の観客を説得してかかろうとする（と）ころに無理があるし、いかにも古めかしい」。

『話の特集』には三浦朱門の感想も掲載されている。三浦は「彼は30年前には熱心なクリスチャンだったけれども、その後は教会にも行ってない。ところが今度の作品をみて、彼がまともなキリスト教徒であったことに驚いてるわけです」と述べている。当時、教会から離れ、教会のあり方やキリスト教を批判的に見ていた阪田は、そんな意図は「まったくありません」と述べているが、劇を書いている内に内面の深い所にある信仰が現われてきたのだ。同じことは、そこで歌われた詩「塩とローソクとシャボン」にも言える。阪田が否定したとしても、そこには明らかに犠牲、殉教というテーマが現われている。（一九七三年に一部改稿される。）

ローソクは身をすりへらして／ひたすらまわりを明るくしてくれる／誰もほめてくれるわ

けじゃないのに／それでもローソク　身をすりへらし／最後まで　ローソクをやめません／ああ　これが新しいレンアイ／塩、ローソク、シャボンになりたい／それがあたしのレンアイ／それがあたしのレンアイ　（『全詩集』）

一九六五年四月から翌年六月まで一五回、雑誌「放送朝日」に連載され、一九六八年に単行本として晶文社から刊行された短編集『わが町』にも同じことが言える。「宝塚、上福島、帝塚山、阪南町、瓢箪山、河内、天王寺、上町、アベノ、釜ケ崎、加古川、平城山、新川、臨南寺、奈良学園町」（連載では「豊中」であったが「平城山」に替えられた）から成る短編集は、作者の幼年期から放送会社を辞めて作家としての生活を始めた四〇代初めまでを、ほぼ年代順に描いている。大雑把に言えば「アベノ」までが戦中、「釜ケ崎」から戦後である。日本的キリスト教と日本人の中にある「なしくずしてしまう力」が扱われているのは第三章「住吉中学時代」で読んだ「阪南町」である。第二章「小学校時代」で読んだ短編「宝塚」では、逞しいフロンティア・スピリッツを理想としていた学院が戦中に軍国主義教育に傾いていた。短編「瓢箪山」は一家でピクニックに行った時、地元の子供の目が気になって讃美歌を歌えなかった「私」を母親が枯木の枝で叩いたという冒頭のエピソードがよく知られているが、母が瓢箪山に行ったのは教会のオルガン奏者であった波並新子を訪ねるためだった。小説では彼女の何事にも執着しない生き方が描かれているが、「私は彼女の中に、この世に何の目的も持たない不安な旅びとの心を感じた」という一文が、当時の教会との関係で印象に残る。短編「釜ケ崎」は神学生カプチノを、短編「新川」は徳島中学時代にキリスト教の洗礼を受け、神戸神学校時代に神戸市新川のスラムで貧民救済活動を始め、その後は労働運動や生活協同組合運動、伝道、後には内閣参与、貴族議員となった賀川豊彦を、短編「奈良学園町」は熱心なキリスト教徒で実業家であった父を描いた作品である。

残りの九編は、ひょうきんで、可笑しく、寂しく、温かい人物の物語である。短編「上福島」は父と一緒に上福島で工場を経営していた、「よた」話をするのが好きだった三郎叔父の話である。短編「河内」は河内出身のばあやを扱った短編である。短編「天王寺」は自分のことを「僕」と言う四天王寺南門側の庚申堂の脇に住み、繁盛する四天王寺に恨みに近い気持ちを抱いていた「九」という名前の老人の話である。短編「上町」は青春時代の異性への憧れを、大阪の先輩作家織田作之助の小説を取り込んで語った生き生きとした作品である。短編「アベノ」は近くの市営墓地から流れて来る焼き場の煙を吸って大きくなった「私」が、一九四四年に入営し、大陸に送られ、間もなく肋膜炎で絶対安静となった時の話である。短編「加古川」、「平城山」、「臨南寺」は既に見たように朝日放送時代の仕事や同僚を描いた作品である。

このように短編集『わが町』にはキリスト教に纏わる真面目な話と軽い笑いをもたらす話が

綯い交ぜになっている。『わが町』は一九六八年に晶文社から出版され、第六〇回直木賞候補作となった。芥川賞ではなく直木賞の候補となったのは、軽く、明るい小説と受け取られたためだろう。言い換えれば、それらは個人的経験を阪田でなければ書けないところまで掘り下げた小説になっていないということである。その最大の原因は、卒論で熊本バンドについて書いた後、信仰のことに触れないことが「自分を謬らない行き方だ」と自己制御したためだろう。しかし、ミュージカル「さよならＴＹＯ！」の批評で明らかなように、制御しても、阪田の場合幼い頃から染みついたキリスト教の考えが滲み出てしまう。小説「土の器」までの小説やエッセイが示しているのは、制御する力が少しずつ緩んで行き、幼い頃に染み込んだキリスト教についての真摯な思いが透けて見えるようになってきたことである。

一九六六年・昭和四一年　四一歳

この年の七月に「文學界」に発表された短編「音楽入門」は短編「奈良市学園町」と重なるところが多い。小説の前半では父の結婚までの経緯が書かれている。新しい要素は広島の漁師町に生まれた父が祖母から「小猿が（略）鰯を三匹取ってきて」という広島弁の歌を聞いて育った話である。結婚して、毎週一日夕方に聖歌隊の練習のために家を開放したところから父が後景に退き、叔父、母、そして「私」の音楽との関わりが語られる。父が再び前景に登場するのは最後の第五章で、喉頭癌に侵されていることが分かったところからである。父は入院に備えて東京の長男の家に一先ず落ち着いた。商用でアメリカに発った兄に代って「私」が父の世話をしに兄の家に行った。その夜、父は呼吸が困難になって部屋を歩き回り始めた。母、嫂、そして「私」は父をベッドに押さえ込んだ。しばらくして発作が治まり、母はベッドの脇に座って、父の胸をさすり始めた。

夜になっても父の戦いは続いた。ベッドの下でうたた寝をしていた「私」は父母の声で目が覚めた。「イワシヲ、トチガウ」「イワシウ三匹取ッテキテヤ!」。父が母に教えようとしたのは、広島の漁師町で祖母におぶってもらいながら聞いた広島弁の子守唄だった。父が元気な時には父の所作を口やかましくたしなめてきた母が、最後に、自然に、父に寄り添い、父の言う通りにしてやろうとしていた。「奈良学園町」で描かれた最後の場面が「今・ここ」での出来事として詳しく描かれている。後に母の死を描いた阪田は兄から「お前はハイエナみたいな奴や」と言われるのだが、死の床にいる人を前にする時、剽軽な言動で隠している本来の自分が現われるのだろう。小説「音楽入門」は第五六回芥川賞候補作となったが、受賞には至らなかった。しかし父母の最後の場面のように描写は細かくなり、自虐、自嘲が消えてきた。

一一月に「文學界」に発表された短編「男は馬垣」は、二年前に亡くなった同人誌「新思潮」の後輩野島(小説では馬垣)を描いた作品である。「自分はもてない醜男だと書きつけておいてから、さて女のバカを嗤うのが彼の手口」だった。しかし同人誌に載せた馬垣の最後の作品「辞職願」で、馬垣はその方法を捨てていた。郷里で会社勤めをし、子供もできていた「私」は、「馬垣はこんなに深く真正面から人生と相渉っているではないか」と驚いた。小説の最後に、馬垣の死後に見つかった入院中の手記が紹介される。同人たちは作家として、あるいはまっとうな仕事について活躍している。それに比べて「おれはどうだ。言行不一致。ひとの二号の夏子と同棲し、競輪がやめられず、かんじんツヅリカタも、この四年間ついに一字も書けずだ」。しかし、「ともかくね、男の匂いのむんむんする小説を書く」、「おれは、一番さいごに出るからな」。「私」は馬垣の最後の言葉にうろたえた。「私は生まれてはじめて、馬垣のことを、おそろしい競争者だと思った」。

短編「男は馬垣」には二〇代から三〇代後半まで、様々なコンプレックスを抱きながら、それを小説にすることができないまま苦悩していた阪田の姿が描かれている。しかし小説の最後に置かれた、「馬垣のことを、おそろしい競争者だと思った」という言葉には、阪田の小説家になるのだという決意が見える。普通なら気恥ずかしくて言わない決意をあえて言葉にさせるほど、野島の死は阪田にとって大きなものだった。

一二月に雑誌「風景」に発表した短編「悪い習性」は一九四七年に大学のＹＭＣＡの寮に入るために受けた面接試験と、エッセイ「太宰時代」に書いた自殺未遂を犯した友人Ｈと、「新思潮」同人野島をモデルに描いたものである。面接試験で信仰についての質問にうまく答えられなかったが、「私」は青年会に入会して寮に入った。寮では毎朝七時に祈祷会があった。皆の前でうまく神に語りかけることが出来ない「私」を見かねて、正宗という一本脚の男が代わりに祈ってくれた。それがきっかけで、「私」は正宗に近づいた。正宗には痛烈な体験をして神に出会ったに違いない、と思わせるものがあった。それに匹敵するような罪を「私」は犯しただろうかと考え、小学校時代に級友が書いた十字を踏んだことを思い出し、正宗の部屋を訪ねて告白した。それから一週間ほど正宗は姿を消した。戻って来ると「私」を映画に誘った。皇太子が身分の低い女性との愛を反対され、娘をピストルで撃った後、自殺するというつまらないものだった。映画が終わると、正宗は恋人に会ってきたこと、父の家に帰るつもりであることを打ち明け、二、三日して連絡がなかったら、死んだと思ってくれ、と言った。正宗が汽車に乗った時、「私」は「がんばって」と手を振った。翌々日の朝、正宗は睡眠薬を飲んだが、一命はとりとめたとの知らせが届いた。寮では緊急の祈祷会が開かれ、「私」も祈りに加わった。その年の春で「私」は寮を出た。正宗は退学した。何年か経って、私は勤めていた会社のエレベーターの中で偶然正宗に会った。万年筆の外交をしていると言った。「私」は彼を喫茶店に誘い、万年筆を一本買ってあげた。エレベーターに乗り込む時、彼はキリストに似た顔で「私」を見据えて、「君は器用な人だねえ」と言った。

信仰に対するコンプレックスを自虐的な語りによって露悪的に描こうとする阪田の意図が透けて見えるが、内面を描いたという意味で、小説家として一歩進んだと感じさせる作品である。短編「悪い習性」のコピーが阪田資料にあった。そこに、雑誌が出版された後に電話をしてきた人たちの感想がメモされている。「吉行さん」と「三浦」は好意的な評価だが、「庄野さん」の批評は阪田の欠点を見事に言い当てていた。

「11・26　庄野さんTeℓ　『馬垣』よりはよかった。しかし自分を戯画化しているために自他にきびしさがなくなったのが欠点だ。自分を許して却って甘えてる。一本脚の男のイメージがはっきりしない。従って結末も弱い」

一九六七年・昭和四二年　四二歳

四月に「文學界」に発表した短編「われらのブルース」(単行本では表記が「我等のブルース」に変えられている)は、放送会社の管理職に就いている「おれ」と、終戦後に教会で一緒だった野中の話である。野中は「新思潮」の同人荒本がモデルだが、大阪教会に通っていたことになっている。会社の同僚で愛人の犀子と一緒のところを野中に見られた「おれ」は、翌日の夜、エロテープを持って野中の勤めている定時制高校の宿直室を訪ねる。関西弁でしつこく理屈を述べる野中は昔、バンビノ(短編「釜ケ崎」のカプチノ)がやろうとした社会調査やスラム街での社会館の建設を批判した。野中は管理職に就いている「おれ」を皮肉りながら、第二組合を作って勤務評定闘争を戦った話をした。野中は、バンビノが今でもアメリカの田舎町の教会で理想を追っていると言い、突然、「おれは、自分の職業はこれで仕方がないと思うてる」と言った。ある会社から人事課長になってくれないかと誘われたが、子供が反対したので断った。「やつらは親父の職業に誇りを持っとるんや。教師ちゅう仕事にな」と言った。二〇年近く会わなかった友人が、貧しいながらも誠実に生きている姿を描写することで、自虐的な野中の話が気持ちのよい話になった。それは阪田の自虐の消失を暗示しているように思える。

一一月七日、讃美歌「幾千万の母たちの（戦いよ、終われ）」を書いた。讃美歌を書く資格がないと思っていた阪田は依頼者から「『逃げないで、身の廻りの事実と、事実をそのようにあらしめている大きな力との間に自分を追いこんで、うめき声でもいいから出してみてごらん』と諭されている感じを受けたのでした」（『讃美歌　こころの詩』）と書いている。阪田は戦争体験を振り返り、戦いの無い世界を願い、讃美歌に素直に「神のめぐみ」と書いた。

幾千万の母たちの（戦いよ、終われ）

幾千万の母たちの／幾千万のむすこらが／たがいに恐れ　憎みあい／ただわけもなく　殺

しあう／戦いの真昼　太陽もなまぐさく／／
風吹きぬける焼け跡に／幾千万の母たちは／帰らぬ子らの足音を／いつもむなしく　待っていた／戦いの日暮れ　まっかな陽が沈む／／
むなしく裂けた天の下／焼けてただれた樫の木が／それでも青い芽をふいて／神のめぐみを　あかしした／戦いはとだえ　夜明けは近づいた／／
幾千万の母と子の／こころに合わせいまいのる／自分のなかの敵だけを／おそれるものとなるように／戦いよ、終われ　太陽もよみがえれ

阪田は一九六七年二月二五日から一カ月間、西ヨーロッパと北アメリカ、カナダを旅行した。旅で考えたことを「放送朝日」の連載「離れて考えたこと」欄に「国際コンプレックス旅行」として一九六七年八月から六八年六月まで全一一回連載した（年譜の「三月まで全九回」は誤り）。一九六七年一〇月に「風景」に発表された短編「サロイアンの町」はその一二回目に構想されていた作品である。一九六八年二月「文學界」に発表された短編「ロンドン橋落ちた」は連載七回目の「ロンパリ」を、同年九月「文學界」に発表された短編「一九二五年生まれ」は一〇回目と一一回目の「ポント・クレール」と「ポイント・クレール」を改作したものである。『国際コンプレックス旅行』については次年度の項で書くことにする。

一九六八年・昭和四三年　四三歳

「放送朝日」に連載された「国際コンプレックス旅行」は日本に海外旅行ブームが起こる直前に書かれた旅行記と言ってもいい小説である。一〇月に刊行された『国際コンプレックス旅行』は「パーレー・ブウ」「ハンブルグの夜雨」「すべて世は　フリードリッヒ街駅の穴倉」「パオロとクルシャネリ」「アテネのキリスト」「パリのエジプト人」「ロンドン橋落ちた」「ニューヨークの電話」「一九二五年生まれ」「サロイアンの町」を収載している。最初の「パーレー・ブウ」は、「リーダーズ英和辞典」には"parleyvoo"、動詞で「フランス語［外国語］を話す」、名詞で「フランス人［語］」とあるが、元は英仏連合軍と共に戦ったアメリカ兵が、自分たちを田舎者と馬鹿にしたフランス兵に対して「フランス野郎」と鬱憤を晴らすのに使った言葉である。つまり「国際コンプレックス旅行」は先進国に対して後進国の旅人が鬱憤を晴らすという姿勢で書かれた小説である。

その姿勢が真面目に、かつ面白く現われているのは「アテネのキリスト」である。アテネでの滞在は一泊二日で、翌日の正午にホテル出発であった。午後四時前、「私」はパルテノン神殿を見に出かけた。二時間ほどすると、エーゲ海に夕陽が沈み、町が赤く染まった。崖を降りると、下には小さな祠があった。地下壕式のお堂の入口にさい銭箱があり、その下に蠟燭が並べてあった。人々はお金を入れて蠟燭を取り、火をつけて暗い穴ぐらへ降りて行く。後に付いて入ると、奥に金箔のはげた本尊と赤はげの聖像が祀ってあった。キリストとマリアの像だった。本尊の前には黒ずくめの服装の老婆、若者、娘、労働者たちが跪いて、聖像の前に置かれた聖画の足に唇を押し当てていた。労働者の唇の唾液がべったり付いているところに、娘がうっとりした顔で唇を押し当てているのを見て、「私」は急いで列の外に出た。「まさに異教的・土俗的な、キリストの地蔵堂であった」。

ギリシアはギリシア正教を奉じるキリスト教国であり、新約聖書はギリシア語で書かれていた。そういうキリスト教との繫がりを考えて見ても、黒い服の集団は土俗的で、異教的であった。どうみても、オリンポスの神々の子孫ではなく、強いて言えば小アジア出身の奴隷イソップの後裔たちであった。そう言った後、「私」は「おそらく彼らも彼らの中の『異端』に対しては残酷だろう。それは私たちの国の事情とよく似ている」と言う。「私」の心に浮かんできたのが戦時下の体験であったことは言うまでもない。

『国際コンプレックス旅行』の基調を成しているのはこの感慨である。そう思わせる言葉が、ロンドンからニューヨークへ向かう飛行機の中で書いたノートにある。

「オレハコノ二月マデ、日本ダケガ世界一住ミニクイ嫌ナトコロダト思ッテイタ。他人ニ干渉シ、異端ニキビシク、古代的狂信ガスベテノ人ヲ畏怖サセ、スベテノ機構ヲ支配スル閉鎖的ナ垣根ノウチダト」

「トコロガ世界ヲチョット回ッテミルト、ドウダ。ドコモカシコモ、イヤナ国バカリデハナイカ。古代的狂信ノミカハ、中世的、近世的狂信ニ朝晩フリマワサレ、オカゲデ人ハヤサシクズルク、残酷カト思エバ寛容、トモカクガマンシテ住ンデイルバカリ」

「私」はヨーロッパの町に聳えている教会の尖塔を飛行機から眺めながら「宗教こそはヤブカラシ！」と思った。「カソリック、仏教、神道、それぞれにしつこいエネルギーと猛毒を持つ。吸い取るのは土地や財産とは限らない。ある時は心の自由、またある時は生命そのものである」。

信仰に対するその思いをユーモアを交えて描いたのが、カプチノを扱った短編「一九二五年生まれ」である。「私」の欧米旅行の目的の一つはカプチノを訪ねることだった。カプチノはメリーランド州からカナダのモントリオール近郊のポイント・クレールという町に移り、メソジスト教会ではなくユニテリアン派の牧師になっていた。ユニテリアンとはキリストを神ではなく、宗教的偉人と考える教派で、カプチノは「仏陀、ソクラテス、イエスが我々の偉大な先駆者だ」と考えていた。カプチノは「私」が何のためにはるばるやって来たのか分かっていたかのように、神を信じる決心をしたか、と聞いた。「私」が、信じていない、と答えると、それは教会や聖書が言うことだろう。「そうじゃなくて神は在るのかないのか、君自身の決心をしたかどうかときいている」と追及した。「私」はずるいと分かっていたが、カプチノはどうなのだと聞き返した。すると、人生最大の問題だったと笑った後、「長年にわたる熟慮と混乱の末、神が存在しないと決めた。人間はあらゆるものの主人であり、生存の目的は寿命をのばすことである、とね」。

「こうしてカプチノと私は、この世で永遠の生命を持てないわれら幾億の人間を笑ったのであった」、で短編は終わっている。しかし、カプチノの問に「私」はまだ答えることが出来なかった。

ところで、『国際コンプレックス旅行』の一編「ロンドン橋落ちた」には重要な箇所が改作の際に削除されている。「放送朝日」連載第八回目の「ロンパリ」にあった創作技法への関心である。それは一九五九年に「朝日放送社報」に書いた「今と昔を交互に表現『花岡山旗挙げ』の苦心」に繋がる阪田には珍しい創作技法への言及である。「私」はロンドン塔を眺めながら、漱石の小説「倫敦塔」について大きな発見をする。「倫敦塔」は漱石がロンドンに着いて三日目に、右も左も分からない不安な状態で訪れたロンドン塔を思い出して書いた一人称小説である。「私」が発見したのは作者漱石の視点であった。

——つまり、「余」をカメラの目に置きかえればいいのである。タイトルが終わると最初に霧と煙のロンドンの遠景。その一点をズームアップするとロンドン橋になる。カメラは人間の眼の高さで川の向うの塔をとらえ、静かにその方へ移動する。血塔の門をくぐり、鉄格子を通りぬける。何百年前のしみや落書に汚れた壁。切り返して観光客の表情。そこでもう一度切りかえすと、葡萄の蔓と葉を彫った大きな寝台。その端に二人の王子が心細げに腰掛けている。

（略）「倫敦塔」を見る漱石の目は、いま様にいえば記録者の目、肉眼のほかに別のレンズを予感する目、ドキュメンタリイ・フィルム作者の目に近い。

阪田は朝日放送時代に培ったドキュメンタリーの方法が小説に使えることを確信したに違いない。しかし、この発見が直ぐに創作に生かされた訳ではない。そのことはこの年の二つの短編が示している。

一一月に「風景」に発表された短編「コノオレ」は、普段は遠慮がちだが酒を飲むと別人になって、愛嬌を振りまき、挙句の果てに失態を演じてしまう男の話である。一二月に「三田文学」に発表された短編「タダキク」は夫婦喧嘩と二人の娘を笑劇風に描き、そこに上司への不満を盛り込んだ作品である。下の娘が水道の洩れる音を面白がって「ピッタン　テトン」と歌っている。水道の滴も、音だけタダ聞いていると面白い。「タダキクは面白い」。

三年後の一九七一年に書いたミュージカル「鬼のいる二つの長い夕方」も、七六年に一年間連載するエッセイ「夢のかげ」も、結婚後、妻にツノを生えさせてしまった男の話である。阪田はまだ自嘲から抜け切れていない。

一九六九年・昭和四四年　四四歳

（九月、ソ連ウズベク、トルクメン、キルギス各共和国へ「天山北路」の録音取材旅行。キルギスで女優の岡田嘉子に会う。／／一一月一三日、東海ラジオ放送で「天山北路」（芸術祭文部大臣賞）を放送。この年の春より、大阪で行われる万博（大阪万博）のキリスト教館の仕事で遠藤周作や三浦朱門と顔を合わせる機会が多くなる。）

一一月に「オール讀物」に発表した短編「アンズの花盛り」は「博多結婚」、「アプレゲール」と同じく敗戦後の陸軍病院での失恋を、相思相愛と思い込んでいた自分のうかつさとして、笑いに包んで描いた作品である。

一二月に「別冊文藝春秋」に発表し第六二回直木賞候補作となった短編「日本の童謡」は、前年に亡くなった詩人佐藤義美をモデルにした作品である。阪田は朝日放送時代から佐藤に何度か会い、詩を依頼した。短編「日本の童謡」は詩人の名前が耳鳴黎吉であることから分かるように、戯画化して描かれている。しかし戯画の下には耳鳴黎吉の本質、さらには黎吉が戦争中に「半官半民の統制会の少国民課長」という権力者に変質したことが書かれている。阪田が短編の題名を「童謡詩人」としなかったのは、大正時代のモダニズムとヒューマニズムを捨て、軍国主義に加担した詩人たちを責めるのではなく、日本の童謡が辿った苦難の道として描こうとしたからだろう。

一九七〇年・昭和四五年　四五歳

四月半ばから三週間、万博のキリスト教館の仕事を一緒にして懇意になった遠藤周作に誘われて、井上洋治神父やカトリック教徒の劇作家矢代静一らとイスラエルを旅した。そのことは阪田にとって晩年まで大きな意味を持つのだが、そのことは次の章で書くことにする。

一月に「三田文学」に発表した短編「八月十五日」は高校時代に戦争に駆り出されて被害者という意識を持っていた阪田が、初めて加害者であったことを意識して描いた作品である。

八月一五日、陸軍病院の広場に集まって終戦の詔書を聞いた時、周りの兵隊は喜びを抑えていたが、伊原は抑えきれず、敷地内の空き家に入って叫んだ。それを別の班の班長が聞いて、伊原は班長室で北川上等兵から問い詰められた。幸い、その時に全員集合の声がかかって、助かった。日本の敗戦を知って陸軍病院にデモを仕掛けてきた満人（差別語だが、原文のまま使用する）の一人を捕まえて、兵隊たちが兵舎の間に穴を掘って生き埋めにしているところだった。衛生上等兵が男の頭を踏めと言う。炊事兵のインナミが飛び乗った。北川上等兵は「おらあ、やめだ」と言って去って行った。それを見て、先ほど北川上等兵に問い詰められた伊原は上等兵に対して激しい憎しみを持った。戦争を正当化してきたのなら、「ここでも残酷に振舞うのが首尾一貫したやり方ではないか。だからおれは踏んでやる。お前に見せつけるように念入りにな」。

阪田は過去の自分を仮託した主人公伊原について次のように書いた。「かれ自身は被害者として自分を意識するのに狎れて、かつておのれの残酷さや加害の実績について測定してみたことがなかった」。伊原は夜中にトイレに行く途中で、生き埋めにされた男の呻き声を聞いた。それは班の中の人間関係しか見ていなかった伊原の意識に鋭い一撃を与えた。

一月に「小説新潮」に発表されたエッセイ「ソ連旅行」でも阪田は被害者と加害者の関係に触れている。「ソ連旅行」とは玄奘の「大唐西域記」に出てくるイシク・クル湖の伝説を扱った井上靖の「聖者」を基にラジオ放送劇「天山北路」を制作するための取材旅行である。エッセイでは先ず、ソ連旅行の前にもらった知人の詩集をモスクワのホテルで読んだ話が語られる。それはソ連軍によって北朝鮮に抑留されていた日本人が集団で脱出した命がけの叙事詩だった。次に八月九日に遼陽陸軍病院がソ連軍の攻撃にあったことが語られる。多くの町で略奪があった。ところが、モスクワの美術館に行くと、「第二次大戦中、少年パルチザンがドイツ軍に縛り首の処刑を受けている絵があった」。当時モスクワでは、同じようなことが日々行われていた。北朝鮮や満州で加害者であったソ連人が、ここでは被害者の側にいた。「片方で加害、片方で被害、両方ならして帳消しと言うつもりではない。広島や長崎の被爆によって、南京の虐殺が帳消しにならないのと同じ理屈である」と阪田は書いている。

この二週間の旅行を小説にしたのが一〇月に「三田文学」に発表された短編「天山を見る」（後に「天山」と改題）である。当時ソビエト連邦下であったウズベク、トルクメン、キルギス各共和国への旅行は公式の許可を得た旅だったので、玄奘三蔵の通った跡を取材する他に、ソ連側が用意した発電所や工業博覧会見学をこなし、夜は毎晩のように歓迎会が催された。二週間後には「私」は極度の疲労で体調を崩してしまった。最初の取材は、モスクワから飛行機で六時間、オアシスの中心都市タシュケントであった。玄奘たちは南下してアフガニスタン領へと向かったのだが、「私」と東海ラジオの記者は古都ブハラに入った。通訳はモスクワ大学出身の童顔の青年のムイコフだった。バザールに案内された「私」は、そこでキムチを見つけた。売っている老婆は朝鮮の人か、とムイコフに聞くと、「朝鮮人ならこのウズベク共和国に二十万人はいる」とウズベク人通訳が教えてくれた。産業展示館の若いガイドも朝鮮人だった。親たちが一九三〇年代に満州東南部の間島から移住したと言う。「ということは、一九〇〇年代にわれわれの国が朝鮮を併合してから一九三〇年代にかけて、更に北進して満州への入植と統治を進めた事実と無関係ではなさそうだった。（略）いま二十万の朝鮮人の存在に目をまるくしたこの私が、実はその民族流亡の責任者の片割れだった」。ウズベク共和国には百種類の民族がいるという。「さまざまな時代のさまざまな軍隊から同じように追われ追われて逃げてきた定着民たちの、時空を超えた吹きだまりではなかろうか」。日本人の思考の枠内に留まっていた「私」の見方は一気に破られた。

翌日はトルクメン共和国のアシュハバードまで飛行機で行った。取材計画では「沙漠にキャンプを張り、流沙の音を録音する予定」であった。ところが翌日は歯痛、頭痛、吐気、呼吸困難でベッドから出られなかった。夜更け、「私」はホテルのベッドを這いだし、新しい下着に着替えて遺書を書いた。ふと、十字架に架けられたイエスが、「エロイ　エロイ　ラマ　サバクタニ」（「わが神、わが神、なぜわたしをお見捨てになったのですか」）と叫んだのを思い出した。今の自分には「サバクタニ！」がぴったりだと思い、遺書の最後に「サバクタニ！／それならなんで出て来たか？」と書いた。遺書に笑いを挿むのは、いかにも阪田らしいところである。

それでも数日後、「私」は天山の見えるキルギス共和国の高原都市フルンゼへ飛行機で行った。ここで取材旅行は終わる予定だったが、できれば数百キロ離れた天山の湖イシク・クルを見たかった。玄奘三蔵が天山を越え、「いのちからがら降り立った所がイシク・クルであった」。「私」たちは井上靖が短編「聖者」に書いたイシク・クル生成の説話を、朗唱と音響だけでラジオ作品にしようと考えていた。しかし、中ソ国境紛争の影響で許可が下りなかった。

ところが、思いがけない知らせが舞い込んだ。一九三八年一月に演出家杉本良吉とソ連に亡命した女優岡田嘉子がフルンゼのキルギス国立劇場で森本薫の『女の一生』の指導をしていたのだ。杉本はスパイ容疑で翌年に銃殺されたが、岡田は九年後に釈放され、モスクワ放送局で日本語放送のアナウンサーとなり、また演劇活動も行っていた。偶然にも通訳のムイコフが、日本語通訳の試験を受けた時から岡田の知り合いであった。「私」は岡田に事情を話し、キルギスの俳優たちに騎馬民族になって、芝居をしてもらえないかと頼むことにした。ムイコフと共に岡田に会ったが、俳優たちは練習中の劇以外のことを考える余裕がない、と断られた。

その後、記者とムイコフは天山の麓まで車で出かけたが、「私」は熱があったのでホテルに帰って休んだ。夕暮れに目覚めた「私」は、ホテルを出てフルンゼ駅に向かった。プラットフォームには駅員も乗客もいなかった。突然、鉄の階段を誰かが降りて来た。陸橋があったのだ。「私」は階段を上った。天山が見えた。四、五千メートルの雪の山が聳えていた。夕陽が氷の岸壁を薄紅に染め始めた。橋の上の、五メートルほど先に、同じ方向を見ているおじいさんがいた。片方の足が不自然なほど短い。子供が二人陸橋を上って来て、鉄柵に身を乗り出してレールをめがけて木の実を落としている。爆撃が命中すると、次のレールに移っていく。その時ふと、あのおじいさんは、ドイツとの戦争で足首を吹き飛ばされたのだ、と思った。「私」はそんな老人をモスクワでたくさん見ていた。

取材旅行から戻って約一カ月で仕上げた「天山北路」は芸術祭文部大臣賞を受賞した。朝日放送時代に多くの賞を取っていた阪田ならではの仕事である。小説「天山を見る」はそのほぼ一年後の一〇月に「三田文学」に発表された。この小説の梗概を詳しく紹介したのには訳がある。それは阪田が短編集『天山』の「あとがき」で次のように書いているからである。

この世で本来出逢う筈のない人や物同士が、涼しくつながっているのを見ると、私は異常に昂奮してしまった。

出逢う筈がないとは、私ひとりで決めていることだが、ここまでの日常でも、旅先においても、たまに読む書物のなかでも、予期せぬ場面でそういうことがよく起こった。そのふしぎが嬉しくて、つなぎ目がはがれぬように木ネジでとめ、大発見でもしたようにそこから副え木をつぎ足しつぎ足し何か書き加えて行きたくなった。

短編「天山」は優れた作品である。「天山」を書いたことで阪田は小説家としての自信を持ったように思う。梗概を詳しく書いたのは「つぎ足しつぎ足し」書き加えられた「副え木」が「涼しくつながっているのを」見ておきたかったからである。「天山」で意識的に使われたのは放送劇の方法であり、「倫敦塔」を書いた漱石の方法である。阪田はこの後の小説でこの方法をよく使うようになる。「予期せぬ場面」とはセレンディピティ、「リーダーズ英和辞典」の訳語を使うと「思いがけないものの発見」、「思わぬ発見をする才能」のことである。「この世で本来出逢う筈のない人や物同士が」偶然に出会うのをそのまま受け入れて書く。ただし阪田の場合、そこにはその偶然を呼んだものへの意識が常に働いている。セレンディピティの類語には「神意」がある。

「年譜」に八月、小説取材のためイタリアへ旅行したとある。小説のタイトルは『スペイン階段の少女』である。翌年秋まで書き続けたが、発表しなかった。阪田資料に保存されている原稿を読んだが、淡々とした描写で、未完という印象を持った。

一九七一年・昭和四六年　四六歳

（一一月二六〜二七日、ミュージカル「鬼のいる二つの長い夕方」（大中恩曲）を東京・イイノホールで上演。）

阪田は雑誌「話の特集」一九七二年二月号のエッセイ「我に於てミュージカルとは何か？」に、「鬼のいる二つの長い夕方」という「すり切れかかった夫婦の話」を書くに至った経緯を書いている。そこに「二十三歳の年に初めて小説を書いて以来、私はずっと小説家になりたいと思いつめて来た」ことと、「残りの生涯を、年に一冊ずつ小説を書いて過ごすのだ」という決意を書いている。小説「天山」を書いたことで自信ができたのだろう。

一九七二年・昭和四七年　四七歳

六月に「婦人之友」に発表した短編「鳥が来た」は小説「天山」の方法を応用して、妻と娘、鳥と隣家と近所の小学生の女の子とを、強引に繋ぎ合わせた小説である。中心は隣家の小学生イコちゃんが持ってきた鳥である。イコちゃんが鳥にネットをかぶせて帰った後、「私」はこわごわネットの下に指を入れて触ろうとした。すると突然、鳥は飛び去った。翌日の午後、芝生に出ると、鳥が生垣の下から出てきた。しゃがんで、どこにいたのだろうと考えていると、「私」は自然に手を伸ばしていた。鳥は「私」の両手の間でじっとしていた。「私」は鳥をお腹の前で抱きかかえた。か弱い命を感じて、手に力が入った。すると、左の手にぬるい液状の糞を感じた。鳥は暴れて、地面に落ちた。右の翼を土につけたまま、鳥はじっと「私」を見ていた。「私」は急いで家に入り、アリナミンを湯に溶かしたりしながら、元気になってくれ、と祈った。その間に、「『また同じことをしでかした！』と自分を責めた。引きずりこんでおいて蹴っとばし、そのあとで回復を祈るなんて」。鳥の眼は、「恩寵と思ったでしょうが、実は罰です」と告げていた。庭に戻ってみると、鳥はすおうの木の上にいた。それから、身をひねって、飛び去った。

短い話だが、夫婦喧嘩と鳥の話を結びつけた「副え木」が不思議な働きをしている。簡単に言えば、二つのエピソードを繋ぎ合わせているのは優しいものを傷つけてしまったという心の声である。小説「天山」以来、阪田は「副え木」から聞こえるもの、言い換えれば余白から聞こえてくるものに関心を持つようになった。筆者にはそれが、三年前の一九六九年、あるいはその前年末より大阪万博の仕事を通して知り合ったカトリック作家遠藤周作の影響であるように思える。そのことは後に書くが、ここではもう一つのこと、「副え木」から聞こえるものが心の声であると言ったことから分かるように、「こわごわ」、「今まで何処を廻って来たのだろう？」、「思いがした」など、内面の描写がなされるようになったことに注目したい。阪田は「副え木」に注目したことで、エピソードを語るだけでなく、内面を描写するようになった。それは次の童話に見られる別の要素と相まって阪田の小説に変化をもたらすことになる。

短編「桃次郎」は一〇月に児童文学誌「びわの実学校」に発表された楽しい話である。桃太郎の弟に桃次郎がいることなど誰も知らないのに、「私」は夏休みに桃次郎の話を書くと約束してしまった。岡山の叔父さんにきび団子をお土産にもらったことがあるので、岡山に行けば分かるだろうと新幹線で岡山に行った。売店のお姉さんに聞くと、倉敷へ行けと言われた。行ってみると、浴衣を着た女の人たちが歌を歌いながら盆踊りを踊っていた。歌っているのは弱虫でひねくれ者の桃次郎の話だった。「私」は手帳に歌詞を書き留めた。踊りの先頭に売店のおねえさんがいた。お姉さんは桃次郎が島に来た時の話をしてくれた。桃次郎は男の鬼が桃太郎に殺されて、島には女の鬼と子供だけになったと聞くと、「ごめんなさい』と謝って逃げた。鬼の子供たちが追いかけて桃次郎を捕まえ、お尻を叩くと腰からきび団子が落ちた。子供たちはお返しに松ぼっくりのような鬼の殻を返した。話し終わると、お姉さんは木の実を「私」に突き出した。「私」は後ずさりした。そこは石段の端だったので、「私」はそこから落ちて気を失った。気がつくと、松ぼっくりを握りしめて、病院のベッドに寝ていた。

小学校四年生の時に姉から桃次郎の話を聞いて以来、阪田は「よわむし」の桃次郎とは自分であると考えてきた。この作品を機に、阪田はこれまで小説に書いてきた自嘲をミュージカルと童話で表現するようになる。児童文学の短編「桃次郎」が桃次郎ものとしては最初で、翌一九七三年にはミュージカル「桃次郎の冒険」を書き、七五年には戯曲集『桃次郎』を刊行する。小説から自嘲を取り去ったことと登場人物の内面を描写するようになったことで阪田の小説は新しい段階に入ったと言っていいだろう。

一九七三年・昭和四八年　四八歳

（三月、短編「桃雨」を「早稲田文学」に掲載。六月より刊行の『庄野潤三全集』（全一〇巻、講談社）の各巻末に「庄野潤三ノート」（後に『庄野潤三ノート』として刊行）を執筆。）

三月に「早稲田文学」に発表した短編「桃雨」は父方の祖父を描いた作品である。俳句には世の煩わしさを逃れさせる力があると言われているが、この短編はその俳句の力をうまく使っている。

「浦の名の花やほまれの古城跡」

最初に紹介されるこの句は一九三六年に桃雨の俳号を持つ祖父が八八歳の誕生日に作って故郷広島県豊田郡忠海町に寄贈したもので、忠海町の城址に句碑が建てられた。句碑建立の式典はその年の元日の朝に行われ、町長、町会議長など多くの人々が列席した。祖父は大阪で印刷インキ製造業を始めて成功し、息子たちに家業を任せて悠々自適の生活をしている成功者なのである。しかし、「私」にはそれが句碑にするほど優れたものか分からない。昔その城にいた殿様の名前である「浦」と城址を「花やほまれの」でくっつけただけに思えるのだ。このようにこの短編では祖父を持ち上げた後で引きずり降ろす阪田の得意な笑いの方法が使われている。しかし、この小説の描写はそれまでの小説の描写と明らかに違っている。庄野潤三はそのことを文庫版『土の器』の「あとがき」で述べている。

庄野は気の重い大阪への旅の帰り、新幹線の中で鞄から取り出して「桃雨」を読みだし、間もなく引き込まれた。読み終わった時、「バンザイといいたかった。素材からして地味で、おそらく話題にはならないだろう。だが、『音楽入門』に無かった何かがある。電報は打たなかったが、私は帰ってすぐに葉書を出した」。

庄野の言う「音楽入門」に「無かった何か」とは語りの変化だろう。『国際コンプレックス旅行』で阪田は、倫敦塔を見る漱石の目は「ドキュメンタリイ・フィルム作者の目に近い」ことを発見した。短編「天山」では「この世で本来出逢う筈のない人や物同士」を、「副え木をつぎ足しつぎ足し」書いた。短編「鳥が来た」では、全く関係のない妻の話と鳥の話を「副え木」で強引に結びつけ、そこに内面の描写を挿入した。「桃雨」では、祖父の俳句によって結び合わされた個々のエピソードが時間をかけて、細かく描かれている。具体的に見て行こう。

「桃雨」のキーワードは「逃げる」である。祖父は「俳句に逃げる前には、大阪から広島へ逃げたこともある」。「三十八歳の三児の父が郡役所書記という安定した地位を棄てて、何をやるとも決めないうちに大阪へ出てしま」った。「逃げたい気持が一切の恐怖を上廻ったのだ」。

何から逃げたかったのか。「『女』である。女もしくは女に関わる妻との葛藤である」。そう言って、「何だか私は自分の形に似せて穴を掘っているようだ」と笑わせるところは、阪田らしいところである。そこから祖父の俳句に移る。

「ふたつ宛蝶飛ぶ処々かな」

阪田はこんな俳句を作る「人間は、私の邪推によれば人生に於てある種の艱難に必ず遭遇しているものである」と言う。それ以上は読者の解釈に任せて、話は三〇年前、句碑の除幕式から帰った従姉が、体の調子が悪くて式典に出なかった祖母を訪ねたところに移る。それは、阪田が小説「桃雨」を書くために従姉に話を聞きに行った時に話してくれたことだった。祖母は当時住んでいた海岸通りの、格子窓のついた二階家のことを話した。

——三人目の男の子が生まれてすっかりくたびれていた時、それは初夏の昼さがりだったが、「障子あけて、格子ん中から表を見ながら涼みおったら、わしが見おるのを知らんと、じいさんが芸者つれて歩いておりんさった」

従姉が返答しかねていたら、

「男前じゃけんのう」

と、祖母はしばらく目をとじた。のろけているのかと思ったが、そうではなかった。

「わしは黙って見ておったが、その晩じいさんが帰ってこん。これはいじめてやらないといけん、いまに見ておれと思うた」

物おじせぬ不良少女だった従姉も、この話だけは誰にも告げる気がしなかったそうだ。彼女の注釈では、その芸者こそがおじいさんの「女」で、狭い忠海では工合が悪いから、そんな面だけはマメな祖父が広島へ鞍替えさせたに違いないという。

ほととぎす夜は雨とのみ思ひしに

短編「桃雨」は「万事窮しても何だかずるずるとうまくおさまってしまう間のよさ」を持った祖父の生涯を、祖父の句を契機としてある場面をクローズアップし、そこにカメラを据え付けて、そこに関わる人たちの内面まで入り込んで描いた作品である。小説の語りが「ある時、ある所」での外的な描写と、そこにいる登場人物の内面の描写という方法に変わったのである。この変化は阪田が漱石の「倫敦塔」の方法を意識した時から始まったものだが、もう一つ、「桃雨」を執筆しながら準備していたと思われる文学評論「庄野潤三ノート」の影響ではないかと思われる。「庄野潤三ノート」を書くことで阪田は小説をいかに書くか、ということをこれまで以上に意識するようになったと思われる。

「庄野潤三ノート」は一九七三年六月から七四年四月まで全一〇巻で刊行された『庄野潤三

全集』の各巻末に掲載され、ほぼ一年間の加筆を経て一九七五年に『庄野潤三ノート』として刊行された。朝日放送時代から二〇年以上庄野と親しくしてきた阪田が、庄野の作品を読み返し、月に一回の庄野とのインタビューを重ねて書いた「庄野潤三ノート」は、庄野文学の理解には欠かせない評論である。どの章にも庄野文学のエッセンスが詰まっているだけでなく、敬愛する庄野の小説から学ぼうとする阪田の真摯な姿勢が感じられる。サローヤンのところで述べたように、二人は全く異なった資質を持っていた。それゆえ、阪田には学ぶことが多かった。ここでは阪田が学んだと思われる小説技法と、小説家の心得とでも言うべきものに絞って書くことにする。

第一章「習作の時代」は庄野文学の出発点と言っていいチャールズ・ラムとの関わりから始まる。庄野は住吉中学時代にチャールズ・ラムという素晴らしい随筆家がいると教えられ、大阪外語学校に入ると原書を購入し、その一作を翻訳し、九州帝国大学時代には「ラム研究会」を作って輪読した。庄野の小説の特徴はラムについての庄野の次の言葉に集約される。

「私はラムの文章のこまやかさと、この世の憂苦をくぐり抜けて来た人間の心憎い機知と、その優しい心根に、すっかり感心して、これにまさる美しい作品が他にあろうとは思われなかった」。

庄野の初期の作品は日常生活を細かく記述したものである。しかしその作品は一般に言われている私小説と違って、「すべての文学は人間記録（ヒューマン・ドキュメント）だという考え」に基づいて書かれている。私小説作家上林暁と同席した一九六一年「群像」三月号の座談会「私小説は滅びるか」で述べたこの考えは七年後の山形新聞のインタビューでより分かり易く述べられている。その箇所を『庄野潤三ノート』から引用する。

「私は、自分の膚身で感じたこと以外には信用しないのです。結局、生きることの根本は、具体的な生活の中にあるささいなものの積み重ねにあるわけで、（略）それ一つだけをとりあげては何でもないことも（日記に）書くことにより、ある大きな運命をゆっくり進むありさまが描ける」。

この考えは一九五七年八月から一年間オハイオ州ガンビアにあるケニオン大学の客員として滞在した経験を扱った『ガンビア滞在記』でも変わっていない。大学の教員舎宅の小さな古い机に座って庄野は前日誰に会った、誰がこう言ったということを詳しく書き留めた。一年後には日記は五千枚にもなっていた。それを「あるアメリカ人を描くことでアメリカを考えたい」と思ってまとめた。その結果、「ひたすら、何を面白いと思ったか、どういう風に面白かったかということが書いてある」作品になった。

この作品を書いたことで、庄野は自分の作品の基調となる考えをはっきり摑んだ。「私は滞在記という名前をつけたが、考えてみると私たちはみなこの世の中に滞在しているわけである。

自分の書くものも願わくはいつも滞在記のようなものでありたい」。阪田はこれまで書いた小説に「大きな運命」、「歴史」、「滞在記」といった意識が欠落していたことを知ったのではないか。

第二章「愛撫」には庄野の小説観がはっきり描かれている。

「ここに（家庭を描こうとする時）作者に最も要求せられるものは厳正なる歴史家の眼である」。「そしてその眼は更に単なる傍観者、記録者のそれではなくて家庭というものの持つ宿命的な不幸に対して働きかけようとする善意と明識をもてる眼でなければならない」。

「人間を描くことは、『作中人物に対する作者の愛情をどのように処理するか』に懸ってくる。もともと作家が一つの対象を選ぶ理由は、必ず愛情でなければならず、その場合に作者の眼の位置と対象との間に『真実を誤たずに捉え得るだけの距離』を置くことは、『いうは易く、これを知ることは難い』が、そのために愛情を抑制する智慧と忍耐の心を、これから学んで行きたい（略）」。

愛情と「善意と明識をもてる眼で」庄野が書いた小説が、第四章で取り上げられる『ザボンの花』である。庄野は一九五三年に東京支社に転勤し、家族も東京に移った。『ザボンの花』は新しい土地に引っ越してきた若い夫婦と三人の子供が日々新しい環境に慣れていく様子を描いた爽やかな小説である。評論家坂西志保は『ザボンの花』を執筆中の庄野について、「人間はどう生きるべきかという大きな問題と取組みながら、それを自分の心の中に秘めて、生活を愛し、はぐくみながら筆を進めて行く」と書いた。愛情に満ち、明るく、爽やかな小説『ザボンの花』と坂西の言葉は、阪田にこれまでの執筆態度を反省させたのではないか。さらに、長女内藤啓子氏の著書『枕詞はサッちゃん』に引用された庄野のアドバイスは阪田の小説に変化をもたらしたと言っていいだろう。

「父の小説がちっとも物にならない時に、／『どうして君は自分のことの代わりに、自分の身の廻りの人を書かないのか。読者として、君自身のことより興味がある』と庄野さんにアドバイスを受けた」。

このアドバイスに従って阪田が書いた最初の短編が「桃雨」であったのかもしれない。第三章からは庄野の小説技法が中心になる。最初が一九五五年の「プールサイド小景」である。夫婦小説を書いてきた庄野は対象を家族の外に求めて、聞き書きを基にして短編「紫陽花」、「黒い牧師」を書いた。次の「結婚」では初めて「現地取材」をしてパン屋の夫婦を描いた。「パン焼きがまの前でラジオをつけて働いている人、歌謡曲を聞きながら粉をこねている人たちの姿を見て、それを、芯になる別の聞き書きの話と合成し、なお想像で補って一つの世界を作った」。その二カ月後に書かれた芥川賞受賞作『プールサイド小景』も経験していない部分を「想像で補って」作り上げたものだった。

この方法は、阪田がラジオドラマの制作で行ってきた方法であり、一九七〇年の小説「天山」以来使い始めた方法であった。阪田は朝日放送を辞めた一九六五年に庄野を訪ねて、庄野の小説について語ったことがある。

「庄野さんの小説の特徴は鮮明なレンズにある。現象を採集してモンタージュすることによって作品を作る方式にとって、眼が鮮明であることが一番大事な条件だ。この際対象は『ほんとのこと』でなければならず、『現在進行形』のことでなければならない。(現在進行形云々は庄野氏の付加意見)」

阪田はこの方法を第八章「静物」でさらに深く考察している。庄野は一九六〇年に発表した小説「静物」で、日常生活の中で経験したことだけを書こうとしたが、手こずって、完成させるのに一年半もかかった。「みな断片になって続いて」行かなかった。阪田は、解説を使わないで、「切り取った断片を、非連続的につなぐことの知的かつ美的な爽快感が、『静物』にはある」と考えた。文芸評論家高橋英夫は断片を非連続的につなぐ方法を、「断章が相互に意味を短絡しえないように並べば並ぶほど、いっそうその背後の語られぬ不安をはっきりと暗示するのだ」と書いていた。この言葉は不思議なことに私たちがこれまで見てきた阪田の方法の解説に思える。ラジオドラマ「花岡山旗挙げ」でのカットの繋ぎ方から始まり、倫敦塔を見る漱石の目について書いた「ロンパリ」、「副え木をつぎ足しつぎ足し」書いた「天山」、「鳥が来た」

である。阪田は高橋英夫の言葉を引用しながら、自らの方法が「背後の語られぬ」ものを暗示する方法として有効であることを確信しただろう。

以上、阪田が庄野の小説から学んだことのエッセンスを書いてみた。それらが阪田の小説にどのように影響したのかを考えながら、翌年に書かれる小説「土の器」を読んでみよう。

一九七四年・昭和四九年　四九歳

一〇月に「文學界」に発表され、翌年芥川賞を受賞する小説「土の器」は癌に侵され、衰弱していく母親を前にして戸惑いながらも、死に至るまで介護しながら母を見つめて書いた小説である。子供にとって特別な存在である母親が病院のベッドの上で異様な物に変化していく。そんな母を兄夫婦、姉、「私」と妻が交代で、ベッドの横で寝泊まりしながら介護した日々が細かく描写されている。

母の意識が無くなり、兄が安楽死をさせてやりたいと思う状態になっても、母は目に映る姉や「私」の顔、兄の咳払いに反応した。その反応は、「私」の思い込みとしか思えない時もあるのだが、それでも「私」は母親の笑顔や目のわずかな反応を待っていた。それは母親との深い絆の表われであり、「私」の優しい性格から出た行為だが、同時に「私」の心の弱さ、踏ん切りの悪さの表われであった。果たしてこれが母親のためになっているのかと自問し、煩悶しながら母を見つめる「私」の目は、いつしか「私」という個人を超え、読者に繋がっていった。命は親から子へと受け継がれ、やがて親はこの世から消えていく。これは誰にも覆せない悲しい事実である。しかし、阪田の小説「土の器」は決して暗く、悲しい作品ではない。むしろ小説に一貫している冷静な目と温かな母親への思いが読者の心に温もりを与えてくれる。阪田は病院で介護をしながらメモを取り、兄の家や東京へ帰る列車の中で日記を付けた。小説が書かれたのは母親の死の一〇カ月後である。阪田は当時のメモなどを元にして、何気ない母親の様子や容体の変化を細かく思い出しながら描いた。それが母を失った阪田にとっての慰めであり、母親と対話できる唯一の方法だった。小説が温もりを与えてくれるのは、書くことが母親を感じる唯一の方法であったからだろう。

庄野潤三は文庫本『土の器』の「あとがき」で、小説の最初の、「お母さんがどうして肩の骨を折り、それでもなお演奏を終えたかというくだりを読んだ時、私は文章の力強さに打たれた」と書いている。その文章は（文庫本の）二頁目にある。小説「土の器」は「死ぬ前の年の三月末に、私の母は肩の骨を折った」という文で始まる。続いて、父が亡くなってから一一年間、母校のミッションスクールと教会のために奉仕する生活を続けてきた母が、その年のキリスト受難の日である三月三一日の昼前に、教会堂の二階のオルガンで「十字架礼拝」の練習をしようとしていたことが語られる。

薄曇りの寒い日で、あいにく一番高い所にある窓ガラスが一枚割れており、そこから冷たい風が吹き込んで来た。石油ストーブで手を暖めようと思ったがマッチがない。せめてカーテンで押えようと思って、オルガンの横にあったテーブルを窓の下にひっぱり出し、靴をぬいでその上に登った。小柄な母だから、恐らくうんと背のびをして外れていたカーテンの金具をレールの環にくっつけたのだろう。そこまではうまくいった。ところが降りがけに重心を失った。まるいテーブルに脚が三本しかなかった為である。

阪田の『庄野潤三ノート』を読んだ私たちには、庄野が『土の器』の「あとがき」に書いた「文章の力強さ」がどこから生まれているかが分かる。まるでその場にいるかのように母親の行動が細かく描かれているのである。この細かな描写がこの小説の魅力であり、それを生み出しているのは、ほとんど気づかないことだが、前半の文章が母の見たことと、語り手の思いを同時に伝えているからである。そのことは次の文章でより明らかになる。

さて、落ちた母は誰にもそのことは告げず冷汗を出して痛みをこらえながら、どうか無事にオルガンが弾けるように祈り、動かなくなった右腕をさすっていた。無人の部屋で休んでいたから、恐らく蒼白になっていた顔を誰にも見咎められなくて済んだ。やがて時間が来てプログラムが始まり、母は何とか前奏曲や讃美歌を弾き終え、務めを果たしてから大阪へ帰った。（傍線は筆者）

淡々とした文章に見えるが、傍線部が母の感情、知覚、思いを伝えている。もちろん、それはあくまでも作者の想像したものである。亡くなった母がその時、その場でそんなふうに考え、感じていたかどうか、もはや誰にも分からない。しかし小説の作者は母が骨折した場面を想像し、母の思いを再現していく。

では、過去に母が行ったことや思いを、語り手が想像力によってその地点に移行して、丹念に、具体的に語る時、一体作者の中で何が起こっているのだろう。阪田は初期の小説について、「安全なところから自分を笑っていた」と語っていた。しかし、癌の痛みに耐えながら死の床に横たわる母を描き、母の内面を想像して描く時、「私」が立つことのできる「安全なところ」はどこにもない。死にゆく母を思い出すのがつらいというより、それを書くことは「私」自身をさらけ出すことになるからである。阪田の母は熱心なキリスト教徒であったので、当然信仰に触れないわけにはいかない。阪田は中学生の時に洗礼を受けたが、放送局に入った頃から教会へ行かなくなっていた。母のことを書こうと決め、母の位置に立って考えた時、阪田は遠ざけていた問題を避けて通れなくなった。
テーブルから落ちた母は病院に行くのを嫌がり、先ず接骨院へ行ったが、そこで骨折と言われ、ようやく病院に入った。一カ月後に全治して退院した。そのときに平城山教会から求められて、母は受難日のことを「病院便り」として書いた。その「便り」の一部が紹介され、読者は母の生の声に接する。

困ったらいけないのです。四方から艱難を受けても窮しない、途方にくれても行き詰まらない、之はパウロの声です。私たちはこの土の器の中に神から与えられた宝を持っているのです。こんな事位で困って居るなんて相すまない。困って居るひまはありません。さっさとして一時間後にせまって居る十字架礼拝にオルガンをひかれるようにしなければと思いました。(略)

小説の表題「土の器」は母親の文にある使徒パウロの「コリント人への第二の手紙」から取られている。人間の体は神からもらった宝を入れておく器なのである。その大切な器にひびが入った。しかし器を最大限に生かし、最後まで「十字架礼拝」のために演奏することが使命だと母は考えた。右手が鍵盤から外れるのを左手でオルガンの上に戻しながら演奏し終えた。

「すんだ時は本当に感謝いたしました」と母は書いている。母はその週、イザヤ書を読もうと思っていたが読む時間がなかった。「怪我をしたのは、それを読みなさいという事だと思いました」と母は解した。そして翌朝イザヤ書を読み、そこに「落ち着いているならば救われ」という神からの言葉を見出した。この行為は一七世紀の霊的自伝や一八世紀イギリス小説にしばしば出てくる「書物占い」である。母にとっては、日常の行いの全てが信仰と結びついていた。病状の推移も同じであった。当然、母を介護する家族はそれにどう反応するかが問われることになる。

父の跡を継いで会社の社長となっている兄、そして嫂は真面目で、現実的なキリスト教徒だった。合理主義者の二人から見ると、母が痛みを我慢するのは「虚栄」であった。「私」は信心深い母に近寄りたくなかった。母が骨折してから一年間は近寄らずに済んだ。三月に母から電話で「まだ死にはしないけど、あんたに一度私のことを話しておきたい」と言われても動かなかった。ノートを持って検査入院した母に会いに出かけたのは五月の末だった。母は「私」に話しておきたいと言ったことにもう関心がなかった。膵臓癌の疑いが強いと言われて、検査入院は一カ月半になった。「いろいろ整理しておきたいことがある」という母の要望で、母は夙川の兄の家に一時退院した。兄の家で死にたいと思ったのかもしれない。妻が母の世話をするために夙川の家に行った。一週間後に嫂から母の様子がおかしいと電話がかかり、

「私」は兄の家に行った。母の状態は悪くなっていた。「私」には、「母は人間からグロテスクな物に変り始めている」と思えた。嫂と妻が、膵臓癌は進行が早いと話しているのを聞いた「私」は、翌朝、病室の空きを確認し、「母をいわばペテンにかけて」再入院させた。病院の医者から、「早すぎましたね」と言われ、病室で母から「なぜこんなことになったの」と尋ねられても、「私」は正直に応えられなかった。

再入院してから三日目、「わしの知ってるおふくろは、もう何所(どこ)かへ行ってしまったなあ」と兄が言うほど母の言動は明らかにおかしくなっていた。その日は「私」と妻が病院に泊まった。一晩中ひどい下痢だった。その上、朝六時まで、母が点滴注射を抜かないように腕を押さえておかねばならなかった。その後、「私」は一人で兄の家に戻った。誰もいない居間に座って「母の神」に祈った。「こんなに最後の最後まで苦しみばかりでかわいそうです」、「何か最後に母に喜びを与えて下さい」。「私はもう神を否定するようなことを喋ったり書いたりしません」。

母が病院で死ぬように手配したのは「私」だった。その「私」が追い詰められていた。母が苦しむのを見るのに耐えられなかった。「私」は長く背を向けたままであった「母の神」に向き合い、祈った。すると、しばらくして兄から電話があった。母が讃美歌を歌ってくれと頼み、一緒に口を動かしたと言う。嬉しくなって、「私」は病院に向かった。兄たちが食事に行って

「私」ひとり残っていた時、母が目を開け、唇を動かした。「どうも・ありが・とう」と言っているようだった。「私」は「ママどうもありがとう」と言った。帰ってきた嫂にも母の声が聞こえ、嫂も「わたしこそ、どうもありがとう」と言った。「私」は感極まって泣いた。

しかし、喜びはそこまでだった。母の状態は一層悪くなり、四週目に入る頃、肝臓と腎臓の機能が殆ど停止した。兄夫婦はもう耐えられない、楽に死なせる方法がないか院長に聞いてみると言った。それでも「私」は、「日に一度か二度の『笑い』をもたらす命を思い切れなかった」。目が合うと母は笑った。それは思い込みにすぎないと不安になることもあった。「ありがとう」という言葉も私たちに向かって言ったのではなく、はるか彼方の存在に向けられたものではなかったかと思った。

「母はその夜と、もう一夜を生きて、たくさん笑って、三日目の朝、安楽死ではなく痰を咽喉につめて死んだ」。


介護の経験は筆者にもあるが、こんなに愛情を込めて見守り、介護し、しかも、その時の戸惑い、不安、いらだち、やるせなさを細かく描くことなどとてもできない。この小説は母の衰弱に戸惑いながらも死を見つめ続けた稀有な作品である。阪田にその力を与えたのは既に第四章「高知高校時代」で見た、高校の先輩池田浩平の『運命と摂理』であった。この章で阪田の内面が一九六五年の音楽詩劇「イシキリ」とミュージカル「世界が滅びる」から六八年の短編「一九二五年生まれ」、七二年の短編「鳥が来た」へと移り変わってきたことを見てきた読者には、阪田が「摂理」を意識したことを自然なこととして受け取ることができる。その変化をもたらしたのは、一九六九年末から万博のキリスト教館の仕事を一緒にし、七〇年にイスラエルへの旅に誘った遠藤周作ではないかと思われる。次の章で考えてみたい。

第九章　芥川賞受賞後

大学卒業時に信仰のことは言わないようにしようと決意し、その後多忙を理由に教会から離れた阪田だが、作品には幼い頃から親しんだキリスト教の教えや聖書の話が無意識に現われた。阪田が自身の内面を描き始めると共に現われたのだが、それを助長したのはイスラエルへの旅に誘った遠藤周作であったと思われる。

遠藤にとって重要だったのは、日本人信徒、中でも弱者にとってのキリスト教であった。阪田はそのことを文芸誌「海」一九七九年八月号のエッセイ「遠藤さんから教わったこと」に書いている。

私は遠藤氏の大きな功績の一つは、踏絵を踏む方の側から切支丹を描いたことだと思う。明治四十年に北原白秋が与謝野鉄幹、吉井勇、木下杢太郎らを天草島原へ案内したのを皮切りに「邪宗門」をはじめとする「南蛮」趣味の伝統ができたが、切支丹を二枚目の美男美女の殉教絵図といった扱いから、自分の中の問題へと完全に転回させたのは遠藤氏であろう。そのことは、イエスを犬のように無力な男として描く筆と、私の中では重なってきた。

「踏絵を踏む方の側から」描いたという遠藤の特徴がはっきり表われているのは『沈黙』である。踏み絵を踏むように強要された司祭ロドリゴが、「踏むがよい」というイエスの言葉を聞くところである。その場面には様々な解釈がなされているが、筆者は『遠藤周作　その人生と『沈黙』の真実』の著者山根道公氏の考えに賛同する。

> ロドリゴは、踏絵を踏む痛みのなかでその痛みを共に分(ママ)ちあってくれるキリストと出会う。そしてその後は、弱さゆえに踏絵を踏んでしまったキチジローの痛みも理解し、その痛みを共に分かちあうことのできる司祭として、そうしたキチジローのように踏絵を踏む痛みを抱えて生きる日本人信徒との新たな連帯意識をもつに至ったのであるといえよう。

大学卒業後に教会に行かなくなり、自分はまともなキリスト教徒でないと言っていた阪田も、

「踏み絵を踏む方」にいたことになる。しかし阪田はそれを「痛み」と捉えたことはない。遠藤に誘われて井上洋治神父、矢代静一らとイスラエルに旅した時に、遠藤から信じているのかいないのかと問い詰められても、お茶を濁し、「きみはキツネの嫁入りだな」と言われた、と『遠藤周作全集』第一〇巻「月報」のエッセイ「遠藤さんにだまされたこと」に書いている。帰国後、遠藤が始めた若いキリスト教文学者の集まりである「霊の会」(後に「日本キリスト教芸術センター」となる)に誘われて阪田が参加したのは、イスラエルへの旅で「自分がキリストの教えについて何も知らなかったことを痛感し」たためである。旅から帰って二カ月後に上演されたミュージカル「さよならＴＹＯ!」には三浦朱門が驚くほどキリスト教が現われていた。それはその二年後の短編「鳥が来た」にも現われていた。阪田は遠藤に信じているのかいないのかと問い詰められてからキリスト教を意識的に考え始めたのではないか。それは大学の卒論で十分に果たせなかったことだった。遠藤が始めた「霊の会」に参加することで同世代のキリスト教作家たちから刺激を受け、阪田は再びその試みを始めた。両親が通った大阪教会、阪田が洗礼を受けた南大阪教会、その元である熊本バンドの信仰とは一体どのようなものだったのか。阪田はそれを義父吉田長祥と宮川経輝牧師の生涯を辿ることによって明らかにしようとした。それが小説『背教』であり、『花陵』であった。しかし、熊本バンドの信仰は元を辿れば一七世紀イギリスの会衆派に行きつく。『背教』を読む前に会衆派に触れておきたい。

阪田は短編「あづまの鑑」（後に「父の雅歌」と改題）に、「父の属した宗派は昔メイフラワー号に乗ってアメリカに上陸した清教徒の流れを汲んでいる」と書いていた。イギリス国教会から分離した人たちの中の会衆派の人々である。イギリスの宗教改革はヘンリー八世の離婚騒動から始まり、一五三四年の国王至上法と三九年の大修道院解散法の制定によってローマ教会から分離した。次のエドワード六世の時代にルター派を中心としたプロテスタント的な教義を取り入れた礼拝統一法が制定され、共通祈祷書が作成され、エリザベス女王の時代に国教会体制は完成した。しかしそれは主教制というカトリック的な教会制度を残す曖昧なものだった。もっと純粋な教会を求めたピューリタンたちは先ず礼拝様式の改革を求め、次に議会を通じて教会制度の改革を求めた。その企てに失敗すると、彼らは教会制度の一番下にある各地域の教会から改革しようとした。浜林正夫著『イギリス宗教史』によると、会衆派の最初の教会は一五六七年頃にできたリチャード・フィッツの会衆教会とされている。「すべてのことがらにおいて神の恵みと栄光の御言葉にしたがい、純粋に、まじりけなく、誠実に神を崇拝するために、彼らの手と心をおいて」契約をかわした信者集団（会衆）である。彼らの教会は長老を置かず、「信徒全員が参加する個別教会の自主的決定が尊重され」、さらに、各教会は自立した存在であった。これは日本の会衆派教会においても守られている。

熊本洋学校の生徒に聖書を教えたアメリカ人教師ジェーンズは陸軍大尉であり牧師ではな

かった。しかし、阪田の短編「ジェーンズ大尉」によると、ジェーンズは熱心な会衆派教会の信者で、会衆派の牧師の娘と結婚していた。ジェーンズは会衆派の外国伝道団体アメリカン・ボードの日本伝道に参加して新島襄と共に同志社英学校を設立したデヴィスと手紙の遣り取りをしていた。ジェーンズが生徒たちに洗礼を施してくれる人はいないかと尋ねると、デヴィスは自分で洗礼を授けよ、と答えた。こうして一八七六年六月、後に熊本バンドと呼ばれる宮川経輝たち熊本洋学校の生徒はジェーンズから洗礼を受け、会衆派の信者となった。彼らは神の言葉に従う真面目な信者であった。ところが、阪田が卒業論文を書くために調べてみると、彼らは「罪の自覚」のない、「おのれを正しとする人間」であった。なぜ彼らに「罪の自覚」がないのか。キリスト教信仰を「自分の中の問題へと完全に転回させた」遠藤と付き合い始めたことによって、阪田は再びその問題を取り上げることになった。

小説「背教」は一九七五年一一月に「文學界」に発表されるが、そこに至るまでの小説を読んでおこう。

一九七四年・昭和四九年　四九歳

（「土の器」を「文學界」十月号に掲載。一二月、小説「ロミオの父」を「文學界」に掲載。短編「川のほとり」を「婦人之友」に発表。）

一二月に「文學界」に発表された短編「ロミオの父」は、宝塚音楽学校に入っていた次女なつめ（大浦みずき）が一月の文化祭（卒業公演）でロミオを演じることになり、一度も家族と連れ立って出かけたことのない彼が、「めったにあるもんじゃない」と妻に言われて重い腰を上げて出かける話である。

一二月に「婦人之友」に発表された短編「川のほとり」は日常の買い物から見える若い姉妹の八百屋の様子を七、八年間の変化を通して描いた短編である。「それ一つだけをとりあげては何でもないことも（日記に）書くことにより、ある大きな運命をゆっくり進むありさまが描ける」と言った庄野の言葉を意識して書いた作品に思える。

一九七五年・昭和五〇年　五〇歳

（三月、短編「足踏みオルガン」を「文學界」に掲載。叔父・大中寅二のことを書く。五月、短編「うさぎ」を「群像」に、エッセイ「運命と摂理」を「海」に発表。五月五日、評論『庄野潤三ノート』（冬樹社）を刊行。六月、短編「百カラットの大根」を「別冊文藝春秋」に発表。八月、エッセイ「サローヤンと庄野さん」を「文學界」に発表。九月、「文藝春秋デラックス」掲載の座談会「愉（たの）しなつかしの少年時代」に遠藤周作・尾崎秀樹・東海林さだおらと出席。一一月、小説「背教」を「文學界」に発表。一二月、短編「陽なたきのこ」を「群像」に発表。）

三月に「文學界」に発表した短編「足踏みオルガン」は国民歌謡「椰子の実」で知られる叔父で作曲家の大中寅二を描いた小説である。全知の語り手が物語の外側から語る古い語りの方法が取られているが、叔父に対する敬意と親しみが滲みでた良い小説である。小説は叔父が年に一度開く音楽会の幕が開いて、舞台に出てきたところから始まる。叔父はその年に作曲した新しい曲を演奏するのだが、その前に再婚した奥さんの話、再婚する時に約束した持ち家を未だに持たず二間の借家暮らしであることなどのおしゃべりが延々と続く。七百人ほど入るホールに満員の客の多くはそんな話を毎年楽しみに聞きに来ているのだ。このおしゃべりに「私」が知っていること、例えば舞台に置かれた足踏み式オルガンは五〇年前のドイツ製であり、仕事場にはそのオルガンと古い竪型のピアノが置かれていて、叔父はそれで夜中の二時、三時まで作曲をしていること、部屋には六〇年間書き溜めた楽譜が高く積み重なっていることなどが長々と語られる。だから、小説はなかなか進まない。進まないけれども面白い。読者は「椰子の実」の作曲家がどんな人であるか、どんな暮らしをしているのかを知ることができる喜びで満たされる。小説の面白さはその作者しか知らないこと、辿れないことを描くことにあるということがよく分かる。古い語りの方法だが、普通の、平凡な人間にも劇があり、複雑な心の動きがあることが分かる。阪田はこの、一見評伝に近い語りを使う時に作家としての自由と自信を感じるのではないだろうか。

○短編「うさぎ」（「群像」五月号）

一人暮らしの若い女性「わたし」と、八年間アパートで飼っている兎のキクの話である。小説はキクの目が見えなくなってからの出来事に焦点を当てながら、キクを飼う前から今に至るまでの「わたし」の様子が思い出として挿入されている。短編「鳥がきた」では、私の手から地面に落ちた鳥はじっと「私」を見ていたが、その眼は「恩寵と思ったでしょうが、実は罰です」と告げていた。それは阪田がまだその世界に入ることができないことを示していた。短編「うさぎ」ではキクは見えなくなった目で「『大丈夫ですか』／という風に、わたしを見てくれている」。「鳥がきた」と違って、「わたし」が見ているのは、視力を失ったことでより広い世界が見えるようになったキクの世界である。阪田はこの世の人間には見えない存在を意識し始めたと言えるだろう。

○短編「百カラットの大根」

この短編は六月に「別冊文藝春秋」に発表され、翌年二月に加筆されて『南大阪教会五十年史』に転載された。元々この短編は南大阪教会の記念行事委員であった知人から阪田が世話になった大下角一牧師について書いてほしいと依頼されて書いた小説である。表題の「百カラッ

ト の大根」とは百カラットのダイヤモンドのことである。阪田が小学校四年生の時に南大阪教会の牧師としてやって来た大下牧師はハワイ生まれで、初夢に百カラットのダイヤモンドが落ちているのを見つけた話をしたのだが、英語にハワイの訛りがあってダイヤモンドがダアモンとなり、それを多くの信者たちはダイコンと聞いた。意表を突く題名だが、二世の牧師の考えが年長の信者に理解されないことが実際にあったので、意味深長な題名と言える。

大下角一牧師は一八九九年ハワイ島コナに生まれ、ハワイ大学、ミズリー州立大学で学んだ後、一九二七年にシカゴ大学神学部を首席で卒業した。一九二七年から二九年まで同志社高校のスチューデント・プロフェッサーとして来日し、一九二八年、同志社総長海老名弾正の次女あやと結婚。翌年単身アメリカに渡り、一九三〇年にシカゴ大学ドクター修了、Ph.D. の学位を受け、一九三一年に東京番町教会副牧師、一九三五年に南大阪教会牧師に着任した。その後同志社大学神学部教授、学長となったが牧師は辞めなかった。一九六二年、死去。小説では大友牧師、妻はまさとなっている。

阪田は中学生の時に大下牧師から洗礼を受けた。結婚した時の司式も大下牧師であった。では阪田は大下牧師と親しかったかというと、エッセイや小説から判断する限り、苦手なタイプであったと思われる。東京大学時代に書いた小説「ポーリイパイプル」に出てくるザアカイ先生とあだ名を付けられた酒井伝道士は大下牧師がモデルである。小説では、ザアカイ先生の説教は青年会の熱心なメンバー以外には評判が悪かった、と書かれている。実際阪田の父が中心になって大下牧師を招聘したのだが、着任後の説教を聞いて、父たちはその説教に驚いた。転載時に加筆された箇所には、「すべてのことに直接に原理でぶつかり、情熱をもってはっきり裁断して物を言うから、教会の中でも自ら恃むところの強い保守家にとっては、泰平の夢を驚かす闖入者に見えたらしい」と書かれている。

小説で最も印象的なのは戦時中から戦後すぐの牧師の姿である。いつも特高に見張られていた。しかし四人の男の子を抱えて、疎開もせずにわずか二、三人の信者と礼拝を続けた。戦争末期、いよいよ本土決戦と言われた頃に「私」の姉が陸軍の船舶兵の少尉と結婚することになった。姉が牧師に報告に行くと、やせ細った牧師は五人目となる赤ちゃんをあやしていた。戦争が終わって間もなく、その赤ちゃんは栄養失調で奥さんに抱かれたまま息を引き取った。

阪田は敗戦の翌年に復員したので、このエピソードは両親や姉や親しい信者から聞いたのだろう。信念を曲げずに生きることが難しい時代を生き抜いた一つの光として阪田の中に残ったのではないだろうか。

次の小説「背教」との関係で言えば、主人公のモデルである阪田の義父吉田長祥は大下牧師の説教に強く反発した一人である。

○小説「背教」（「文學界」一一月号）

小説「背教」は一八八八年（明治二一年）生まれの実業家吉田厚（長祥は屋号）の伝記的小説である。長祥は阪田の父と共に南大阪教会を支えた人物であり、後の義父である。

小説では「その子」、「男の子」と書かれている主人公は、大阪で大きな雑穀問屋を営んでいた養母が生まれて三カ月で養子にもらった子であった。養母は江戸堀の教会の牧師の教えに従って大事に育てた。養母はその子が五歳になった正月から小学校に通わせ、四月には二年生に進級させた。その子は一歳上の子供に負けずよく勉強したので、褒美に小学校三年から居留地へ英語の勉強に行かせてもらった。何をしても怒られなかったし、当時のほとんどの大人が知らない英語を勉強していることで得意になり、その子は高慢な人間になっていった。しかし旧制中学に進んだ時、戸籍謄本を見て自分の出生を知り、打ちのめされた。この問題を乗り越えようともがき苦しんでいたところ、ある日、代数の勉強をしていて閃いた。「実母」と「養母」を「肉体」と「心」に置き換えればいいのだ。教会で教えられたことが生きてきた。「肉体」は卑しく、滅ぶべきものだが、「心」は尊い、永遠のものだ。「養母」と自分とは「血以上の心でつながっている」のだ。彼はうれし涙を流した。しかし、「心」が存在することを証明しなければならない。ちょうど読心術の世界的権威コノラ女史が公開で科学的実験をするという記事が新聞に出ていた。彼は丁稚に連れて行ってもらって実験を見た。二日目、彼は一人で出かけ、女史が球を持っている人を当てようとする瞬間に、自分が持っていると思ってみた。すると、女史は彼の方に向ってきたので、急いで持っていないと考えた。何度かそれを繰り返すと、女史は球を持っていない人が持っていると故意に思われるので今日はできない、と言って止めてしまった。日本語の分からない女史に心が通じたのだ。「神への祈りと同じで、心と心のまじわりには言葉さえいらないと証明された」と彼は確信した。「この世界に心の存在を実際に確かめて知っている者が何人いるか」。彼は一層傲慢になり、生意気な青年になった。神戸の高等商業に進んだ時、新聞に翌年ハレー彗星が地球に衝突するという記事が出た。彼は地球の滅亡と共に死ぬことに真剣に悩んだが、コノラ女史のことを思い出し、救われた。彼は日記に、「物質は実質に非ず、唯一の実在は内なる不滅のタマシヒなりと大悟し、神人合一の境に達し得たるは幸ひなりき」と書いた。

東京の高等商業学校専攻部に進んで経済学を学んだ後、大阪に戻って養父の仕事である穀物問屋を継いだ。専攻部で商品取引所の売買を研究し、見通しがないと判断していたので、雑穀の代わりに硫黄、ビート・パルプを輸入した。八時間営業に切り替えるなどマックス・ヴェーバー流のピューリタン精神で商売をした結果、商売は順調に伸びて行った。陸海軍御指名の硫黄問屋となり、また北陸の絹織物工場を買い取るなど、大きな富を築いた。実業の傍ら、彼は「物価必落論」などの論考を母校の雑誌に書いた。一九三三年三月に七日間、彼が尊敬する文豪バーナード・ショーが夫人と共に日本を訪れた。彼は紹介状もなしに尊敬するショーを京都のホテルに訪ねた。二人はすぐに肝胆相照らす仲となった。二人にはこの世のあらゆることを知性によって理解しようとする一途さと、そこから生まれる過剰なまでの自信と直截な物言いという共通点があった。それから四日間、二人は京都、奈良、横浜、東京で、日本の宗教、文化、政治、経済について語り合った。ショー七七歳、長祥四四歳の時のことである。長祥は実業家であると共に知識人でもあった。

その一〇年ほど前、雑穀問屋を継いだ頃、勧められるままに結婚したが、妻は三日目に実家に帰ったきり戻って来なかった。再婚した相手との間に毎年子供が生まれたが、子供嫌いな彼は六人の子供のうち上の二人を養父が天王寺近くに建てた別荘にいる養母に預けた。毎年正月だけその子たちを本宅に帰して、彼が養母の所に行って泊まった。ある年、おそらく一九二三年と思われるが、正月に養母は「日曜学校をひらいて、このあたりの小さいお子たちに聖書の話を教えてあげられたらええなあ」と言った。ところが翌日、養母は急死した。この時から彼は変わった。告別式が終わると、彼は妻子を連れて別荘に移り、以後そこを本宅にした。一カ月ほどして、彼は日曜学校開設の趣意書を近くの家々に配った。「明日よりは子供たちの顔を見てやるために、話を聞いてやるために家に帰らう。我が母上の死を通して、神はかういふことを教へて下された」。「母の日曜学校では愛を教へること。愛をもつて」。日曜学校が順調に行きだした頃、大阪教会の五〇周年記念に、彼の日曜学校の近くに教会を建てることが決まった。教会ができると日曜学校も教会に移すことになり、彼は教会の日曜学校の校長になった。

阪田が小学生の頃、涙もろい校長からトルストイの民話を聞いたのはこの頃である。しばらくして、戦争の足音が聞こえてきたが、彼はひるむことなく正論を唱えた。国際連盟脱退に至る直前、大阪のクラブで師団参謀長の講演を聞いた時、彼はキリスト教倫理と愛の重要性を説いた。しかし、彼の信仰はいつの間にか変質していた。それが教会創立以来の牧師が辞めた後の後任人事に現われた。詮衡委員だった彼は和漢の道に詳しい当時の副牧師を推した。二世の牧師に決まった時に、彼は教会を出ようと思った。「米国製品に日本人の心が救えるもんかという気持は、彼の頭から抜けなかった」。

それは一九三五年のことである。その年から彼の運命は下降する。夏、次女が教会のキャンプで喀血した。翌年二・二六事件の後、一〇年前に買い取った織物工場の生産が思い通りに行かなくなった。それでも彼はこれまで通り指導者であろうとして正論を説いたが、彼の論はいつの間にか国家主義的な色彩を帯びていた。四年後、療養所から呼び戻していた次女が結核で亡くなった。その上、保健所で家族全員が精密検査を受けると、彼だけに結核が治癒した跡があった。熱心にキリスト教を信じてきた自分が、「次女の胸に黴菌を植えつけていたなんて、あまりひどい」。彼はキリスト教を恨み、牧師に怒りをぶつけた。二世の牧師は「悔い改めなければなりません」、「自分中心の生活を否定し、砕かれて、神の御意志にもとづく新生命に生きるべきであります」と説いた。牧師の教えは正しいものであったが、彼の心には届かなかった。彼は二世の牧師が説く神は「外人用の神」だと思うようになった。苦しみを見透かしたように様々な宗教からの誘いが来た。その中で儒教・仏教・神道・キリスト教を習合した新しい宗団の経典に、彼は救いと喜びを感じた。それはキリスト教よりも「ずっと楽で、ずっと自然で」、「自分をやさしく包んでくれた」。

　遠藤周作が問い続けたのもキリスト教信仰における日本的心性であったと言えるのではないか。遠藤はエッセイ「誕生日の夜の回想」で、「日本的感性は汎神的風土伝統を母胎としてうみだされたもので」、「人間は自然に対していかなる闘争、いかなる距離感も経ずにただちに自然に、或いは神々に、宇宙にとけこむ事が出来るのであった」と言う。それに対してキリスト教では「現実の背後に、それを止揚するもう一つの超自然的世界がある」、と遠藤はエッセイ「基督（キリスト）教と日本文学」で述べている。「神対人間、神対悪魔、肉対霊というようなきびしい対立の精神がつねに現実的面だけではなく形而上的な世界ではげしく闘われている。ぼくらの日本文学にはこの対立の闘いが片手おちになるか、あるいは日常性のなかで霧散するのが常であった」。

　「背教」の彼は何の抵抗もなく「神対人間、神対悪魔」の対立のない日本的な神々の世界に溶け込んだ。その教えは東亜共同体の実現のための戦いを理念づけるものだった。日曜学校での校長としての挨拶が変わった。原罪を否定するのか、と彼の次男もその一人であった日曜学校の教師会で問い詰められたが、「人間は水晶のようなものです。罪とは水晶についた埃です」と言った。その日から、次男が口をきかなくなった。「人間に罪はない」というようなことを言わないようにと牧師から注意されると、彼は即座に校長を辞めると牧師に言い、翌日から新しい宗団の道場のおつとめに行った。しかし、冬休みに戻ってきた子供たちは、彼に楯突いた。彼が「これは背教ではなくてキリスト教の新しい発展だ」と説明しだすと、三男が猛烈に噛みついた。皆に言われて、彼は教会へ出かけたが、気持ちは教会から離れていた。

その年、一九四一年の一二月八日に太平洋戦争が始まった。長男と次男は彼と和解しないまま入隊した。教会では「東亜共同体」の理論を唱える学者の講演会が開かれ、牧師もその学者の仲間になった。時代は大きく変化した。彼は子供たちが東亜共同体の実現のために戦うことを誇りに思った。彼は翌年四月、正式に日曜学校長を辞任し、新しい宗団の講師となった。しかしこの後、彼に不幸が重なった。五月に四女が腎臓結核で亡くなった。翌一九四三年には長男が病気のため現役免除になった。四四年九月、次男が戦死し、四五年六月に三男が戦死した。ただし、公式な知らせが届いたのは戦後三年目であった。九月、療養所で長男が亡くなった。

しかしこの時、彼は「もはや罪や不幸がとり憑くことのできぬ至福至徳の境に」あった。彼は息子たちを含めた戦死者の死を「犬死ではなく、大東亜民族解放の大使命を果たした尊い死」と意味づけた。戦中に皇道主義であった宗団は戦後すぐに親米に変わっていたが、彼は講演に行くと必ず最初に「大東亜戦争の意義を説いた祭文で英霊を慰めて、遺族に感動を与えた」。それが評判になり、全国から講演依頼が舞い込んだ。彼は休日も取らず、全国を講演して回った。ついに六年目に疲労で倒れ、その後一〇数年間床に就いた。財産は自宅と、ほとんど収入にならない借家だけになった。しかし、強い使命に生き、神人の域に達していた彼には大した問題ではなかった。彼は信者に協力を求めて一緒に祈念して雨を止め、台風を二度も止めた。

阪田が戦後の長袢をどのように考えていたかを示すエピソードが『花陵』に書かれている。朝日放送在職中に「花岡山旗挙げ」を放送した時、ただ一人激賞してくれたのが義父であった。「祖国日本を忘れた国民、否日本の事なんか考へない様に骨抜きに育てられた占領下の日本人を覚醒せしめる必要に迫られて居る今日、真に有意義な御作品に敬意と賛辞を呈するに吝かならざるものであります」という葉書が来た。これに対して阪田は次のように書いている。「この人の狂信的な戦争観や国家観から来た『戦後民主主義』の否定に私は反対の気持を持ってきたが、なぜこういう結論が私の書いたあの放送劇の中から出て来たかと考えると、自分の腹の中を一度のぞいて確かめてみたい気持に駆られるのであった」。一六年前、阪田は義父の信仰

を狂信的と考えていた

『南大阪教会五十年史』には、吉田長祥は南大阪教会に復帰しないまま、一九六七年五月、七八歳で亡くなり、葬儀は南大阪教会で行われた、と記されている。阪田は当然葬儀のことを知っていた。しかし「背教」には、葬儀が教会で行われたという記述はない。『南大阪教会五十年史』には「吉田長祥氏の棄教」という項があり、戦時下におけるキリスト教弾圧という「暗い谷間の時代を背景にして顧り（ママ）みない限り、理解することはできないであろう」と書かれている。戦時下のキリスト教会は天皇が神であるという説が「明らかに冒瀆の大罪」であるという立場を取っていなかった。日本基督教団がその過ちを公式に認めたのは一九六六年だった。しかし過ちを認めたとは言え、それで教会の教えが変わった訳ではない。長祥の背教をどう判断すべきかについては曖昧なままであった。二〇〇一年に刊行された『南大阪教会に生きた人びと』には、教会の活動を担った人として吉田長祥と妻、亡くなった五人の子供のことが記され、刊行委員会の言葉として長祥について「南大阪教会の創立には、その信仰の力に加えて豊かな行動力と経済力で大きく貢献されました。（略）日曜学校の校長を長く務められて、青少年のキリスト教教育に尽されました」と書かれている。キリスト教徒としての長祥の信仰を認めたものと思われるが、『南大阪教会五十年史』に「吉田長祥の棄教」という項を設けたことについては何の言及もない。阪田もまた判断を下していない。小説「背教」に曖昧さが付きまとっているのはそのためである。

阪田は「背教」を書いてすぐに短編「冬の旅」を書いた。曖昧な部分を明らかにしたいという思いからだろう。「冬の旅」に移る前に、その間に書かれた短編「陽なたきのこ」を見ておきたい。

○短編「陽なたきのこ」（「群像」一二月号）
題名は船子が担任の一年生のクラスの男子生徒の背丈を計っていた時、目立たない男の子の頭が汗をかいて生暖かく、「陽なたきのこ」の頭を触ったみたいで息をのんだ、という小説の最後の文章から取られている。「陽なたきのこ」で最も印象深いのは、和田銀二という男の子が日本庭園の池の隅でへびなまずを見たというので船子が一緒に見に行くところである。二人が池のそばに来た時、池の水を逆流させて滝から落とすためのモーターが動いていた。その時、銀二が突然、「ほら、草の芽がのびてくる音がする」と言った。銀二は船子の手を固くつかんで、じっと宙を見ていた。しばらくして銀二が、「先生行こう」と言った。「まだ畏れの残照が目の中にあって、それが徐々に光を収めて元のうすぼんやりした和田銀二に戻るのと逆に、船子の目から涙が噴き出した」。船子は銀二がモーターの振動を草がのびる音だと思ったことを知っていた。しかし、幼い銀二の中に、自然に対する畏怖の念を感じ取る力が宿っていることを知った時、自然に涙が出て来たのである。
船子のモデルは青山学院初等部の先生で詩集「イエスさま」、「かみさまあのね」などがある詩人高村喜美子だと言われている。畏怖の念という言葉が船子の全てを表わしている。

一九七六年・昭和五一年　五一歳

短編「冬の旅」は三月に「文學界」に発表され、四月に『背教』にまとめられて刊行された。その「あとがき」で阪田は、「二つの作品は車の両輪とまではいかないが、後者が前者を反覆・補足する点で、長歌と反歌という関係に似ている」と書いている。登場人物と出来事を限定し、「背教」と違った視点から「背教」で曖昧であった出来事に判断を下す。それが「冬の旅」での作者の意図であった。

短編「冬の旅」は放送劇「花岡山旗挙げ」以来阪田が好んで用いてきた、現在と過去を交差させながら物語を進める方法で書かれている。語り手は五女で、二四年前に一年年長で幼馴染である作者と結婚している。ここでは「禮」という名が付けられているが、実際の名である「豊」に示偏を付けたものである。義父も吉田長祥を思わせる吉松玄祥となっている。「背教」で曖昧な表現をされていた地名もはっきり書かれている。「裏日本」とか「北国浦海岸」と書かれていた養父母と「彼」の故郷は石川県粟津である。絹織物工場も「吉松絹織物工場」

で、長男が胸膜炎のために現役免除となった後に静養していたのは長野県野尻湖畔の父の別荘であり、その後に行く「内海の岬にある療養所」は兵庫県赤穂市御崎にあった療養所である。はっきりと名前が書かれることによって「冬の旅」は霧の晴れた、すきっりした世界になっている。

小説の今は一九七五年一二月末で、禮は台所の隅から二四年前に結婚した時に実家から持って来て、引越しの度に持ち歩いた米櫃を取り出した。底に「昭和二十年十一月、吉祥」と書いてあるのを見て、その頃の父や姉たちのことを思い出す。禮の回想は主に半月前と、三〇年前の戦後と、四〇年前の戦時中である。

半月前の一二月半ば、禮は戦時中に世話になった野尻湖畔の田丸屋を訪ね、そこから父の係累の墓がある加賀市の大聖寺に行き、父の昔の工場跡や、工場長の娘の絹ちゃんに会い、翌日、上の姉と一緒に上の兄が亡くなった赤穂に行く予定だった。田丸屋に着いた禮は野尻湖外人村の父の別荘を思い出す。そこでは外国人の宣教師たちが中心になって共有の土地を購入し、別荘の他に教会堂やボートハウスを建てて、夏の休暇中だけ共同生活をしていた。父は一九四二年四月に日曜学校長を辞め、教会から離れたが、求められると村の教会で説教をした。父が作った「世界一の野尻湖」というパンフレットにはキリスト教を基礎とした父独自の信仰が表明されていた。

「キリストの教へられた『汝等己の如く其隣人を愛せよ』と言ふ愛隣の精神は、実に日本建国の八紘一宇の大精神と一致するものであります。私達は此精神をもつて協力一致利己主義を棄て此村を益々住みよい所――地上の天国の標本に致しませう」。女学生であった禮は父の信仰に何の矛盾も感じなかった。

一九四四年夏、禮は勤め始めた師団司令部を肺尖で辞めたところだったので、両親と病気のため兵役免除となって帰っていた上の兄と一緒に野尻村に行った。秋になって、両親が大阪へ帰った時、中の兄の戦死の公報が来ていた。大晦日の前日に、父が迎えに来た。兄はその後転地した。

一九七五年一二月半ば、禮は加賀市の大聖寺駅に着き、絹ちゃんのライトバンで吉松家の墓や父の工場があった所に行った。戦後地元の機械製作所のものになり、父に結びつくものは、定礎式の時に父が埋めた石函に聖書が入っていたという場所だけだった。その後、禮は米原から岡山行きに乗り、新神戸で上の姉と合流した。禮は姉に石函に入れてあった聖書のことを話し、「ただお父さんのはキリスト教の種類が違うだけじゃないかしら」と言う。

小説は一九四五年、上の兄の危篤の知らせを野尻で聞いて、禮が一人で兄のいる療養所へ向かった話になる。両親は赤穂市御崎の旅館に泊まっていた。療養所に行くと、兄は天井を見て頷くだけだった。禮は母から、病気がうつるといけないからと言われて、三日目に帰った。それから一〇日目に兄は亡くなった。火葬場に誰もいなかったので、父が薪を集めて火葬にした。

一九七五年一二月半ば、療養所跡に着くと、禮は姉と二人で兄を焼いたところを探した。田圃の跡のような所に白い丸い台のようなものが見えた。姉はそこにしゃがんで黙禱した。

禮は赤穂から帰って三日間風邪で寝込んだ。古い米櫃をとり出して、父が死の五年前から三日に一度くらいの割で送って来た葉書を仕舞うことにした。葉書を拾い読みしていると、中の姉がやってきた。姉は最近オーシャンと言う父の日曜学校の生徒で、二番目の兄の家庭教師をしていた人から電話があったと言った。大阪の教会から「五十年史」が送られてきたので見ると、「吉松玄祥は棄教した」と書かれていてびっくりした。吉松先生は日本一のキリスト教徒だ。「本物だからこそ、日本という国の矛盾と人間というものの矛盾をあんなにまともにひっかぶった」。「これがキリスト教徒でなかったら、何がアーメンぞや」と絶叫したと言う。

父の日曜学校の生徒であっただけのオーシャンでも、これだけ父のことを思ってくれるのに、夫は「いつも目の隅で私の父を眺めているような所があった」。中の姉が、父が亡くなる二年前の四月五日と日付が付いている葉書を見つけた。「私自身がまっすぐな生活をして世の中を渡った事は決して悪くない。(略)且つ意外な富まで出来て成功したのも大いによろしい」。葉書の表には、「『人を審く勿れ』とキリストは教えて居られる。それだのに日曜学校長までした私が審いて居た」とあった。

短編「冬の旅」を読む時、読者は年代の隔たったエピソードの繋ぎ目から「背教」に書かれた出来事を思い出し、能動的に「冬の旅」の世界に入り込み、そこに運命、歴史と言ったものを感じる。それが小説としての「冬の旅」の優れたところである。ただ、長祥の背教ついて言えば、二つの作品を読んだ後でも曖昧さが残る。娘の目から見れば、長祥は棄教したのではなく、ちょっと変わったキリスト教であったに過ぎない。しかし、阪田にはまだ完全に納得できないところがあった。その気持ちが一九八〇年に長祥の妻を描いた短編「母」を、八八年に長祥が亡くなって二〇年目の記念の会を描いた短編「靴」を書かせたのだろう。長祥を見る阪田の目は徐々に変化していく。

一九七七年・昭和五二年　五二歳

大阪教会の牧師宮川經輝（つねてる）を描いた小説『花陵』は二月より四月まで「文學界」に連載された。（『花陵』では「経」は全て旧字体である。）阪田が小説「背教」に描いた義父吉田長祥は、大阪教会の牧師宮川經輝の説教に感じ入った養母が、「キリストの教えに従って」育てた子供だった。阪田の両親、母方の祖母に洗礼を施したのも宮川牧師だった。宮川牧師を尊敬していた阪田の父は牧師の永久の玄関番になると広言して、牧師邸の隣の土地を買い、同じ様式の家を建てた。阪田家から宮川家へはベランダから飛び石伝いに行けるようになっていた。両親は、幼い阪田と二歳上の姉が牧師に遊んでもらいに行くことを喜んでいた。宮川牧師の影響は阪田にも及んでいた。そのことを示す歌が『花陵』に書かれている。『花陵』執筆の取材に熊本を訪れた日が偶然洗礼を受けた日であったことから、ふと口を衝いて出た歌である。

「キリスト無くば／キリスト教無く／キリスト教無くば／洋学校無く／洋学校無くば／宮川無く／宮川無くんば／おれも無し」

最初と最後を繋ぐと「キリスト無くば」「おれも無し」となるが、阪田はその繋がりをすぐに打ち消す。洗礼を受けても「以前と同じようにキリスト教徒であることを恥じ、隠し」ていたので、「キリストも無けりゃ、おれも無く」であったと笑う。しかし「背教」を書いた後、阪田は「自分がたまたま生まれ合わせた家を支配していた信仰の、その元の枝を訪ねてみようと思った」。「冬の旅」を書き終えた一九七六年三月頃から大阪に住む宮川牧師の娘に会ったり、宮川經輝の故郷熊本を訪ねたりして、宮川經輝の信仰の核に迫っていき、『花陵』を発表した。「花陵」という表題は第四章に「花岡山から、あの奉教事件を想起してつけた名前である」と書かれているが、劇作家木下順二や早逝した宮川牧師の長男經一がメンバーであった第五高等校のキリスト教青年会の別名が花陵会であったので、そこから取られたのではないかと思う。

『花陵』は六つの章から成っている。第一章は、キリストは神か人間かという問題が扱われている。教会では神だと信じるのが正統らしいので、キリストは人間だと思っている「私」は異端者かもしれないと思う。第二章は宮川牧師の四女の増世から聞いた話が中心だが、ここでも同志社の外人宣教師が熊本洋学校出身者の「信仰の異端性」を疑っていたことが語られている。第三章では宮川牧師の故郷熊本で花岡山に登り、洋学校跡、移築された旧ジェーンズ邸を見た後、宮川の故郷、現在の熊本県阿蘇市一宮町宮地へ行き、阿蘇神社と周辺の集落で宮川經輝の生家を尋ねた様子が書かれる。第四章は「花岡山」、「祇園山」、「陸軍墓地」、「古城洋学校跡」、「水前寺・沼山津」、「阿蘇」、「京都」の七つの節から成る。熊本へ来た目的は「背教」に書いた義父の国家主義思想の源泉が熊本バンドにあったのではないかというわだかまりを解くことであった。そこに焦点が当てられていくのは第六節「阿蘇」以降で、それは第五章、第六章に続く。第六節「阿蘇」から見て行きたい。

第六節「阿蘇」の中心は阿蘇に登りながら浮かんでくる想念だが、「私」の心は自分の中の、さらには教会の中の、暗い部分に引き寄せられていく。日本組合基督教会の三元老の一人小崎弘道は、息を引きとる直前に「海南島を占領せよ」と言った。同じく三元老の一人海老名弾正も、「熊本バンドの国家主義が日本のキリスト教会に強い『感化』を与えた結果、昭和十年現在では、大ていの教会が国家主義的になったと誇っている」。もう一人の元老宮川經輝は一九三八年、紀元節の年に、「国民精神総動員週間に協賛して、大阪の中央公会堂で『報国大講演会』を開いた」。熊本バンド出身の三元老の教えの中に「戦時下不抵抗と保身」に導くものが潜んでいたのではないか。阪田は熊本バンドで最も活発に発言を続けた海老名弾正が、一八九七年頃、本居宣長や平田篤胤らの国学者を「天之御中主神を天地万有の根本主宰と認めて我が国の一神教の源を開いた学者、と認めて讃めたたえ」ていたことを思い出した。

「天皇かキリスト教の神かという最後通牒をつきつけて、国家は天皇の絶対性を認めさせる方向へ人々を強いた。その狂信的な排他性というものは、かつて海老名が大いに賞賛した平田神道の性格ではないか。そしてまわりまわっては、平田自身も影響を受けたというキリスト教の歴史的性質ではないか」。「私」は考えに窮し、「京都に住む經輝の孫、經裕牧師に逢う約束を急いでとりつけた」。

第七節「京都」で「私」が訪ねた宮川經裕牧師は、經輝没後六年目に大阪教会の牧師になった次男經次の一人息子だった。「私」は經裕を小さい頃から知っていた。敗戦の翌年、經次牧師は急逝した。經裕が牧師になることを決心したのは、戦争中スパイと言われながら人々のために尽す父親の姿を見ていたためだった。「私」は、「熊本バンドの人たちはキリストを人間と考える傾きがあるようですね」、と最も聞いてみたかったことを尋ねた。すると經裕牧師は、「自分が入り易いところから入るのが日本のキリスト教徒の特徴で、それを考えずに論ずるとおかしなことになります」と言った。

「イエスを人間として理解する段階から、救い主としてのイエスをつかまなければ本当の信仰には至らない。（中略）イエスはわが救い主である、故に神から下されたものとして存在するわけだ。大事なのはなぜナザレのイエスがわが救い主になったか、ということで、その一歩手前で「人か、神か」と言い合っても、ただの理屈です」。

「私」は長年抱えてきた問題の核心を理解した。「經裕さんは、熊本バンドの真摯なキリスト教の把握というものを、外側の形から理解はできない筈だと言った。經裕さんが祖父を見る目は、相手を発光体として、その輝きを見つめている。これに較べて私の方は地に散らばる影だけをみつめて『暗い暗い』と叫んできたようだ」。

そのことに気づいた「私」は宮川經輝を発光体として、その輝きを見つめようとした。熊本洋学校の宮川たちをキリスト教信仰に導いたジェーンズは牧師でなく陸軍大佐であったが、熱心な会衆派の信徒だった。ジェーンズが教えたのは「最良のキリスト教とは、キリストによるキリスト教だ」ということだった。「イエスがなぜ見えない無限の創造主を『われらの父』と呼ぶように弟子たちに教えたか、その深いわけを考えたことがあるか。これこそ我々を雑多な伝統や迷信や奇蹟から離してキリストのキリスト教につながらせる言葉なのだ。（中略）『我が父よ』と祈る時、人類はお互いを『見よ、わが母わが兄弟』だと宣言しているのだ」。

宮川經輝は大阪教会の牧師になって三〇年目の一九〇七年の説教で、信仰を深めていくうちにジェーンズも、パウロも理想とするに足りないことが分かった、と述べた。「それならば今度は何所に飛付いて行くか、即ち聖霊が日々夜々に我が眼前に見せて下さる基督に飛付いて行くのである」。宮川牧師は「キリストのようになりたいものだ」と言い、「彼は世人の厭い棄つる罪の友であった。最も憫(あわれ)むべき癩病者の友であった。此の謙遜な柔和な基督を見る時に、恍(うっとり)として我を忘るるのであります」と述べた。

　孫の宮川經裕牧師の言葉を使うなら、宮川經輝牧師は国家主義的なキリスト教から入って、罪人や病者の友としてのキリストという見方へと信仰を深めていたのである。宮川牧師を発光体として、その輝きを見つめたことで、「私」はそのことに気づいた。

　第六章は宮川經輝牧師の娘増世から送ってもらっていた『捨小舟』という宮川經輝牧師の古い説教集を持って、増世に会いに行った日のことである。捨小舟とは、太平記に出てくる話で、謀反の疑いで捕えられた藤原俊基朝臣が死を覚悟する「東下り(あずまくだり)」の一節から取られた言葉である。その悲観的な響きに較べて、囚人としてローマへ送られるパウロは、船が沈みかけた時、人々を励ました。捕えられる直前のキリストも同じであった。その違いから、宮川牧師は自分のつかんだ信仰へと話を進める。「超然として宇宙の上にいるような神や、汎神的な神や、天は即ち理なりというような神」ではだめだと否定した後、次のように言う。

　わが内にある心の背後にある父なる神を知り、その神の命ずる所をなさなければ我は人に非ずという考えが起こった時に、その命令に従わずにおれなくなった。父我と共にいますという信念があれば、淋しさの中にも安らかに居れる。長男を失った時も、

「父与えて父取り給う。何かそこには深き聖旨がなくてはならぬと思った時、捨小舟ではなかった。(略)」

「私」にはこの説教で「宮川經輝が『父なる神』の足もとの方へ近付いているような気がした」。宮川牧師の信仰は「私」が考えていた国家主義のキリスト教に留まってはいなかった。それは増世が取り出してきた日誌である十冊の黒い手帖からも知ることができた。とりわけ、満州事変が起こった日と、日本が国際連盟を脱退した頃の日記には、陸軍の動きを「愚かなる事」と書き、陸軍に支配された国家について「国会にも内閣にもノーと言い得る者がない。嗚呼」と書いていた。

宮川牧師は国家主義的キリスト教だと思い込んでいた阪田には驚きであった。しかし、それは嬉しい驚きであった。一九五一年に卒業論文で熊本バンドの信仰を「日本の『開明』を名分としての『信仰と国家意識との結合』」と書いてから二六年後、阪田はようやくその解釈から抜け出ることができた。『宮川經輝伝』を書いた加藤直士によれば、「宮川經輝は結局、イエスを神とする三位一体というような思弁的な理窟は信ぜず興味も持たず、イエス・キリストを同

心一体となるべき人間の模範と考え、彼に従い心をつくして神と人とを愛すべきだと考えていたらしい」。

増世の家を出て、「私」は京都、若王子の同志社墓地を訪れた。既に日は暮れていた。新島襄の墓から宮川經輝、長男經一、次男經次の墓へと進んだ。しばらく明かりの点いた京都の町を眺めてから、坂道を、足を摺るようにして降りた。その足の感覚で、「私」は三〇年以上前の八月一五日に、満州の病院で生きた人間の頭を踏んだことを思い出した。「その足の裏を持ちながら、あれから三十年間、おおむね人を責める方の側に廻って、勝手なことを言ってきたものだった。今でも、明日になればもうそちらの側に廻ってしまうことは目に見えている」。

同志社墓地から降りて行く坂道の下に料理屋の明かりが見えた。道が平らになった。その時、暗闇の中からいい匂いがしてきた。木犀の匂いだった。「私は自分のあさましいからだを岡の上から引きずりながら、いきなり浄福といってもいいような夜気の輝きの中に割りこんでしまった」。

「これはぜんたい、おじいちゃんの木犀だ、いやそうでない筈がない」

と声に出して私は言った。

ここから先は、もう匂いの外だ。

宮川經輝牧師の信仰を理解し、余韻に包まれていた阪田は幸せであった。しかし、もうその「匂いの外」に出た。ここから先は、宮川牧師に向けていた視線を自分の中に向け、自分自身を問わねばならない。そう決意して、小説『花陵』は終わる。ここから阪田の自分自身を問う試みが始まる。

小説『花陵』は刊行時に多くの新聞、文芸誌の書評に取り上げられた。その中で最も深く『花陵』の問題を考察しているのは「文學界」九月号に掲載された武田友寿による「翳る魂の表情―〈近代〉と〈私〉の告発―」である。武田は『花陵』の中心にあるのは「宮川經輝を信仰の根とする阪田家の〈祈り〉の歪み」、つまり阪田家の「〈祈り〉が、《いつの間にか原初の『祈り』の、天に向って訴え求める活力がほどほどに和らげられて来た》こと」、さらに阪田に到って「歪んでしまっている」という阪田の認識であると言う。これを踏まえて、三段組六頁の長い書評の最後近くに武田は阪田のこれまでの、そして今後の仕事について次のように書いている。

ひとつの信仰を保つということがそれ（「信仰の起伏」）を個性的にうけとめることである

とすれば、そこにあらわれてくる原型からの乖離をどのようにして埋めるか。おそらく作者はこの受容と変容の間に横たわる無限の距たりに自己を置いてたゆたわねばならない苦しみを、自我にめざめた日から味わいつづけてきたのにちがいない。幼少年期の記憶に刻まれた原像から、宮川經輝の一生を追うことによって、自身のうちに認知しなければならなかったこの乖離は、同時に作者が生きなければならなかった矛盾でもあったろう。もちろん、この矛盾は頭や知識では止揚（アウフヘーベン）されない。この作品にあらわれているさまざまの屈折像が示しているように、作者の辿る生がそれをアウフヘーベンするほかないのである、この国の真摯・誠実なキリスト者作家に見られる共通の苦悩である。『花陵』の作者もまたその苦悩を背負っている。そしてその苦悩に映しだされた作者の魂はいくども翳る。その翳りを書くこと――そこに信仰の内化があり、自己像を描くという文学の課題がある。

（略）

非常に誠実な論である。武田友寿は遠藤周作が始めた「霊の会」に集まったキリスト教徒の文芸評論家の一人で、その時から阪田をよく知っていた。阪田の課題が「原型からの乖離」を意識することで生じる魂の「翳りを描くこと」であるというのはその通りである。『花陵』が分水嶺となって、それ以後、阪田は自分と、宮川經輝牧師や両親の信仰との隔たりを見直すことへと進んでいく。さらには自分と同じようにキリスト教に疑問を持っていて、ついにはキリスト教から離れた、とりわけ作詞家、作曲家の仕事を同じ関心から見て行くことになる。

小説「花陵」を「文學界」に二月から四月まで連載した阪田は、その時期に三人のキリスト教徒と対談し信仰に関わる問題を問い直した。神父井上洋治との対談「キリスト教という原理で怒られるこわさ」、劇作家矢代静一との対談「自己犠牲の強い献身的な女というのは恐いと思うね」、文芸評論家武田友寿との対談「阪田寛夫氏の作品にみるキリスト教の世界」である。井上と矢代は遠藤に誘われてイスラエルを旅した時の仲間であり、武田は遠藤が帰国後に作った「霊の会」のメンバーである。

井上神父は、「ぼくは、キリスト教というのは『許す』ということが根本にあるんじゃないかと思っているんですがね」と言う。「キリスト教というより、何かある純粋さを一生懸命追って生きている人間は、とかくその純粋さを汚されたときは、もうその人を許せない」。「キリスト教ももちろん純粋ですが、その純粋さを追い求めながらも許すという、非常にむずかしいことをイエスは言ってるんじゃないかと思いますね」。この考えは阪田が一九八六年に発表する短編「バルトと蕎麦の花」のユズル牧師に繋がっているように思える。

矢代静一との対談で阪田は、「私にとってキリスト教というのは、教会に行くことなんです」と述べている。それは聖書を通しての個人と神との直接的な関わりを重視するプロテスタントの考えというより、教会や教区を重視するカトリックやイギリス国教会の考えに近いように見える。阪田の信仰に、原型からの乖離があるのではないか、という疑問が出てくる。

武田友寿との対談では、「自分の身内の人たちがキリスト教徒であったことをどう見られますか」と問われ、「それがなかなか外側から見られなくて、それについての反省とか総括はできないのですけれど、キリスト教じゃなく、キリスト教の生活しかないと思うのです」と答えている。武田は阪田の小説を読んで、「信じて生きた一生は、むずかしい思想や信仰とかじゃなく、それを貫いたことが尊いんだな、と思ったんです」と述べている。阪田が思想や信仰ではなく具体的な生活を描く作家であることはこれまでの阪田の小説から明らかである。ところが、そこに何を描こうとしているのかを考えると、分かりにくい作家である。「序」で見たように、阪田は「『寡黙と含羞』という殻に包まれた美味な果実」なのである。例えば、矢代との対談で、「私もやや『聖性の女』を二年前から短編にいくつか書いていました」と述べている。「聖性」と言わずに「やや聖性」と言うところが、阪田らしいところだが、阪田の口から「聖性」という言葉が出たことは筆者には驚きであった。阪田には確かに『それぞれのマリア』という短編集がある。これまで読んだ小説でそこに収録されているのは「うさぎ」、「陽なたきのこ」、「記念撮影」である。視力を失ったうさぎのキクに見つめられる「わたし」、ナイーヴな小学校の先生船子、遼陽病院の看護婦で八路軍に同行した八島運子たちである。阪田は神ということをことさら言わない作家なので摑みにくいのだが、社会の隅のありふれた生活の中に自分を越えた大きな世界を意識しながら日々を生きる女性に聖性を見ているのだ。しかし、阪田の小説に「聖性」を見つけることは容易ではない。この年に描かれ、『それぞれのマリア』に収載された次の短編を読めば、そのことが分かる。

○「暮れの二十七日」(「群像」三月号)

作者の家庭での生活を妻の視点から笑劇風に描いた作品である。「わたし」は八人のきょうだいの末っ子だったが、今は姉二人だけである。父が亡くなった後、母がお手伝いの人と二人で暮らしていた大阪の家を六年前に三人の姉妹で処分し、母は中の姉の家に行った。ところが姉は幼稚園で働いているし、家にいる末の男の子は予備校に通っているので、昼間母はほとんど一人だった。それで「わたし」は母を家に連れて帰った。ところが、家では母は意地悪なことばかり言うのでいつも喧嘩になった。夫はそれを見て、「お前は勝手に連れ出しておいて、(略)あげくに自分が悲鳴を上げている」と批判する。「わたし」は「主人は口先だけの人間だ」と憎らしく思うのだった。妻へのねぎらいの気持ちをこのような自嘲の形で表現するのが含羞の作家阪田なのである。

○「よめな摘み」(「群像」七月号)

語り手の「わたし」は関西のプロダクションからテレビドラマのおこぼれ役が来るのを待ちながら、副業に化粧品の販売をしている女性である。小説は「わたし」が起きた朝の九時から、化粧品のお客二人と午後によめな摘みに行き、夜その一人がよもぎ餅を作って持って来てくれて、帰るのを見送っているところまでのほぼ一日の話である。中心になるのは「わたし」が結婚した二人の男との関係と、独身に戻って付き合っている男の話だが、よもぎを持って来てくれた女性を見送る眼差しに救われる思いがする。

○「猫のなかみ」(「群像」一一月号)

下宿の雌猫の交尾から堕胎手術、その後の様子と、教師である「わたし」の子宮頸癌の発見から手術までの様子が並行して描かれた作品である。手術後、「わたし」は見舞いに来てくれた養護教諭から卵巣を取ると鬚が生え、脛毛が濃くなると言われた。猫は手術後二日目の夕方に突然牛乳をがぶがぶ飲み、外に出て池の水を飲むとアコーディオンのように背中を上下させた。押し込まれた腸を元に戻そうとしているのだ、と下宿の娘は言い、元気だと言う。人も動物と同じなのだ。卵巣を取られても元気に生きていくのだ。大きな喪失を経験した女性への阪田なりのエールである。

この年の一一月に発表された短編「ジェーンズ大尉」にも「聖性」が意図されているのかもしれない。

ジェーンズはアメリカのキリスト教界で熊本バンドの結成に導いた英雄と見なされていたが、六年間の日本滞在の後、一八七七年に帰国すると急速に輝きを失った。原因は夫人が彼を不義密通の罪で訴えたからだ。裁判は六年続き、密通の証拠が不十分であるとして離婚を認めず、別居と上の二人の子供はジェーンズが、下の三人は夫人が引き取ることに決まった。夫人の実家スカッダー家はキリスト教界の名門で、父も有力な牧師であったので、その間アメリカン・ボードの人たちはジェーンズを非難し、「宣教の歴史の中からジェーンズの名を積極的に消してしまうことに加担し」た。夫人は判決が出た翌年に急死した。同年発行のアメリカン・ボード機関誌のジェーンズ夫人追悼記事では、熊本における伝道の成功はジェーンズ夫人の功績とされた。裁判の費用に財産を使い果たし、五人の子供を全て引き取ったジェーンズは極度の貧困生活を余儀なくされた。阪田は、「私には、ジェーンズのバランスを何所かで失わせたものがあるとすれば、それは『道徳的堕落』ではなくて、熊本の奉教事件が『奇蹟』のように讃えられたことだと思われた」と書いている。ジェーンズが熊本洋学校の後、大阪で教えていた時に同志社に来るように勧めてくれた宣教師デヴィスに、「熊本の成果は自分の最初からの周到な計画に基づくものであったという風に、かなり自己顕示的な報告をしているのを読んだ記憶が」あったからだ。

熊本洋学校で聖者に近い生活を送ったジェーンズにも弱い一面があったのだ。しかし、後の短編との関わりでは、日本における会衆派の重要人物を育てたジェーンズの輝かしい業績がアメリカのキリスト教界の有力者への忖度によって変化した事実の方が重要だろう。義父吉田長祥の背教に対する阪田の判断が変化したとしても不思議ではない。

第一〇章　実りの時

前章で、『花陵』の中心にあるのは「宮川経輝を信仰の根とする阪田家の〈祈り〉」が阪田に到って「歪んでしまっている」という阪田の認識であることを見た。短編「あづまの鑑」に書いていたように、「父の属した宗派は昔メイフラワー号に乗ってアメリカに上陸した清教徒の流れを汲んでいる」。「罪の自覚」は彼らの信仰の根本にあるものだった。しかしこれまで読んできた阪田の小説で「罪の自覚」から生じる苦悩や魂の呻きを描いた小説は皆無と言っていい。ほとんどの小説が登場人物の内面に入り込むことなく、物語の外にいる語り手によって語られていた。この方法は「罪の自覚」を扱うには不向きな方法である。なぜ阪田はそのことを知りながら物語の外から語る方法を取るのか。『花陵』以後の小説を読む前にそのことを考えておきたい。

筆者は拙著『語りから見たイギリス小説の始まり―霊的自伝、道徳書、ロマンスそして小説へ──』で、一七世紀から一八世紀にかけて主にイギリス国教会とピューリタン諸派の信者の間で、若い頃の罪深い生活から神を信じるようになるまでの経過を描いた霊的自伝が流行し、そこから小説が誕生したことを論じた。霊的自伝の流行を生んだのは聖アウグスティヌスの『告白』が一六二〇年に初めて英語に翻訳されたことであった。平信徒たちは偉大な聖人にも放蕩息子の時代があったこと、そこから立ち直って神の元へ、教会へ、還ってきたことを知った。そこから「罪─罰─回心─救済」という霊的自伝のパターンが生まれた。しかし、一七世紀の霊的自伝のほとんどは概念的な叙述のものであった。エブナー（Dean Ebner）の『一七世紀イギリスにおける自伝：神学と自己』*Autobiography in Seventeenth-Century England: Theology and the Self* によれば、一七世紀の霊的自伝の四分の一が国教会信者のもので、その他が国教会から離れた分離派と呼ばれるバプティスト、クエーカー、プレズビタリアンなどのものであった。各派はそれぞれ神との関わりや外的なものとの関わりに関する認識が異なっており、霊的自伝の内容も表現も大きな違いがあった。概して言えば、国教会の霊的自伝にはピューリタンと総称される分離派のものに比べて自らの過去を深く顧みたものが少ない。外的な経験と霊的生活のパターンを合体させた自伝はピューリタンのものがほとんどである。一七世紀の霊的自伝で現在でも読まれているのは『天路歴程』の作者ジョン・バニヤンの『恩寵溢れる』（一六六六）だが、バニヤンはベッドフォード分離派教会の説教師であった。『恩寵溢れる』が他の霊的自伝と違っているのは、バニヤンが悪魔によって誘惑され、絶望させられた経験を徹底して個人の経験として描いたことである。バニヤン個人の不安や苦悩や魂の呻きを掘り下げ、バニヤン以外には到達できない感情の深みに達した時、それは他者をも巻き込む普遍性を獲得したのである。取るに足りない個人の経験の中に世界を取り込み、解釈し、表現する方法は同じく分離派であった『ロビンソン・クルーソー』の作者ダニエル・デフォーや、『パミラ』の作者サミュエル・リチャードソンの道徳書や模範書簡集を経て、当時としては新しい物語、ノヴェル（小説）となったのである。

霊的自伝から阪田の小説を見て興味深いのは、阪田は国教会から分かれた会衆派の流れを汲んでいるが、その小説は個人の苦悩や魂の呻きを掘り下げた会衆派のバニヤンの方法ではなく、分離派が批判した国教会の、とりわけ広教派信者の霊的自伝に似ていることである。これは前章で見た武田友寿が述べていた「受容のズレ」と言っていいだろう。エブナーによれば、その特徴は、心理的な掘り下げが際立って乏しいこと、自伝の話題が家庭内の出来事、教育、旅行などへ大きく広がっていること、様々な話題を意味のある統一体に結び合わせる方法を見つけることができないために、自伝が脱線的で挿話的構成に向かう傾向があることである。ちなみに、国教会の作家には一八世紀の小説家フィールディングや一九世紀の作家ジェーン・オースティンがいる。とりわけフィールディングの小説は事件の経過と共に主人公が精神的に成長していくと言った動的なものでなく、「脱線的で挿話的構成」であるため、各部が緊密に結び合った「意味のある統一体」とはなっていない。

筆者は論文「フィールディングの語りと広教派の教義」でその関係を考察したことがある。フィールディングは「散文による喜劇的叙事詩」と自ら標榜する小説『ジョゼフ・アンドルーズ』（一七四二）の冒頭に、「教訓よりも実際の例の方が心に強く働き掛ける」と書いている。それは広教派の聖職者バロー（Isaac Barrow）の説教「キリストに倣う者であること」の影響を受けたものである。広教派の人々の用語や説教の言葉を研究したリヴァーズ（Isabel Rivers）も、彼らが「人間は生まれながらに社交的で、善良な行いをする傾向がある。罪はこの性質からの不自然な逸脱である」と考えていたと述べている。自らの内面を見つめるピューリタンと違って、罪を「不自然な逸脱」とする広教派の聖職者の考えに影響されたフィールディングは、善良で社交的な人間が「不自然な逸脱」をしていく話を「脱線的で挿話的」な構成で描いた。彼は読者に、危機的状態に置かれた登場人物の内面に入り込むのではなく、登場人物から距離をおいて、しばしば脱線し、中断される様々な挿話を楽しみながら、挿話と挿話の間に隠された繫がりを見つけ出すことを求めたのである。「散文による喜劇的叙事詩」と自ら標榜するのはそのためである。読者が隠された繫がりを見つけた時、小説に描かれた細々した事柄は実は大きなプロット、慈悲深い神の摂理の一片であったことを知るのである。そのことは、現実の生活において摂理が働いていることの例としての役割を果たす、とフィールディングは考えていた。

阪田は幼い頃から説教を聞いてきた。説教とは聖書に書かれた挿話を解き明かし、神の意思を捉えて解釈することである。聖書は「教訓というより実例」であった。それは読み解く人によって様々に解釈される余地を残している。阪田は挿話が多義的な意味を持っていることに興味を持っていたのではないか。それを示すのが、阪田が朝日放送時代に書いた「今と昔を交互に表現『花岡山旗挙げ』の苦心」と題した文の、「お互いに流れを殺す役割をしている」カットの繋ぎ方である。

前章で見たように、阪田自身がキリスト教の思想や信仰ではなく具体的な生活を描く作家であることを認めていた。阪田はフィールディングと同様に、自伝の断片と言っていい挿話や伝記を描いた。キリスト教の根本は「個人に於ける罪の自覚」であると信じる阪田がこの方法で書き続けたのは、読者が挿話と挿話の繋ぎから摂理の一片を読み取ることを知っていたからである。ただし、「寡黙と含羞」の作家は多くの場合それをユーモアで包んでいるので読み取ることは容易ではない。阪田の小説を読んでみよう。

一九七八年・昭和五三年　五三歳

四月に「文學界」に発表した短編「あづまの鑑」(後に「父の雅歌」と改題)は既に「朝日放送時代」で言及したのでここでは省略する。

○短編「麗しの五月に」(「群像」四月号)

短編「麗しの五月に」は夫と二人の子供と暮らす主婦「わたし」が主人公である。エホバの使徒がなぜ「わたし」の家だけにやってくるのか?「わたし」のなかに「罪と霊とが噛みあって苦しんでいる匂い」を嗅ぎつけてくるのかもしれない。三年前に眼鏡の青年が来たのが最初で、それ以来毎週訪ねてきた。天地創造から始まる話に引き込まれて仲間に入りそうになったが、処女懐胎というのだけはどうしても受け入れられなかった。今年の五月は何だかあぶない。近くにある赤い屋根の家の二〇歳の女の子は朝からステレオの音量を一杯に上げてラジオを聞いていたが、車が来て、病院に行った。中学時代の友人に電話すると、夫も子供もいる妹が会社の若い男に狂って、一緒になると言うので困っていると言う。ゴミ収集車がやって来た。エホバのおくさんに手伝ってもらってゴミを出す。途中の林の中に白い小さな花がたくさん咲いていた。えごの花の咲く五月になると、見られている気がして寒気がした。エホバの奥さんと眺めたが、「わたしを見通している気配がふえる」。もしかすると、「わたし」も下の子供をつれて、毎日よその家を廻るようになるかもしれない。

阪田流のユーモアを散りばめたこの短編の挿話から摂理の一片を読み取る読者はいないかもしれない。

○短編「吉野通」(「文藝」六月号)

短編「吉野通」は小説家梶井基次郎が晩年住んだ大阪の街を訪ねるというごく些細な出来事を語ったものでありながら、小説でしか表現できない魅力に溢れている。

関西に用事で出かけた「私」は九歳上の兄の家に泊まった。話をしていた時に、「私」は梶井基次郎が晩年を過ごした王子町のことを思い出し、どの辺りだろうと兄に聞いた。それが事の始まりだった。

王子町なら、おれが住中時代往き還りによく通った所だ、吉野通のあたりだ、と兄が言った。

へええ、と私は感心した。

「あんな所を通ってたのか」

吉野通は堺に通じる広い道路に平行して南北に走るせまい裏通りだが、住宅地の真中にあった中学校の周辺ではただ一つの盛り場で、学校帰りにそこを通るのは軟派か硬派の不良の生徒ということになっていた。（中略）兄のような真面目な人が、別に近道でもないのにそんな所をわざわざ通って帰ったのが、少し似合わない感じがする。そう私は言った。

悪いことをしに通ったのではないと兄は説明した。あそこに自分の行きつけのいいラジオ屋があったからだ、と。

実はそのあたりに作家の梶井基次郎の親の家があって、基次郎の弟もそこでラジオ屋をやっていた、基次郎は亡くなる二年ほど前までは店の二階で寝ていたらしい、と私は先日ひとから教わったばかりの知識の受け売りをした。

それは何年頃かと兄が聞いた。

最後はラジオ屋の近くに小さな家を借りて、そこで亡くなったのが昭和六、七年（一九三一、二年）頃と思う、と私は言った。

「ふうん」

とうなずいてから、兄は速断を自らいましめる風に、慎重に発言した。

「その人はおれの知ってる梶井勇さんというラジオ屋と関係があるんだろうか。おれがその店に毎日上りこんで配線図の見方を習ってたのが、丁度同じ頃だ」

それこそそれだ、違いない、と私はすこし興奮して保証した。こういう時に私は必要以上に嬉しくなってしまう癖がある。（略）

まるで二人が話しているところにいるような感じを受ける。これが小説の語りである。ある時、ある所での細かな事実を描写することで臨場感が生まれる。この短編の特徴は細かな事実を積み重ねる途中で、それらが偶然の類似や連想から別の話に移っていくことである。本来繋がることのない物が不思議に繋がっている。その「ふしぎが嬉しくて」、エピソードを「つぎ足しつぎ足し」書かれた作品である。最後には作者と兄の関係が梶井基次郎と弟の勇との関係に重なり、同時にそれらが吉野通の住民の人懐こさやぬくもりを感じさせる。「ふしぎが嬉しくて」と言う時、阪田は現実を超えたものに触れた喜びを表現しようとしているのだろう。

○短編「きっちょむ昇天」（「びわの実学校」第八九号、九月）

短編「きっちょむ昇天」は瀬戸内海の島の村で古い農家を借りて親戚の家族と過ごした小学校五年生の夏の話である。都会育ちの「私」は田舎の匂いが嫌だったたし、村人から敵意を持たれている感じがした。そんな時に、一夏一緒にいた画家の尾花さんが豊後のきっちょむの話をしてくれた。村人から馬鹿にされているお百姓が、頭を使って仕返しをする面白い話だった。しかし笑えない話が一つあった。借金に追われたきっちょむさんが、とんびになりたいと言ってみんなに油揚げを持ってこさせ、食べ終わると、お宮の屋根に上って両手を広げて飛んだ話だ。死んだのと聞いても、尾花さんは分からないと言う。
宮本清著『吉四六ばなし』の一話「トビになりたい」では、杉の木から飛び降りたが気を失ったことになっている。『吉四六ばなし』に収載されている阪田寛夫作・清水脩作曲「創作オペラ台本　吉四六昇天」では、地上一〇数メートルの梯子から飛んだ吉四六は「地面に落ちるん前に羽がはえち／大きいトンビになったと」で終わっている。

一九七九年・昭和五四年　五四歳

○小説『漕げや海尊』（「群像」七月号）と短編「旅程」（「群像」一九八一年三月号）
長編『漕げや海尊』とその続編である短編「旅程」は阪田の朝日放送時代の同僚であった友人横田雄作（小説では橋田善男）が食道癌だと分かってから死ぬまでを描いたものである。どちらも主人公の他数名の名前は変えてあるが、実在の人物の話である。阪田の友人横田は放送局の仕事に飽き足らなくなり、木下順二の指導で「夕鶴」のつう役で有名な女優山本安英などと群読という試みを実践していた。木下は横田にその研究を本にまとめるように勧めていた。横田もそのつもりで「夢現」という考えを軸に考察を進め、草稿を書いていたが、食道に癌が見つかり、入院せざるをえなかった。百を越える草稿や断片は木下と阪田によってまとめられた。その目次のコピーを阪田が大阪の病院に運び、横田が手を入れた。残念ながら、『夢現論への試み——日本的リアリティを求めて』の初校が出た日に横田は亡くなった。

長編『漕げや海尊』第一章「声」では、妻から癌ではなく、食道狭窄症と教えられた橋田が正月早々に入院し、病床で「平家物語」の「絶対的語り主体」と、様々に移っていく語り手の問題を考察する様子が描かれる。第二章「わるいこと」では時間が遡り、橋田がラジオドラマの演出で知り合った少女と婚約した後、放送局の元同僚の女性を好きになり、板挟みのためにノイローゼになりながら、数年後に同僚の女性と結婚するまでが描かれる。小説の中心である第三章「漕げや海尊」では、結婚の四年後、柳田国男の東北に関する文章に興味を持った橋田が平泉に取材に出かけ、優れたラジオドラマ「常陸坊海尊」を演出するまでのいきさつが語られる。橋田にとって幸運だったのは平泉に出かける二カ月ほど前に藤原四代以外にも庄内地方にミイラが作られていたという学術調査が発表されていて、橋田も案内されてミイラを見たことである。その幸運に偶然が重なった。宿屋で、戦争の終わり頃、東京から疎開してきた子供のうち、一家が全滅したり行方不明になったりして、帰れなくなった子供が一〇人以上もいたと教えられた。東京に帰って社員食堂でその話をすると、驚いたことに、同僚の一人が自分もそこに疎開していたと言った。こうして、橋田は東京空襲、疎開、ミイラ、常陸坊海尊をつなぐラジオドラマを企画し、台本を劇作家の秋元松代に依頼し、優れたドラマを演出した。

常陸坊海尊とは武蔵坊弁慶と同じく源義経の家来で、義経が兄頼朝の軍に追われて藤原秀衡を頼って奥州平泉に逃れた時にも同行した。その後、秀衡が亡くなると、息子泰衡は頼朝の力に屈して義経を襲う。その義経最後の戦いの日の朝、海尊は従者一〇名をつれて逃亡した。ところが室町時代後期から、海尊は生きていて義経の最後の戦いの様子を語り続けているという風説が東北地方で信じられてきた。そのことを柳田国男は「東北文学の研究」に書いた。「盲目の琵琶法師たちが自ら海尊と名乗ることで、見てきたように昔を物語る資格を手に入れて、聞き手の村人を感動させてきた」。橋田が海尊に興味を持ったのは柳田の本からである。

第四章「夢現論」では、東京支社で優れたドラマを演出した橋田が、大阪本社への転勤を命じられたことから会社の仕事に身が入らなくなり、群読の会や連歌の会に生きがいを求めるようになる経緯が描かれる。第五章「土車」は橋田の著書ができ上がっていく経緯と、橋田が残した小栗判官などの草稿について書かれている。一月下旬に「私」が病室からそれらの原稿や草稿を持ち帰る。木下も三月一八日に見舞って別の資料を持ち帰り、本の構成を考える。その目次を持って「私」が三月三一日に見舞う。「四月七日。彼の死んだ朝、約束通り最初のゲラ刷りが出た」という文で小説は終わっている。第五章の表題「土車」は伝説上の人物小栗判官が、妻照手姫の一門に殺された後、餓鬼阿弥となって蘇り、熊野へ運ばれる土車のことである。橋田は群読に説経節の「小栗判官」を使ったことがあり、「よみの国へ行く者、よみの国から帰る者の交叉する場所」である「よみじ」に関心を持っていた。第六章は「生と死に関わる考えをまとめた章」の予定であったが、書かれないで終わった。

このように『漕げや海尊』は癌が見つかった橋田の過去と病床での生活、常陸坊海尊や補陀落渡海など彼がラジオドラマの演出者として関わった日本の歴史や文化についての考察が中心となって展開する。終章が書かれなかったのは、橋田がまとめている本の中心をなす「夢現論」が難解だったからである。木下がメモしたのは次のような橋田の言葉であった。

「複式夢幻能において、（略）前場（まえば）のシテがワキの眼前で、実は自分はこれこれの者であるといって場面は後場（のちば）に変り、何者かに変った後ジテが登場する。ワキからすればその後場は、自分が見ている夢だといっていいわけなのだが、だがその夢こそが真実なのではないか」

「夢こそが真実なのではないか」。日本的リアリティとはそういうものではないかという問いかけである。つまり、『漕げや海尊』は日本人にとって死とは何か、生とは何かという問を追求した友人を描こうとした小説なのである。

阪田が『漕げや海尊』を書いたのは友人が考えていた問題が、阪田自身にとっても重要な問題であったからだ。阪田はキリスト教徒の家に生まれながら両親や兄、姉のような熱心なキリスト教徒ではなかった。キリスト教徒は唯一絶対の神の存在を信じ、その神との霊的な交流によって生きることのリアリティを得ている。阪田の父親が癌に苦しんでいた時、阪田は言葉だけでと注釈を付けているが、父に「神さまが下さった病気でしょう。これは！　だから我慢しなきゃ。がまんして、神さまの意志に応えるのが、おじいちゃんの義務や」と言った。熱心な信者であった父にとって、それはリアルなことだった。しかし、教会に行かなくなっていた阪田にはそのリアリティがなかった。日本人の中には神様、仏様の見えない力によって生かされていると考える人がたくさんいるが、神様、仏様の意志に応えるために生きていると考える日本人はほとんどいない。では、日本人は生のリアリティを持たないまま生きているのか。そうでないとしたらどこにリアリティを見出しているのか。横田雄作の著書『夢現論への試み―日本的リアリティを求めて―』は、まさにそのことを追求しようとしたものである。横田は乙姫のご馳走を楽しみながら〝月日のたつのも夢のうち〟と観じた浦島伝説、出陣に際して幸若舞の一節「人間五十年…」を舞った信長、「難波のことも夢のまた夢」と詠んだ秀吉の辞世の歌などを引用しながら、夢とうつつ、あるいは夢現という考えに「きわめて日本的な認識の仕方がかくされている」と感じていた。阪田は友人の死後、友人の人生と、友人が積み重ねた生死についての考察を辿ることによって、自らの問題でもある生死について考えようとした。それが『漕げや海尊』であり、一九八一年に発表される続編「旅程」であった。二年後の作品だが内容が緊密に繋がっているのでここで「旅程」を取り上げる。

短編「旅程」は阪田としては珍しい実験的な小説である。内容は既に述べた通り、元同僚が何を思いながら死を迎えたのかを追求した小説である。実験的なのは小説の語りである。友人が書き残した夢幻能風の戯曲を小説に変換したものなので、文芸誌「群像」で三六頁の短編だが、構成、語り、内容ともに複雑で、難解なものになっている。

橋田は大学で美学を専攻した理論派の男だった。四〇歳になる前から一遍や時宗教団に興味を持ち、木下順二の協力者として群読の指導をし、団地の人を相手に連歌を読む会を始めていた。「私」も含めて誰もが趣味程度のことだと思っていたが、余命半年と聞いて病院に見舞った「私」は驚いた。

まるで位取りが違った。どうひいきめにみても、彼の前の自分が小さく見えた。暗い個室で痰を胸の奥深く引きずり咳きこみながら、彼は「癌ではないか」というたぐいの疑問は家族にさえ一言も質さず、弱音も吐かず、誰彼なしに自ら進んで「食道狭窄」の病状を解説して本当の病名を知っているのか否かに関する毛ほどの手がかりも与えず、医師にも家族にも友人同僚にも一切主導権を渡さぬまま、先手を取って予定より早くまっすぐ死んで行った。(中略)夫人にも(中略)「訣れ」の挨拶も、思い出の述懐も、もちろん遺言も、儀式めいたことは一切抜きで、ある日当たり前の顔をして死んだという。

熱心なキリスト教徒でも仏教徒でもない普通の日本人がなぜ従容として死を迎えることができたのか。「私」はその理由を知りたいと思った。橋田が残した原稿や、彼を知る人々から話を聞いて「私」は彼の生涯を六つの章にまとめた。それが『漕げや海尊』の最初の構想であった。しかし、最後の章が書けないまま『漕げや海尊』を発表した。それから二年後の短編「旅程」で語り手「私」は、最後の章が書けなかったのは「その部分だけが、人生の旅程からはみ出た次元の違う旅だったからではないか」と考えた。幸い、木下が橋田を大阪のアパートに見舞った時に持ち帰っていた原稿の束の中に、橋田の精神の奥深くへの旅を理解する鍵となる能様式の四幕劇のメモがあった。木下はこれを『夢現論への試み』の後書きで紹介していた。第一幕の「月見バス」は狂言の「月見座頭」に拠った能形式で書かれたものであった。

第一幕
　月見バス
①　都会のビルの屋上のビア・ガーデン
　　(イメージ)
　台風近づく
　←
(口ずさむ御詠歌)
　雲の迅さ
　←
②　野原の真中

――荒れる海

第二幕
孤島にて
自家発電
海底電線
漂着したヨットマン――Quo Vadis?（筆者注：「どこへ行くのか」）
孫娘（バスガール――運転手は死んだ）帰島――帰巣本能
第三章
補陀落渡海
第四章
船出……「補陀落」へ

「私」はこのメモを参考に『漕げや海尊』に書く予定だった第六章を書こうと考えた。それがこの短編である。橋田が残した「月見バス」という能様式の劇を小説に書き直すことで、橋田の旅程を辿っていく。それは単に橋田一人の旅程ではなく、日本人の誰もが辿る道行であるという確信に似た思いが「私」にあった。

「旅程」第一章「月見バス」はこんな話である。九月の終わり、前日会社に辞表を出し、自由の身になった「おれ」は台風が近づき、人がほとんどいない都会のビルの屋上のビア・ガーデンでビールを飲んでいる。今日以降にやろうと思っていたのは、ヨットで海へ出ることだけだった。そこへ、席がたくさん空いているのに妙な老人が同席させてもらえないかとやってきた。老人は聞いてもいないのに、孫娘が作ってくれた弁当を持って朝から家を出て、百貨店の休憩所で弁当を食べ、ビルの屋上へ中秋の名月を見にきたのだ、と言う。日が暮れる。見上げると、満天の星が見えてきた。幻にちがいないと思ったが、ふと歌が口をついて出そうになった。「影見れば波の底なるひさかたの／空漕ぎわたるわれぞわびしき」。老人もまた空を見上げていた。すると、いつのまにか、二人の周りが野原に変わり、やがて月が出た。老人はどこからか瓢(ひさご)と盃を持ってきて酒をすすめ、身の上を語った。(能の約束に従えば、「おれ」はワキで、老人はシテである。)

老人の一家は戦後、大陸から引き上げてきた四〇組ほどの家族と孤島に渡り、開墾し、自家発電所や分教場を作って必死に生きてきた。月夜には皆が浜辺に集い、月見の宴を張った。しかし、時が経つにつれて、人々は島を出ていき、ついには老人と妻と孫娘だけになった。孫娘は都会に出てバス・ガールになった。昨年老人は妻を亡くし、一人ぼっちになった。この町に出てきたのは今夜、この野原で孫娘の結婚式を挙げるためである。老人は「おれ」にその結婚式の立会人になってくれと頼んだ。引き受けると、老人は、やがてあなたがヨットで海に乗り出すと、一面の野原で鳴く虫の声を耳の奥で聞くことになると言って、御詠歌を歌いだした。それは熊野の那智の補陀落山青岸渡寺の御詠歌だと言う。老人が御詠歌を歌っているうちに、虫の音が潮騒に変わり、舞台は暗転する。

第二幕、ビア・ガーデンは虫が集く野原の真中に変わっていた。「おれ」は一人でヨットに乗って海に出て遭難し、「ヨットごと浜に打ち上げられ、あの老人と孫娘に助けられた」。第一幕で出会った老人が「おれ」を助けた老人であった。ワキであった「おれ」がシテに変わったのだ。「おれ」は大阪本社に戻って七、八年経った頃、癌で入院する二年前の話をする。二年間ノイローゼだったが、クビにならずにすんだ「おれ」はその後も会社に文句を言いながら、いいかげんな勤務を続けた。ヨットを始めたのはその頃である。初の単独航海で嵐に遭い、島に座礁し、老人とその娘に助けられた。「おれ」は老人の家の四畳半の部屋に寝かされていた。初めて見る家なのに、牛小屋も、トラクターも、外に見える廃校となった分教場や、そこに行く小径も、みんな知っているように思った。三日目の朝、老人に浜辺を散歩しませんかと誘われた。その島は満蒙開拓移民団の引揚者四〇家族が開拓した島だった。海の底から浜辺に上がっている一本の太い綱が見えた。老人は海底電線だと教えてくれた。それは四〇の家族がまだ島にいた頃、老人が中心になって陳情し、敷設されたのだった。しかしその後、人々は島を出て行った。「この話もおれは既にどこかで知っていた」と「おれ」は思った。老人が「私のやったことは夢じゃないと思えてくる」と言った時、白い鳥が一羽飛んできて、沖に向かって去って行った。「おれ」は鳥を見ている老人の横顔をテレビのドキュメンタリィ番組で見たことを思い出した。それは「おれ」が会社に行きたくなくて、ぐずぐずしていた週日の午後のことだった。

「おれ」は老人に、孫娘の花婿はどうしたのですか、と尋ねた。すると老人は、「死にました」と答えた。孫娘は、と尋ねると、本土の、恋人が死んだ場所の近くの病院に入れてもらって、「どれだけ日が経ってもずうっと思いつづけているだけでほかのことはしないのです」と言う。体に悪くないですか、と「おれ」が聞くと、老人が何か言った。時々飛んで来ると言ったのか、「死んだ恋人というのは実はお前だ」と言ったのか、よく分からなかったが、恐くて聞き返せなかった。「波の音、遠くカモメの声」、で暗転する。

第三章「補陀落渡海」では、退院した「おれ」はニュータウンの団地の一室から見馴れた風景を眺めている。病院から帰った日、「おれ」は向かいの棟から出てきた中学生の娘さんに出くわした。何年か前にこの娘の父親は交通事故で亡くなった。あの時、この娘は四歳で、「おれ」の下の息子の遊び友だちだった。この娘を自分の子供のように「おれのなかに取りこまなければならない」と思ったが、何もすることなく娘の側を通り過ぎてきた。「おれ」は木下順二の言うクリエイトという言葉を考えていた。以前「おれ」は「生きたいと願うからには」というラジオドラマを書いたことがある。「生きたいと願うからには、あの中学生のお嬢さんとの自分ひとりの約束をはじめ、しなければならなかった小さくて大事なことが、みんなこの街の宙天に、(中略)漂っているのだ」。「だが、もう時間がない」。「しまったなあ!」腹の底から声が出てしまった。

「ねがはくば終りみだれぬ身となりて/　十たびとなへん南無阿弥陀仏　慈円」

終章「船出……「補陀落」へ」は表題だけで終わっている。

小説「旅程」は、なぜ橋田は従容として死を迎えることができたのかを理解しようと、橋田が遺した劇のメモを読み解く過程を小説にしたものである。阪田が理解したことは第三章にヒントとして描かれている。一つは木下が言うクリエイトという言葉である。木下は長年の親友である哲学者森有正について、どれだけ親切にしてあげても、それはそれだけのことだと言う。「彼の存在を確実に確実な存在として私の中に感じとりたいならば、そうならば私は——妙ないいかただけれども——私の中に彼を create するよりほか、どうにもしようがないだろう」。しかも、それは「彼の全くあずかり知らないこと」である。

もう一つのヒントは橋田が亡くなる二年前、補陀落渡海を素材とするオペラを構想していた作曲家と仕事をしている途中で「私」に送ってきた長い手紙である。「現世とは何か。――そういう問題に出会わざるを得なかった人が、(略)補陀落渡海というような行動を選んだのだと思います。(略)どうも本当の世の中といえるものはここにはない。つまり、彼らはリアリティとは、現世的な概念ではないことを身をもって知った人たちだったと思います」。

この考えが草稿の中の「つ、う、へ――」という副題のついた「敗者の伝統」というエッセイから変わり始めていた。それは戯曲「夕鶴」と奈良、薬師寺の花会式の最後に十万億土の彼方から駆けて来る途中の仏面の男、毘沙門天を見た経験を考察したものだった。仏面の男のゆっくりとした動きを見ると、果たしてこの世にたどり着くのだろうか、と不安になる。しかし、人間を救おうとして駆けてくる毘沙門天を見たこと、与ひょうがつうに会うのを見たことは鮮やかに記憶に残っているのではないか。その経験がリアリティを持つようになるのではないか、と橋田の考えが変わり始めた。

「思うに、劇というものは、やはり、今、その時それを見た、という『その時』にはやはり仮象――主観的な幻の像、を見ているに過ぎず、その仮象とつきあったという事実が生む仮象性が、後刻人の中に、あるリアリティを育てて行く、――そんな性質を持っているらしい」。

橋田は病床で考察を続けていた。死の二年前の手紙とは違って、橋田は生のリアリティが交通事故で父を亡くした娘を心の中にクリエイトすることにあることを悟り、その後まもなく死へと船出した。それはまさに橋田が求めていた夢現の瞬間であったのではないか。
「群像」一九八一年四月号の「創作合評」で「旅程」は好意的な評価を得た。評者は川村二郎、津島佑子、日野啓三である。好意的と言ったが、川村は否定的である。川村はどこまでが橋田の書いたもので、どこからが「私」が書き直したものかが分からない書き方に疑問を持っていた。それは津島も同じだが、評価が違った。

津島　最初、面食らってしまって、ちょっと追い切れない感じがしたんですけれども、もう一回じっくり読んでみると、リアリティーということを、この中でも夢現論ということでいっているけれども、結局、一人の人間の死をこの作者が扱おうとしているとしたら、その死が、非常にリアリティーを持って読者にも伝わってくるという感じで、素朴にいいますと、ああ、人が死ぬってこういう感じなんだな、そういう読後感でした。やっぱり私もすばらしいと思います。

「私も」と津島が言っているのは、その前に日野が非常に好意的な評価をしていることを指している。彼岸と此岸の問題に関心を持って自らも小説を書いてきた日野が「旅程」に関心を持ち、評価するのは自然なことである。

日野　いろいろなおもしろさはありますけれども、一番驚いたことは、いま川村さんいったような現実の次元、それから、半現実、超現実と、現実を次元の差、層の差でとらえながら、それを一つの作品にまとめているところ、実に平板的じゃないんですね。そういうところから出てくる現代のリアリティーというのを非常に強く感じたし、こういう書き方は非常に有効だなという気がした。

（略）補陀落渡海とか、歴史的事実も入ってきている。木下さんの芝居もある。いろいろなつくられた世界がある。そして癌という、死ぬときにどうやって死ぬかというような、いまのきわめて重い問題もその中に入り込んでいる。非常に複雑多岐にわたる現実を、平面的でなくとらえてて、ぼくは非常に驚きました。

阪田は亡くなった友人を心の中にクリエイトすることで、日本人の心性の根底に触れたのだ。

○エッセイ「遠藤さんから教わったこと」（「海」八月号）

九年前に三週間、遠藤周作に誘われて遠藤の妻、劇作家矢代静一夫妻、神父井上洋治とイスラエルを旅した。遠藤はその翌年から連載した「聖書物語―使徒行伝」に加筆して一九七三年に『イエスの生涯』を刊行した。その六年後に阪田は使徒行伝を初めて通読しながら遠藤の著書『イエスの生涯』を読んだ。初めて聖書に「割礼」という言葉が何百回と出てくる意味が分かった。パウロが殺されたのは「キリスト教徒であることよりは、伝統を軽視したことへの割礼派の告発のおかげのような気が私はする」と阪田は書いている。遠藤の関心はキリスト教がヨーロッパ全土へ、さらに世界へ広がった後の問題にも向けられていた。キリスト教が「普遍性を主張すればするほど、それぞれの異邦人たちの伝統や思考方法や独自の感性までも無視するという弱点を逆にそこに孕むようになる」。「たとえば、十六、七世紀の日本の習慣や伝統的感情をともすれば軽視した日本切支丹史の宣教師たちの悲劇」もその例である。日本人にとってのキリスト教とは何かを問い続けた遠藤と、遠藤の盟友である井上洋治神父の著作は阪田に影響を与えていた。次の短編「戸来」はその一つである。

○短編「戸来（へらい）」（「文藝」九月号）

戸来は十和田湖の東にあり、現在は合併して青森県三戸郡新郷村大字戸来となっている。ここにイエスが難を逃れ、シベリアを通って八戸に上陸し、戸来村で百六歳まで生きたという説話が残っている。そこにはイエスの墓だけでなく、弟イシキリとマリアの墓もあり、毎年「キリスト祭」が行われている。

一九三五年に竹内巨磨が、イエスの墓について記述した文書を発見し、その二年後に山根キク著『光は東方より』が出た。それは出版当時キリスト教信者の間で話題になり、阪田の父親の書棚にもあった。阪田は一九五八年出版の山根キク著『キリストは日本で死んでいる』の中の「小自伝」を読み直した。「釈迦、キリスト、マホメットらの大宗教家がこぞって日本を終焉の地としたことを知り、『日の本』の国名も単なる形容ではなく、我が国こそが太古より世界の本家であり天国であるという確信を持つに至って、はじめて長い心の巡礼の終点に到達した」。妄想としか言えないのだが、阪田は「ひとごとではない」と言う。阪田の義父吉田長祥も、「いつも自分は神の子であり、そう念ずることで天地と和合できる、と説法して歩いた」からである。これら全てが一九三二年の国際連盟脱退、三三年の満州国建国、三七年の日中戦争に重なっていた。国粋主義的な思想が国家を覆い始める時に、宗教もまた習合されていったのだ。

○短編「うるわしきあさも」（「文學界」九月号）

作曲家の叔父が八〇歳を越えてから体調を崩すようになり、八二歳の時には脳出血で入院した。退院後、八三歳の誕生日のお祝いに訪ねると、オルガンが弾けないことに戸惑っていた。題名の「うるわしきあさも」は、「昔から日曜学校で誰もが習う単純明快な歌」である。「うるわしきあさも／しずかなるよるも／たべものきものも／くださるかみさま」。阪田は少年の頃の誇りであった叔父の姿が崩れてしまったことを隠さずに描いているが、そこには叔父に対する敬意と愛情が滲み出ていて、ほのぼのとしたぬくもりが感じられる。とりわけ、その雰囲気を醸し出しているのは再婚したコノミさんの存在である。「コノミさんは何か一つでもいい事をみつけ、それを心から喜んで、よい方向へ叔父と一緒に進んで行こうと」していた。二人が結婚したのは叔父の最初の奥さんが亡くなって一年後で、二五年前のことである。短編「うるわしきあさも」に書かれているのは一九七四年、叔父八〇歳、コノミさん四五歳の時からこの短編が書かれる七九年までのことである。

○短編「あの影は渡り鳥」（「別冊文藝春秋」一二月号）

従兄の作曲した曲しか歌わない合唱団はいつも四、五〇人の会社員や主婦が集まり、年中休みなく週に三回、夜に三時間の練習をやっている。遅刻をすると叱られるし、音程、強弱の付け方の注意も厳しい。その上、演奏会の切符を売らなければならない。小さなホールで開かれる演奏会はいつも満員になるが、「常連の聴衆以外にはなかなか面白さが分らない」。「名利からは遠ざかる一方」の仕事に従兄は半生をかけて来た。そうさせている「力の源」とは何か。音楽雑誌から求められて、従兄に合唱団の話を聞きに行った。従兄は次のように言った。

「やっぱり一回一回の練習にその場へ来て、ああよかったと思ってもらいたい。（略）たのしいっていうより、もっと高い悦びなんだけど、ほんとはね」。それを聞いて「私」は従兄がかつて牧師になろうとしたことを思い出し、「練習場が教会のように思えても来た」。「明治・大正のキリスト教徒（プロテスタント）の家庭では、己れを虚しくして弱者に尽くすのが喜び、という道徳が建前になっていた」という言葉も従兄を、そして阪田を理解するのに重要な言葉である。

一九八〇年・昭和五五年　五五歳

○短編「世界一周」（「文學界」二月号）

一九二五年四月に東西の印刷インキ同業組合の連合会長に選ばれた父は業界の長老と三人で欧米の同業者の視察と商談のために、七月初めに神戸を出帆し、一〇月三〇日に横浜に帰港した。父の旅にはベルリンで音楽の個人レッスンを受ける叔父大中寅二が同行していた。叔父は阪田の父が満州里のホテルでロシアの女中の尻を触ったと言う。叔父の家に行くたびに「信仰の深い人格者ってことになってるらしいけどな、お前のおやじはスケベエだぞ」と叔父は言った。興味深いのは、「父と叔父とはホテルでは同室だから、ほんの一触か、あるいはそういう気配を示しただけに過ぎないのかも知れない。しかし、それを見てしまったとあれば、叔父は、恐らくその晩ショックで寝つけなかったことだろう」という記述である。「潔癖」ということでは叔父も叔父の姉である阪田の母と変わりなかった。

○短編「富士山」（「文藝」四月号）

短編「富士山」は阪田の兄と嫂の話が縦糸で、横糸は一八九五年に富士山の頂上に冬期気象観測所を作った野中到、千代子夫妻の話である。「私」が中学時代、夏休みに山中湖畔の別荘で過ごしていた時、兄が付き合っている女性が別荘で、結核で女学校を一年休学している妹の世話をしていた。そこへ兄が突然会社を辞めてやってきた。兄はその年に入営することになっていた。二人が難しい立場にあることを「私」は知っていた。「秋立ち始めた湖の、ボートの上の二人が、子供の私にもあわれに見えた」。

横糸には新田次郎の小説『芙蓉の人』が使われている。富士山での最初の冬期観測が行われた一八九五年一〇月、千代子は到に相談しないまま強力を頼んで登った。到は下山するように言ったが、千代子は頑として受け付けなかった。一〇月一日から観測を始めたが、二人とも衰弱が激しく、一二月二一日に救助隊に救い出された。とりわけ到の衰弱が激しく、「もし千代子がいなければ生きては還れぬところであった」。強い意志で難局に立ち向かった二人の姿が兄と嫂に重なる。

○短編「打出」(「文藝」七月号)
既に読んだ、母が芦屋で仲間と始めた「お山の幼稚園」にまつわる話である。

○短編「母」(「文學界」九月号)
短編「暮の二十七日」の続編で、作者の妻禮子の視点から二年前に家に引き取った母との最期の日々を描いた小説である。母が意外にしぶとい人だと思ったのは二番目の姉が病気で亡くなり、下の姉が肋膜炎だと言われた頃だった。母は床の間わきの紫檀の違い棚の中に小さな位牌と写真を置くようになった。家の裏の長屋に住む「お地蔵さん」と呼ばれる五〇歳位の女性から、先祖を祀らないから不幸が起こると言われたからだった。熱心なキリスト教徒であった子供たちは母を咎めた。長女は父に助けを求めに行ったが、「もしそれを無理にやめさせて、お母さんの気が狂うとしたら、君はどっちを選ぶか」と言われて黙った。父は日曜学校の校長を務め、教会にも多額の寄付をしていた。その父が次女を結核で亡くした後、新興宗教を信じるようになった。子供たちは皆そのことを批判し、父が亡くなるまで背教を許さなかった。ところが母の考えは全く違っていた。母は父が新興の宗団に入ってから「まるうなって、人が良うなられた」、「人をぼろくそに言わんようになりはった」と言った。当時の最高の教育を受けた商人として世の中を闊歩していた父は、実は人扱いが下手で、従業員への細かな心配りは全て母に従ってやっていた。それだけでなく、宗団での講話や文章も全て母が事前に読んで、分かり易いものにしていた。父に従順に従っていただけと思っていた母が、父を操っていたのだ。「これまでの禮子たちは、父の像を中心としてしか、自分たちの家の盛衰を見ていなかった」。それは義理の息子である作者阪田も同じだっただろう。義父も義母もどこかキリスト教とは異質なものを持っている。『花陵』を書く前の阪田なら批判しただろう。ところが、ここではそれを許しているように思える。

○短編「オハイオ」(「文藝」一一月号)

一九五七年八月、庄野潤三はロックフェラー財団から招かれて、夫婦で一年間オハイオ州ガンビアという小さな田舎町で暮した。翌年八月に帰国後、庄野は『ガンビア滞在記』を書いた。ガンビアに暮らす人々と、一日一日、徐々に心を通わせていく過程を庄野は細やかに描いた。時間をかけて、ゆったりとした文体で描くことで小さな田舎町の人々の心の中が徐々に見えてくる。阪田は「私がのちに『滞在記』を読んでガンビアを好きになる主な理由は、いかなる不幸の底にも結びの力が働いているものだということが、おのずから表われやすい場所だからだ」と述べている。キリスト教徒である阪田はそこに「目に見えぬ何かの働き」があると考えているのだ。そして、不思議なことに、その働きが阪田とガンビアのあるオハイオ州とを結びつける。庄野が二〇年後の一九七八年春に再びガンビアを訪ねた時のことを書いた『ガンビアの春』には、アーミッシュの村を訪ねる記述があった。阪田はその村を二〇数年目にようやく手に入れたオハイオ州の詳細な地図で見つけた。ふと右を見ると、ニュー・フィラデルフィアと書いてあった。父をキリスト教信仰に導いた宮川経輝の師ジェーンズ大尉の故郷である。偶然の積み重ねがうまく繋がった短編である。

一九八一年・昭和五六年　五六歳

○短編「ライラック」(「文學界」四月号)

短編「戸来」の続編である。戸来で六月一〇日に行われる「キリスト祭」を見に行った時、「私」はイエスと弟イシキリの墓がある小山に一本のライラックを見た。「別当さま」が御祓いをし、祝詞を上げ、三〇人ほどが玉串を捧げた。その最後にいた洋服の老女、八戸に息子一家と住んでいる七六歳の女性が、一年前に持って来て植えた木だった。その後の酒宴の場で「私」はその女性から話を聞くことができた。

彼女はキリスト教徒で故郷は群馬県の田舎だった。祖父がそこで養蚕と牧畜をしながら、仲間とプロテスタントの教会を作った。一八八七年に教会堂を建て、伝道旅行もした。父は彼女と兄と姉を連れて北海道へ渡ったが、開拓農民の貧しい生活の中で妻を亡くし、再婚した。後妻との間に子供が四、五人できた。父は生涯キリスト教の信仰を持ち続けたが、近くにはカトリックの教会しかなかったためにカトリックになった。彼女はたまに八戸から群馬の祖父が作った田舎の教会に行って、一人で心行くまで教会堂の掃除をしているらしい。

「私」は一年後にその教会の古い信徒を知っている人に案内してもらって訪ねた。「みやびで、何とも言えぬ品格の佳さが人を打たずにはおかない平家でほぼ四角の教会堂がそこに在った」。教会としては使われていないが、一年前に牧師を招いて伝道集会を開いた時に、彼女の祖父の一族が三〇人集まったと言う。

イエスの墓のライラックは彼女の末娘が札幌の牧師から貰って挿し木をし、育った木の小さな枝を彼女が切って八戸の息子の家に持って来て植えたものを株分けしたものだった。末娘は結婚して、子供を産んだ後に亡くなった。「だから、その花を大事にしようと思って」と彼女は言った。

戸来の裏山で見た一本のライラックには多くのエピソードが秘められていた。無名の人たちが力を合わせて建てた奥深い谷間の教会は今はもう役目を終えた。しかしそこを大切に思い、たまに掃除に来る女性がいる。阪田が大切にする世界を描いた小説である。

○エッセイ「聖書」(「群像」六月号)
「私」が生まれた頃は教会員の家に赤ん坊が生まれると聖書を贈る習慣があって、「私」も一九二五年の誕生日の日付と教会名が書かれた小型新約聖書をもらった。文語体で書かれていた。中学校二年生の一学期に洗礼を受けてから、その聖書を読むようになった。怒られた日の深夜に、「幸福なるかな、心の貧しき者。天国はその人のものなり」といった箇所を読むと、「かわいそうで心正しき自分を投影して涙を流すのであった」。真面目な話に、イエスが本当にユダヤ人に「ナンジラ」と呼び掛けていたと思っていた、という笑いを挿入するのが阪田らしい。

一九八二年・昭和五七年　五七歳
(四月一九日、大中寅二死去。葬儀のため徹夜で奔走、狭心症発作をおこし入院。)
○短編「遠近法」(「新潮」七月号)
阪田とまど・みちおの関係は四〇年以上にわたる長く、濃密なものだった。阪田が初めてまど・みちおに会ったのは朝日放送に勤務していた一九五九年で、その四年前の九月に始めたラジオ番組「ABCこどもの歌」に新作童謡を依頼するためだった。次にまどに会ったのは六三年で、朝日放送を退社後に佐藤義美を訪ねた時に、佐藤に誘われて川崎市古市場のまど宅を訪ねた。まどの童謡「ぞうさん」について書いたのはそれから一五年後の七八年、月刊「自動車労連」六月号においてであった。阪田は詩「ぞうさん」を戦後の貧しい時代の親子の美談として月刊誌に紹介した。まどはそれが間違いであるとは言わなかった。しかし何度か会って話すうちに、その解釈が間違いだと気づいた阪田はまどが同人であった童謡雑誌を読み、童謡を見てもらっていた女性に会い、まどの故郷山口県徳山市(現・周南市)を訪れてまどの詩を理解しようとした。その過程を描いたのが小説「遠近法」である。小説はそのまま、まどの詩の原理の優れた解説になっている。

この小説に描かれたエピソードで最も驚いたのは童謡の書き方を教えてもらった女性の話である。一行目から、これは誰々が既に書いている、二行目も誰々がこういう考えをしていると言って削っていき、結局何も残らなかったという。まどは誰も書いたことのない表現以外は認めなかった。もちろんそれは自分に課していることであった。自分が経験したことを根拠にして書くだけでは十分ではない。自分の経験が地球上のあらゆるものと繋がっている地点を探り当てるまで書かない。まどが「人間の側からではなく、物の側から物を見ることができ」ると言われるのはそのためである。それゆえに、でき上がった詩は「完璧で、従ってつかまえどころ」がない。

「私」が「ぞうさん」を間違って解釈したのも、完璧で取り付く島がなかったからだった。

そんな時新聞に、終戦後の貧しい時に長男の誕生日におもちゃを買ってやれなかったまどが、上野動物園に連れて行った話が出た。戦争中に動物園ではたくさんの動物が射殺され、毒殺されていた。「以前ここに象がいてね、と話を始めた。そのうちに、子供が象に話しかけ象が答える形式の詩がうかんだ」。「私」はこの話に感動して鵜呑みにした。までに確かめると、「象を描くために象を見に行くような習性はない」と言った。さらに尋ねると、「もし象を描くなら、かつて見た象が蓄積されて、無意識の中に残っているものの中でしか自分は仕事をしない、と言った」。「私」の犯した間違いがまどから詩作の原理を聞きだした瞬間である。

「私」はまどに略図を書いてもらって、まどが台湾に行くまで九年間暮らした徳山市を訪れた。小説「遠近法」は散文詩「幼年遅日抄」の記述と、まどが略図に書いた幼い頃の思い出の場所とを対比しながら進んで行く。「私」はまどの詩の原点が、子供の頃に運動場に落ちていた鉛筆を拾ったことを一九四〇年、三一歳の時に書いた「鉛筆」にある、と考えた。その記述の一部を引用する。

「あたりを見まはしてから拾ひあげると、私は谷底へ落ちていく石ころのやうに、小さく小さくなりながら駆けてゐた。なにかぬくい罪のやうなものに追ひたてられて、遠く遠く菜の花畠の方へ。」

落ちていた鉛筆を拾ったことを「罪のやうなもの」と感じる感性と、「小さく小さく」なって行く遠近法的な物の捉え方が既に子供の頃にできていると「私」は感じた。もう一つ「私」にとって衝撃だったのは、佐藤義美と一緒に訪ねた時に見せてもらったまどの絵だった。そこには貧しい生活の中で感じていたに違いないまどの悲しさ、苦しさ、悔しさがマグマのように沸騰した痕があった。

「私」はまどを「導いている」のは何かを知るために何度も会って話を聞いた。その内に、まどが若い頃にキリスト教の信者であったことを知った。その当時、まどは既にキリスト教から離れていたが、まどの詩にはキリスト教の影響があるのではないか。そのことを確かめるために、阪田はそれから三年間まどとの対話を重ね、台湾や、まどの父と妹が住む那覇へも取材に行って一九八五年に小説『まどさん』を完成させる。

短編「遠近法」では作者と語り手とがほぼ重なっている。重なっているが、小説の内容が全て本当だとは言えない。虚構と現実とのわずかな隙間が阪田に自由を与えているのだろう、伸びやかな作品になっている。

一九八三年・昭和五八年　五八歳

○短編「丘の上の教会」(「文學界」一月号)

前年四月に亡くなった叔父大中寅二の前夜式と葬儀の様子に、叔父の思い出、新聞社へ送る死亡記事、葬儀の日の「私」の挨拶が縒り合わされた小説である。この短編に一貫して流れているのは「富貴を好まず清貧を愛する教会楽人」としての叔父の姿である。それは住まいを見れば明らかである。

関東大震災直後に結婚して住んだのは、丘の上の教会のすぐ近くの、陽の当たらない二階家だった。再婚してからは教会近くの二間の家に三〇年近く暮らした。その間に周りは高級マンションと大きなホテルばかりになった。二年前に教会堂も二間の家も建て替えられることになり、叔父夫婦はやむなく丘の下のマンションに移った。叔父の遺体が寝かされていたのは三階の二間のマンションだった。棺桶はウインチで吊るさないと出せないと葬儀社の人が言うので、遺体を教会に運び納棺した。「椰子の実」の作曲家の人生は実につましいものであった。

「私」は大学生の頃からこの教会をよく知っていた。前夜式の時、ベンチに座りながら、間もなく取り壊される教会堂の正面の講壇、聖書台から、二階のハーモニュームの飾りパイプ、その後ろの高い窓へ目を移しながら、「満ちてくるものの感じを強く受けた」。阪田は翌年『児島昭雄写真集　霊南坂教会』に寄稿したエッセイ「丘の上の教会」に、「私の叔父も、温いような哀しいようなこの滲むものの一部分に加えられているのだった」と書いた。

○小説「わが小林一三　清く正しく美しく」（「文藝」三月号から五月号）

小学生の頃から宝塚歌劇のファンであった阪田が創始者小林一三に関心を持ったのは、読売新聞に毎月宝塚歌劇評を書いていた一九六九年から七七年で、その間に『小林一三全集』全七巻、「歌劇」台本、著書『日本歌劇概論』を読んだ。それゆえ阪田が長編『わが小林一三　清く正しく美しく』（以下『わが小林一三』と記す）を書くのは自然なことに思える。しかし、きっかけは友人からの勧めであった。『わが小林一三』刊行の翌月に発表されたエッセイ「小林一三氏との微かな関係」によると、一九八〇年五月に庄野潤三の長編『ガンビアの春』の出版を祝う少人数の会で宝塚歌劇のことを興に任せて喋っていると、小林一三の生涯について書くように、と庄野たちに勧められたのだった。阪田はそれから三年余りかけて一三の少年時代、慶応義塾時代、当時の演劇改良の動き、とりわけ坪内逍遥の演劇論、慶応卒業後の三井銀行時代、阪急電鉄の前身である箕面有馬電気鉄道創設時代、宝塚少女歌劇の創設、さらに第二次近衛文麿内閣の商工大臣時代まで、多くの資料を読み込み、四〇〇頁近い大作を書いた。とりわけ歌舞伎劇から始まった宝塚少女歌劇の変遷を扱った「8景　少女歌劇」と、歌劇からレヴューへの変化を扱った「9景　清く正しく美しく」は東大時代に音楽学の研究をしていた阪田ならではの洋楽と邦楽の分析がなされている。残念ながら筆者は音楽にも宝塚歌劇にも通じていないので、ここでは作家が書いた評伝としての面白さについて書くことにする。作家による評伝としての長編『わが小林一三』の魅力は、一三の文章への考察が鋭いことと、その考察が文章を越えて、実業家・著作家・人間一三の考察に繋がっていることである。

一三は一八七三年（明治六年）に山梨県韮崎に生まれた。生後八カ月で母が病死し、入り婿であった父は離籍して生家に帰った。一三は三歳の姉と共に本家の大叔父の家に引き取られ、六人の子供の中で肩身の狭い思いをしながら暮らした。晩年、一三は「ココニ、二代ノ孤児本家ニ養ハル」と書いた。母もまた両親を早くに亡くし、叔父の家で養われたのであった。「この境涯が一三の心の深みの中に『最後に頼むものは自分以外には決してあるものじゃない』という覚悟を次第に固めて行く」。二歳で母の家の家督を相続したので、お金には困らず、後に芝居や茶屋遊びに耽る。小学校時代はガキ大将で、韮崎の芝居小屋で見た芝居の節回しを真似て遊んだ。一〇代で文学に惹かれ、小説家になりたいと思った。慶応に入ると寮の雑誌の主筆に選ばれ、在学中に郷里の山梨日日新聞に小説を連載した。一三は後に経営に関わる書の他に『逸翁自叙伝』、『私の人生観』など多くの著書を書くのだが、文章は断片的で、読みにくい。阪田はその原因を、幼い頃から彼の心の奥にあった「最後に頼むものは自分」という意識のせいだ、と言う。

「自分の行動や見聞に関わる資料を保存する本能のようなものが、小林一三の中に何時も働いていたのがわかる。明治何年何月何支店の残高といったものから、お茶屋の勘定書き、酒席で作ったざれ歌の歌詞などまでが、偶然にではなく小まめに意志的に残してある。彼にとっては巨大な数字も、鉛筆がきの勘定書も、同じほど大事な資料だったようだ」。「そのせいで一層まとまりが悪くなった自叙伝（略）」。

「この景でも、彼がどんなに強く自分の歴史を自分の流儀で管理しているかを、恐らく存分に思い知らされることになりそうだ」。

「この景」とは「第5景　箕面電車」のことで、「自分の流儀で」とは三井銀行名古屋支店を辞めて証券会社の支配人に就くために大阪に着いた日を株が暴落した一九〇七年一月一九日にしていることである。一三の元に届いた手紙などを調べて、阪田は一三が大阪に着いた日は二月一一日以降だと言う。なぜ一月一九日にしたのか。その理由を阪田は、一、「ドラマ仕立てがすきだから」株の暴落の日にした、二、「内情を細かく書くのが面倒で」、三、「義理立てから」としている。このように、一三の自伝は細かな事実が主観、好悪によって歪められているのである。「小林一三の文章と代筆者たちのそれとの見分けがつかないのは、（略）自分の記憶・談話・日記・夥しい既発表の文章以外の材料を使わないし、使わせもしない」からである。

では、一三の主観に染まった事実から阪田は芝居好きで、小説家に憧れていた一三の実業家への転身をどのように捉えたのか。それが分かるのは「第5景　箕面電車」である。

一八九三年年四月、満二〇歳の一三は文学を通して親しくなった慶応の先輩高橋義雄の推薦で当時「日本銀行の役割を果たしていた」三井銀行（東京本店）に入る。高橋が大阪支店長として栄転すると、一三は高橋に頼んで大阪支店に移った。幼い頃から芝居が好きで、慶応時代に小説と芝居見物に明け暮れていた一三は上方情緒に憧れていた。大阪では芝居だけでなく茶屋遊びにも興じ、一六歳の雛妓を愛人にした。高橋が東京へ呼び戻された後、支店長としてやって来たのは三井物産パリ支店長などを経験した近代的経営感覚の持ち主岩下清周だった。日清戦争が始まり軍需景気に沸き立っていた時で、岩下は「軍艦建造商人たる川崎造船所松方幸次郎」や「軍需品供給事業で大きくなった藤田組藤田伝三郎」との取引を始めた。しかし、独断専行が嫌われ、岩下は一年で横浜支店長に左遷となった。岩下は退職し、藤田伝三郎らが設立の準備をしていた大阪北浜銀行創立委員となった。一三は岩下に出会ったことで実業の魅力が分かり始めていた。しかし新しい支店長が来ると、一三は岩下の部下として窓際に追いやられ、翌年には名古屋支店へ飛ばされた。名古屋時代は失意の一年八カ月であったが、幸いだったのは、支店長が慶応出身の平賀敏であったことだった。後に分かるが、岩下が一三を高く買っていて、平賀と小林を結び付けたのだった。平賀は大阪支店に栄転することになった時、一三に大阪へ来たければ結婚しておくことだと言った。一三は愛人の雛妓と結婚する決心がつかず、東京の親戚に頼んで見合いをして結婚を決めた。大阪支店への転勤が決まり、一八九九年春、東京で結婚式を挙げた。ところが大阪に来て数日後、一三は愛人を有馬温泉に誘った。家に帰ると、新妻は東京に帰っていた。一三はもう一度見合いをしたいと言ったが、東京の親戚に呆れられた。この時期までの一三がどんなに自己中心的な人間であったかが分かる。当然、銀行では非難された。一三は銀行を辞めようかと考えたが、今まで以上に真面目に働いて、信用を回復する以外にないと思い、その年の夏に愛人と結婚した。しかし三井銀行での出世は叶わなかった。一九〇七年一月、三井物産常務飯田義一から大阪で新設される証券会社の支配人の話をもらって、三井銀行を退職した。飯田は北浜銀行頭取になっていた岩下の親友であった。岩下は大阪瓦斯、阪神電鉄、大阪電軌（後の近鉄）など大阪の有力企業数社を援助し、多くの人材を育てていた。腹心の経営する株式仲買店を買収して、外債・公債・社債を扱う証券会社を作ろうとしていた岩下は支配人に一三を抜擢したのだった。ところが、一月二一日、一三が東京にいる間に株が暴落し、証券会社の計画は潰れた。

当時、三井物産は大阪—神崎—池田—福知山—舞鶴間の直通運行を実現した阪鶴鉄道の大株主であった。阪鶴鉄道は将来の輸送の増加を考えて、神崎—大阪間の支線として池田—大阪間の鉄道敷設免許を受けた。しかし阪鶴鉄道は一九〇六年に国有化が決まり、鉄道敷設免許は失効することになった。そこで阪鶴鉄道の専務が発起人となって箕有電軌の設立を申請し、認可を受けた。当時私鉄は投資の対象として人気があった、計画中の箕有電軌も人気が出て、一般公募をやめて阪鶴鉄道株主に優先割当することになった。ところがその直後に株が大暴落し、「箕有電軌の資本金第一回払込に約半数の申込者が棄権という事態」になった。阪鶴鉄道の取締役に名を連ねていた大阪の重役たちは設立か、解散かを巡ってもめた。ここで岩下清周、飯田義一、平賀敏が動き、箕有電軌設立を促進させるために一三を阪鶴鉄道に入れた。一三は一九〇七年三月末の株主総会で阪鶴鉄道の新監査役となり、箕有電軌設立に反対の大阪の重役たちと対立した。その間に一三は、当時はほとんどが田畑であった池田から大阪までの計画路線を二度歩いて、沿線に住宅地を作る計画を考え、岩下に相談に行った。岩下は未引受株を引き受けると約束した。その時、岩下は、箕有電軌を「自分一生の仕事として責任を持ってやって見せるといふ決心が必要だ」と一三を叱った。覚悟を決めた一三は、全発起人に対して、失敗した時の弁済を全て引き受けることを条件に新会社の運営の全権を譲るように交渉した。重役たちは「文句をつけながらもこの屈辱的な契約に調印した」。こうして箕有電軌は北浜銀行関係者を重役に並べ、一三が専務取締役となって一九〇七年一〇月一九日に創立された。岩下は翌年秋に社長に就任したが、数社の会社の社長、重役を兼ねていたので、実質的には一三が経営を担った。

しかし、一三にとって、箕有電軌創立当初は厳しい時期であった。大阪市との契約が疑獄事件に発展し、一三が取り調べを受けたり、何度か阪神電鉄との合併劇が企てられたり、一九一四年には岩下が北浜銀行事件でほとんど財産を失った。北浜銀行事件とは、大阪電軌が大阪―奈良間軌道施設工事の途中でトンネルの落盤事故を起こし、社長が退陣した後、乞われて社長になった頭取の岩下に対して、大阪電軌への貸出しが放漫であったと大阪日日新聞から筆誅が加えられ、取付け騒ぎが起こり、ついには岩下の退陣となった事件である。一三は岩下が窮地に立った時、「周囲の人間たちの、打って変った浅ましい裏切り」、虚偽と欺瞞と自己本位の汚さを嫌というほど見た。この時のことを一三は自叙伝で次のように書いている。

「社会の表裏、人情の軽薄、紙よりもうすき虚偽欺瞞の言論行動には、（略）人を頼っては駄目だ、人などあてになるものでない、自分の力だけでやれるものに全力を注ぐ（略）」。

阪田は「エピローグ」で再びこの時のことに触れて、「一三の言葉は伊達ではなく、自分以外の尺度を徹底して認めないのはこの世を越えて、あの世にまで及んだ」と書いている。「あの世にまで及んだ」とは、神仏に頼ることがなかった、という意味である。

こうして一三の生き方を見て来てようやく、なぜ阪田が小説『わが小林一三』を、「ニューヨーク・タイムズに、一三の訃報が写真入りで載った」という文で始め、その段落の終わりで「小林一三の眼について触れておきたい」と書いたかが分かる。そこには、「子供心に凄い眼の圧力だと感嘆した」阪田の友人の話と、一三が初対面の人から名刺をもらうところを見た人の手記が引用されている。「『だれそれさんとおっしゃるんですな』／と念を押した上で、その視線を相手の顔にまともに投げかけ、『焼けつくように激しく』凝視した」。一三の眼は「頼れる者は自分ひとり」という覚悟の表われた眼だった、と阪田は言おうとしたのである。

ただ、その眼は厳しいだけの眼ではなかった。「その眼はまた、よく溢れる涙の容れ物でもあった」。一三の心の柔らかで優しい部分が宝塚少女歌劇の経営者兼座付き作者として発揮された。それが他の実業家と違うところである。慶応時代に芝居や小説にうつつを抜かしていた一三は、電鉄や百貨店の経営にも文化的な要素を加えずにおれなかった。それが阪急文化と言われるものの特徴である。しかし、宝塚歌劇においても「最後に頼むものは自分」という覚悟は変わらなかった。それがとりわけ顕著に表われたのは宝塚歌劇がレヴューを取り入れて成功を収め、東京へ進出しようとした時だった。その時、一三は自分が頼みにしていたもの、宝塚歌劇に求めていたものとは何かを知るのである。

東京宝塚劇場開幕前年の一九三二年一〇月の宝塚少女歌劇新橋演舞場での公演に対して、レヴューの「本義はエロ趣味にある。(略) 要するに、それは一群の芸者に『浅い川』でも踊らせるのと同じ趣向を近代化したものに過ぎぬのだ」という批評が東京日日新聞に出た。卑猥なお座敷遊びと同じと言われて、一三は激怒した。一三は反論をその記事を読んだ一読者からの手紙という形で、翌月の宝塚歌劇の機関誌「歌劇」に載せた。「世に若い少女は絶える事はありません。美しい清い心の少女達のあるかぎり、今の宝塚は、その心の上に輝いてのびてゆく事でせう」。それだけでは収まらず、二年後の東京宝塚劇場の機関誌『東宝』四月号に「低級な花柳界」と批判し、花柳界から激しい反感を買った。しかしその応酬の中で、一九一三年に少女歌唱隊を思いついた時から一三の中にあったと思われる「美しい清い心の少女達」という思いが明確になって行った。一九三〇年に新温泉を中心とした娯楽場の運営について、「清く美しき、そして面白く、家族本位の娯楽場たらしめんとする事である」と述べ、一九三三年には一三の作詞と思われる合唱の歌詞「タ、カ、ラ、ヅ、カ」で、「朗らかに　清く　正しく美しく」となる。一九三七年には「私たちの理想である『清く、正しく、美しく』御家族打連れてお遊びの出来る朗らかな娯楽地域を、国民大衆に捧げる」となる。「小林一三在る所、すべての会社や集団が『清く正しく美しく』を目指して進むことに」なった。その背景には「狭義の『オペラ』ではない日本風の『歌劇』と自称する独自の芸能」によって日本の演劇を改良しようとした時からあった「日本の美と、美の裏合わせになっている古い冥いものとの矛盾を解き放ちたい一三の意志が潜んでい」たのである。

阪田にとって、それは阪急電車にも宝塚歌劇の生徒にも言えることだった。小学生であった一九三〇年代、阪田にとって「この電車に乗る女の人は、身も魂も美しいという信仰がこちらの胸の中に最初からあって、その象徴が宝塚の生徒なのであった」。その沿線の住宅地は、阪田が中学校四年生の時に朝日新聞に連載された藤澤桓夫の小説『新雪』の舞台であった。当時、阪田はそこが日本で唯一の、「心身ともに清楚で、決して露わに出さない美しさと聡明さを備えている理想的な女性が、本当にそのひとらしく美しく生きられる場所」だと信じていた。出征する前に、阪田は小説の舞台となったこの住宅街を訪れた。「『阪急沿線』というものがもし無かったとしたら、もともと稀薄な自分の過去が、全く彩り薄いものになったと思われる」と言う阪田の言葉に現われた一三への感謝の思いが、四〇〇頁近い長編『わが小林一三』を書かせたのである。

　大学時代に小説を書き始めて以来、主に自分のこと、父、母、兄、祖父、叔父、義父を小説に描いてきた阪田は、『わが小林一三』を書いたことでその対象を交流のあった人、絵や音楽を通して親しみを感じていた人へと広げていく。翌一九八四年には戦地で出会った五十嵐達六郎を小説「五十嵐日記・解題」に、宝塚歌劇の作曲家であり軍歌「戦友」の作曲家であった三善和気を短編「戦友」に、一九八五年には童謡を通して交流していたまど・みちおを小説「まどさん」に書く。伝記的事実を基にしたその後の阪田の小説は一層虚構の幕を薄くしていくのだが、そこには一時期人々を魅了する強い光を放ちながら、社会から忘れられ、ひっそりと暮らしている人の姿が描かれている。それらは埋火のような温かさを持った作品群である。

○短編「鹿の渓水」（「海燕」四月号）

　兄からのクリスマス・カードと共に来る年賀状に、前立腺癌の手術を受けてから六年になる今年は「癌（三字欠）はまだ」と癌の後の三字分の活字が墨で塗りつぶされていた。話はそこから最近「私」も尿が出にくくなり近くの病院の泌尿器科に行くようになったこと、馬並みの排尿をする人だった父のこと、腎臓病でその病院で亡くなった「新思潮」同人野島のこと、小学校五年生の時に教会に来るようになった桜井堂の息子が赤い小便をしていたことなど横へ横へと広がる。X線技師から「よく出ていますよ」と言われて、「私」は「野鹿の慕い喘ぐ谷川の水」という詩編四二を思い出し、桜井堂の息子はどうなったのだろうと思う。家に帰ると娘が、消された三文字は「癌チャン」だったと言う。「消される筈じゃ、と私は言った」で終わる。排尿が詩編と結びつくのが阪田なのである。

○短編「菜の花さくら」(「群像」六月号)

「私」は二六年前から東京都中野区鷺宮の住宅公団のテラス・ハウスに住んでいる。ここへ「私」は二三歳の時に京都の参考書屋のアルバイトで来たことがある。当時通っていた大学の先生から新しい参考書の原稿を貰うためである。先生の家を出た後、春の陽気に誘われて電車の駅と反対の方向へ足を伸ばして農道まで来た時、高台の下に菜の花畠が一面に広がっていたのを見て驚いたことがあった。その二、三年前、千葉県の叔父の家に下宿していた頃、野方町上沼袋にあった高校時代の友人の家に何度も遊びに来たのだが、それはこの辺りで、先生の家の近くだった。つまり、菜の花を見下ろして立っていた辺りが、今住んでいる団地だった。そんな思い出の土地にどうして住むようになったのだろう。「私」はチャールズ・ラムの「休暇中のオックスフォード」の一節、「あゝ古よ！　汝驚くべき魅力よ、汝は何ものであるか？」（戸川秋骨訳）を思い出した。

何気ない思い出話、単に日記を繋いだだけのように見える短編である。しかし読んでいると小説特有の自由な世界に心を遊ばせている快感を覚える。なぜだろう。最も大きな理由は個人の経験がゆったりとしたリズムで詳細に語られているからだろう。小説の特徴は登場人物が経験したことを「今、ここ」の経験として詳しく語るところにある。過去の個人の経験を詳細に語ろうとすると、記憶自体が虚実の混ざり合ったものなので、必然的に虚構の領域に入り込んでしまうという了解が作者にあるのだろう。だから阪田は無理をして虚構を書こうとしない。この短編では「菜の花畑」にまつわる記憶の断片を繋いでいるだけだ。

ただし野方の道を歩く話にラムの『エリア随筆集』を引用したことから、阪田は野方に住んでいた英文学者で随筆家の福原麟太郎のことを考えていたと思われる。福原にはエッセイと小説の関わりについてのエッセイがあり、それが阪田の小説観に影響を与えているように思う。それに触れる前に阪田と福原の関係について書いておきたい。

阪田は福原が亡くなって六年後の一九八七年二月に『福原麟太郎・自選随想集』の「栞」に庄野潤三、外山滋比古と並んでエッセイ「福原さんの本」を、五月に「飛ぶ教室」第二二号に短編「大正八年初夏、本郷で」を、六月に福原の著書『人生十二の智恵』の巻末に「冬の日と少しの酒の香」というエッセイを発表した。「福原さんの本」には、「尊敬する庄野さんを通じて、そのまた尊敬する福原さんの馥郁たる香を受けてきたのであった」と書いている。阪田は一九八二年に狭心症で入院して以来、医師の勧めで散歩をするようになった。ある日、野方駅前の古本屋「天野書店」で福原の「野方閑居の記」が載っている『天才について』を買った。そこは福原が生前利用していた古書店だった。その経緯を日本経済新聞に書いたところ、奥様から新刊の『チャールズ・ラム伝』を頂いた。さらに阪田が東京に転勤して来た時に最初に住んだのが野方二丁目だったことを思い出した。「尊敬弥増す福原さんと、線路をはさんででいあるが、一時は同じ町内に住んでいたことを、あらためて認識し直して、私は体が熱くなった」。

その福原を阪田は短編「大正八年初夏、本郷で」に描いた。二六歳で東京高等師範学校附属中学校の英語の先生をしながら研究科に通っていた福原が、東京師範学校の先輩であるだけでなく、広島県立福山中学の先輩でもある童謡詩人の葛原齒(しげる)と福原の下宿で『宝島』や『ジキル博士とハイド氏』で知られているスティーブンソンの“A Child's Garden of Verses”を二人の先生である岡倉由三郎から勧められて訳しているところである。葛原は「ぎんぎんぎらぎら」で始まる「夕日」や「ドンドンヒャララ、ドンヒャララ」の「村祭」で知られているが、当時既に唱歌作詞の第一人者であった。面白いのは二人が訳語を考え、感想を述べ合っているところが「今、ここ」でのことのように語られているところである。とりわけ日本の唱歌には出てこない「私」の夜の眠りについての二人のやり取りからは、東西の文化の違いだけでなく、訳詩が楽しくて仕方がない様子や互いを敬愛している様子が直に伝わってくる。

エッセイ「冬の日と少しの酒の香」の「酒の香」とは、福原が故郷を回想した詩「中国の冬」で書いている、子供時代に酒屋の前の蔵の大きな樽に入って遊んでいた時に嗅いだ匂いのことである。阪田は巻末のエッセイを書くために福原の故郷、現在の福山市松永町を歩いた。阪田の父は広島県忠海町の生まれで、忠海町は福山市の少し西だが、瀬戸内海に面した町なので、阪田は町を歩きながら一層福原に親近感を持っただろう。阪田の文章のほとんどはこのように地道に所縁の地を歩くことから生まれたものである。福原は六〇歳で東京教育大学（現・筑波大学）を定年退官後に狭心症で半年入院生活を送る。阪田は「福原氏の本当に凄いところは」、その後に学位論文『トマス・グレイの英詩研究』、二つの読売文学賞受賞作『トマス・グレイ研究抄』と『チャールズ・ラム伝』などの研究書を書きながら、「一方、ごく身近な些細な事柄をとらえて、しかも深い人生の知恵に裏付けられたエッセイを―それはごく若い頃からそうなのだが、年を経た大木から清冽な樹液が滴るように書き続けたことだ」と書いた。「ごく身近な些細な事柄をとらえて、しかも深い人生の知恵に裏付けられたエッセイ」を書く。そう書いたことで、阪田はこれまでの自分の仕事が間違っていなかったことを確認し、今後もこの方法で書いていこうと考えたのではないかと思われる。もし阪田が次の福原のエッセイを読んでいたら、これこそ自分の小説が目指しているものだと思ったに違いない。一九四一年五月に「文藝」に発表された「エッセイについて」である。

「とりとめもなき話のようで纏まりがある。身の上話だと思って聞いていると、存外それは人間の運命の物語である」。「人間的興味ということを主として言うと、（略）わが国の短篇小説、すなわち短い私小説の多くは、実にエッセイに酷似しているものである。殊に人生観的な私小説、すくなくとも或る生き方を描こうとした人生の断片的な小説は、随筆という表現形式に入れても決しておかしくないものであった」。

福原は「もっともっと実験を続けるべきである」と言う。阪田がこのエッセイを読んだかどうかは分からない。しかし、福原の考えは阪田が敬愛する庄野潤三の考えに近いので、庄野のエッセイを読めばそのエッセイ観を理解できる。阪田は福原について書きながら、私小説とエッセイの間（あわい）を自由に行き来する実験をすることが自分の文学的課題なのだと確認したのではないだろうか。阪田の小説は益々虚実の幕の薄いものになっていく。

○短編「気にかかる空」（「新潮」一一月号）

一五年前から家に、画家武内鶴之助が戦争中に疎開していた下館で描いた野末の空と雲だけの絵が架かっている。下館へ行ってみたいと思っていると、雑誌に三〇歳前後の蕪村が逗留して「北寿老仙をいたむ」という詩を書いたという記事が出た。蕪村が関東にいた頃に慕っていた年長の俳人早見晋我である。しばらくして、テレビで「常総時代の蕪村」という番組があり、人影のない川原が映っていた。先の蕪村の詩の一節「友ありき河をへだてゝ住にき」から、「二十九歳の蕪村はこの川のどこかを渡って七十五歳の心友の棲家へ弔問に赴いた」と思われた。入梅の頃、「私」は下館へ出かけた。日暮れ近く、鶴之助が描いた田んぼの農道を歩いた。蕪村が結城へ向かって通ったと思われる道を辿っていると、パステル画で見た雲の風景が現われた。やがて雨が降り出し、パステル画「気にかかる空」の風景になった。

翌日鶴之助の親戚である画廊を教えられた。その人の紹介で別の日に鶴之助の次男を浦和に訪ね、若い頃のイギリスの風景画から晩年の雲の連作まで二〇数点の絵を見せてもらった。鶴之助は若い頃に数年イギリスで絵の勉強をしていた。

鶴之助のパステル画の雰囲気と晩年の蕪村の詩の雰囲気だけでなく、鶴之助と北寿老仙と蕪村が不思議に絡み合ってきた。「副え木」を「つぎ足しつぎ足し」して書かれた挿話的な阪田の小説が熟してきた。

第一一章　受容から変容へ

阪田の関心が年代によってはっきり区切られる訳ではないが、この年以降次の二つに絞られていくように思える。一つは第九章で見た文芸評論家武田友寿の言う「原型からの乖離」である。武田は明治初期のプロテスタントの信仰の受容について述べているのだが、同じことが西洋の思想、芸術の受容にも言える。西洋思想、文学、絵画を真摯に学ぼうとすると必ず、「原型からの乖離」に苦しみ、「受容と変容の間に横たわる無限の隔たりに自己を置いてたゆたわねばならない」。キリスト教の受容に悩んだ阪田には西洋の思想、芸術を受容しようとした人々の苦しみがよく分かっていた。しかしそれは豊かな変容を生むための苦しみであった。阪田の小説は淡い水彩画のように見えるが、根底にはこの問題が横たわっている。もう一つの関心は癌を患った兄が衰えていくのを見ながら、考えざるを得なくなった死と死後の魂のことである。このことを意識しながら阪田の小説を読んでみたい。

一九八四年・昭和五九年　五九歳

○短編「戦友」(「文學界」六月号)

短編「戦友」は軍歌「戦友」の作曲者三善和気(かずおき)を扱った小説である。「戦友」の歌詞は出征から始まり、戦地での様子、復員してから村長になるまでの武雄の半生を詠ったものである。軍歌と言っても第一番の「出征」の歌詞、「ここはお國を何百里／離れてとほき満洲の／赤い夕日にてらされて／友は野末の石の下」から分かるように、戦友の死を悼む歌である。

阪田が三善に関心を持ったのは、一九八〇年に長編『わが小林一三』の資料を探し始めた時に、宝塚歌劇草創期の作曲家として三善の名前が出ていたからだった。その時に後妻が生きているのを知り、初めて電話した。二度目の電話をしたのは『わが小林一三』を書き終えた翌年の八四年春で、その後、聞き逃したことを確かめるために三度目の電話をした。短編「戦友」は電話での話の様子と三善の経歴を織り交ぜながら進んで行く。

阪田が調べたところによると、三善は父が三重県庁に勤めていた一八八一年に生まれ、六歳の時に東京へ移ったが、九歳の時に母が子供を置いて家を出、以後姉が母代わりとなった。東京ではドイツ人の教会の日曜学校に通い、キリスト教と西洋音楽に出会い、洗礼を受けた。間もなく父が亡くなった。奉公に出ることを考えたが、姉の勧めで東京音楽学校予科に入った。

滝廉太郎は二年上で、滝が一九〇一年にヨーロッパに留学する時に、三善の姉の嫁ぎ先に学友たちが集まり送別会を開いた。その後、三善は音楽学校を卒業せずに京都の高等小学校の音楽教師となり、同じく京都市の小学校教師であった真下飛泉の書いた「出征」を作曲する。一九〇四年五月二八日に小学校の学芸会で「出征」が歌われた。結婚したのはその頃で、相手は牧師の娘であった。軍歌「戦友」が二〇万部売れ、印税が入った三善は一九一一年か一二年頃に小学校を辞め、大阪の楽壇でプロのピアニストとして活躍した。一九一四年に宝塚歌劇の作曲家になり、「江戸音楽を、三味線でなくオーケストラでやれという」小林一三の方針に従って、主に歌舞伎系の「勧進帳」、「八犬伝」などの作曲をした。宝塚の公演が年四回から八回、さらに一二回に増え、年に七、八本の作曲をするようになった。その忙しい時期に妻が病気になった。最初の妻が亡くなった後、一九二〇年代の終わり頃に二度目の結婚をした。ところが宝塚は一九二七年の「モンパリ」以後、レビューの時代になった。仕事が無くなったのだろう、一九三一年頃に辞めて、大阪心斎橋の楽器店でピアノの稽古場を開いた。しかし弟子が徴用に取られたりして、困窮した。一九三九年には著作権協会ができていたが、三善はその恩恵に与っていなかった。一九六三年二月に八三歳で亡くなった。「ほんとは洗礼も受けた人ですが、この村のお寺のお経で送りました」と奥さんが言った。

一九〇四年五月二八日に小学校の学芸会で「出征」を歌った人の手記が残っていた。聞いている人たちが静かになり、しばらくするとすすり泣きが聞こえ、校長先生も作詩をした真下先生も泣き出した、と書かれていた。阪田はその手記を四年前に手にしてから何度も読んでいたが、なぜ聴衆が初めて聞いた「出征」に涙したのかが分からなかった。ところが、三善の奥さんに三度目の電話をする前夜、その手記を読み返して分かった。聴衆は曲の節を知っていたのだ。それは一八九一年に永井建子(けんし)が作曲した軍歌「道は六百八十里」のフシだった。曲を知っていた聴衆は「気持よく言葉に聴き入ることができた」のだ。ただ阪田には、なぜ音楽学校を出たばかりの作曲家が処女作である「出征」に昔の軍歌の節を使ったのかが分からなかった。八〇年前の学芸会の状況を考え続けて、答を見つけた。それは「空が白むまで寝付かれない」ほどの発見だった。軍歌「道は六百八十里」はドからシまでの全音階で書かれていた。それが軍隊で流行った。しかし連隊によって好きに歌い崩されていた。「その原曲の冒頭八小節だけを日本民謡の旋法で翻案したのが『出征』のフシなのだった。『本歌どり』の伝統を心得ており、また西洋から日本への『歌い崩し』の原理を見抜いていた人だからそれができた。(略)このフシに、三善和気の創意と権利があるのだ」。奥さんにそう説明すると、「うちの中では言うてたんですが、アレをやったのは、自分が最初やったんやと。特許取っといたらよかったなあ、と」、と言われた。阪田によれば三善の後輩たち、本居長世や中山晋平らの「仕事の、最初の門をひらいたのが三善和気」なのだ。そのことを誰にも知られないまま、三善は富も名声も無しに亡くなった。

阪田は三善とキリスト教との関係にも関心があったと思われるが、「戦友」ではそれを控えているように思える。ついでに言えば、滝廉太郎もキリスト教徒で、「荒城の月」はベルギーでは讃美歌として歌われている。

一九八五年・昭和六〇年　六〇歳

○小説「まどさん」(「新潮」五月号。一一月小説『まどさん』刊行)
一九八二年の短編「遠近法」で、阪田はまど・みちお(本名・石田道雄)の特異な感受性について書いた。その後阪田はまどが若い頃にキリスト教の信者であったことを知った。当時、まどは既にキリスト教から離れていたが、まどの詩にはキリスト教の影響があるのではないか。そのことを確かめるために、阪田はそれから三年間まどとの対話を重ね、台湾や、まどの父と妹が住む那覇へも取材に行って一九八五年に小説『まどさん』を完成させた。ここでは井坂洋子編『まど・みちお詩集』の「年譜」も参考に、詩人としてのまどではなく、まどとキリスト教との関わりを中心に見て行きたい。

小説『まどさん』の最初の五分の二では、貧しかった生家、祖父と二人で暮らした幼年時代、両親と兄と妹がいる台湾での貧しかった生活の中で、まどの「感受の型」がどのようにでき上がっていったかが書かれている。

　まどの幼年時代で最も大きな出来事は、台湾に渡っていた父のもとへ母が兄と妹を連れて、ある朝突然家を出たことだった。一九一五年四月、まどが五歳の時である。置きざりにされたと知ったまどは泣いた。この経験が無限に小さくなっていくものへの関心を生んだように思う。半年後に祖母が亡くなり、それから三年半、まどは祖父と暮らした。「まどさんの世に知られない散文組詩『幼年遅日抄』（昭和十五・六年）、及びその前身である『少年の日』は、おおむねこれら四年間のさびしい月日から一すじ一すじ紡ぎ出されたものである」と阪田は言う。

　ある時、幼いまどは雑貨屋の棚に気になるものを見つけた。壺に描かれた鍾馗さんの絵である。手に持った壺にも壺を持った鍾馗さんが描かれ、「その目に見えない壺の中には、もっともっと小さな目に見えない髯もじゃがいて、……」と、まどは考え、「きりがなくなつてがやがやと頭の中が入乱れた」。無限に小さくなるものへの関心である。「これがまどさんがおじいさんと二人きりの幼年時代にとらえられてしまった一つの感受の型なのだ」、と阪田は書いている。まどの心は草や花や野菜に、さらには風の音、水の音にも向けられた。「晴れた日、南瓜畠のつるべのある井戸のそばまで行って、いつまでも小さなうぶ毛に見入ってすごした」。まどは六〇数年後の「遠近法の詩」と題した文章に、「小さなかすかなものへ向かって、自分という大きな確かなものから、遠近法的に、おさえがたく同化意識のようなものを働かせていたのではなかったか」、と書いている。

一九一九年四月初め、まどは末の叔母さんに連れられて台湾に行った。母の許へ、父と兄と妹の許に行くことができて幸せだった。しかし、母は病に侵されていた。卵巣摘出手術、肺炎、胸椎カタルと、病はその後一〇年続いた。父は澎湖島に転勤しており、兄は商工学校に行っていたので、まどと妹の二人で看病をした。脊椎カリエスで結核菌に背骨を侵される痛みを、母は弘法大師への信仰によって耐えていた。更に二度の引っ越しと、まどの腎臓炎など、貧しい家庭に暗い出来事が続いた。それでも母は「どんなに家計が苦しくても、子供たちには教育を受けさせようと強い意志をつらぬいてきた」。まどは一九二二年に台北中学の受験に失敗、二三年には台北師範学校の受験に失敗し、二四年に台北工業学校土木科に入学した。「優等で卒業すれば、台湾の官庁に無試験で入れる」ことを知っていた父の意向だった。

幼い頃に芽生えた遠近法的な「感受の型」が工業学校時代に磨きをかけられた。一九二六年に三年生になり、専門課程の授業や実習で角度を測るトランシットと、高低を測るレヴェルという望遠鏡の付いた測量器械を使うようになった。まどは「この器械を使って、好んで月のあばたを観測した」。後年の詩「キリン」の一節、「ぎんの糸が一本／まっすぐに／地球の中心までとどいている」は望遠鏡での観測から得られたものだろう。後にこの「地球の中心」は太陽の中心、宇宙の中心へと拡大していく。それは後のまど独自の信仰にも繋がっているように思える。

一九二九年、まどは台湾総督府道路港湾課に就職し、一、二歳年下の高原勝巳と知り合った。二人は人生について語り合う仲になった。高原勝巳からホリネス教会のことを聞いて心を動かされたまどは、ある日、ホリネスの講演会を聞きに行き、木村清松という説教者の熱弁に打たれ、一九三一年、台北ホリネス教会で洗礼を受けた。阪田はホリネス教会に良い印象を持っていなかった。阪田の中学校時代にホリネス教会の信者が何名か南大阪教会に転会してきた。彼らは南大阪教会のやり方は生ぬるいと批判し、阪田の父もやり玉に挙げられた。「きわめて日本的な異色の新興教派」で、「もともと不寛容なキリスト教から、なお夾雑物を排除したのがプロテスタントだとすれば、その純潔な性格を単純化し、一層激しい日本的情念で充たしたのが、戦前のホリネス教会だった」と阪田は書いている。当時、ホリネス教会では「ヨハネ黙示録」に書かれた世界の終わりとキリストの再臨だけでなく、祈りによって病気を治す「神癒」も文字通りに信じられていた。

まどは人生を真剣に考えた結果洗礼を受けたと思われるが、まどの父は違った見方をしていた。阪田がまどの父から聞いたのは、「ばあさんが脊椎カリエスで寝たきりで、それを見兼ねた道雄がキリストのホーリネスに入って、新竹に大沢先生を送って下さって……」ということだった。新竹というのは当時まどの家族が暮らしていた台北の新竹市である。まどの父の考えが正しければ、長年、弘法大師を信仰することで痛みと生活を律してきた母を何とか楽にしてやりたいという気持ちから、まどはホリネス教会の神癒を受け入れたことになる。

まどは日曜日の礼拝と木曜日の祈禱会に欠かさず出席した。まどはその頃、「魂の底からの完全なクリスチャン」になろうとしていた。弘法大師にすがっていた母が神癒を受け入れ、ホリネス教会の信仰に入ったのも真面目な息子を信頼していたからだろう。母だけでなく石田家の皆がキリスト教徒になった。後に一家は旧メソジスト系の教会に転会したが、母は神癒を施す側に回って、生涯を終えた。

ところがまどは次第に神癒に「いやらしさ」を感じ、教会から離れて行った。神癒で本当に病気が治ったかどうかが問題だったのではなく、「教会で信者が『あかし』をする時に、自分の祈りで誰それの病気が直って救われた、というような話を競ってする。それがどうしてもいやだった」。「特に、祈りのなかに、悪く言えばオーバーな、自分でも信じていないことを人に勧めたりするかなわなさ」。まどは自分をも容赦しない厳しい人だった。

ホリネス教会はその後「きよめ教会」と「聖教会」に分かれた。まどは一九三九年に聖教会で永山寿美と結婚した。神道の家に生まれた妻に教会へ行くように勧めているので、まどが教会から離れるのはかなり後になってからだろう。ただしホリネス教会は一九四二年に治安維持法違反の嫌疑がかけられ、教職者が全国一斉に検挙され、翌一九四三年に解散を命じられた。

まどの一家は旧メソジスト系の教会に転会した。

それ以後にキリスト教の話が出て来るのは一九四三年一月に応召して、南方に行ってからの日誌である。軍隊において日誌（『まどさん』では日記でなく日誌としている）をつけることは禁じられていたが、まどは一九四三年から四五年八月の敗戦まで密かに日誌を付けていた。残ったのは戦友が送る荷物に入れてもらった最初の二冊である。その後の二年三カ月の日誌は、「ルナールの博物誌」以上だと誇らしげに書いていた「植物記」と共に、敗戦時にイギリス軍の検閲を避けるために焼却させられた。次の引用は五月二日と三日のもので、「これはもう、日誌ではない。寿美よ、お前への手紙だ」と書かれたところである。最初の引用は阪田の感想と共に記す。

「教会には母上と一緒に通つてゐるか、信仰的に何かを把んだか」／と意外と言えば意外な質問を加えていた。（略）

（略）母上のありがたさと、あのひねもすの祈の生活の崇高さは、誰よりも自分が一番よく知つてゐる。頂いた二枚のオハガキも肌身離さず持つてゐる。あの苦心してお書きになつた一字々々が、聖書のおことば等よりも自分には身にしみてありがたい。（略）

までの信仰が消えているわけではない。ただ最初の引用に阪田が「意外」という言葉を使っているのは、この時期にはまどのキリスト教信仰が根本的に変質している、と阪田が感じていたからである。変質の理由は、「キリスト教はあまりに人間中心ではありませんか」というまどの問に集約できるだろう。次の引用は洗礼を受けてから四年目の一九三五年に雑誌「動物文学」に投稿した「動物を愛する心」という論文の書き出しだが、既にその頃からキリスト教への疑問を持っていたことが分かる。

路傍の石ころは石ころとしての使命をもち、野の草は草としての使命をもつてゐる。石ころ以外の何ものも石ころになる事は出来ない。草を除いては他の如何なるものと雖も、草となり得ない。だから、世の中のあらゆるものは、価値的にみんな平等である。みんながみんな、夫々に尊いのだ。みんながみんな、心ゆくまゝに存在してゐゝ筈なのだ。

私はかうした事を考へるとき、しみじみと生きてゐる事の嬉しさが身にしみる。

まどの「動物を愛する心」は「一切衆生悉有仏性」、「万物同根」という仏教の教えに近い。まどのキリスト教信仰は「原型から乖離」している。しかし、まどがキリスト教を棄てて仏教の信者になったという訳ではない。まどの信仰は遠藤周作が求めてきた日本人のキリスト教や、遠藤の長年の友である井上洋治神父の唱えた「いのち」の神学に似ている。「生かされているのは人間だけでなく、植物も他の動物も同じではないのか。他の生き物とつながりを回復するその道程に、人間もまた『大きな命』へと通じる道を再び見出すことができるのではないか。それが遠藤と井上の問いであり、悲願でもあったのです」。これは評論家若松英輔の著書『日本人にとってキリスト教とは何か―遠藤周作『深い河』から考える』からの引用である。若松によれば、キリスト教では長く人間を万物の霊長として捉えて来たが、二一世紀になってフランチェスコ法王が就任してから、「神のはたらきは太陽の光のように万物に注がれている。そのことにおいて、自然と人間は分かちがたい関係にある」とするアッシジのフランチェスコの考えが公式な見解となった、と言う。言わば遠藤と井上神父が考えてきた日本人のキリスト教に法王の考えが近づいてきたのだ。では、まどの信仰はどのようなものなのか。

まどは数年の間熱心な信者であったが、「その作品のなかから、ホリネスの信仰の痕跡をさがすのはむずかしい」と阪田は言う。しかし手掛かりがある。一九六五年八月一日の日誌である。そこに「就寝まえの祈りをはじめている。なんということもなく、こんなことになってしまって、自分でもふしぎだが、母の祈りによるためかもしれない」と書いている。まどに勧められて入信して以来、熱心なキリスト教信者として生涯を終えた母の影響で再びお祈りを始めたのだ。しかし祈る相手は「キリスト教でいうエスさまでなく、人間を越えた宇宙の意志――我々を我々たらしめたものは信じられるのですが、それに向って祈る習慣がついてしまったんです。五十何年か、毎日のように続いてるわけです」と言う。それは幼い頃に身に着いた遠近法的な「感受の型」がキリスト教を受容することを通して生み出したまど独特の信仰と言えるだろう。

まど・みちおに関する阪田の考察はほぼこの小説『まどさん』で完了し、その後はまどとの言葉遊びや、まどの詩の紹介が主になる。主な仕事を挙げると、一九八九年の詩集『まどさんのうた』の編集、一九九二年、ドイツのベルリン日独センターで開かれたシンポジウム「日本とドイツにおける児童文学―西東詩集の試み」での「まどさんの自然」と題した講演、一九九二年の『まどさんとさかたさんのことばあそび』の刊行がある。阪田が四〇年以上に亘ってまどに関心を持ったのは詩と、詩を支えるまどの「人間を越えた宇宙の意志――我々を我々たらしめたもの」への信仰、まど独自の受容の仕方に共感していたからだろう。

○短編「春の女王」(「海燕」六月号)

「春の女王」とは桜の花のことである。「私」が幼い頃に読んだ漫画に桜の下に座った子供が居眠りし、その間に桜の花で埋もれてしまう、というのがあった。散っていく花びらを見ると、そんな願望がよみがえってくる。しかし、「私」は物忘れがひどい年齢になってしまった。妻が、鳥は「咲きはじめの花しかつつかないよ」、と寂しいことを言う。老齢に達したのは団地の桜も同じだった。主人公の心境が静かに伝わってくる。

○短編「驢馬に乗って」(「群像」七月号)

短編「驢馬に乗って」は弟である「私」の還暦と兄の古希を祝う会へ出かける途中の電車内での「私」と兄夫婦との会話である。兄は一〇年間あらゆる療法を使って癌に立ち向かってきたが、徐々に後退していた。手術後三年目にニューメキシコ州サンタ・フェのクリスマスの行列のことをアメリカの雑誌で読んで以来、兄はサンタ・フェに行きたいと思うようになった。それから六年目の去年の秋に、兄は長女がいるシカゴにしばらく滞在した後、サンタ・フェに行ったと言う。その時のことを尋ねると、兄と嫂は砂漠の町で見た修道院の奇蹟の階段のことを話してくれた。

百年ほど前に町にできた修道院の礼拝堂は設計ミスのために聖歌隊のギャラリーと下の一般席とをつなぐ階段がなかった。修道女は落胆して、イエスの父のことを思いながら祈った。するとある日、驢馬に大工道具を載せた老人がやって来た。修道女の話を聞くとすぐに仕事に取り掛かり、鋸と曲尺と槌と、町のものではない材木だけで階段を作った。修道女がお金を払おうとした時には、もう姿が見えなかった。

「ヨセフは大工やったやろ」と兄は言い、それから「もう一ぺん、クリスマスにサンタ・フェへ行きたいなあ」と言った。弟は先月、姪がうるんだような声で「父さんたら、この頃、ヨセフが驢馬に乗って、自分を迎えに来てくれるんだという考えにとらわれてるらしいの」と言ったことを思い出した。それから弟は、父が病院で亡くなった夜のことを思い出した。食道癌のために気道が圧迫されて息ができなくなっていた父は、入院してすぐに危篤状態になった。兄は商用で東南アジアを廻っていた。夕方、香港を発ったという知らせが届いた。あの夜、ベッドで目を見開いた父の目が求めていたのは目の前の弟ではなく、はるか遠くから駆け付けてくる兄の姿だった。サンタ・フェに行きたいと言った兄の視線が、あの時の父の視線に重なって見えた。

死を意識した、熱心なキリスト教徒である兄は神の愛がヨセフを通して現われることを待っている。そこには厳粛な雰囲気がある。では、仏教にも神道にも関心を持っているが無宗教に近い日本人の場合はどうなのか。次の短編はそのことを考えながら書かれたと思われる。
○短編「冬の櫛」（「群像」一二月号）
短編「冬の櫛」は小説『漕げや海尊』、「旅程」に書いた朝日放送時代の元同僚（小説では是枝）の寡婦との会話を基に描いた作品である。夫人から頼まれた用事のことで電話をした時、最近どんな俳句を作ったのと聞いた。「冬の櫛木より彫りだす観世音」と聞こえた。「是枝君が書きそうな句ですね」と言うと、夫が好きだった漱石の『夢十夜』を思い出して作った、と言った。

会社に勤めていた頃、彼女は多くの男性とプラトニックな恋愛を楽しんでいた。ある日、彼女の机に会社の用箋が束になって入っていた。是枝の字だった。彼女はハンドバッグにしまって、会社の帰りに読んだ。ところが意味が全く分からなかった。それから四年後に彼女は是枝と結婚した。結婚して一年ほど経った時、是枝は面白いから読んでみたらと言って『夢十夜』を渡した。書き出しを読んで驚いた。それはあの用箋の文章だった。その時、「この人と結婚できて本当によかった、と更めて痛感したという」。『夢十夜』の第一夜の夢は、仰向けに寝た女が枕元に座っている男に、もう死にます、死んだらきっと会いに来るので百年、墓の側に座って待っていてほしい、と言う。女が死んだ後、男は言われた通りに何日も何日も待っている、という話である。是枝は五一歳で死んだが、二人は用箋のことを口に出したことはない、と言う。

翌日、仕事部屋で是枝の「霊の劇場」という未完の論文を読んだ。魂とは体の中に巣くっている小さな発光体で、それが体外に出て戻れなくなった時が死だとか、「死者の霊を呼ぼうと思えば、私は自在に呼び寄せることが出来るような気がしています」、と驚くようなことを書いていた。もっと驚いたのは、前夜に聞いた『夢十夜』の第一夜のことが書かれていたことだった。気になったのは、「人間社会の輝やかしい未来を指向する精神の前におろおろしながら、その人間もやがては死を迎えることを告げるべく出番を待っている片隅の存在もあるのだ」という文だった。是枝が彼女の机に入れた用箋は男の間を飛び回る彼女への抗議であったのではないか。ところが、それは恋文の役割を果たし、二人は結婚した。結婚しただけでなく、第一夜を読んだ夫人は是枝と結婚してよかったと言った。彼女は何度も第一夜を読んだに違いない。葬儀場で参列者が棺に花を置いている時、彼女が是枝に顔を寄せて「じきに、行くから」と言ったのを「私」は聞いた。彼女は是枝が待っていてくれることを確信していた。

秋の彼岸に用事で関西に行った時に、是枝の家に寄った。是枝は論文「霊の劇場」に、索漠とした現代の人間の心の中にも一人一人の能舞台、「霊の劇場」があって、「そこでは死者は一定の秩序のもとに静かに現われ、この世の者たちと、やがて白熱した交流をハッシと仕遂げ、またもとの静けさに戻って、しずしずと去って行きます」と書いていた。「私」は仏壇の前で、亡夫の訪れは頻繁にあるのかと訊いた。すると、一度だけあった、と言う。

謎めいた、それゆえ胡散臭い霊魂の話を真面目に語るのが気恥ずかしいのか、阪田は最後に落ちを付けている。夫人の俳句の「冬の櫛」は「冬ぬくし」だった、と。

普通の日本人の心の中にも「霊の劇場」がある。キリスト教徒である阪田の兄が待ち望んでいるヨセフではなく、死者が訪れる舞台である。これがこの時点での阪田の考えである。

一九八六年・昭和六一年　六一歳

○短編「とまと」（「文學界」一月号）

素直で愛らしい童謡「とまと」を書いた荘司武はガラス工場の職長だった。幼い頃、貧しい生活の中でふと百人一首や名歌集が荘司を虜にする瞬間があった。その瞬間に喜びをもたらした言葉は、六〇歳を越えた荘司の頭の中でゆっくり流れ、「今が、何十年も前のこととすぐつながっている」と言う。その謎に迫ろうとした阪田の試みは残念ながら途中で終わっているように思う。

○短編「海道東征」（「文學界」七月号）

一九八六年七月、阪田は短編「海道東征」を「文學界」に発表し、翌年川端康成文学賞を受賞した。「海道東征」は短編「戦友」と同じく戦争にまつわる音楽家の話である。ただ軍歌「戦友」の音楽としての魅力に阪田が気づいたのが小説を書いている時であったのに対して、信時潔の交声曲「海道東征」は、阪田が中学校三年生で聞いて、感動した曲だった。紀元二千六百年を祝う音楽会で最初のバリトン独唱が「輝かにひびきわたり」、次のアルトの独唱では、「横に強く張った南欧風の唇に乗って、日本の古語がみどりの山々や梢を慕って切々と、あるいは鋭く光りひるがえるのを、息づまる思いで聴いた」。その感動は戦中、戦後も消えず、阪田は、朝日放送東京支社に勤務していた一九六一年の正月特別番組に「海道東征」の再演を企画し、実現させた。その二五年後に書かれた短編「海道東征」は一八八七年に牧師の息子として生まれた信時の生涯と仕事、「海道東征」初演の一九四〇年、再演の六一年、そして執筆時の一九八六年前後の信時にまつわるエピソードを繋ぎ合わせた作品である。一九四〇年のエピソードは信時の生徒であった従兄大中恩や叔父大中寅二の話、六一年のエピソードは再演のために出会った信時や声楽家中山悌一の話、八六年は信時家の次男と姪の話である。全編を通して、ゆったりとした語り口で信時について語っている。

短編「海道東征」は「信時潔の夢を見た」で始まり、「信時さんが、わが家へ泊りに来た夢を見たのはその晩のことであった」で終わる。まるで夢の中で出会った人の話のように作っているのは、信時の曲が戦前、戦中に天皇崇拝や戦意高揚のために使われたことと関わっているからだろう。先の始まりに続いて、「いが栗頭の信時さんは、村の鎮守の神様のような衣服を身につけていた」と滑稽な感じを出しているのも、煙草好きな信時が煙草の代わりに鉛筆を加えて夢中になって教えていると、涎がピアノの鍵盤に垂れるのだが、生徒であった大中恩は我慢してそのまま弾いたという話も、信時を風変わりな、しかし身近な人としてイメージさせる工夫に思える。短編「海道東征」が書かれたのは戦後も四〇年以上経ち、戦争の記憶がかなり薄れ、戦時中の出来事を感情に囚われずに見ることができるようになった時期であった。阪田は信時の作曲家としての優れた仕事を真正面からではなく、やや斜めから、あるいは下から語ろうとしたのである。長編『わが小林一三』では主人公を一三と呼んでいるが、「海道東征」では信時さんと親し気に呼んでいるのも同じ理由からだろう。

しかし、どんなに時が流れても辛い思い出は消えないのも事実である。戦意高揚のために日本放送協会から依頼された合唱曲「海ゆかば」（大伴家持作）は、戦時中に大本営発表や戦死者の報告の際にラジオで流されたので、戦争を体験した世代の人たちにとっては当時の重苦しい気分を蘇らせずにはおかない曲である。信時の次男次郎氏でさえ、「あのひびきが辛い面に結びつきまして、——私なんか普通の感じでは聴けません」と言う。

それに引き換え阪田は中学校時代に、時流にも感情にも流されることなく信時の曲の真価を理解していた。二一年後の「海道東征」再演の企画書には次のように書いた。「素朴かつ重厚に、民族の伝説をあかるくたのしくうたいあげ、当時の索莫とした軍国調の世の中に大きなうるおいを与えたものだった。／さればこそ、今なおこの曲をなつかしみ、おのが青春の哀歓と重ねて再演を望む声が跡をたたず（略）」。「海ゆかば」については、「私には讃美歌のようにひびいた。大伴家持の歌だのに、旋律も和声も堂に入って西洋風で、そのことが私には嬉しかった。（略）『日本にもこんな歌が出来るようになったのか』と心強く思ったことを覚えている」と書いている。信時の次男次郎氏も先の言葉の後、「あの言葉によくあの音をつけたなと、そのことには一寸感心しますね」と述べている。信時は「戦争中、国の動きにずいぶん動かされ」た。しかし時流に流された訳ではない。信時は主にバッハ、ベートーベンを研究し、そこで学んだ作法で時流を越えた日本人の精神を表現した。

姪の信時裕子編『信時潔音楽随想集　バッハに非ず』の年譜によると、信時は一八八七年に大阪北教会の牧師であった吉岡弘毅と妻とりの三男として生まれ、一一歳で同教会の四長老の一人信時義政と妻げんの養子となった。その随想集に信時が晩年に書いた興味深いエッセイ「バッハ小感」（一九四八）、「バッハのコラール前奏曲について」（一九五五）がある。日本人はキリスト教精神が根底にあるバッハの音楽が苦手だが、将来の日本の音楽にとってバッハは重要である、と信時は考えていた。バッハのコラール前奏曲には「まず大胆でしかも適切な和声の撰択、旋律の原形に器楽的な精彩を加える華彩、コラールのふしの一部あるいは遂次的に全部を定旋律としてそれに配合する対位的音型の適切さとその豊かな変容発展、（略）要するにバッハの有するすばらしい対位法的技術が自由自在に織りこめられている」と言う。コラールとはルター派の讃美歌である。牧師の家に生まれ、長老の家の養子となった信時にはコラールは研究する前から親しいものだっただろう。それは阪田にも言える。阪田はエッセイ「信時さんの軸足」に小学校六年生の頃に「海ゆかば」を聞き、『こんな西洋の讃美歌のような曲が、日本にもできるようになったか』と思った」と書いている。生まれる前から母のお腹の中で讃美歌を聞いていた阪田には信時の音の本質がすぐに分かったのだ。

阪田の短編「海道東征」はコラージュによって様々な角度から信時を描くことで、信時に纏わり付いていた戦争のオーラを解き放つものだった。筆者は二〇二二年に「海道東征」、「海ゆかば」の公演を聞いたが、音楽の素人である筆者にもその精神性、芸術性の高さが理解できた。

○短編「オーシコーチノミツネ」(「飛ぶ教室」一一月)

前年の短編「冬の櫛」の最後に書かれた亡夫の訪れの話の続きである。二年前に亡くなった香の父は、この世とあの世の交通を調べていた。香は一度だけ父に歯向かったことがある。復活祭の朝に父から小栗判官の「よみじがえり」の話を聞いたのがきっかけだった。教会に通っていた香は納得できず、アメリカ人の宣教師に聞いた。宣教師は否定した。父にそう言うと、「じゃあ聞くが、復活って、何だ?」と言った。その翌年、香が高校に入って最初の夏休みに父の声が出なくなった。二カ月後には食道癌とわかった。翌年、父は亡くなった。その夏の盆に京都の六道珍皇寺で槇を買い、父の戒名を書いてもらい、その枝に水をかけ、迎え鐘を撞いた。母が言うには、そうすればあの世から父の魂が帰ってきて、槇の葉の露に宿るらしい。それを持って帰って仏壇に入れて拝むのだ。香はバカバカしいと思ったが、父はそう信じていたそうだ。

香が大学受験の前夜、風呂に入っていた時に、「おーしこーちのみつね」という声がした。翌日受験場で国語の試験問題を解いている時、人名にふり仮名を付ける問題があった。そこに全く分からない人名「凡河内躬恒」が出ていた。その時ふと「おーしこーちのみつね」だと分かった。

黄泉帰りという話を娘らしい可愛い話として展開したもので、若い読者を楽しませることのうまい阪田らしい作品である。

○短編「バルトと蕎麦の花」(「新潮」一二月号)

短編「バルトと蕎麦の花」は四〇年近く教会から離れていた放蕩息子阪田がはっきり教会の方を向いた作品と言えるだろう。表題の「バルト」とはドイツの神学者で、本書の言葉を引用すれば「人間の信心や、自然の中に造物主を感じる心、といったものは一切無意味だと否定し」、「聖書以外に神の啓示はない」と断じたカール・バルトである。「蕎麦の花」とは小説の舞台となっている教会(その頃は伝道所であったが、小説では教会となっている)の前に拡がる蕎麦畑の白い蕎麦の花のことで、小説では主人公であるユズル牧師の短歌に詠まれている。

「家の前に蕎麦の畑あり夕べ行けば花あかりせり幽かにゆれて」

「白き蝶蕎麦の畑に湧き出でて白き花群に又紛れ入る」

バルトは被造物である自然を詠うことを無意味だと否定した。それゆえ表題はバルトと自然を詠う短歌という相容れない世界を指していることになる。主人公ユズル牧師はバルトに強い影響を受けて一時期短歌を止めたが、短歌の手ほどきをしてくれた父の死を境に再び短歌を詠み始めた。つまり、表題はバルトと短歌という相容れない世界を許容するユズル牧師の信仰のあり方を表現しているのである。


一〇年ほど前から、夏に山小屋で仕事をしていた「私」は、ある夏に町の教会の日曜礼拝に出席して、「あから顔の小柄な牧師のふしぎな訛りのある説教を聞き、なぜかその日いちにち元気にすごせて以来、時たま炎天下を一時間歩いて説教を聞きに行くようになった」。それが月に一、二度になり、東京では教会に行かないのに、山小屋に来ている時には休まずに行くようになった。なぜユズル牧師の説教を聞くと元気になるのか。何年も前からその理由を知りたいと思っていた「私」は、クリスマスの礼拝に出席する。

小説はクリスマスの日の礼拝に加わるために早朝に東京から列車で長野県のひなびた駅に着いたところから始まり、礼拝の最後の讃美歌で終わっている。四時間ほどの間に「私」が見聞きした出来事に、それまでの牧師との手紙のやり取りや牧師を支えていた短歌、所縁の人の言葉が挿入され、牧師の苦難の人生とその中で見出した歓びが描かれる。

ユズル牧師の父は百姓で、牛一頭を頼りに早朝から深夜まで働いた。牧師は女・女・男・男・女の次男であった。生まれてすぐにかかった小児麻痺のために満二歳六カ月まで歩けなかった。長姉がかばって面倒を見たが、他のきょうだいは誰も相手にしなかった。小学校ではいじめられて、毎日泣いて帰った。そんな子供に父は容赦なく、他の子と同様に完璧を求めた。父の姿が見えると「気持が暗くなった」と牧師は言う。その子が中学校二年生の春、縁側に寝転んで何気なく外を見た時、四本のけやきが芽吹くのが見えた。「こんなきれいなものが世の中にあったのか」と思った。「あの高みで誰からも見られず、見られるつもりもなく、ずっと春ごとに、あんなに美しく萌え出ていた。（略）そう考えるだけで胸が痛いようで、寝ころんでおられなくなった」。それから父の短歌をこっそり見るようになり、中学校三年生の時に自己流で作った短歌を父に見せた。家を継ぐ兄は中学を出ただけだったが、ユズル牧師は高校へ行かせてもらった。そこで二年生の時に友人から聖書研究会に誘われ、熱心に出席した。その会の指導者であった牧師から勧められるとすぐに牧師になる決心をし、卒業後、神学校に進学した。父が認めたのは、「あの子が人なみに食べて行くには、本当に、牧師になるほかないかも知れない」と思ったからではないか、と姉は言う。

高校の聖書研究会にいたもう一人の牧師志望の優秀な学生は東京神学大学へ進んだ。ユズル牧師は農村専門の伝道者を養成する全員で二〇名ほどの全寮制の神学校に入った。一度社会に出てから入学した年配の生徒が多かったので、ユズル牧師は「坊や」と呼ばれた。それに反発するように、禁酒禁煙の誓約書を書かされたのに、寮で煙草を吸っていた。しかし神学の理解は既に深かった。ある後輩は午後の農業実習中に、「聖書に何が書いてあるんだ！」、「キリストは何をしたか！」と問われた。黙っていると、「解放したんだ。自由をくれたんだ」と言った。「解放される、或いは自由を与えられるとは、自分という人間の存在が、キリストを通して受容されているということだ、とユズル先輩は補足した」と言う。ユズル牧師は神学校二年生の時に二人の先輩とバルトの『教義学要綱』を半年間徹底して読み、「『ねばならぬ』と自他を縛りつける暗い教会の雰囲気から、百八十度転回して光の中に解放された」。

ユズル牧師はバルト神学を深く理解していた。しかし、実生活は思い通りには行かなかった。就職で躓き、最後に高校時代に通っていた総合福祉施設の一部として建てられた教会に副牧師として採用された。その施設でユズル牧師は失恋や身近にいた青年の死を経験し、何カ月も落ち込んだ。そんな時、父が見合いを勧めてくれて、結婚した。披露宴の最後に挨拶に立ったユズル牧師は次のように言った。

「父は百姓で、世の中に残すようなことは何一つできないが、歌一筋に生きている」

「一銭にもならないものに命をかけることを、私は父親から学びました」

「自分の伝道の生涯も、一文にもならないものだ。故に、親父の教えにならって、静かに生きて行きたい」

ユズル牧師は神学校時代に無学な父を軽視したことがあったが、この時には既に自分の非を認めていた。そのうちに、施設の責任者や信徒がユズル牧師の説教を認めてくれるようになり、聖書研究会が計画された。この頃、父に胃癌が見つかり入院した。手術を受け、退院したが、一カ月後に亡くなった。父の死後、「バルトの反自然神学に遠慮して控えていた短歌を、また積極的に書き出した」。しかし牧師の道は険しかった。

結婚五年目にユズル牧師は百年前に建てられた山峡の街道筋の教会に正牧師として赴任したが、就任六年目に総会で、信徒が増えないのは「命を賭して伝道する気概に欠けるからだ」と批判された。就任八年目に辞任を要求され、先輩の斡旋で更に山奥の伝道所に移った。それが「私」が通うようになった教会である。

教会ではクリスマスの説教が終わりに近づいていた。しかし「私」は二、三日前にユズル牧師からもらった手紙のことを考えていた。神学校を卒業した後、教会の副牧師として学校の祈祷会で話をすることになった時、ユズル牧師はマタイ伝二五章一四節から三〇節のたとえ話を取り上げた。旅に出る主人が三人の僕（しもべ）に能力に応じて五タラント、二タラント、一タラントを渡した。最初の二人は預かったお金を生かして利益を出したので、戻ってきた主人は喜んだ。一タラントを預かった僕は主人の冷酷さを恐れてお金を土の中に埋めていたので、主人に叱られ、追放された。この話を高校時代に読んだ時、ユズル牧師は主人のやり方に不満だった。一タラントを預かった者が働かなかったのは当然だと思った。「私の中にある劣等感はそう反発しました」。ユズル牧師は初めて「劣等感」という言葉を使っていた。ところが高校の祈祷会で話をするために読み返したところ、読み落としていたことに気づいた。「主人が僕に、先ず財産を預けたという点です。たとえ小さなものでも、信頼され、期待されたから、預けられたわけではないか。信頼されている、という一事で、私は信仰をとりもどした気がします」。それでも劣等感は消えなかった。そのために人間関係が破綻したことがあった。「しかし、あの底の岩に還って、私は、私でありたい。主から預かった小さなタラントを、それなりに用い、役に立ちたい。この思いで、今も生きております」。

手紙を読んで阪田は感激したに違いない。阪田は幼少期に絶対的に善なるものがあると教えられ、それに従えないのは罪であるとして躾けられた。自分の中に善でないものを意識していた阪田は自分がダメな人間であるというコンプレックスを抱いた。そんな鬱屈した思いが一気に晴れた瞬間だっただろう。阪田は次のように書いている。「私の裡にある劣等感、という言葉を読んだ時、ユズル牧師の、身体の中に風が吹き抜けるような、爽やかな短歌を逆に連想した」。

「倒されて現にはなきけやき樹の芽ぶける枝のそよぐ吾が裡」

「いや、けやきの芽ぶきだけではなく、ユズル牧師が牧師として現在に至る土台の隅石に、その父の存在をも私は加えたい」。バルトから「否！」と叱られるだろうけれど、「けやきと、短歌と、父と。ユズル牧師の裡から、『自然』が輝き出すのも消すわけにはいかない」。

この言葉から私たちが思い出すのは、「旅程」の木下順二の言葉であり、亡き友人が最後に到達した境地である「クリエイト」だろう。切り倒されたけやきの芽吹きを、亡くなった父を、ユズル牧師は生き生きと心の中に「クリエイト」し、短歌を作る。しかし、「旅程」の亡き友はキリスト教徒ではなかった。それに、「ユズル牧師の裡から、『自然』が輝き出す」と言うのも正統な考えではない。しかし、それはユズル牧師にとって問題ではないのだ、と阪田は思った。「信頼されている、という一事で」信仰を取り戻したユズル牧師は、「私が神さまにおすがりする」のではなく、「神さまが手を引いてくれること」を確信していたからである。

この時、阪田は自分もまた「主から預かった小さなタラントを、それなりに用い、役に立ちたい」という思いで仕事をしてきたことに改めて気づいたのではないか。さらに、これまでの仕事が亡くなった父や母、宮川牧師、義父を「クリエイト」することであったと理解した。ユズル牧師の手紙を読んで感動したのはそのためだが、同時に、自分に足りないのは牧師の言う

「信頼されている、という一事」、「神さまが手を引いてくれること」の確信であると知っただろう。阪田の信仰は着実に深化していた。

ユズル牧師の祈りは終わり、オルガンが鳴りだした。日曜学校以来の懐かしい讃美歌「天なる神には　みさかえあれ」であった。

一九八七年・昭和六二年　六二歳

○短編「でんとんしゃん」(「群像」一月号)

デントンさんは「私」の母が一九〇九年頃同志社女専文科に入学した時の先生だった。文科の在学生は一年から三年まで合計一三名、母の学年は二人だけだった。母は三年間、三一歳でアメリカン・ボードから派遣された当時五〇代の宣教師ミス・デントンから倫理的キリスト教、質素なアメリカ風手料理、物凄い大声での讃美歌とエール、やせ我慢、社会奉仕、看病と治療、葬式の取り仕切り方に至るまでを徹底的に教えられた。デントンさんは強情なところがあり敵も多かった。アメリカとの戦争が始まっても日本に留まり、四年間軟禁状態で過ごした。戦争が終わった時は八八歳であった。母は尊敬しているデントンさんに倣ったのか化粧も、派手な服装も嫌い、病人や死人の世話を焼き、子宮癌の手術の途中で麻酔が切れた時でも讃美歌を歌って乗り越えた。八〇歳になる直前に膵臓癌が見つかり入院したが、その前年に教会の雑誌に「同志社で教わったこと」という文章を書いた。同志社で学んだのは、あの時これこれしていたらという「たら」はこの世にはないのだから、すべてを「神備え給う道」と受け止めようと決心したことだった。

デントンさんについて書くことで、阪田は母の信仰を歴史の中に置いて見ようとしたのだろう。

○短編「更けゆく秋の夜」（「文學界」六月号）

短編「更けゆく秋の夜」は唱歌「旅愁」の作詞者犬童球渓（いんどうきゅうけい）（本名・信蔵）を阪田らしく取材の様子という「副え木をつぎ足し」て描いた小説である。一九〇七年に発表された「中等教育唱歌集」は翻訳唱歌集で、その一つ「旅愁」の原曲はジョン・P・オードウェイの“Dreaming of Home and Mother”である。大学で音楽学を専攻した阪田には、「原曲の旋律が、八カ所にわたって簡素化され、それで日本語の歌詞を乗せるのに大変好都合になった」ことがすぐに分かった。気になったのは、「旅愁」の歌詞が原詩と全く違うことだった。「夢の中で、幼な児になって天使に守られ、うつつに母の声を聞」いている原詩が、哀愁を帯びた歌詞になっている。明るい原曲のまま、哀切な歌という「全く別の新しい生命を与えてしまった力は、この人のどこから出てきたのだろう」という問が阪田に小説を書かせることになった。

球渓は農家の次男坊で、農業を継ぐつもりだった。ところが小学校に勤務していた兄の勧めで高等小学校へ行き、小学校の臨時教員になった。尋常准教員検定試験に通って六年後、熊本県から推薦されて東京音楽学校甲種師範科に入学した。卒業後、兵庫県の柏原中学校に奉職した。しかし「格別に温和で、質朴」な新任教師は血気盛んな生徒のいじめに遭い、新潟の高等女学校に転出した。「外国曲に言葉をつける形で犬童が作詞を始めた」のは柏原中学校に勤め始めた一九〇五年である。「辛い思いを、(略)名もない野の花のような歌に聴き入ることで、彼は自分の中で鎮めて行くことを覚えた」。「音楽家としての彼の骨頂も、(略)創る人であるより、聴く人たることであった。自分を空しくして、おのれの寸法に合った曲を体のうちに誠実に受け容れ、そこから言葉を聴きだし紡ぎだす」人だった。

短編「更け行く秋の夜」は安西均の詩「湯帰りのひと」の中の林芙美子との会話から始まっている。安西は林の小説『放浪記』を思い出すと唱歌「旅愁」を思い出すと言う。『放浪記』では「私は北九州の或る小学校で、こんな歌を習った事があった」という書き出しで唱歌「旅愁」が紹介される。「宿命的に放浪者である」女主人公、「侘びしがりやの故郷喪失者—帰りたくても帰り所のない人の心」を捉えたのが「人の心を誘いこむこの不思議な唱歌」である、と阪田は言う。阪田が「旅愁」を覚えたのは、夫と別れて阪田の家に住み込みで働いたばあやの娘がよく歌っていたからであった。その詩の作詞者の死が自殺であったことを考えると、作詞者自身が死を前にして「故郷喪失者」であったのではないかと思わずにはいられない。

一九八八年・昭和六三年　六三歳

○短編「靴」（「群像」一月号）

短編「靴」は南大阪教会の日曜学校の校長であった吉田長祥が亡くなって二〇年目の記念の会を描いた作品である。戦時中に長祥は教会から除名されたが、記念の会は除名した教会で開かれた。長祥の長女と兄夫婦、末娘と「私」夫婦が招く側であった。教会堂での牧師による説教が終わると、幼稚園の二階の集会室で軽食を取りながら思い出話をしてもらう予定だった。スリッパに履き替えて果物などを集会室に運んでいる時に、日曜学校に通っていた頃の福井先生に出会った。「私」より一回り年長なので七四歳のはずだが、若い感じだった。福井さんは「今日これから大学で試験なので」神戸に行くと言われた。靴がなくなっていたのはその後だ。どうやら福井さんが間違って「私」の靴を履いていかれたようだった。

教会堂には百人を超える人が集まった。戦後に就任し、今年で勇退する七〇歳の牧師は、晩年の長祥夫婦を訪ねた時のことを語った。宗団のために六年間日本各地を講演して回ったあげく六二歳で倒れ、それ以後は台風の進路を祈りによって変える「天候調節」をしていると長祥は笑ったそうだ。牧師は、式辞の終わりに「長祥の始めた日曜学校も、もしかすれば、祈りによって自然を越えようとつとめた信念の世界ではなかったか」、「その愛の基盤の上に教会が建てられた。これが一家の最大の貢献であろう」と言った。

集会室での第二部は日曜学校の初代の教頭先生、長男、次男の同級生などが思い出を語った。最後に挨拶に立った嫂は、父親が教会を除名されたことが子供たちにとってどんなに恐ろしい苦しみであったか、教会側の阪田家と除名された側の吉田家の間がどんなにおかしくなったかを語り、「父は死ぬまでキリスト教徒であった」と言った。

会が終わった後、事務室の人に福井さんの家に電話してもらったが、まだ帰っていない、という返事だった。「私」は福井さんが大学の先生だと思っていたのだが、学生だと教えられて驚いた。七四歳で神戸大学の試験を受けて合格したことが新聞に大きく取り上げられたそうだ。その夜、福井さんは兄の家に電話して、「試験のことで頭が一杯で、足まで神経が行かんかったんや」と言った。福井さんは、神戸大学を目指したのは「いまも私淑する校長先生の母校にどうしても入りたかったからだ、と言った」。

亡くなって二〇年も経つのに、記念の会には百名を越す信者が集まった。牧師も長祥を信念の人、愛の人と言った。七四歳の福井さんは長祥を今も先生として慕い、先生の母校に進学した。阪田は義父への思いが自分の中で変化したことを実感したのだろう、次のように書いている。

それは校長先生の運勢や資質とは必ずしも関係はなく、また日曜学校に限らずどこの世界でも、一体何が起ったのか目には見えないのに、機嫌よく鳴りひびいていた何もかもがとつぜん繰返しをやめて、急につまらなくつめたくなりさがって行く時代だったと、今は思われてならない。そして、何の咎もなく、むしろ正義感と信仰と善行のゆえにやみくもに舞台の上に押し上げられて、傾いて行く時の象徴のような劇を懸命に演じさせられた一例が、校長先生と、彼の主宰する家族だったと思われてならない。

阪田はようやく長祥の変節を歴史の一齣として眺められるようになり、苦手であった義父を受け入れた。阪田がそこに至るのに、以前対談した井上洋治神父が言った「許す」ということが働いたように思う。

○短編「異樹」（「文學界」六月号）

タイトルの「異樹」は異様な姿の樹木を連想させるが、本文中に引用された大言海の「異樹(ケヤケキキ)ノ義、木理ニ云フ」が示しているように、欅のことである。家の近くの欅を初めて意識したのは一九八二年四月に狭心症の発作のため入院し、退院後に恐る恐る始めた散歩の時であった。

二本の欅をモデルに絵本を作ろうと考えた「私」は、一年間一人で、また編集者や画家を連れて欅を見に行った。短編はその様子を描いたもので、阪田の創作の過程が描かれている。

短編「異樹」の魅力は童謡や幼年絵本を描く阪田の、木に惹かれる感受性の新鮮さであり、豊かさである。しかし小説「バルトと蕎麦の花」を読んだ私たちは、バルトとユズル牧師を思い出す。バルトは「自然の中に造物主を感じる心、といったものは一切無意味だと否定し」た。「役立たず」と叱られていたユズル少年は四月のある日、寝そべっていた縁側から欅の梢が「萌えたつ」のを見て、劇的に変化した。「けやきの導きという他ないが、まるで自分を叱るために存在するかに見えた父親の手ほどきで、短歌を作る」ようになり、「短歌の自然渇仰を通してきびしい農民の父と和解できたことが、彼の人生を変えたのだった」。それに力を得て、欅に惹かれた「私」は次のように言う。「こちらが病後で自信をなくしていたせいか、遠くから望んで、二本の大木がただそこに立つことによって自分を支えてくれている感じがした」。バルトだけでなく、日本に伝わってきた人格主義的キリスト教においても異端と思われることを述べた後、説明もなく突然、「私」は次のように続ける。

「自然界に神性や人格など一切認めないキリスト教の世界でさえ、天地創造に際して、神がすべての動物、植物を人間の支配下に置いたあと、アダムにそれらの名前をつけさせて、面白がって神さまが見ていたというのに（略）」。

遠慮がちではあるが、「私」は自然を愛でる日本人の心性と聖書の世界とを繫ぐ道があると考えているのだ。それは既に引用した評論家若松英輔が述べていたように、遠藤周作と井上洋治神父の考えに近いものだった。筆者にはまだ十分理解できないが、キリスト教の神を人格主義的に理解するのではなく、「神を働く神」として場所論的に理解しようとする八木誠一も同様の考えに立っている。八木は著書『場所論としての宗教哲学―仏教とキリスト教の交点に立って―』で「仏教と正確に対応するのはこの神学なのである」と述べ、キリスト教と仏教の共通の根を明らかにしようとしている。阪田が見ているのも「働く神」であるように思える。

この年の「年譜」に九月、遠藤周作との「意気地なしの対談―日本人と信仰―」を「世界」に発表とある。殉職した自衛官を靖国神社に合祀したのは信教の自由の侵害だと夫人が合祀取り消しを求めた訴訟が、六月に最高裁判決で認められなかったのを受けて行われた対談である。二人は戦時中に迫害された辛い思いを吐露している。阪田は憲法が日本人の基本的な権利を守る砦だという考えからだろう、「少数派の弱い立場にある人には、国を背景とする大きな力の前でも、いやなら断ってもいいんだよと保証するよるべを、国のほうから示して頂きたかった」と述べている。政治に関わってこなかった阪田の精一杯の声である。この対談は二人の交流がイスラエル旅行以降も続いていることを示している。

第一二章　受容と変容と死

一九八九年から九三年まで阪田は武者小路実篤と関わりのある作品を三つ発表している。一九八九年の小説「ノンキが来た―詩人・画家　宮崎丈二―」（以下『ノンキが来た』と記す）、九〇年の小説「武者小路房子の場合」（以下『房子の場合』と記す）、九三年の阪田寛夫編『この道より　武者小路実篤詩華集』（以下『実篤詩華集』と記す）である。二つの小説はいずれも長編で、調査にかなりの時間が必要であり、詩華集は二千五百余編もの詩を集めたものであったためか、この間に書かれた短編は軽いものが多く、統一感に欠けるきらいがある。そのことを考慮しながら読んでいきたい。

一九八九年・昭和六四年・平成元年　六四歳

○短編「猪」（「文學界」三月号）

一九一八年に武者小路実篤が日向に作った「新しき村」を二年前に見に行った時に車で案内してくれた人から猪の肉が届いた。しばらくして出版社から若い男が原稿を取りに来た。妻が猪の肉は要らないかと隣近所に声を掛けたが、欲しいと言う家はなかった。主人公を老人にして阪田自身の日常の一齣をユーモラスに描いた短編である。

○短編「朧月夜」（「群像」一〇月号）

文部省唱歌「朧月夜」や「故郷」の作曲家岡野貞一（ていいち）の幼年時代を調べに鳥取市を訪ねた語り手である「老人」は一八九二年、岡野が満一四歳で洗礼を受けていたことを知った。父を早くに亡くした岡野は姉を頼って岡山に行き、姉夫婦と一緒に牧師の手助けをした。牧師から勧められて東京高等師範学校附属音楽学校予科に入学し、卒業後は本郷中央会堂のオルガニストになり、四二年間勤めた。漱石の小説『三四郎』の最後に出てくる「会堂（チャーチ）」は中央会堂である。三四郎が聞いた讃美歌は岡野が演奏していたことになる。小説は唱歌に反対し「童謡運動」を始めた鈴木三重吉や北原白秋に枝葉を伸ばしながら進む。

一九九〇年・平成二年　六五歳

○短編「ブロードウェイの景観」（「海燕」一月号）

ニューヨークで娘大浦みずきが出演する宝塚歌劇公演があり、「彼」は妻と見に行った。第一部は雪月花の主題の踊り、能風の伎楽の舞、娘が中心の群舞で、第二部はダンスナンバーであった。翌朝、ニューヨーク・タイムズに載った劇評は「ごたまぜ」だと批判的だった。しかし、娘だけを褒めていた。旅と公演の様子を描いた短編だが、その裏にあるのは「ごたまぜ」だと批評した評者への静かな批判である。

○阪田寛夫編『この道より　武者小路実篤詩華集』(一九九三)

阪田は一九八七年に「新しき村」を訪れた。その時、実篤の最初の妻房子に出会った。一八九二年生まれの房子は九五歳であった。小説『ノンキが来た』の宮崎丈二は実篤、実篤の友人千家元麿から大きな影響を受けた詩人である。丈二や房子は実篤なしには語れない。それゆえ執筆年代から言えば最後の作だが『実篤詩華集』から始めて『ノンキが来た』、『房子の場合』へと読み進みたい。その際に注目するのは「受容と変容」、あるいは原型からの逸脱である。

『実篤詩華集』は小学館版『武者小路実篤全集』第一一巻に収められた二千五百余編の詩から百余編を選んだ詩華集である。巻末に付した解説「童子の詩――武者小路実篤詩華集に寄せて」で阪田は、一八八五年生まれの実篤の最も初期の詩である一九〇六年、二一歳の時の詩「弱き者よ」を取り上げ、その詩の「己が力の及ばぬことは、／ことごとく神にゆだねて、／

出来るだけ善事をなし、／出来るだけ悪事をさけよ、」を、「トルストイの厳しい倫理的キリスト教の膝下に呻いている感じです」と述べている。『武者小路実篤全集』第一八巻の年譜によると、一九〇三年九月に学習院高等学科に進学した実篤は、翌年ドイツのレクラム文庫でトルストイ著『ルチェルン・家庭の幸福』を辞書を片手に耽読した。「学習院でトルストイと云へば彼のことだつた」。しかし、一九〇六年九月に東京帝国大学文科大学哲学科社会学専修に進むと、漱石などの日本の作家やイプセン、ドストエフスキーなどを読み、とりわけメーテルリンクの『智慧と運命』を読んで「トルストイのきびしい戒律にそむく端緒となった」と書かれている。阪田も解説で、実篤の二人の女性への片思いに終わった恋と、一九〇七年に書かれた恋の詩「男波」や「人道の偉人」を引用して、「トルストイの怒りの神に背いて人類を神とし、これと心中も辞すまい、という転向の声明であります。文句があるなら、神も人類の奴隷にしてしまう、というのです」と書いている。しかし、実篤はトルストイの影響を脱して、神と人類を対立するものと捉えていたのだろうか。

実篤とトルストイとの関わりを考える上で重要なのは一九〇三年、学習院中等学科を卒業した一八歳の夏、年譜に「金田の勘解由小路資承の家でトルストイの『我宗教』と『我懺悔』（いずれも加藤直士訳）を読み、トルストイの著作にはじめて接した。おなじく金田で聖書を読む。資承にならって仏典を筆写した」と書かれているところである。八年前に「事業に失敗して三浦半島の金田に隠棲し、晴耕雨読の生活に入っ」ていた叔父の生活と、トルストイと聖書と仏典の読書が実篤の生き方を決定して行った。とりわけトルストイから強い影響を受け、キリスト教の神を強く意識するようになった。実篤にとってトルストイはキリスト教について独自の考えを持った人であった。『トルストイ全集15　宗教論（下）』の訳者中村融は巻末の「解説」にトルストイの生涯を簡潔にまとめている。家庭の宗教であったギリシア正教のキリスト教で洗礼を受けたトルストイは一五歳頃から哲学書を読みあさり、「生活の全般的な進歩を信じ」、教会のキリスト教に疑問を抱き、一六歳で教会へ通うことを止めた。その後は『アンナ・カレーニナ』、『戦争と平和』の作家としての名声と、名門のロシア貴族としての財産、幸福な結婚生活に恵まれた。ところが七〇代に入ってから家庭に不幸が続いたために、生への情熱を失い、進歩の哲学に懐疑的になり、『教義神学の批判』、『懺悔』、『わが信仰はいずれにありや』などの宗教的著作を書くことによって新たな信仰を求めた。その宗教観と実篤の関係について、ロシア文学者阿部軍治はその著『白樺派とトルストイ――武者小路実篤・有島武郎・志賀直哉を中心に』で次のように述べている。

トルストイは承知のごとく、聖書の中ではキリストの説いた「山上の垂訓」を最重要視し、教会の説くキリスト教観とはかなり異なる神観を唱え、三位一体や、聖霊、原罪説、死後の復活、来世の生などを否定した。その宗教観はきわめて現世的であることを特徴とし、この世こそ人間の生きる世界であり、そこで「山上の垂訓」などキリストの教えに従って生きることこそ、永生（永遠の生活）につながるとした。キリストの教えによれば、彼の説いた戒律の中に表現されている神意を実行するという条件下においてのみ、個人の生活は滅びることなく、人類の子の中で不動に永遠のものとなり、永生が実現することになる、すなわち、全人類の現在・過去・未来と結びついている普遍的生活、つまり人類の子の生活に連なることになるのである。そして、彼は、神は永遠で無限である、あるいはその属性を愛、霊魂・心、真理、善、生、自由などと、様々に説明したのである。武者小路の説いたものの中に独自性を認めはするが、しかし筆者は内容的にはトルストイの宗教観に限りなく近いものを感じ取っている。

つまり、トルストイの言うキリスト教は聖霊や復活、来世を否定する「きわめて現世的」なものであった。その具体的な内容は『トルストイ全集15　宗教論（下）』に収録されている「わが信仰はいずれにありや」に書かれている。実篤と関わるところを引用する。

「キリストが個人的生活に対立させているのは死後の生活ではなくして、全人類の現在・過去・未来の生活と結びついている普遍的な生活、つまり、人類の子の生活である」。

（人類の子の生活において）「幸福の最初の、そして万人にみとめられている条件の一つは、人間と自然とのつながりが侵されていないような生活、つまり、大空のもとで、陽の光や新鮮な空気に親しむ生活、大地や動植物と結びつくことである」。「そのつぎの、幸福のための疑いなき条件は勤労であり、それも第一には、好きな、自由な勤労であり、第二には、食欲と、深い安眠とを与えてくれる肉体的勤労である」。「幸福のための第三の疑いなき条件は家族である」。「幸福の四番目の条件は、世界のあらゆる種々な人々との自由で、愛に満ちた交流である」。「最後に、幸福の五番目の条件は、健康と無病の死とである」。

これらは実篤が「新しき村」で実現しようとしたことだった。叔父の家での読書と叔父の農耕生活は実篤の心の中でトルストイの信仰と結びつき、理想的な生活として刻まれたと言えるだろう。

一九三九年に発表した『牟礼随筆』に実篤はトルストイに関する三つのエッセイ、「トルストイ主義」、「トルストイと現代」、「人間と神の間」を書いた。「トルストイ主義」では次のように述べている。

「トルストイは僕の最初の恩師であり、最大の恩師であつた。自分が今でも人生に就て考へてゐる大部分はトルストイの考へと一致してゐる。しかし正直に言つてトルストイ主義から自分は随分脱出してしまつた」。

その理由として最も納得の行く文章はエッセイ「人間と神の間」の次の文である。

自分は既成宗教を非難しようとは思はない。よく知らなくもある。しかし仏教の大乗経や、儒教の影響をうけたせゐもあるかと思ふが、ある型に入らず、自然の奥深さをそのまゝ感じることが出来たことをよろこんでゐる。あまりにある宗教に入つた見方は、僕には型に入りすぎて、他のものを異端視する傾があるやうに思ふ。もつとぼんやりしながら、宗教の神髄にすなほにぢかにふれ得る我々の方を幸福に思つてゐる。しかし真の宗教は皆共通したものを持つてゐるやうに思ふ。

この文は一九〇三年夏、叔父の家でトルストイ、聖書と並んで仏典を読んだことを思い出させる。大乗経や儒教の影響を受けた実篤にはトルストイ独自のキリスト教信仰が「型に入りすぎ」のように思えた。もっと融通無碍に、宗教の真髄に触れていたい。これが、実篤がトルストイから離れた理由である。実篤は「トルストイの思想の借着をぬいだ」訳でも、「転向」した訳でもない。「もつとぼんやりしながら、宗教の神髄にすなほにぢかにふれ得る」方を選んだ。実篤はそのようにトルストイを受容し変容させた。もちろん、その姿勢が正しいかどうかは判断の分かれるところである。しかし実篤はそれが「宗教の神髄」に触れる方法だと考えた。

阪田編の『実篤詩華集』に選ばれた詩にはそのような心境を表わすものが多く採られている。一編だけ引用する。

支那の画を／／
支那の画を見ていると／其処に呑気な男がいる／仰向けに石によりかかり／宇宙は自分のものか／自分は宇宙のものか／わすれているような男がいる、／面白い。

もちろん実篤がいつも「のどかな空気」を吸っていたわけではない。執筆によって「新しき村」への支援金を捻出することが難しかっただけでなく、日中戦争は太平洋戦争へと拡大していた。第一次世界大戦の時に詩「戦争はよくない」で「俺は戦争に反対する」と書いた実篤は、太平洋戦争中には詩「アッツ島勇士達の進軍」を書いた。トルストイが戒めた誘惑である「敵意」、「怒り」、「暴力」、「自他の民族間に設けている差別」に屈したのだった。それを阪田は「中年期につぎつぎ出くわす自我を圧倒する諸矛盾に屈服して初志を翻さざるを得なかったことに、今更ながら気の毒な思いを持ってしまいます」と述べている。阪田の中では実篤と義父吉田長祥が重なっていただろう。

ここまでに分かった実篤の思想を手掛かりに、『ノンキが来た』を読んでみよう。

○小説「ノンキが来た　詩人・画家　宮崎丈二」(「新潮」一九八九年八月号)

「私」は、八年前に知人から帽子を阿弥陀にかぶった「明るすぎるほど明るい」丈二の自画像を貰い、団地アパートの壁に掛けた。しばらくしてその知人が丈二の詩を数編送ってくれた。現代詩特有の難解な言葉がない、純真素朴な詩だった。六年ほど経ったある日、古書目録に宮崎の詩集『爽かな空』と高橋留治著『評伝　無冠の詩人　宮崎丈二――その芸術と生涯――』を見つけて注文した。その評伝に、「私」の家に掛かっている肖像画が写っていた。突然絵が重要なものに思えた。丈二が晩年を過ごした故郷銚子を訪ねると、すぐに八八歳の未亡人の消息が分かった。「小笠原の父島に育ち、母島に一家で移り住んでから、島へ保養に来た宮崎丈二とめぐり逢った」人だ。訪ねると話を聞かせてもらえた。再度訪ねた時には、重さにすると三〇キロになる日記を貸してもらった。その後、死後に出版された『全詩集』、丈二が主催した同人誌一四年分、更には有名な文人や画家の手紙、無名の恋人からの手紙を見せてもらった。偶然が重なって、「一気に進めば足りる気運がひらけた」。

丈二は銚子で材木や茶の輸出をしていた商家の五人きょうだいの長男として一八九七年に生まれた。東京本郷にある京華中学校で学んでいた頃に実家の商売が傾き、父は一家を連れて丈二がいる東京へ出て、火災保険の代理業を始めた。宮崎家では丈二の姉妹三人が早くに亡くなり、弟も後に関東大震災の前年に亡くなる。丈二は長男として両親の期待に応えようと勉強に励み、第一高等学校から東大の法科へ進むつもりだった。しかし中学校三年生の時に文学にのめり込み、五年制の中学校を卒業するのに七年かかった。中学校を卒業した一九一六年に旧制一高受験に失敗し、予備校に通う。その頃「白樺」に載っていた第一次大戦への反戦をテーマとした実篤の戯曲「或る青年の夢」に感動し、中学校時代の友人たちと同人誌を始めた。この頃から性慾に悩まされ、友人と浅草の私娼窟を歩き、翌年二〇歳で妓楼に上って女を買った。一九一七年八月に二度目の一高受験に失敗。その頃に柳宗悦の評伝『ヰリアム・ブレーク』を読んで感動し、「白樺」で読んだ千家元麿の詩に惹かれた。とりわけ、千家の詩「創作家の喜び」に書かれた「自分の内のものが生きる喜びだ。／自分の内の自然、或(あるい)は人類が生きる喜びだ。／創作家は、その喜びの使ひだ」に感動した。ただし、丈二の考える「自然」はそこに性が結びついていた。「自分は女を引きつけるだけの容貌をもつてゐると思ふ」。「素裸体になつてりうりうたる筋肉や、勃起した生殖器を見てゐると全く力強く感じる。凡そ精神的だと思ふ」。

「新しき村」の会員になった丈二は三度目の一高受験を終えた二カ月後の一九一八年九月一五日に実篤に会った。実篤の演説会で初めて実篤に挨拶をし、翌日手賀沼の実篤の家を訪れた。そこで長与善郎、岸田劉生、中川一政、柳宗悦など新しき村の会員と知り合った。一〇月には実篤から「丈二兄」という宛名で葉書が届いた。丈二は岸田劉生が描く「白樺」の表紙絵や毎号掲載されていたセザンヌやゴッホの複製画に刺激されて絵を描き始めた。こうして、「日本で一流の人達」と一緒に芸術の仕事をするという夢のような世界が広がり始めた。しかし現実は厳しかった。三度目の一高受験も失敗であった。「新しき村」の人たちとの交友で高揚し、治まったと思われた原因不明の微熱と神経衰弱が再発した。六月に受けた徴兵検査は不合格で、兵役は逃れられた。姉妹三人を結核で亡くしていた両親は丈二に小笠原への転地を勧めた。丈二は一九一八年一二月に三崎に転地した。その後、一九二〇年から一九二三年までに前後二回、小笠原の母島に転地した。一九二〇年一一月に小笠原の母島へ渡った丈二は、雑貨店を切り盛りしている娘、後に妻となる山田さゆりに出会った。丈二二四歳、さゆり二二歳であった。さゆりに恋した丈二は島での日々を詩「私の幸福」、「田舎娘」、「自然の祭壇にて」などに書いた。中でも詩「南方の精神」は丈二独自のものであった。

「僕の精神は南方にある／星が花のやうに群れる南方の空から／或は紫紺の南方の海から／僕の精神は現れる／星の花束を持つたヴィナスのやうに／浴(ゆあ)みした輝く朝のアポロのやうに」

この頃の詩でもう一つ注目すべき詩はブレイクの影響を表わす散文詩「南太平洋の孤嶋にて」である。無人島である平島へ行った時に島にいるのが自分一人であることに興奮した丈二は、裸になって陽の光を浴びた。腰を下ろし、土に体をこすりつけた。「あゝその裸な自然と裸な肉体との交歓。／自分は全く自然に等しかつた。」恍惚となった丈二は海岸に下り、手を拡げて浜辺を歩いた。ブレイクの版画「喜ばしき日」に描かれた「全裸の青年になりきっていた」。それは戦争と無縁な世界であった。

丈二は一九二二年の初めに弟が重病であるという知らせを受けて東京に帰った。弟は五月に亡くなった。丈二は一九二三年四月に再度母島へ渡り、島での生活を片付けて七月に東京に戻った。その二カ月後の九月一日に関東大震災が起きた。丈二の知っている東京の街は壊滅的な被害に遭った。中学時代に第一次大戦への反戦をテーマとした実篤の戯曲「或る青年の夢」に感動した丈二だが、震災についても、その後の朝鮮人虐殺や甘粕事件についても何も書いていない。高橋留治著の評伝には（当時の差別的表現をそのまま引用するが）「この時期における社会問題には、日本共産党の検挙、関東大震災、虎の門事件、不逞鮮人事件などが起こり、世相もいささか騒擾化していた。しかし芸術の友たちは真善美の追及に忙しく、丈二も『詩』時代と同じく詩と絵に一層情熱を注いでいる」と書かれているだけである。

結婚生活においても丈二は自然のままに生きた。一九二五年の暮れ、母島から叔父と一緒に山田さゆりが来て、その夜、大井町原の家で結婚した。両親との同居生活だったが、丈二は嫁姑の問題や家計のことなど頭になかった。さゆりは結婚して三カ月経たないうちに仕立ての賃仕事を始めた。それが「以後数十年間、宮崎家の最も安定した収入源」になった。しかし、丈二はそんなことは一切考えもしないで、詩を書いたり、スケッチに出かけたりしていた。この頃から次第に実篤と距離を置くようになった。二〇歳の頃、「征服者を以て名誉と思ふな」と実篤の非戦論に組していた丈二が、真珠湾攻撃が行われた一九四一年一二月には、戦勝を祝う詩「この朝」を書いた。その「健康な倫理性を買われて」丈二など民衆詩派、自由詩派の詩人は戦時中に登用された。

丈二の場合、思想の無さは節操の無さでもあった。多くの女性と関係があった。小説に描かれているのは朝子という名前の女性との関係である。朝子は茨城県の海辺の町の裕福な呉服屋の娘で、女学校を卒業後に肺結核を患い、二二歳の春から六年間腸結核で床に就いていた。妻さゆりと同じ二八歳だった。一九二六年創刊の倉田百三の雑誌「生活者」を購読していた朝子は、雑誌の広告に丈二の画会のことが書いてあったのを見て、画会に入会して絵を購入したいと手紙を送った。そこから手紙の遣り取りが始まり、「何年ぶりかの丈二の恋が始ま」った。手紙の遣り取りが始まって二年半後、さゆりは丈二を一人で朝子の家に行かせた。東京へ帰ってから朝子に出した丈二の手紙に、「まり子」を作ろうと言った時朝子が怯えた、と書かれていた。銚子での最後の日の朝、丈二は朝子の机の便箋に次のように書いた。

「自分は何か朗らかな筒抜けの喜びを感じてゐる。それはどこから自分に来たのだらう。自分はそれを天から受けるやうに手をひろげてゐる。みんなもこの喜びを共にしてゐる気がする。

誰も不幸な者はないのだ。（略）ブレークの『喜び』や『天国と地獄の婚姻』の画に見るやうな朗らかさ、また熱情をもつてすべてと合体してゐる」。

丈二はこの文を少し修正して同人誌「河」に載せた。阪田はそのことに驚いて、次のように書いている。「最も私的なみそかごとから生まれた我が喜びが、そのまま世界の喜びだと信じて疑わぬ、まるで無垢というより他ない楽天性の上に、丈二の詩と人生がじかに立っていたことが、これで分る」。

それは四年後の朝子の病死で終わる。朝子が亡くなって三年半経った一九三四年頃に書いた詩「大国主命」のなかで、丈二は大国主命の言葉として、「俺が女に好かれるからと云つて／それは俺のせゐではないのだから／どうも仕方がないではないか」と書いている。

「私」の探索は終わりに近づいたが、釈然としないものがあった。その思いを払拭するために丈二の詩を読み続けて、ようやく求めていたものに出会った。丈二が六〇代半ばに書いた詩「天の十字架」である。「ふと天を仰いで／私は見た／十字架に懸けられた私のすがたを」という詩句を読んだ時、「私」は両手を広げた裸の青年を描いたブレイクの彩色版画「喜ばしき日」を思い出し、同時にブレイクの彩色版画「アルビオンと磔にされたキリスト」を思い出した。後者は両手を広げた裸の青年が磔にされたキリストを見ている版画である。その意味を知ろうと、「私」はブレイクの研究書、アンソニー・ブラント著『ウィリアム・ブレイクの芸術』を読んだ。両手を広げた裸の青年の前向きと後ろ向きの二つの図像は同じである、と書かれていた。それが意味するのは、ブレイクの「喜ばしき日」の青年も「実は衆生の一人にすぎず、その罪を引き受けて死んだキリストの慈愛によって初めて許しと救いを与えられた」、ということだった。ところが丈二の詩「天の十字架」では「私は見た／十字架に懸けられた私のすがたを」となっている。「罪を犯したのも、その人間の罪を引き受けて殺されたのも、許すのも、許されるのも、すべて一手に宮崎丈二とあれば、万事は彼において帳消しになる。これこそノンキの到達点だった」。

ブレイクに影響されたと言っても、丈二にはブレイクの深いキリスト教信仰が理解できなかった。幼い頃から讃美歌を歌い、教会で説教を聞いていた阪田には「アルビオンと磔にされたキリスト」の意味がすぐに理解できた。その版画はブレイクが生涯考察してきた問題の最終段階で制作された詩『イエルサレム』がクライマックスに達したところでの、「アルビオンあるいは人間と、十字架の上のキリストとの」対話を版画にしたものだった。ブラントによれば、「このポーズの類似は、神と人間の同一性というブレイクの信条と、人間は、救済を獲得するためには、キリストの磔によって明示されている自己犠牲と他人への愛を、自分の内部で繰り返さなければならないということを強調するため」であった。

ノンキな丈二には裸の青年の姿は見えてもそれが表わしている意味までは分からなかった。

しかし愛と自己犠牲によって丈二を支えてきたさゆり夫人はブレイクの信条に近いところにいたのかもしれない。そしてそれは阪田の次の長編『房子の場合』に描かれた、「新しき村」で最後まで房子と生活を共にした杉山正雄にも言えるのではないか。阪田の房子への関心はそこにあったと思われる。

○小説「武者小路房子の場合」(「新潮」一九九〇年一〇月号)

実篤は一八八五年に生まれ、一九七六年に亡くなった。江戸時代初期から続く公卿武者小路家の一〇代目実世を父とし、同じく公卿の勘解由小路資生の長女秋子を母とする八人の子供の四男である。三女、三男、そして四男以外の五人の子供が早世し、父も実篤が二歳の時に亡くなった。公卿にとって家を絶やさないことが重要だったのだろう、父も母も側室の子供であった。父母の家系で実篤に影響を与えたのは先に見た母方の叔父勘解由小路資承である。もう一人実篤の人生にしばしば登場するのは母の従妹康子の娘喜久子である。康子は男爵家の川口武孝と結婚するが、川口は結婚後間もなくして死去する。実篤は竹尾房子と結婚したが子供がなかったので喜久子を養女とし、康子は実篤の友人の小説家志賀直哉と結婚する。「新しき村」を日向に作る時に喜久子は福井県大野の房子の実家に預けられた。一四歳になった時に喜久子は、実篤と別居して宮崎に住んでいた房子の所に引き取られる。その後、実篤が二人目の妻飯河安子と二人の娘を連れて村を出た時、喜久子は宮崎高女から奈良女高師に移る。その後喜久子は房子の意志で何度か結婚、離婚を繰り返す。実母の康子と夫志賀直哉は喜久子を房子から切り離そうとするが、それが実現したのは喜久子が二九歳の時であり、その二年後に志賀の娘として三井物産社員と結婚するが、二年後に病死する。小説『房子の場合』の前半は房子が中心で、後半は喜久子を通して、房子の生き方の中心にあった専横的なやり方が描かれる。全体として見ると、房子の華族への憧れと武者小路姓への執着の強さが印象に残る。

明治維新後、公卿は華族となった。いつの時代でも上流の人々の生き方は下々に影響を与える。華族と同様に、下々の中の裕福な家にも何人もの妾がいた。実篤の最初の妻房子も妾の子であった。それだけでなく、房子は性について自由な、放縦な女性であった。房子はそれを複雑であった父竹尾茂の生活を見ながら身に着けたのかもしれない。小説『房子の場合』は竹尾家の複雑な家族関係と実篤が始める「新しき村」を中心に進められている。房子の家系はあまりにも複雑なので、ここでは二人が出会った一九一二年から始めたい。

五月半ば、実篤の本を読んで興味を持っていた房子は、実篤と手紙の遣り取りをしていた「青鞜」の女性に頼んで二人で実篤を訪ねたいと葉書で申し込んだ。五月二四日、房子は一人で実篤を訪ねた。実篤二七歳、房子は二〇歳だった。それまでに三人の女性に恋をしたことがあったがうまく行かなかった実篤は、八日後に房子を鵠沼（くげぬま）海岸に連れ出した。六月四日には親友の志賀直哉のところに連れて行った。直哉はその日の日記に房子のことを「自分で自分に興味を持つてゐる女である。変つたといつても、それ程にオリヂナルとは考へられない。長く交際するとあの調子が変らないなら厭きる女である」と厳しい見方をしている。房子は前年九月に宮城千之と結婚していたにもかかわらず、出会って二カ月目の七月に、実篤に結婚の約束をした。実篤は直哉と違って房子の本質を見ることができなかったのか。そうではない。実篤は直哉以上に鋭く、しかし恋をした男として温かく房子を見ていた。実篤は房子と出会ってからの経緯をできる限り飾らずに小説にした。『世間知らず』である。実篤は房子が小説を読んで喜んでくれると思っていたが、房子は実篤が自分の意図を分かっていない、と怒鳴った。その時の房子とのやり取りを実篤は結婚後数年して小説の補遺として書簡集「AよりC子に」に書いた。阪田はその場面を次のように書いているが、その文は実篤の人間として、思想家としての大きさだけでなく、房子が「直覚的ないゝ処があるが、その先がない」女性であること、しかしそんな房子がなぜ実篤にとって大切な存在であったかを深く理解して書かれた文章である。

「『C子のやうに世間を恐れない人で始めて自分の妻になれるやうな気がして来た。自分は自分のお目出たい性質を笑つた。しかし自分は不安を感じなかつた』という心境に達するわけだ」。

徹底した個人主義を貫こうとした実篤には同様に強い意志を持った女性が必要だった。実篤がトルストイの影響を受けて「新しき村」を始める時、房子のように「世間を恐れない人」でなければ賛成してもらえなかっただろう。そういう意味で実篤は房子を大切なパートナーと考えていた。「新しき村」ができて数年後に村を破壊しかねない最大の危機が起こったのは、働こうとしない房子への村人の不満が原因だった。その時、実篤は全面的に房子を擁護した。その結果、房子に批判的な人々が村を出た。房子が村の若者と村の外で会っていることを知った時も、実篤は一線を越えるまで房子を信じて、冷静に成り行きを見ていた。

後に、房子は実篤と離婚して竹尾姓に戻り、同棲していた「新しき村」の青年杉山正雄と最後まで村で暮らす。房子が武者小路の姓を望んで、杉山を実篤の養子にし、直ぐその後に離縁して杉山が武者小路姓を名乗れるようになったところで房子は武者小路正雄と結婚した。最後まで武者小路実篤は房子に対して寛大であった。

ここからは房子と杉山正雄を中心に見て行く。一九二五年一二月、実篤が二人目の妻安子と二人の娘を連れて村を出る直前に、杉山は実篤に次のように言った。「房子さんの事は御安心下さい。私が引受けて、不幸にはおさせしませんから」。房子には「他人を支配したい性癖」と「瞬間的な衝動につい動く性質」があったので、実篤は房子の前の愛人のように「いずれは別れるだろう」と思った。杉山二三歳、房子三三歳の時だった。私生児で、幼い頃に母に置き去りにされ、気の合わない叔父の家で育った杉山には、村以外に帰る所がなかった。それに杉山は実篤を尊敬していた。一九二七年、実篤は改造社の文学全集の一巻に全集が出ることになり、大金を手にした。実篤は精神の不安定な房子を落ち着かせようと女優修業をさせ、有楽町に大きな家を借り、「新しき村」の村民の劇団のために舞台を作った。実篤から大金をもらった房子は杉山と村を出て、鎌倉の山手の豪華な家でぜいたくに暮らした。しかし、一九三五年に房子はお金を使い果たし、杉山と九年ぶりに村に帰った。村の人口は最盛期の半分になっていたが、一〇月の「新しき村通信」に杉山は次のように書いた。

「いよいよ帰つて見て、その予想外の立派さに驚いた。文句がない。何処にこんな美しいところがあるか。先生を思ふ。土地と人との生長といふこともある。／僕は我を忘れてゐる。僕は新しき村に没入したい。（略）」

一九三九年にできた東の「新しき村」から一九六七年に単身日向の「新しき村」に移った梅木好彦氏は房子と杉山から東の村と違う日向のやり方を学んだ。「杉山が牛を飼うのは、実用が目的ではなく、牛と一体となるというか、そのことを喜んで、芸術を人生と一つにしてしまう趣があった」。「実篤の方式は、いろんな考えの人が協力して働いて、あとをたのしむ。／杉山は、すべての物が、自分が自分であるという以前に一体である、という態度から出発して、あらゆる時をたのしむ」。もしそうだとすると、杉山のやり方は実篤の考えと矛盾する。しかし、そのやり方が房子と杉山との仲を長く保たせたのではないかと「私」は考えた。杉山はいわば「無の共同体」を目指していた。「『房子さんの行く所へ杉山さんがいる』或いは『杉山さんの行く所へ房子さんがいる』と言われるような日々を送ろうとこれつとめて来た」。梅木好彦氏には次の古歌が杉山の生き方を象徴しているように思えた。

「阿耨多羅三藐三菩提（アノクタラサンミャクサンボダイ）の仏たち／わが立つ杣に冥加あらせたまへ」（伝教大師）

阪田は、杉山が実篤の「自我を中心に個対個の理解や協力や向上を基本に据えた『新しき村』の倫理綱領を、はみ出すことを自得した」ことによって房子という難しい人物と生涯一緒に暮らすことができたと考えている。確かに、杉山は対立のない世界を目指していたのだろう。問題は杉山と対立する位置に置かれている実篤である。「新しき村」の倫理綱領の基本として「自我を中心に個対個の理解や協力や向上」を据えた実篤の「自我」、「個」の理解は、既に見たように東洋的な意識の影響を受けていた。阪田は『房子の場合』を刊行して二年後に刊行した『実篤詩華集』の解説「童子の詩」で、「もともと実篤に内蔵されていた『西洋近代のリアリズムが取りこぼした、ある種のリアリズム』こそ、彼の中の西洋近代によってつぎつぎ突きつけられる自己矛盾の告発を乗り切る動力だったのではないかと思われてきました」と書いている。阪田は「海燕」一九九一年一月号に発表された作家荻野アンナの小説「おめでたき小説」に触発されて、「二十代の実篤が言うところの『個性』や『個人主義』に、すでに言葉本来の意味からかなり隔った要素があったのではないか」と考えるようになっていた。

トルストイの影響がなければ「新しき村」の創立は無かったが、実篤が求めていたのは神と対峙する個という厳しい内省を基にした生き方ではなく、もっと東洋的なものだった。その意味では、杉山が求めていたものと大きく違うものではなかっただろう。このことは短編「バルトと蕎麦の花」で見たバルトとユズル牧師の関係にも当てはまる。まど・みちおの場合も既に見たように、キリスト教はあまりにも人間中心でありすぎると批判して、宇宙や自然を包みこむ大きな存在に向かって祈りを続けていた。阪田は立派なキリスト教徒ではないというコンプレックスを長く感じてきたが、尊敬する人たちが原型から少し離れた独自な信仰を自信を持って生きていることを知った。生きるということは一人一人が独自の変容を生きることではないか。阪田はそう考えたように思う。

阪田がコンプレックスを引きずりながらもキリスト教徒であることを認めるようになるのは一九八六年に短編「バルトと蕎麦の花」を書いた時だと思われる。翌一九八七年一一月に遠藤周作らと第一回東北アジア・キリスト者文学会議に出席し、八八年五月には「日本キリスト教文学会」で講演「自分の文学的状況」を行い、九四年一〇月には講演「自然讃美歌」を行った。講演「自分の文学的状況」では「私が書いたのはキリスト教的風俗で」、「キリストの教えや信仰ではない」と言いながら、「このような不熱心で受け身一方にすぎない状況さえ、いまだにどなたかにつづけさせてもらっているという思いもどこかに残っていて」と書いている。その思いが一九九六年四月から九八年三月までの雑誌「信徒の友」での「讃美歌　こころの詩（うた）」の連載と、二〇〇一年四月から〇三年三月までの「私に届いたことば」の連載となり、二〇〇二年の「年譜」にある、「この頃から妻とともに白鷺教会の礼拝に出席する」となって行ったのだろう。

一九九一年・平成三年　六六歳

○短編「空中ブランコからの眺め」（「群像」五月号）

この短編は一九八五年発表の短編「驢馬に乗って」の続編である。六年の間に兄は車椅子の生活となり、認知症も進んだ。三人の娘夫婦が金婚式を企画し、六五人が集まった。式に出席できなかった「彼」のところに録画テープが送られてきた。同じ日に兄の家を設計した建築家から楽譜が送られてきた。それは「彼」が放送会社に勤めていた頃にアメリカ訛りの英語が聞き取れなかったので、英語が得意な兄に頼んで訳してもらった"The flying trapeze"（空中ブランコ）という流行歌の楽譜だった。不思議なことに二つの贈物の間には繋がりがあった。

金婚式は真面目なキリスト教徒であった兄夫婦に相応しく、讃美歌、聖書の朗読、牧師の祝辞、指輪の交換と進んだ。二人は戦争中に慌ただしく結婚式を挙げたので指輪の交換をしていなかった。牧師は指輪を高く差し上げて祝福し、「けんかをしても、すぐまどかになりますように」と付け加えた。出席者と司会者から小さな笑いが聞こえた。弟の「彼」は知らなかったが、兄の幼友だちは嫂がガキ大将で、兄がドジな子分であった時代を知っていて、二人の結婚を危ぶんでいたのだった。しかし兄は頑張った。二等兵として出征する時に中隊で一番の成績を取ったのも、任地に赴いてから経理の幹部候補生試験を受け、合格したのも、嫂との結婚を相手の父に認めてもらうためだった。兄は東京で幹部候補生の教育が終わるとすぐに戦地へ帰ることになっていたが、偶然大阪の原隊で待機することになった。兄は二日間の休暇を願い出て許され、結婚した。「どんくさい」兄が「まるで空中ブランコの若者のような離れ技をやらかして、強引に、奇蹟的に、恋人を空へ釣り上げ」たのだ。表題の「空中ブランコからの眺め」とは「奇蹟的に、恋人を空へ釣り上げ」た兄が見ている眺めである。

○短編「つつがなしや」(「海燕」九月号)

短編「つつがなしや」は短編「菜の花さくら」や「大正八年初夏、本郷で」に取り上げた葛原𦱳を描いた作品である。葛原は生涯に「少くも三千、多く見積って四千近い歌詞を書」いたが、雑誌『赤い鳥』の主宰者鈴木三重吉は、葛原たちが書いてきた唱歌を「貧弱かつ低級」と批判した。北原白秋も同じ考えであった。

広島県福山市の北、岡山県との県境に生まれた葛原には井伏鱒二、福原麟太郎、内田百閒、宮城道雄など多くの文人や音楽家との繋がりがあった。とりわけ宮城道雄は葛原が力を尽くして世に出した琴の名手だった。葛原の祖父は宮城と「同じく盲目で、生田流の琴と三絃の名人だった」。葛原は父から、宮城を「祖父の生まれかわりと思って、よく世話してさしあげよ」と言われていたのだった。

祖父は二五歳から五五年間、六〇数個の木活字を使って誤字や誤用の多い仮名書きの文で日記を書いた。孫の幽がその日記に漢字の注を付けて一九一五年に『葛原勾当日記』を翻刻した。勾当とは鎌倉時代に作られ、一八六八年に廃止された盲目の人たちの職能組合の階級の呼び名で、検校に次ぐ二番目の位階であった。葛原はその一冊を持って視力をほとんど無くしていた白秋を見舞った。葛原は唱歌を低級だと批判した白秋と、いつのまにか親しくなっていた。目が見えない祖父が日記を書いたのだと励ますと、白秋は「その文章はそんなにすらすら読んではいけない。一字づつ、ゆつくり読まなくちや、味が出ないんだ」と応えた。

井伏鱒二は福山に七五歳であった葛原を訪ね、『取材旅行』に収載されているエッセイ「葛原勾当日記」を書いた。田舎で給仕をしていた一五歳の少年が上京して文士になりたいと葛原に手紙を書いた時、葛原は祖父の日記を引き合いに出して、田舎にいて勉強を続けるように勧めた。少年は後に広島大学の史学の教官となり、一九八〇年に『葛原勾当日記』校訂を出版した。時代の流れの下で繋がっていた心の交流が温かい眼差しで描かれた短編である。

一九九二年・平成四年　六七歳

○短編「赤とんぼ」（「群像」一月号）

三木露風の童謡「赤とんぼ」を巡る話である。童謡「赤とんぼ」ができた源を探ると、露風が五歳の時、父の放蕩のために祖父が母を実家に帰らせたことに行きつく。一二歳の時に露風は「赤蜻蛉（とんぼ）とまつてゐるよ竿の先」という俳句を作っている。童謡「赤とんぼ」は母を恋う歌なのである。

父方の祖父が旧竜野藩の寺社奉行、母方の祖父が旧鳥取藩の家老という家柄であった露風は、中学時代から東京の雑誌に毎号投稿が掲載されていたこともあって高慢であった。竜野中学で上級生に睨まれて退学した露風は転校した岡山の閑谷黌も中退した。上京すると、上田敏の訳詩集『海潮音』や永井荷風の翻訳を通して「西洋近代の洗練された感覚や思考」を貪欲に吸収し、一九〇九年に代表作となる詩集『廃園』を出版した。その年から数年、露風は北原白秋と「白露時代」を築いたが、露風の時代は短かった。阪田は「それはカトリック信仰に心を寄せた結果だと説く学者もいる」と曖昧に書いているが、小説の後半はキリスト教との関わりが中心である。一九一三年に、露風は沼津のカトリック教会を訪れ、一九一五年七月、一七年七月と函館の近くのトラピスト修道院を訪れた。一九二〇年には妻を連れてその修道院の文学の教師となり、二二年五月に夫妻で洗礼を受けた。童謡「赤とんぼ」は二一年に修道院で作られた。

一九二三年九月一日の関東大震災の後、被災地を見舞ってから露風はノイローゼになった。震災の五日前の読売新聞に「ノアの洪水」という長い詩を載せ、悪が罰せられるのは免れがたいことだと書いた。その予言が的中したと考えた露風は亡くなった人たちの魂を救うために全国の神父に手紙を書き続けた。夜中に御堂に行くようになり、自罰のために体を打ち付け、大抵血だらけであった。翌年、露風夫人からの知らせで露風の母が駆け付けた。露風の母は離縁されて鳥取の実家に帰った後、上京して東大病院の看護婦養成所で学んだ。その時に本郷の教会で洗礼を受けていた。新聞記者と結婚し、一男四女をもうけた。新聞記者である夫の影響で婦人参政権運動に携わり、禁酒運動にも熱心であった。看護婦であった母の看病で露風は回復した。一九六二年に母が亡くなった時、露風は遺体と並んで寝た。その二年後に露風は自動車にはねられて亡くなった。

童謡「赤とんぼ」にキリスト教の影響があるとは思わないが、露風が神と悪魔の戦いを信じていたことに驚いた。

阪田は三木露風賞の審査委員を長く務めていたので、露風に関する資料を多く読んでいたと思われる。短編「赤とんぼ」は考証が多く、論文のような感じを与える。

言に書いていた。

○短編「取材旅行」（「明日の友」第七六号、一九九二年一月）
「私」は小説『ノンキが来た』の取材に四、五年の間に銚子に一〇回も通って、宮崎丈二の妻さゆりに取材した。八回目に小説が完成したことを報告し、九回目は入所していた銚子の老人ホームを訪ねた。一〇回目は九二歳で亡くなった後であった。「誰にも知らせないで」と遺言に書いていた。

○短編「よしわる伝」（「文學界」一九九二年五月号）
「私」は「新思潮」の同人野島良治を一九六六年に短編「男は馬垣」に書いた。野島の死後両親から託された日記類を読み、野島が小説「競輪必勝法」に書いた通りに競輪を「不幸の根源」と位置づけて書いた。しかし、野島が何を考えて生き、死んだのかを考えた時、競輪だけでは説明できないものがあった。「私」は野島の死後二八年目に野島の日記を読み返し、野島の故郷高知に行き、九〇歳であった父親や兄弟に取材した。

四人兄弟の二番目として生まれた野島良治はいたずらがひどかったが、憎めないので、家でも近所でも「よしはる」ではなく「よしわる」と呼ばれていた。「私」の注意を引いたのは名古屋陸軍幼年学校の日記だった。過剰なまでの反省が記されていた。優等生であった野島は教官から注意されることが少なかった。それでも「検閲官の目にとまるように、また通り一遍のものではなくて心底から湧き出たように映るべく、無意識に工夫を凝らすことになったと思われる」。一五歳の時から野島は嘘を混ぜて、至らない自分を作り上げていたのだ。

もう一つ「私」が発見したのは、東大の卒業論文「アーダルベルト・シュティフター研究」である。シュティフターは一八〇五年生まれで六八年に自殺したオーストリアの作家だが、「善良な、理性的な、良俗の、穏やかな秩序」を理想としていた。野島が属していた高知高校陸上競技部の部長であった高橋幸雄はドイツ語の教師で、野島が高校三年生の時に翻訳『アーダルベルト・シュチフター感想集』を出版していた。野島は卒論の所どころで高橋の訳語を借用していた。「私」が興味を持ったのは、シュティフターは自殺しているのだが、野島が卒論の最後に、そこに至るまでの「柔和な理想を、シュティフターはまさに『穏やかに』実現しようとしたのである」と書いていたことだった。野島の小説は意図的に「最低の位置に自分を据え」、至らない自分を作り上げたものだった。

同棲していた女性が亡くなってから一、二年後、野島は編集の仕事で訪れた瀬戸内晴美（寂聴）の家で小説家志望の元不良少女（野島の小説では幡野夏子）と知合い、同棲する。野島が「競輪必勝法」に書いたその女性との関係を「私」は小説「男は馬垣」に、瀬戸内晴美は短編「鎮魂」に書いた。最後の入院をして間もなく野島は「私」の妻に、瀬戸内に連絡してほしいと言った。野島の最後の日、瀬戸内は病院を見舞った後、夏子（瀬戸内の小説では白木光子）

に電報を打ち、もう一度病室に帰った。野島は瀬戸内にお礼を言った。瀬戸内は小説「鎮魂」に、野島が家族に「白木光子」を「この人がぼくの最後の女だ」と紹介したと書いた。
野島は最後に心の中で一人の女性を思っていた。木下順二の言葉を使えば「クリエイト」していた。それは阪田にとって救いであった。

一九九三年・平成五年　六八歳

○短編「ピーター・パン探し」（「群像」七月号）
様々な時代の出来事を組み合わせて書く阪田の特徴がよく現われた短編である。「私」がこの短編を書いているのは一九九三年である。五八年前の一九三五年、小学校四年生の「私」は姉が購読していた雑誌「赤い鳥」に連載された岡愛子の長編童話「私のピーター・パン」に熱中した。それは軍国主義の時代からの「二重にも三重にも、自分の心の逃げ場になった」。作者岡愛子が岩手の山奥に健在だと分かったので、手紙を出し、東北新幹線に乗って会いに行く。これらのエピソードの間に『ピーター・パン』の作者ジェイムズ・バリーのこと、この短編を書く一年前に三カ月ほどイギリスに滞在した時に『ピーター・パン』の背景となったケンジントン公園や作者の故郷スコットランドを訪れた話など、「私」と『ピーター・パン』との関わりが幾つも語られる。それらのエピソードを貫いているのは、「大人にならない少年」への関心である。

岡愛子に会って、一七歳で書いた「私のピーター・パン」のことを聞いた。その話は小学生の頃に上の妹とした「ピーターごっこ」が基だということだった。それが雑誌に掲載されるまでの経緯を語った後、岡は「読みすぎたんです。お話を。それでその後の人生もうまく行きませんでした。（略）本で知識を得るのは駄目なんではないかと思いました」と言った。それを受けて阪田は、四年生くらいまで人形で兵隊ごっこをしていたと言った。そして次のように付け加えた。「もしかしたら、岡愛子さんも、僕と同じように、自分を神さまの位置に置き易かった人間ではなかったか、と思った。J・バリはその代表選手だから、彼を見れば、そういう人間がこの世に立ち入ってくらすためには、視点の修正が必要だったということを教えられてしまうわけだった」。

唐突にこんな言葉が出て来たのだが、その伏線は既に書かれていた。小学校四年生の時、急に授業が難しくなり、「私」は家でぼんやりと時間を過ごすことが多くなった。そんな時、大学予科に入ったばかりの兄に「がしんたれ！」と活を入れられた。思い返すと、兄はこの世に生きていくために視点の修正をせよ、と言っていたのかもしれない。

兄は戦後すぐに商用でアメリカに行った時に、劇「ピーター・パン」を見た。『ピーター・パン』の面白さを再認識させてくれたのは兄だった。その兄が癌のために今は言葉を失ってしまった。この短編は様々なエピソードのコラージュだが、その隙間から見えるのは衰えて行く兄への想いである。

一九九四年・平成六年　六九歳

○短編「大事の小型聖書」（「群像」三月号）

短編「大事の小型聖書」は資料の山をめぐる老夫婦の口論に、老作家が取り出した日記と聖書の話が加わった小説である。聖書の話は宮川経輝牧師が中心だが、そこに見えるのは阪田の信仰についての思いである。

宮川牧師は二・二六事件の三日前の日曜日に教会の一〇周年記念礼拝の時に脳溢血で倒れた。「老作家」の記憶に残っているのは、見舞いに来た牧師たちが信仰の自由が奪われるのでは、と恐れていたことだ。「彼」はこの日の前後が日本の歴史の転回点だと考えている。

彼自身の地層の断面で言えば、もっとはっきりした白い線が、おじいちゃんの死において横一線に走っている。そしてふしぎなことに、そのあとの暗い日々に、本人がキリスト教をひた隠しにしたにも拘らず、皮膚の色が洗っても落ちないように、いや、洗おうとするのに却って自分の中にだけ鮮やかに、キリスト教が発色した。そして戦争に敗れ、キリスト教国の占領軍が進駐して、逼塞していたこの宗教が息を吹きかえすのと引き換えに、元通り彼のキリスト教は白けてしまった。

「白けてしまった」とは教会に行かなくなったことを指しているのだが、その「彼」に「鮮やかに、キリスト教が発色した」時期があった。阪田が初めてそのことを語った貴重な文である。

一九九五年・平成七年　七〇歳

○短編「夏の月」(「群像」一〇月号)

兄は手術以来一八年数カ月の間に二九回入退院を繰り返し、この年の元旦に亡くなった。兄は、通っていた教会の会報に「神様からいただいたその肉の体は、大切に、有意義に使って、もういいよと仰言った時にお返ししなければならないと思い、最後に解剖の研究用に、学校へ寄付する手続きをしました」と書いていた。翌日病院のチャペルで「献体式」があった。短編「夏の月」は死を召天と捉えるキリスト教の考えと、苦しい時におどける阪田の性格を反映して軽く、明るい小説になっているが、その底には別れの寂しさが詰まっている。

印象に残るのは兄の最期の日々である。亡くなる一週間前、「私」が病床を見舞った時、兄はベッドの側に腰掛けている嫂を凝視していた。嫂は見舞に来てくれた弟さんの方を見なさい、と首を向け直したが、「茶色い眼玉はそのまま横目づかいに嫂の顔に貼りついたきり、三分たっても、五分たっても動かない。さすがの嫂も話を続けていられなくて、／『赤うなるやないの』／と照れながら立ち上り、本当に赤くなった」。「少しあけたままのカーテンの隙から、意外に低い月に一部始終を見られてしまった」。一週間後、兄の呼吸が止まった。兄は死の床に横たわってから亡くなるまで心の中で嫂を思い続けていたのだ。

一九九六年・平成八年　七一歳

○短編「トッテンコーローの話」（「群像」八月号）

短編「トッテンコーローの話」はロンドン滞在記だが、中心に置かれているのはブルームズベリー・グループの一人ヴァージニア・ウルフと彼女の小説『私だけの部屋』と『灯台へ』である。この短編で気になるのは、ウルフの主人公と「私」が同じような経験をするという書き方がなされていることである。従妹に誘われてケンブリッジの貴重本のある図書館を訪れた「私」は『私だけの部屋』の主人公と同様に、うっかり芝生に入って咎められた。『灯台へ』では、ラムゼイ氏が夫人を見つめながら「I am a failure!」と繰り返していた。阪田がよく使う「おれはダメだ！」である。精神医学者神谷美恵子著『ヴァジニア・ウルフ研究』には、ウルフも日記に何度も「自分は失敗（者）だ」と書いていた、とある。父レズリーについては、「頑健な兄にくらべて生まれつき弱い体質で内気な性質だったのである。彼は前後二度結婚したが、どちらの妻の死後も異常に深く、長きにわたる抑うつ状態に陥ったという」。この記述は内気で弱い子であったと自ら言う阪田のことを思わせる。それだけでなく、短篇「トッテンコーローの話」がウルフの入水自殺に収斂していくのは、晩年、鬱病になった阪田の最後の日々を思わせる。深読みだと思うが、長女内藤啓子著『枕詞はサッちゃん』には阪田の最後の日々が次のように書かれている。

「小康状態になった時期もあるが、結局鬱病は治ることはなく、次第に食事を摂らなくなり、時には点滴すら拒否し、最後は肺炎を起こして亡くなった。緩慢な自殺であったと思う」。

一九九七年・平成九年　七二歳

○短編「七十一歳のシェイクスピア」（「群像」一月号）

短編「七十一歳のシェイクスピア」は一九九二年に妻とロンドンに三カ月間滞在した時のことを描いた短編である。半月板を痛めた次女が三カ月前からロンドンに来ていて、リハビリのためのレッスンを受けていた。四月半ば、次女が予約してくれてシェイクスピアの故郷ストラットフォードまで宿泊付きの団体バス旅行に出かけた。町の見学が終わって手持無沙汰であったので、ロイヤル・シェイクスピア劇場で「お気に召すまま」を見た。帰国してから、一〇月半ばの誕生日までに家にあった小田島雄志訳『シェイクスピア全集』三七冊を読み終えるという遠大な計画を立てた。「日本のプロテスタントの一家庭に生まれ合わせた者として、ここで偉大なる『ヴェニスの商人』の作者に感謝したいのは」という言葉が素直に出てくるところが以前の阪田との違いである。

○短編「兄の帰還」（「群像」一〇月号）

短編「兄の帰還」は「日記」、「風」、「孔雀草」、「食前の歌」の四つの話から成る短編で、「夏の月」の続編である。二年前の正月に献体した兄が「きれいな砂糖菓子風に焼き上った骨になって戻ってきて」から、今まで忘れていたことを思い出した。それが各章のタイトルになっている。

「日記」は「私」が中学校二年生だったある日、輜重兵聯隊に入営して何年先に帰れるか分からない兄の部屋に入り、机の抽斗にあった兄の日記を読んだ話である。「風」は母が友だちと芦屋の打出に作った幼稚園に通っていた兄の話である。「孔雀草」は後の義父が日曜学校を作った頃のガキ大将であった嫂と家来の一人であった兄の話である。「食前の唄」は兄と嫂の金婚式の一場面である。

これらの短編を書くことは阪田にとって亡き兄を眼前に思い浮かべ、共に生きる作業であった。

この年の九月二九日に遠藤周作が亡くなった。前年一一月に小沼丹が亡くなった。小沼を偲んで、阪田はこの年にエッセイ「クリスマスの馬」を書いた。二人のことは後に触れることにする。

一九九八年・平成一〇年　七三歳

○短編「くじらの骨」(「群像」一〇月号)

短編「くじらの骨」は前年の短編「兄の帰還」の続きで、「姪の話」、「連絡帳」、「くじらとタアやん」、「出発点」の四つの話から成る。これが阪田の最後の小説である。

「姪の話」は嫂と待ち合わせて二年二、三カ月前に献体をした父の遺骨を病院に取りに行った姪が語る話である。「連絡帳」は兄が最晩年にデイ・サービスを受けた老人ホームが家族とのやり取りのために使っているノートである。「くじらとタアやん」は兄の綽名を巡る話である。「タアやん」は大学に入った頃から「自分を韜晦する」ために兄が拵えた道化である。「出発点」は三カ月の赤ちゃんに戻った兄の最期の様子に焦点を当てながら、献体をすると決めた兄が教会の雑誌に書いた文と、その五年後の「私」への葉書を重ねて語った話である。兄は教会の雑誌に、葬式が要らなくなったが、「どうしても何かせんならんのやったら音楽会をニギヤカにやってほしいです。（略）死はさびしい苦しいものでなく愉しいものになりますよ」と書いた後、改行して「さあ、愉しく死のう」と結んでいた。これは「タアやん」が書いた文だと「私」は思った。しかし、その五年後に兄から貰った葉書は違っていた。

「子供達だけでと言ったことながら少しはましな世の中になってほしいものです。（略）今日も年末で少しでもよい世間になってほしいと言うことが私達の希望です。そこに出発点があるのとちがいますか」。「私」はこれを読み返して、「兄はどうやら自分の『はじまりの海』に帰りたがっているんだ、という気がしてくるのだった」。「はじまりの海」とは母の胎内というよりむしろ「創世記」に書かれた天地の始まりだろう。これまで阪田が書いてきた文脈で言えば、天に召されるまで兄は少しでも良い世界になるように、希望を持って、見ていたということになる。ただし、真面目な話を書くのが恥ずかしい阪田は、「三ヵ月児のひげを、私が電気剃刀でそってやると、ちゃんと鼻の下をのばした」という文で結んでいる。幼い頃から「ワザトオカシイヨウナカツコウヲシテ」いた阪田らしい結びである。

この年に阪田は児童文学作家今西祐行と「対談＝信仰と文学と、そして音楽と」を行い、エッセイ集『讃美歌　こころの詩』を刊行した。どちらも信仰に関する作品である。自らの信仰について語ろうとしなかった阪田が、七三歳になってようやく語る気になったのか、と期待をして読むと、裏切られる。というより、信仰を語ることができるという思い込み自体が間違っているのだ。矢代静一との対談で信仰について問われて「教会に行くことです」と答えていた阪田に言葉による説明を期待するのが間違いである。今西祐行は阪田の二歳年長の児童文学作家で、国際アンデルセン賞国内賞を受賞した『肥後の石工』、野間児童文芸賞を受賞した『浦上の旅人たち』など多くの著作のあるキリスト教作家だが、阪田との対談で「キリシタンの物語を書く時に、いちばん難しいのは信者の信仰を書く時です。そもそも信仰なんて文章で描くことのできないものかもしれないと、絶望してしまいます」と述べている。しかし、二人の対談から彼らの信仰についての思いを知ることができる。

今西　（「大きな木にすむ小さな神さま」（あすなろ書房、一九八九）について。）「神というのは全知全能と言われますけど、そうじゃなくて、ひょっとしたら何もしてくれないもののなのかもしれないと思うのです。そして、消えることによっていろいろ働くのではないだろうかと考えて、無能の神様を想定してみたんですね」。（略）

阪田　「遠藤周作さんの作品の中でも、無力で人を救えないんだけど、哀しげにとことんまで同伴してくれるイエスを描いてあったように思います。それからまた、詩人のまど・

みちおさんの神様はどういうのかなあと思ったりして。たぶん、人間の目には見えないけれど、人間以外の動物や植物からは見えるに違いない、まどさんの神さまがあるんでしょうね」。

今西　（長崎地方の天主堂の七〇パーセントを建てた鉄川与助は、神父さんに入信を勧められても、最後まで真言宗で通した。）彼にあれだけ教会を建てさせたものは、何なんだろうかと思うんですよね。（略）

（略）もし鉄川与助の生涯をたどることができたら、神父さんや信者が言う信仰より、もっと奥にある人間の信仰みたいなものが浮かび上がってくるのではないかと想像したりするのです。

阪田の信仰についての考えが非常に柔軟になっていることが分かる。阪田が詩で成功しながら、どうしても小説を書きたかったのは、今西の言う「神父さんや信者が言う信仰より、もっと奥にある人間の信仰みたいなもの」を突き止めたいという気持ちがあったからではないか。それが『背教』、『花陵』、『漕げや海尊』、「旅程」などの日本人キリスト教徒やキリスト教徒でない日本人の精神の奥にあるものを見つめる試みになったように思う。一九九六年四月から九八年三月まで雑誌「信徒の友」に連載し、九八年一二月に刊行されたエッセイ集『讃美歌　こころの詩』にも日本人の精神の「奥にある人間の信仰みたいなもの」への関心が見られる。

阪田は、讃美歌がなかったら「物足りない」と述べ、讃美歌に影響された唱歌・童謡がなかったら「心淋しい」と述べている。明治中頃から大正にかけて日本の和歌の伝統を踏まえた歌詞と西洋音楽の旋律とが融合した讃美歌が作られ、それと共に新しい唱歌・童謡が生まれた。それ以後、讃美歌を知らなくても唱歌・童謡を歌うことで日本人は知らず知らずのうちに西洋の旋律に触れ、感受性の基盤を作って来たのである。

では七三歳で『讃美歌　こころの詩』を刊行した時、阪田は讃美歌をどのように考えていたのか。「29 主よ、終わりまで仕えまつらん」に緑教会で歌われる讃美歌について「言葉の古さ、テンポのズレはあっても、共にうたう幸福感の源は連帯の思いであり、神の家族の気持ちにあると思います」と書いている。

「神の家族」という言葉から筆者は拙著『語りから見たイギリス小説の始まり』で小説の遠い原型と考えた聖アウグスティヌスの『告白』を思い出す。『告白』の最後は若い頃に放蕩息子であったアウグスティヌス、信仰に迷ったアウグスティヌスが母モニカの助けを得て母なる教会に戻っていく話である。一人一人が神と対峙するプロテスタントにおいては教会は不要であるという考えがあるが、七〇歳を越えた阪田は讃美歌を通して母なる教会、「神の家族」の存在の大切さを認識したように思う。集団の中の自分という在り方を大切にする日本人の信仰の姿と言えるだろう。『讃美歌　こころの詩』出版の四年後の二〇〇二年一一月頃から白鷺教会に通う下地は既にできていたと言っていいだろう。

二〇〇三年・平成一五年　七八歳

○エッセイ集『受けたもの　伝えたいもの』

雑誌「信徒の友」に二〇〇一年四月から〇三年三月まで連載された「私に届いたことば」を改題して出版されたエッセイ集『受けたもの　伝えたいもの』は阪田の最後の著書である。編集部から「解説や批評ではなく、体験として」書くように求められていたために、体験に付随する自らの思いや信仰を吐露せざるを得なくなった。その結果、「序」で述べた「寡黙と含羞」の殻が薄くなり阪田の心が以前よりはっきり見えるようになった。その典型的な例は一九七〇年に遠藤周作に誘われてイスラエルを旅した時の思い出を語ったエッセイ「ひかりてりきぬ」である。キリストを信じていないわけではないのだろうと遠藤に言われても、阪田は生半可な答しかできなかった。話の最後に遠藤は今晩キリストが君のところへ来たらどうする、と言った。そのことは既に書いたことだが、このエッセイでは「いま思うと、これが遠藤さんが叩いてくれた最後のノックなのでした」と書いている。遠藤には阪田がいつかノックに応えて扉を開けることが分かっていたのだ。阪田はそれから三二年後の二〇〇二年に妻と共に白鷺教会に通うようになる。

阪田は『讃美歌　こころの詩』所収のエッセイ「キチジロー参上」にも遠藤との交友を書いている。それによると、イスラエルから帰った後、遠藤周作は「霊の会」という会合を開き、阪田を誘った。それは後にカトリックとプロテスタントが交流する「キリスト教芸術センター」として遠藤が亡くなるまで続いた。阪田が最後に遠藤に会ったのも、遠藤が亡くなる一年前のキリスト教芸術センターでの集まりであった。遠藤が亡くなって一年後の命日に開かれた記念の会には千名近い人が遠藤の写真の足許に献花をするために集まった。阪田は列の最後に並んで献花をし、お礼と「中途半端なキリスト教信仰で遠藤さんに歯がゆい思いをさせたこと」を詫びた。これら阪田の晩年のエッセイを読んで初めて、遠藤が阪田にとって非常に大きな存在であったことが分かる。

後年のエッセイによって以前の作品に新たな光が当てられて、阪田の精神がその輝きの中に浮かび上がってくる例は他にもある。サローヤンは阪田の好きな作家だが、サローヤンの仕事について次のように考えていたと書いたのは初めてである。『受けたもの　伝えたいもの』の一編「わが心高原に」に阪田は『ウィリアム・サローヤン戯曲集』から演出家加藤道夫の次の文を引用した。

「芸術や宗教が如何に努力したところで、戦争を阻止することだけは出来なかった。……サローヤンにとって為し得た唯一のことは、……人間の魂を『恩寵』graceの中に再び統一すること、人々の心の中に『生きる』と言うことの栄光を再びとり戻すことでもあった」。

阪田はやはりサローヤンの短編集『我が名はアラム』の最後の一編「あざける者への言葉」をサローヤンの信仰を表わすものと考えていたのだ。

エッセイ集『受けたもの　伝えたいもの』が出版されたのは二〇〇三年九月で、「年譜」によれば、その一月後に「講談社の『群像』編集部に詩稿七篇送る。これが絶筆となる。体調を崩し、この頃から入退院の生活となる」とある。亡くなるのはその一年半後の二〇〇五年三月二二日である。

長女内藤啓子氏の『枕詞はサッちゃん』の「オレはもうダメだ」という章には、「七〇代の後半になって、あまりに自分を『ダメだ』と卑下し過ぎたせいなのかどうか、とうとう父は鬱病になってしまった」とある。やがてヘルパーさんを「自分を見張りにきたスパイだと言い出し」、精神科に入院となった。中学時代にキリスト教徒が非国民とされたこと、阪田の父を特高が見張っていたことが恐ろしい出来事として終生心の奥にこびりついていたことが分かる。

阪田の二歳年下の吉岡済（わたる）兵庫医大名誉教授は大学入学後に南大阪教会に通い始め、そこで阪田と知り合い、以来六五年間交友を続けられた方だが、著書『春秋記』に晩年の阪田を扱った「縦、横、前から鬱をみる」というエッセイがある。「阪田夫人が脳梗塞や心筋梗塞のためやや長期に入院したのは、平成九年（一九九七年）に一度、平成十二年から十五年に掛けての三年間で三回の経験があり、その何れもが緊急入院でありました。（略）あの繊細な神経の持ち主である彼が、どのような心情であったかは想像に難くありません。その後、次第に彼の心身が『病』と言う状態に蝕まれていったのは、医療に携わる私には誠に残念ながら、極当然のことのように思えるのです」。その後、夫人は身体的異常がみられないほど回復したが、それに相反して、阪田は「鬱の世界に嵌まり込」み、入院となった。『春秋記』には「入院期間中の彼の言動は次第に緩慢となり、口数も少なくいろいろな処置も拒むようになりました」。「その後、次第に栄養不良による衰弱のため、輸液処置、導尿処置次いで人口呼吸器装着などとともに殆ど寝たっきりの状態が続」いた、とある。

絶筆となった「鬱の髄から天井のぞく」と題した詩は次の七編である。「父の死」「今年六月」「延命パイプ（母の死）」「六月二十一日（鬱のはじまり）」「おじさん・おばさん」「兄が死ぬ時」「鬱の髄から天井みれば」。最後の詩を引用する。

鬱の髄から天井みれば

見えるのは内田百閒先生の闇の土手ではなく
小沼丹さんの遺作「馬画帖」の馬の瞳です
本名を救(ハジメ)という小沼さんのお父さんは牧師さん、
下町のセツルメントの館長でもあり、絵が上手
集ってくる貧しい家の子供たちに絵を描いてみせた
私小説風な作家に分類されている小沼さんの作品に
そんな話が一切でてこないのがふしぎでした。
その小沼さんが亡くなる前に黙りこくって大学ノートに毎日描き続けたのは、
かつて小屋の中で誕生した幼な子を見守った筈の短い足の馬たちでした
その優しく和らいだ瞳の絵でした
私はもはや言葉を失い文章も書けませんが、
「馬画帖」の馬の瞳を思い描くことはできます
小沼丹さんありがとうございました

(『うるわしきあさも』)

小沼丹が亡くなったのは一九九六年一一月八日で、その一年後の一九九七年一二月に阪田は小沼丹を偲ぶエッセイ「クリスマスの馬」を「中央公論」に発表した。阪田は一九五四年一月

一六日、庄野潤三の第一創作集『愛撫』と小島信夫の『小銃』の合同出版記念会で、初めて小沼に会った。小沼が師と仰ぐ井伏鱒二と一緒であった。阪田の敬愛する庄野潤三が小沼に会ったのは朝日放送に勤めていた時で、番組のために掌小説を書いてもらった小説家の一人であった。その後も庄野はガンビアから帰った後、一年だけ小沼の勤めている大学で講師をした。二人は大久保の馴染みの料亭「くろがね」や新宿の「樽平」でよく飲んでいた。阪田もそこに加わることがあっただろう。ところが、阪田は小沼に、牧師の子供として戦中をどのように過ごしたのかという最も尋ねたかったことを聞きそびれてしまった。小沼はキリスト教に関わることは全く文章に書いていない。聞いたとしても小沼から期待する返事は得られなかっただろう、と阪田は書いている。小沼は一九六三年に最初の夫人を亡くした後、そのことを小説に書こうとしたがどうしても書けなかった。「大寺さん」という人物を作って語らせることでようやく書けた。「感情が沈殿した上澄み、白骨の上を吹く乾いた風のようなものを書きたい作家」が牧師の父のことや戦時中のことを書かないのはそれだけ「重い体験」であった証拠だろう、と阪田はエッセイ「クリスマスの馬」に書いている。『小沼丹全集』第四巻の「年譜」によると、小沼は一九九五年一〇月、多発性脳梗塞で西窪病院に入院し、一九九六年一月に清瀬のベトレヘムの園病院に転院し、一一月八日に肺炎のため死去した。享年七八歳。「死の直前に洗礼を受ける」とある。「馬画帖」には、デッサンは一九九五年一一月一五日から翌年二月三日に

「大学ノートにえがかれたもの」と書かれている。小沼の次女で編者の川中子李花子氏の文には「祖父は牧師だったが、本当は画家志望で子供達に馬の絵を描いてみせた。／優しい目の馬だったという。／小屋の中で誕生した幼な子を見守る馬なのだ」とある。阪田はその文をエッセイに引用した後、「これによれば、馬の絵を見て育った『子供達』の一人が小沼さんになる」と付け加えている。その「馬画帖」を阪田は絶筆となった詩に書いた。小沼が病床で、牧師であった父が馬の絵を描くところを思い出しながら馬の絵を描いたように、阪田は最後に小沼が描いた馬の絵を見ながら、小沼の父が馬の絵を描くところを想像して詩を書いた。長女内藤啓子氏は「これが遺稿の一番最後の詩になるが、父に見えるものが、絶望の闇の漆黒ではなく、小沼丹さんの描かれた、キリストの誕生を見守っていた馬の優しい黒い瞳であることに、ほんの少し救われる思いがした」と書いておられる。

阪田はキリストの誕生を見守った馬を心の中でクリエイトしながら七九歳で亡くなった。神の働きは讃美歌として阪田の耳に鳴り響いていたことだろう。

*

参考文献

序
著者阪田寛夫、聞き手工藤直子『どれみそら―書いて創って歌って聴いて―』河出書房新社、一九九五。

「対談　まど・みちお×阪田寛夫　童謡を語る」「文藝別冊　まど・みちお」河出書房新社、二〇〇〇年。

阪田『童謡でてこい』河出書房新社、一九九〇。

阪田『詩集　サッちゃん』講談社、一九七七。

大中恩「音楽のわかる詩人」『詩集　サッちゃん』

第一章　幼年時代
阪田「打出」『天山』河出書房新社、一九八八。
阪田「兄の帰還」、「くじらの骨」『ピーター・パン探し』講談社、一九九九。
高橋虔『宮川経輝』大空社、一九九六。
阪田「デントンさん」『燭台つきのピアノ』人文書院、一九八一。

阪田「ノイマン爺さんにご挨拶」『童謡の天体』新潮社、一九九六。
『南大阪教会に生きた人びと』日本キリスト教団南大阪教会、二〇〇一。
『南大阪教会五十年史』日本基督教団南大阪教会、一九七六。
三浦朱門『朱に交われば……私の青春交友録―』マガジンハウス、二〇〇七。
「作家で聴く音楽」大中恩」https://www.jasrac.or.jp/sakka/vol_37/inner2.html 二〇一七年三月公開。
阪田『花陵』文藝春秋、一九七七。
阪田『背教』文藝春秋、一九七六。
阪田「汝らは地の塩なり」『受けたもの　伝えたいもの』日本キリスト教団出版局、二〇〇三。
阪田「富士山」『天山』
阪田「河内」『わが町』晶文社、一九六八。
阪田「はじめの讃美歌」『讃美歌　こころの詩』日本基督教団出版局、一九九八。
阪田「燭台つきのピアノ」『燭台つきのピアノ』
阪田「運命と摂理」『燭台つきのピアノ』
阪田「おいのり」『燭台つきのピアノ』
阪田「煙草の匂い」『燭台つきのピアノ』
阪田「世界一周」『戦友：歌につながる十の短篇』文藝春秋、一九八六。
阪田「父の雅歌」『戦友：歌につながる十の短篇』。初出：「あづまの鑑」「文學界」一九七八年四月。

阪田「わが心の鞍馬天狗」『戦友：歌につながる十の短篇』

第二章　帝塚山学院小学校時代
庄野潤三「伯林日記」『庄野潤三全集』第一巻、講談社、一九七三。
庄野貞一「コロニー　土に親しむ教育」「帝塚山学院100年史」帝塚山学院、二〇一六。
阪田「帝塚山の文化」『童謡の天体』
阪田「子供の冥さ――子供の文体と作文――」「文学」岩波書店、一九八一年一〇月。
「年譜」伊藤英治編『阪田寛夫全詩集』理論社、二〇一一。
阪田「美しい献げもの」（「内容一覧」に付けられた「推薦のことば」）日本キリスト教児童文学全集　教文館、一九八二。
阪田「いじめる」『桃次郎』楡出版、一九九一。
阪田「ピーター・パン探し」『ピーター・パン探し』
阪田「瓢簞山」『わが町』
阪田「宝塚」『わが町』
阪田「教室校舎……（外一篇）」「燈臺集　第六學年」「帝塚山文集」兒童生活研究會編纂、一九三八年三月。
阪田「帝塚山」『わが町』

第三章　住吉中学校時代

阪田「芥川賞を受けて」「住高同窓会報」第二四号、大阪府立住吉高等学校同窓会、一九七五年七月二五日。

「略年譜」『創立50周年記念誌』大阪府立住吉高等学校、一九七二。

「校務記事　日記抄」『すみよし外史』大阪府立住吉高等学校同窓会、一九八七。

阪田「帝塚山の文化」『童謡の天体』

大島五雄書簡（山口高校鴻南寮から阪田寛夫様　高知高等学校南溟寮　一九四三年六月一〇日付）帝塚山学院所蔵阪田資料。

清水幸義「豺狼などの如く思ひなむ」「ＶＩＫＩＮＧ」二〇三号、一九六七年一一月。

清水「住中のアホ達」『創立50周年記念誌』。初出：「住吉高校同窓会報」第一五号、一九六七。

清水「阪田寛夫のこと」「住高同窓会報」第二四号。

清水「上町線沿線―悪童記―」住中一八期「会報第一〇号」二〇〇四年四月。初出：広報誌「大阪人」大阪都市協会、一九七七年一〇月。

清水「ああ住中一年生」「すみよし外史」

清水「学徒出陣」『昭和戦争文学全集』第一一巻、集英社、一九七〇。

清水「学徒出陣」「大高それ青春の三春秋」大阪高等学校同窓会、一九六七。

阪田「ルカ伝」『燭台付きのピアノ』

阪田「煙草の匂い」『燭台付きのピアノ』

阪田「英語とマザー・グース」「月刊　絵本」第三巻第七号、すばる書房盛光社、一九七五年七月。
阪田「こんにちはインタビュー」「毎日中学生新聞」一九九七年五月一二日。
阪田「阪南町」『わが町』
阪田「新川」『わが町』
阪田「昔のオルガン」『南大阪教会70年誌』日本基督教団南大阪教会、一九九九。
阪田「聖書」「群像」講談社、一九八一年六月。
阪田「海道東征」『戦友：歌につながる十の短篇』
阪田「日本的キリスト教」「発見の会　シアター25」パンフレット、一九六五年一月二五日、二六日。
吉岡適子「未熟児伝道師」『南大阪教会五十年史』
服部公一「話のソラシド　第十九回―『サッちゃん』を書いた詩人」「やまがた街角」季刊第四号、やまがた街角編集室、二〇一一。
「淡交」第一号、淡交會、一九四三年一〇月。阪田資料。
「鵬雛」第四七号「創立二〇周年記念号」住吉中学校報告団、一九四三。阪田資料。
「対談　阪田寛夫・大中恩　〈その人と作品を語る〉」「コール・メグだより7」一九七二年一月。
阪田「五十嵐日記・解題」『春の女王』福武書店、一九九〇。

第四章　高知高校時代

柊和典『ケンチとすみれ』河出書房新社、一九九一。

阪田「『ケンチとすみれ』の余話」『自由の空に　旧制高知高等学校外史』旧制高知高等学校同窓会南溟会、一九八二。

『年表昭和史1926―2003増補版』岩波ブックレット、二〇〇四。

『高知、高知あ、我母校』旧制高知高等学校同窓会南溟会、一九七二。

内藤啓子『枕詞はサッちゃん　照れやな詩人、父・阪田寛夫の人生』新潮社、二〇一七。

三浦朱門「勤労動員のころ」『自由の空に　旧制高知高等学校外史』

大島五雄書簡（一九四四年二月四日付、一九四四年八月二三日付）阪田資料。

池田浩平『運命と摂理：一戦没キリスト者学徒の手記』信教出版社、一九六八。初版：『運命と攝理：一戦没學徒の手記』信教出版社、一九四七。

阪田「八波先生のこと―ゆめにかよへ―」「南溟会報」第四五号、旧制高知高等学校同窓会南溟会、一九九一。

八波直則『私の慕南歌』雄津書房、一九八一。

池田浩平『浩平詩集』新教出版社、一九七六。

『時の徴』同人編『日本基督教団戦争責任告白から50年　その神学的・教会的考察と資料』信教出版社、二〇一七。

『日本基督教団史資料集：第2巻：第2篇　戦時下の日本基督教団：(1941〜1945年)』日本基督教団宣教研究所、一九九八。

森岡和子「清和幼稚園」『高知教会百年史』日本基督教団高知教会、一九八五。

阪田書簡（池田浩平の父猛猪宛、一九七七年一〇月一日付）阪田資料。

第五章　陸軍病院時代

阪田「博多結婚」一九四六、阪田資料。

阪田「アンズの花盛り」「オール読物」文藝春秋、一九六九年一一月。

阪田「記念撮影」『それぞれのマリア』講談社、一九七八。

阪田「戦友」『戦友：歌につながる十の短篇』。

阪田「八月十五日」「三田文学」三田文学会、一九七〇年一月。

阪田「対談　柳樹屯のアカシア」『五十嵐達六郎　人と業績』五十嵐達六郎　人と業績刊行委員会、一九八六。

徳津準一『歩兵第三七聯隊　私の戦記』発行者徳津キヨ子、一九九一。

山崎近衛『火筒のひびき：ある従軍看護婦の記録』ほるぷ総連合、一九八〇。

広田和子『証言記録従軍慰安婦・看護婦：戦場に生きた女の慟哭』新人物往来社、一九七八。

第六章　東京大学時代

阪田「遣唐船は還る」『阪田寛夫全詩集』
『日本史大事典』第四巻、平凡社、一九九三。

阪田「青春」「コールMeg創立20周年記念　日本縦断演奏会」パンフレット、一九七七年六月。

阪田「処女作について」『燭台つきのピアノ』

阪田「丘の上の教会」『児島昭雄写真集　霊南坂教会』教文館、一九八四。

阪田「音楽入門」『うるわしきあさも　阪田寛夫短篇集』講談社、二〇〇七。

阪田「東唱の思い出」「第41回東京放送合唱団定期演奏会　阪田寛夫の詩による合唱曲の夕」プログラム、一九八〇年一一月一七日。

阪田「のれん」、「ポーリイパイプル」、「煙草と三人」、「レニングラードの秋」、「近況報告」阪田資料。

阪田「あとがき」『我等のブルース』三一書房、一九六九。

阪田「釜ケ崎」『わが町』

阪田「一九二五年生まれ」『国際コンプレックス旅行』學藝書林、一九六八。

阪田「信仰の試験」『燭台つきのピアノ』

阪田「悪い習性」『我等のブルース』

「座談会　第十五次新思潮」（荒本孝一、阪田寛夫、三浦朱門、梶山季之、竹島茂、村上兵衛（誌上参加）『愛と死と青春と』噂発行所、発売元徳間書店、一九七二。

阪田「フェアリイ・テイル」「新思潮」創刊号、一九五〇。

阪田「勇敢なブランコ乗り」「別冊文藝春秋」文藝春秋、一九六八年一二月。

阪田「連載　夢のかげ　9　家庭の幸福」「あけぼの」聖パウロ女子修道会、一九七六年九月。

奥野健男「太宰治論」『文芸読本　太宰治』河出書房新社、一九七五。

阪田「太宰時代」関根光男編『太宰治の世界』冬樹社、一九七七。

阪田「アプレゲール」「新思潮」第二号、一九五一。

阪田（卒業論文）「明治初期プロテスタントの思想的立場」一九五一、阪田資料。

谷悦子『阪田寛夫の世界』和泉書院、二〇〇七。

第七章　朝日放送時代

鬼内仙次「いさかい―『平城山』から『わが町』まで」『わが町』講談社文庫、一九八〇。

阪田『庄野潤三ノート』冬樹社、一九七五。

阪田「ラジオ語」「朝日放送社報」第四号、一九五三年九月三〇日。

阪田「平城山」『わが町』。初出：「新思潮」第七号、一九五二年一一月。

横田雄作『夢現論への試み―日本的リアリティを求めて―』風濤社、一九七七。

阪田『わたしの動物園：詩集』牧羊社、一九七七。初版、一九六五。

阪田「酸模」『我等のブルース』。初出：「新思潮」第一〇号、一九五四年七月。

「戦後史開封　323」「童謡4」。産経新聞、一九九五年五月一二日（金）七面。

阪田「ラジオのラドン」「放送朝日」第三〇号、一九五六年一一月一〇日。

阪田「怖い話」「新思潮」第一五号、一九五六年一一月。

阪田「庄野潤三氏について」「文芸大阪」第二集、大阪都市協会、一九五七。

阪田「チェック節」「文学雑誌」第二四号、『文学雑誌』発行所、一九五七年五月。

阪田「サロイヤンについて」「文学雑誌」第二六号、一九五七年一二月。

阪田「赤い花」『我等のブルース』。初出：「新思潮」第一六号、一九五七年六月。

阪田「サローヤンと庄野さん」「文學界」一九七五年八月。

サローヤン著、三浦朱門訳『我が名はアラム』福武文庫、一九八七。

阪田「英雄時代」「新思潮」第一七号、一九五八年二月。

阪田「新思潮営業部長」「彷書月刊」六月号「特集◆梶山季之の噂」弘隆社、二〇〇三年五月。

阪田「梶山さんのラジオドラマ」「別冊新評　梶山季之の世界　追悼号」新評社、一九七五年七月。

梶山季之「五人の恩人」「放送朝日」一九六六年五月。

阪田「放送劇　花岡山旗挙げ」台本。阪田資料。

阪田「今と昔を交互に表現　『花岡山旗挙げ』の苦心」「朝日放送社報」第七五号、一九五九年一一月一〇日。

阪田（坂口貫一）「心に太陽を　密輸船と少年」「中学生の友」一月号、「みんなに光を　第四話のびゆく一粒の麦」（四月号）。小学館、一九五九。

阪田「ラジオドラマ『吼えろ！』―大臣賞を受賞して―」朝日放送社報「あんてな」一九六三年一一月。

阪田「臨南寺」『わが町』

阪田「連載　夢のかげ　8　夕鶴」「あけぼの」一九七六年八月。

第八章　小説家修業時代

「座談会　名門『新思潮』最後の同人品定め」（出席者　荒本孝一、阪田寛夫、三浦朱門、村上兵衛、林玉樹、竹島茂）「噂」創刊一周年号、季龍社、一九七二年八月。

能島廉「辞職願」「新思潮」第八号、一九五三。

能島「競輪必勝法」『孤独のたたかい』學藝書林、一九六九。初出：『駒込蓬萊町：能島廉遺作集』集英社、一九六五。

阪田「かいせつ」「おさの会」第一回公演ミュージカル「世界が滅びる」、音楽詩劇「イシキリ」プログラム。一九六五年一月一一日、一二日。阪田資料。

阪田「日本的キリスト教」「発見の会　シアター25」パンフレット、一九六五年一月二五日、二六日。阪田資料。

「カーテンコール2」「話の特集」話の特集、一九七〇年八月。

阪田「男は馬垣」『我等のブルース』。初出：「文學界」一九六六年一一月。

阪田「悪い習性」『我等のブルース』

阪田「ロンパリ—国際コムプレックス旅行　その8」「放送朝日」、一九六八年二月。

阪田「コノオレ」『我等のブルース』

阪田「タダキク」「三田文学」一九六八年一二月。

阪田「日本の童謡」『戦友：歌につながる十の短篇』

阪田「ソ連旅行」「小説新潮」新潮社、一九七〇年一月。

阪田「天山」『天山』。初出：「三田文学」一九七〇年一〇月。

阪田『スペイン階段の少女』一九七〇、阪田資料。

阪田「我に於てミュージカルとは何か？」「話の特集」一九七二年二月。

阪田「鳥が来た」「婦人之友」婦人之友社、一九七二年六月。

阪田「桃次郎」（再録）「びわの実学校」第五六号、びわのみ文庫、一九七二年一〇月。

阪田「桃雨」『土の器』、文藝春秋（文春文庫）、一九八四。

第九章　芥川賞受賞後

阪田「遠藤さんから教わったこと」『燭台付きのピアノ』。初出：「海」中央公論社、一九七九年八月。

山根道公『遠藤周作　その人生と「沈黙」の真実』朝文社、二〇〇五。

阪田「遠藤さんにだまされたこと」『遠藤周作文学全集』第一〇巻、新潮社、二〇〇〇。

浜林正夫『イギリス宗教史』大月書店、一九八七。

阪田「ジェーンズ大尉」「季刊創造」第四号、聖文舎、一九七七。

阪田「ロミオの父」『土の器』

阪田「川のほとり」「婦人之友」一九七四年一二月。

阪田「足踏みオルガン」「文學界」一九七五年三月。

阪田「うさぎ」『それぞれのマリア』

阪田「百カラットの大根」『南大阪教会五十年史』一九七六年二月。初出：「別冊文藝春秋」一九七五年六月。
遠藤周作「誕生日の夜の回想」『遠藤周作文学全集』第一二巻、新潮社、二〇〇〇。
遠藤「基督(キリスト)教と日本文学」『遠藤周作文学全集』第一二巻。
阪田「陽なたきのこ」『それぞれのマリア』
阪田「冬の旅」『背教』
武田友寿「翳る魂の表情――〈近代〉と〈私〉の告発――」「文學界」一九七七年九月。
井上洋治との対談「キリスト教という原理で怒られるこわさ」『キリスト教文学の世界1』「月報1」主婦の友社、一九七七年三月。
矢代静一との対談「自己犠牲の強い献身的な女というのは恐いと思うね」「あけぼの」一九七七年三月。
武田友寿との対談「阪田寛夫氏の作品にみるキリスト教の世界」「家庭の友」聖パウロ修道会、一九七七年四月。
阪田「よめな摘み」『それぞれのマリア』
阪田「暮れの二十七日」『それぞれのマリア』
阪田「猫のなかみ」『それぞれのマリア』

第一〇章　実りの時

河崎良二『語りから見たイギリス小説の始まり—霊的自伝、道徳書、ロマンスそして小説へ—』英宝社、二〇〇九。

河崎「フィールディングの語りと広教派の教義」帝塚山学院大学人間科学部研究年報、第一七号、二〇一五。

Dean Ebner. *Autobiography in Seventeenth-Century England: Theology and the Self*. The Hague: 1971.

Isabel Rivers. *Reason, Grace, and Sentiment: A Study of the language of religion and ethics in England 1660-1780*. Vol. I. Cambridge: Cambridge UP. 1991. 第二章が"The religion of reason: the latitude-men"である。

阪田「麗しの五月に」「群像」講談社、一九七八年四月。

阪田「吉野通」『天山』

阪田「きっちょむ昇天」「びわの実学校」第八九号、一九七八年九月。

宮本清『吉四六ばなし』大分合同新聞社、一九七四。

阪田寛夫作・清水脩作曲「創作オペラ台本　吉四六昇天」『吉四六ばなし』

阪田『漕げや海尊』講談社、一九七九。

阪田「旅程」「群像」一九八一年三月。

「創作合評」評者は川村二郎、津島佑子、日野啓三。「群像」一九八一年四月。

阪田「戸来」『天山』

阪田「うるわしきあさも」『うるわしきあさも』
阪田「あの影は渡り鳥」「別冊文藝春秋」一九七九年一二月。
阪田「母」「文學界」一九八〇年九月。
阪田「オハイオ」『天山』
阪田「ライラック」『戦友：歌につながる十の短篇』
阪田「聖書」「群像」一九八一年六月。
阪田「遠近法」『戦友：歌につながる十の短篇』
阪田「丘の上の教会」「文學界」一九八三年一月。
阪田『わが小林一三　清く正しく美しく』河出書房新社、一九八三。
阪田「鹿の渓水」『春の女王』
阪田「菜の花さくら」『菜の花さくら』講談社、一九九二。
福原麟太郎「エッセイについて」『福原麟太郎著作集』第四巻、一九六八。初出：「文藝」一九四一年五月。
阪田「福原さんの本」『福原麟太郎・自選随想集』「栞」。沖積社、一九八七年二月。
阪田「大正八年初夏、本郷で」「飛ぶ教室」第二二号、一九八七年五月。
阪田「冬の日と少しの酒の香」福原麟太郎著『人生十二の智慧』講談社、一九八七年六月。
阪田「気にかかる空」『春の女王』

第一一章　受容から変容へ

阪田「戦友」『戦友：歌につながる十の短篇』
阪田『まどさん』新潮社、一九八五。
井坂洋子編『まど・みちお詩集』角川春樹事務所、一九九八。
若松英輔『日本人にとってキリスト教とは何か―遠藤周作『深い河』から考える』NHK出版新書、二〇二一。
阪田「春の女王」『春の女王』
阪田「驢馬に乗って」『菜の花さくら』
阪田「冬の櫛」『菜の花さくら』
阪田「とまと」『戦友：歌につながる十の短篇』
信時裕子編『信時潔音楽随想集　バッハに非ず』アルテスパブリッシング、二〇一二。
阪田「信時さんの軸足」「文藝春秋臨時増刊号」、二〇〇二年一二月。
阪田「オーシコーチノミツネ」『桃次郎』
阪田『バルトと蕎麦の花』一麦出版社、二〇一七。
阪田「でんとんしゃん」『菜の花さくら』
阪田「更けゆく秋の夜」『春の女王』
阪田「靴」『菜の花さくら』
阪田「異樹」『菜の花さくら』

八木誠一『場所論としての宗教哲学―仏教とキリスト教の交点に立って―』法蔵館、二〇〇六。

遠藤周作との対談「意気地なしの対談―日本人と信仰」「世界」岩波書店、一九八八年九月。

第一二章　受容と変容と死

阪田「猪」『春の女王』

阪田「朧月夜」「群像」一九八九年一〇月。

阪田「ブロードウェイの景観」『春の女王』

阪田『ノンキが来た　詩人・画家　宮崎丈二』新潮社、一九八九。

阪田『武者小路房子の場合』新潮社、一九九一。

阪田編『この道より　武者小路実篤詩華集』小学館、一九九三。

阪田「童子の詩―武者小路実篤詩華集に寄せて」『この道より』『武者小路実篤全集』第一八巻、小学館、一九九一。

中村融「解説」『トルストイ全集15　宗教論（下）』中村融訳、河出書房新社、一九七四。

阿部軍治『白樺派とトルストイ―武者小路実篤・有島武郎・志賀直哉を中心に』彩流社、二〇〇八。

トルストイ「わが信仰はいずれにありや」『トルストイ全集15　宗教論（下）』

武者小路実篤「牟礼随筆」『武者小路実篤全集』第一五巻、小学館、一九九〇。初出：大日本雄弁会講談社、一九三九年。

高橋留治『評伝　無冠の詩人　宮崎丈二――その芸術と生涯――』北書房、一九七四。
アンソニー・ブラント著、岡崎康一訳『ウィリアム・ブレイクの芸術』晶文社、一九八二。
武者小路実篤書簡集「AよりC子に」『お目出たき人 世間知らず』岩波文庫、一九五四。
阪田「自分の文学的状況」「キリスト教文学研究」第五号、日本キリスト教文学会、一九八八。
阪田「空中ブランコからの眺め」『菜の花さくら』
阪田「赤とんぼ」「群像」一九九二年一月。
阪田「取材旅行」「明日の友」第七六号、婦人之友社、一九九二年一月。
阪田「よしわる伝」「文學界」一九九二年五月。
瀬戸内晴美「鎮魂」『黄金の鋲』新潮社、一九六七。
阪田「ピーター・パン探し」『ピーター・パン探し』
阪田「大事の小型聖書」『ピーター・パン探し』
阪田「トッテンコーローの話」『ピーター・パン探し』
神谷美恵子『ヴァジニア・ウルフ研究』神谷美恵子著作集4。みすず書房、一九八一。
阪田「くじらの骨」『ピーター・パン探し』
今西祐行・阪田寛夫「対談＝信仰と文学と、そして音楽と」三井喜美子編『今西祐行研究』（『今西祐行全集、別巻』）偕成社、一九九八年五月。
吉岡済『春秋記』文芸社、二〇一二。
阪田「鬱の髄から天井のぞく」『うるわしきあさも　阪田寛夫短篇集』

阪田「クリスマスの馬」「中央公論」一九九七年一二月。
川中子李花子編『馬画帖―小沼丹―』私家本、一九九七年四月。阪田資料。
中村昭「年譜」『小沼丹全集　第四巻』未知谷、二〇〇四。

あとがき

一〇年近く阪田寛夫の小説、エッセイ、詩、童謡を読んできました。

最初、自分の弱さをユーモアに包んだ初期小説を軽い作品と思ったのですが、何作か読むうちに、笑いの奥底に現状を拒絶する強い思いが潜んでいることに気づきました。それは、熱心なキリスト教徒の家に生まれ、厳格な道徳に反発しながら、中学校の終わりまで教会に通う内に培われた純粋なものへの憧れから生まれたものでした。しかし阪田の少年期、青年期は日中戦争が太平洋戦争へと拡大して行った時代でした。教会も、非国民の烙印を押された信者も変質していきました。阪田も信仰を隠して出征しました。戦後二年目に復員すると、進駐軍のお蔭で世界は一変し、キリスト教が持てはやされていました。しかし、それも束の間、朝鮮戦争を機に日本は再軍備へと動いて行きました。日本には全てをなし崩しにする力が潜んでいると阪田は述べていますが、心優しい阪田に抗う力はありませんでした。その時、阪田の支えになったのが、幼い頃に身に着いたキリスト教の教え、とりわけ純粋なものへの憧れでした。しかし信仰のために辛い体験をした阪田はそれを笑いに隠して描いたのです。阪田が笑いを取り去って現実に向き合うのは、小説家を志して朝日放送を辞めてから七、八年後、被害者として描いてきた戦争を初めて加害者として描いた四〇代半ばからです。母親の死を芥川賞受賞作「土の器」に描くのは四九歳の時です。こういったことが、手に取るように見えてきたのは阪田の小説を読み始めて三年ほど経った頃でした。作品を読むのが面白くなってきたのですが、全小説を貫くものは何かを考えるのにかなりな時間が必要で、結局、本書を完成するのに一〇年近くかかりました。

阪田は偶然の出会いを殊の外喜ぶ作家でしたが、私自身が阪田寛夫研究を始めたのも偶然の産物でした。阪田の長女で作家の内藤啓子さんが、阪田の母校帝塚山学院に約二万点の蔵書、原稿、日記、書簡等を寄贈されたのは、私が帝塚山学院大学を退職する一年前のことでした。阪田資料と同時に、庄野潤三の蔵書や書簡が長女の今村夏子さんから寄贈されました。それを機に、短期大学・大学で教えた作家と詩人、小野十三郎、長沖一、庄野英二、石濱恒夫、杉山平一や、帝塚山に所縁の作家藤澤桓夫、伊東静雄などを研究する帝塚山派文学学会を設立することが決まりました。学会の目標はアカデミックな研究の枠を超えて、大阪の人々に上質な帝塚山派文学の面白さを届けることとされました。ところが代表を引受ける人がいなかったのです。窮して、英文学を研究している私に話がまわってきました。私が引き受けたのは退職の時期が近かったこと、その数年前の新入生歓迎オリエンテーションで学院所縁の作家として阪田の小説「土の器」について話したことがあったからでした。丁度、拙著『語りから見たイギリス小説の始まり―霊的自伝、道徳書、ロマンスそして小説へ―』をまとめていたところで、阪田の小説は日本人キリスト教徒の霊的自伝だと思い、退職後に研究したいと考えていたのです。

帝塚山派文学学会は二〇一五年一一月一日に創立されました。学会は内藤さん、今村さんを初め、庄野英二、長沖一、秋田実のご子息、ご息女も会員として講演をしていただくユニークな学会で、今年で九年目を迎えました。私も研究会や公開講座の機会を使って研究を進めてきました。これまでに発表したのは本書の第三章から第五章の基となる次の三つの論文です。

「高知高校時代の阪田寛夫」「こだはら」第四一号、帝塚山学院大学、二〇一九。

「陸軍病院の阪田寛夫」「こだはら」第四二号、帝塚山学院大学、二〇二〇。

「阪田寛夫と清水幸義の住吉中学時代」帝塚山派文学学会紀要第六号、二〇二二。

イギリス文学研究と違って資料に恵まれた研究は楽しく、充実したものでした。しかし長く研究を続けてこられたのは、深い所で阪田が生涯を通して問い続けた日本人キリスト教徒の生き方が、日本人の精神的・霊的な支えは何かという、私自身が長く考えてきた問と繋がっていたからです。大学時代から大和古寺を巡り、仏像の前で何時間坐っていても飽きなかった私は、本書に引用した今西祐行氏の言葉を借りれば、「人間としての信仰」を求めていたのだと思います。それが何かをまだ明確な言葉では言えませんが、ぼんやりとした姿を摑むことができたと思っています。しかしキリスト教徒ではない私の解釈には限界があります。然るべき方が私の研究を批判的に継承してくださることを望んでいます。

拙ない書ですが、出版するまでに多くの方にお世話になりました。とりわけ、どんな資料でも自由に使ってくださいと言ってくださった内藤啓子さん、野尻湖国際村の別荘にお招きいただき、内藤さんと一緒に阪田が執筆をしていた別荘や小説『バルトと蕎麦の花』の舞台である信濃村教会を案内していただいた吉岡済・智世子ご夫妻（残念ながら済先生は昨年末に逝去されました）に感謝申し上げます。表紙に亡き友人孫雅由の作品を使うことを許してくださった奥様の櫻井和子様に感謝いたします。三〇代の始めから五〇代始めまで西宮北口の彼のアトリエで文学や美術、日本と韓国の歴史や文化について何時間も語り合ったのは忘れがたい思い出です。彼は阪神淡路大震災の後、アトリエを京都市に移したのですが、癌のために二〇〇二年に亡くなりました。亡くなる二カ月前に日本ナザレン教団本町教会で洗礼を受けていました。彼は降り注ぐ光と、物と物との関係を見つめ続けた画家でした。

今回も出版を編集工房ノアの涸沢純平さんにお願いしました。装丁もこれまで同様森本良成さんにお世話になりました。美しい本に仕上げていただき、ありがとうございました。

拙著を機に阪田寛夫の著作が少しでも多くの人に読まれることを願っています。

二〇二三年六月八日　　西宮・甲山の麓にて

河崎良二

河崎良二（かわさきりょうじ）
1948年　兵庫県生まれ
1979年　大阪市立大学大学院博士課程所定単位修得後退学
1993－94年　ロンドン大学客員研究員
博士（文学）
帝塚山学院大学名誉教授
帝塚山派文学学会代表

著書
『透明な時間』（編集工房ノア、1999）
『静かな眼差し』（編集工房ノア、2005）
『英国の贈物』（編集工房ノア、2015）
『語りから見たイギリス小説の始まり―霊的自伝、道徳書、ロマンスそして小説へ―』（英宝社、2009）

阪田寛夫　讃美歌で育った作家
二〇二三年八月一日発行
著　者　河崎良二
発行者　涸沢純平
発行所　株式会社編集工房ノア
〒五三一―〇〇七一
大阪市北区中津三―一七―五
電話〇六（六三七三）三六四一
FAX〇六（六三七三）三六四二
振替〇〇九四〇―七―三〇六四五七
組版　株式会社四国写研
印刷製本　亜細亜印刷株式会社
© 2023 Ryoji Kawasaki
ISBN978-4-89271-371-2
不良本はお取り替えいたします

表示は本体価格

英国の贈物　河崎良二
『メアリー・ポピンズ』の神秘、ハーンの夕焼け、クエーカー新渡戸稲造の内なる光、ブレイクの象徴絵画、チャップリンの風刺、精神世界。二二〇〇円

静かな眼差し　河崎良二
オランダ、イギリスの画家たち、宗教と自然、美術の深奥に分け入る。フェルメール、レンブラント、パーマー、ターナー、コンスタブル…　二二〇〇円

透明な時間　河崎良二
イギリス画家・コンスタブルの風景画の自然とやすらぎ、現実と虚構の時間、風景の向こうがわ、存在の透明な時間への旅。二〇〇〇円

佐久の佐藤春夫　庄野英二
佐藤春夫先生について直接知っていることだけを書きとめておきたい——戦地ジャワでの出会いから、大詩人の人間像。一七九六円

徐福の目はり寿司　庄野英二
紀州漁民のオーストラリアへの移民譚が、徐福の不老不死の島へと展開。現実と幻想が溶け合う独特の世界。絶筆「モラエスその他」併載。一九四二円

庄野英二自選短篇童話集
一九四九年から八三年の三十四年間の作品から自選した二十篇。自然と人の美しさを端正に描くなかに深い味わいが交響する作品集。二二〇〇円

希望　杉山平一

第30回現代詩人賞　もうおそい　ということは　人生にはないのだ　日常の中の、命の光、人と詩の「希望」の形見。九十七歳詩集の清新。一八〇〇円

詩と生きるかたち　杉山平一

いのちのリズムとして詩は生まれる。詩と真実を語る。大阪の詩人・作家たち、三好達治の詩と人柄。花森安治を語る。丸山薫その人と詩他。二二〇〇円

窓開けて　杉山平一

日常の中の詩と美の根元を、さまざまに解き明かす。明快で平易、刺激的な考え方や見方がいっぱい詰まっている。詩人自身の生き方の筋道。二〇〇〇円

余生返上　大谷晃一

「私の悲嘆と立ち直りを容赦なく描いて見よう」。徹底した取材追求で、独自の評伝文学を築いた著者が、妻の死、自らの90歳に取材する。二〇〇〇円

わが町大阪　大谷晃一

徹底して大阪の町、作家を描いてきた著者の、私が住んだ町を通して描く惜愛の大阪。血の通った大阪地誌。戦前・戦中・戦後の時代の変転。一九〇〇円

人の居る風景　大谷晃一

〈ノア叢書12〉徹底した取材で独自の評伝文学を築きあげた著者の出会い。織田作之助、武田麟太郎、大岡昇平、足立巻一、梅原猛、庄野英二。一八二五円

日は過ぎ去らず　小野十三郎

半ば忘れていた文章の中にも、今日の状況の中でこそ私が云いたいことや、再確認しておかなければならないことがたくさんある（あとがき）。一八〇〇円

異人さんの讃美歌　庄野　至

明治の英語青年だった父の夢。兄、潤三に別れを告げに飛んできた小鳥たち。彫刻家のおじさん。夜汽車の女子高生。いとしき人々の歌声。二〇〇〇円

大阪笑話史　秋田　実

〈ノアコレクション・2〉戦争の深まる中で、笑いの花は咲いた。漫才の誕生から黄金時代を、世相と共に描く、漫才の父の大阪漫才昭和史。一八〇〇円

日が暮れてから　道は始まる　足立巻一

筆者が病床で書き続けた連載「日が暮れてから道は始まる」（読売新聞）「生活者の数え歌」（思想の科学）に、連載詩（「樹林」）を収録。一八〇〇円

象の消えた動物園　鶴見俊輔

私の目標は、平和をめざして、もうろくするということです。もっとひろく、しなやかに、多元に開く。2005〜2011最新時代批評集成。二五〇〇円

小野十三郎　歌とは逆に歌　安水稔和

短歌的抒情の否定とは何か。詩の歴史を変えた不世出の詩人・小野十三郎の詩と詩論。『垂直旅行』までを読み解き、親しむ。小野詩の新生。二六〇〇円